古典文獻研究輯刊

十九編

曾永義 主編

第18冊

魏晉南北朝書牘研究（下）

徐月芳 著

國家圖書館出版品預行編目資料

魏晉南北朝書牘研究（下）／徐月芳 著—初版—新北市：
花木蘭文化事業有限公司，2019〔民108〕
目 4+284 面；19×26 公分
（古典文學研究輯刊 十九編；第 18 冊）
ISBN 978-986-485-765-4（精裝）
1. 書信 2. 文物研究 3. 魏晉南北朝
820.8   108001562

ISBN-978-986-485-765-4

9 789864 857654

古典文學研究輯刊
十九編　第十八冊　　　　　　　ISBN：978-986-485-765-4

魏晉南北朝書牘研究（下）

作　　　者	徐月芳
主　　　編	曾永義
總 編 輯	杜潔祥
副總編輯	楊嘉樂
編　　　輯	許郁翎、王筑　美術編輯　陳逸婷
出　　　版	花木蘭文化事業有限公司
發 行 人	高小娟
聯絡地址	235 新北市中和區中安街七二號十三樓
	電話：02-2923-1455／傳真：02-2923-1452
網　　　址	http://www.huamulan.tw 信箱 hml810518@gmail.com
印　　　刷	普羅文化出版廣告事業
初　　　版	2019 年 3 月
全書字數	433948 字
定　　　價	十九編 33 冊（精裝）新台幣 64,000 元

魏晉南北朝書牘研究（下）

徐月芳　著

目

次

第三章　魏晉南北朝文風之時代背景

　　《毛詩·序》曰：「吟詠情性，以風其上」，要求把抒情和政治結合起來，而魏晉南北朝文人談及吟詠情性，則常只抒寫個人的感受和情趣，大抵和政治教化無關。這是當時文學趨向獨立的一個重要標誌。梁·劉勰《文心雕龍卷九·時序第四十五》曰：「時運交移，質文代變。……文變染乎世情，興廢繫乎時序。」〔註1〕蓋事異世變，文學隨之。魏、晉時書牘文體逐漸發展，此期文人多爲書牘寫作高手，如梁·劉勰《文心雕龍卷五·書記第二十五》曰：

　　　魏之元瑜，號稱翩翩；文舉屬章，半簡必錄；休璉好事，留意詞翰，
　　　抑其次也。嵇康〈絕交〉，實志高而文偉矣；趙至敍離，迺少年之激
　　　切也。〔註2〕

　　南北朝時書牘體更盛，成爲文人們互相抒懷、論說、論事、寫景的一種方式。抒情、寫景、狀物的作品，其文學性很強、富有藝術感染力，可以說是魏晉南北朝時期文學的主流。因在魏晉南北朝時代，儒家傳統思想較漢代大爲衰落，對文學的約束力也明顯削弱。當時許多文人不再強調文學要爲封建政治和教化服務，而重視表現個人日常生活中的見聞、感受和情意，因而湧現出大量抒情、寫景、狀物的作品，它們顯示文學不再像過去時代那樣常常依附於政治和儒學，走上了獨立發展的道路，標誌著文學創造進入自覺的

〔註1〕（梁）劉勰著，（清）范文瀾註：《文心雕龍注》（臺北：學海出版社，1988
　　　年3月初版），頁671。
〔註2〕（梁）劉勰著，（清）范文瀾註：《文心雕龍注》（臺北：學海出版社，1988
　　　年3月初版），頁456。

時代。對於形成中國文學發展史上這一重要現象的許多作品，自應給予充分的注意和評估。

綜觀魏晉南北朝時代文風多趨向於抒情、論理及寫景，認爲文學不必再爲政治服務，也是文學創作的開始，在我國文學發展中，倡巧構形似之言，期在對事物之描寫，能密附其情意，亦可爲文學創作之轉捩點。

第一節　建安文風

建安是東漢獻帝劉協的年號（西元 196～220 年），這時社會動盪促使封建秩序破壞，在政治、思想和文學諸方面都產生了急遽變化，呈現出新的面貌。

文學創作跳離儒家經典的束縛，文人的個性得到自由舒展的空間，使文學呈現豐富生動的內容，因此才使得鄴下文風盛極一時。

一、建立用人唯才之風尚

東漢末年政權已掌握在曹操手中，而曹操在用人制度上有重大改革，他本之刑名精神而採取「用人唯才」，頒布求才三令。《三國志卷一・魏書・武帝紀第一》曰：

（一）（建安）十五年春，下令（〈求賢令〉）曰：

> 自古受命及中興之君，曷嘗不得賢人君子與之共治天下者乎！及其得賢也，曾不出閭巷，豈幸相遇哉？上之人不求之耳。今天下尚未定，此特求賢之急時也。

> 「孟公綽爲趙、魏老則優，不可以爲滕、薛大夫」。若必廉士而後可用，則齊桓其何以霸世！今天下得無有被褐懷玉而釣于渭濱者乎？又得無盜嫂受金而未遇無知者乎？二三子其佐我明揚仄陋，唯才是舉，吾得而用之。〔註3〕

（二）（建安）十九年十二月，乙未，令（〈舉賢勿拘品行令〉）曰：

> 夫有行之士未必能進取，進取之士未必能有行也。陳平豈篤行，蘇秦豈守信邪？而陳平定漢業，蘇秦濟弱燕。由此言之，士有偏短，

〔註3〕（晉）陳壽撰，（劉宋）裴松之注：《三國志》（北京：中華書局，1982 年 7 月第 2 版），頁 32。

庸可廢乎！有司明思此義，則士無遺滯，官無廢業矣。〔註4〕

(三)（建安）二十二年裴注引《魏書》曰：秋八月，令曰：

昔伊摯、傅說出於見賤人，管仲，桓公賊也，皆用之以興。蕭何、
曹參，縣吏也，韓信、陳平負汙辱之名，有見笑之恥，卒能成就王
業，聲著千載。吳起貪將，殺妻自信，散金求官，母死不歸，然在
魏，秦人不敢東向，在楚則三晉不敢南謀。

今天下得無有至德之人放在民間，及果勇不顧，臨敵力戰，若文俗
之吏，高才異質，或堪爲將守，負汙辱之名，見笑之行，或不仁不
孝而有治國用兵之術：其各舉所知，勿有所遺。〔註5〕

又魏・曹丕〈又與吳質書〉亦云：「觀古今文人，類不護細行，鮮皆能以
名節自立。」與曹操「舉賢勿拘品行」的想法一致。如此，給漢代統治者提
倡儒術以致命的打擊，人們的思想意識乃從儒家的統治中獲得解放，使文人
的創作思想的境界從儒家經典的束縛中解放出來，文人的個性得以自由舒
展，此時是我國中古時期文學史上一個光輝燦爛的時期。

二、認定文章爲經國之大業，不朽之盛事

魏時文學受到文人的重視，魏・曹丕的《典論・論文》曰：「蓋文章，經
國之大業，不朽之盛事……是以古之作者，寄身於翰墨，見意於篇籍，不假
良史之辭，不託飛馳之勢，而聲名自傳於後。」〔註6〕確實表現出高度純文學
的精神，對於文學價值的新認識，提升文學的地位，使其蓬勃發展。此時，
曹氏父子獎勵文學，招攬文士，形成以曹氏父子爲中心的集團，即盛極一時
的鄴下文風。除曹操、曹丕、曹植父子外，還有「建安七子」——孔融、陳
琳、王粲、徐幹、阮瑀、應瑒、劉楨。曹丕《典論・論文》曰：

今之文人：魯國孔融文舉、廣陵陳琳孔璋、山陽王粲仲宣、北海徐
幹偉長、陳留阮瑀元瑜、汝南應瑒德璉、東平劉楨公幹。斯七子者，
於學無所遺，於辭無所假，咸以自騁驥騄於千里，仰齊足而並馳。

〔註4〕　（晉）陳壽撰，（劉宋）裴松之注：《三國志》（北京：中華書局，1982 年 7
月第 2 版），頁 44。

〔註5〕　（晉）陳壽撰，（劉宋）裴松之注：《三國志》（北京：中華書局，1982 年 7
月第 2 版），頁 49～50。

〔註6〕　（魏）魏文帝撰：《典論》（清道光中甘泉黃氏刊光緒 19 年（1893）印本），
頁 2。

以此相服，亦良難矣！〔註7〕

三、標示建安風骨之特色

曹丕自魏王進位爲魏文帝，他的文學興趣已跟著轉向，他「集諸儒於蕭城門內，講論大義」，不再是早年高會南皮（南皮屬渤海郡，今河北省南皮縣東北）那樣文酒風流，如：魏・曹丕〈與吳質書〉云：

> 每念昔日南皮之遊，誠不可忘！既玅思《六經》，逍遙百氏。彈暮間設，終以博奕。高談娛心，哀箏順耳。馳騖北場，旅食南館。浮甘瓜於清泉，沉朱李於寒水。白日既匿，繼以朗月，同乘並載，以游後園。輿輪徐動，賓從無聲，清風夜起，悲笳微吟。樂往哀來，愴然傷懷。余顧而言，斯樂難常。足下之徒，咸以爲然。〔註8〕

魏・曹丕〈又與吳質書〉云：

> 昔日游處，行則連輿，止則接席，何曾須臾相失？每至觴酌流行，絲竹並奏，酒酣耳熱，仰而賦詩，當此之時，忽然不自知樂也。……偉長獨懷文抱質，恬淡寡欲，有箕山之志，可謂「彬彬君子」矣。著《中論》二十餘篇，成一家之業，辭義典雅，足傳於後，此子爲不朽矣。德璉常斐然有述作意，其才學足以著書，美志不遂，良可痛息。間者歷覽諸子之文，對之拉淚，既痛逝者，行自念也。
>
> 孔璋章表殊健，微爲繁富。公幹有逸氣，但未遒耳，至其五言詩玅絕當時。元瑜書記翩翩，致足樂也。仲宣獨自善於辭賦，惜其體弱，不足起其文，至於所善，古人無以遠過也。〔註9〕

魏・曹植〈與楊德祖書〉云：

> 昔仲宣獨步於漢南；孔璋鷹揚於河朔；偉長擅名於青土；公幹振藻於海隅；德璉發跡於北魏；足下高視於上京。當此之時，人人自謂握靈蛇之珠，家家自謂抱荊山之玉。吾王於是設天網以該之，頓八紘以掩之，今悉集茲國矣！〔註10〕

〔註7〕　（魏）魏文帝撰：《典論》（清道光中甘泉黃氏刊光緒19年（1893）印本），頁1。

〔註8〕　（魏）曹丕撰：《魏文帝集》見（明）張溥輯：《漢魏六朝百三家集》（明崇禎間（1628～1644）太倉張氏原刊本），卷1，頁49。

〔註9〕　（魏）曹丕撰：《魏文帝集》見（明）張溥輯：《漢魏六朝百三家集》（明崇禎間（1628～1644）太倉張氏原刊本），卷1，頁50～51。

〔註10〕　（魏）曹植撰：《陳思王集》見（明）張溥輯：《漢魏六朝百三家集》（明崇禎

梁‧劉勰《文心雕龍卷二‧明詩第六》曰：

> 建安之初，五言騰踊。文帝、陳思，縱轡以騁節；王、徐、陳、應、劉，望路而爭驅。並憐風月，狎池苑，述恩榮，敘酣宴，慷慨以任氣，磊落以使才。造懷指事，不求纖密之巧；驅辭逐貌，唯取昭晰之能，此其所同也。〔註11〕

這裏面便把他們共同的作品形式、題材，與風格連帶敘出。就其特色言之，就是任才氣，表現磊落不拘的性情，統稱爲「建安風骨」。

四、形成慷慨任氣之文風

這個時期的文學以曹魏集團爲中心，建安作家經歷了漢末的大動亂，許多人捲入了戰亂的漩渦，這些廣泛的社會經歷，使文人們擴大了視野，體察了民情，故其詩文具有較充實的社會內容和作者的眞情實感，除七子外，另外還有路粹、繁欽、邯鄲淳、楊脩、應瑒、吳質、杜摯、左延年、繆襲、蔡琰等人都被招致鄴下。梁‧劉勰《文心雕龍卷九‧時序第四十五》曰：

> 自獻帝播遷，文學蓬轉，建安之末，區宇方輯。魏武以相王之尊，雅愛詩章；文帝以副君之重，妙善辭賦；陳思以公子之豪，下筆琳瑯；並體貌英逸，故俊才雲蒸。仲宣委質於漢南，孔璋歸命於河北，偉長從宦於青土，公幹徇質於海隅，德璉綜其斐然之思，元瑜展其翩翩之樂，文蔚（路粹）、休伯（繁欽）之儔，于叔（邯鄲淳）、德祖（楊脩）之侶，傲雅觴豆之前，雍容衽席之上，灑筆以成酣歌，和墨以藉談笑。觀其時文，雅好慷慨，良由世積亂離，風衰俗怨，並志深而筆長，故梗概而多氣也。〔註12〕

梁‧鍾嶸《詩品‧序》曰：

> 降及建安，曹公父子，篤好斯文；平原兄弟，鬱爲文棟；劉楨、王粲，爲其羽翼。次有攀龍托鳳，自致於屬車者，蓋將百計。彬彬之盛，大備於時矣。〔註13〕

　　　　間（1628～1644）太倉張氏原刊本），頁 56～57。
〔註11〕（梁）劉勰著，（清）范文瀾註：《文心雕龍註》（臺北：學海出版社，1988年 3 月初版），頁 66。
〔註12〕（梁）劉勰著，（清）范文瀾註：《文心雕龍註》（臺北：學海出版社，1988年 3 月初版），頁 673～674。
〔註13〕（梁）鍾嶸撰：《詩品》（明嘉靖間（1522～1566）長洲顧氏刊本），卷上，頁1。

　　建安時期，由於社會現實的影響，在文壇上形成的慷慨任氣之風，使在東漢逐漸駢化的文章趨勢，爲一股洶湧的迴流，這時作品都是以散帶賦，氣勢疏暢，論述事理則縱橫捭闔，抒發情意則抑揚往復，俳惻動人。這一文風表現在書牘中也很明顯，如魏‧曹丕〈又與吳質書〉云：

　　昔年疾疫，親故多離其災，徐、陳、應、劉，一時俱逝，痛可言邪！昔日游處，行則連輿，止則接席，何曾須臾相失？每至觴酌流行，絲竹並奏，酒酣耳熱，仰而賦詩，當此之時，忽然不自知樂也。謂百年己分，長共相保，何圖數年之間，零落略盡，言之傷心！

　　頃撰其遺文，都爲一集，觀其姓名，已爲鬼錄。追思昔遊，猶在心目，而此諸子化爲糞壤，可復道哉！觀古今文人，類不護細行，鮮皆能以名節自立。而偉長獨懷文抱質，恬淡寡欲，有箕山之志，可謂「彬彬君子」矣。著《中論》二十餘篇，成一家之業，辭義典雅，足傳於後，此子爲不朽矣。〔註14〕

　　前面悼念徐、陳、應、劉諸子，情意至爲深厚，雖句較整齊，但很自然，夫求辭義的屬對，時在偶句之後，束以單句，故不覺板滯。而「觀古今文人」以下一層接著，運用較重的散行句法，使氣勢舒徐和緩，駢散兼行，所以整篇文勢，隨著作者感情的轉換而縈迴動蕩。最後由傷悼朋友而轉念到自己，情致非常深永，是一篇優美的抒情之作。

　　所以說此期文風是曹氏父子倡導之，而建安七子發揚之，其中，孔融〈論盛孝章書〉氣勢雄邁、逸宕絕倫，陳琳〈答東阿王牋〉、〈爲曹洪與魏文帝書〉綜採繁縟、吐屬清華，阮瑀〈爲曹公作書與孫權〉是以洋洋灑灑的辭藻，誇張的形勢，引證古今，陳說利害，具有很大的鼓動力量，應瑒〈報龐惠恭書〉風骨峻爽、辭旨雅粹，並建安期中錚錚之作。〔註15〕

　　如此曹氏父子以帝王之尊提倡文學，不僅鼓起寫作的熱潮，而上行下效，形成一派作風。在他們的扶植下，形成了中國歷史上第一個優秀的文人群體，並創造了光輝的「建安文學」。

〔註14〕　（魏）曹丕撰：《魏文帝集》見（明）張溥輯：《漢魏六朝百三家集》（明崇禎間（1628～1644）太倉張氏原刊本），卷1，頁50～51。

〔註15〕　張仁青撰：《中國駢文發展史》（臺北：臺灣中華書局，1970年5月初版），頁264。

第二節　正始文風

　　從魏齊王（曹芳）正始年間（240～249）至司馬氏代魏（265）的這段時期中，以正始文學最具代表性。由於司馬氏專權所造成的恐怖氣氛，當時出現了「竹林七賢」這樣隱士集團，以阮籍、嵇康爲代表，多抒發憂生懼禍、高蹈遺世之情，藝術風格也多曲折幽深、清峻超拔的特色。

　　正始時期，曹芳年幼，輔政的是宗室曹爽與舊臣司馬懿。曹爽以宗室之重，曾擅權一時，起用一批名士，如何晏、夏侯玄等以爲羽翼。何晏、夏侯玄和同時的傅嘏、荀粲及後輩王弼皆以善談名理著稱。何、荀均好《老》、《莊》，王弼則精於《老》、《易》。

　　此外，阮籍、嵇康等亦以善談名理著稱，玄學因而興起。其要點在哲學方面講本體論；在政治方面則調和儒、道，雖崇尚「無爲」但強調儒家的「名分尊卑」；在人生方面則追求玄遠自然，神思超絕。

　　此時，文風趨向避世自保的態度，崇尚自然絕棄流俗的情調。

一、文起玄風，清峻幽深

　　司馬懿於魏齊王・嘉平元年（249），誅滅曹爽及其周圍的一批名士如何晏、夏侯玄等。司馬懿死後，司馬師、司馬昭相繼掌權，同樣以殺戮手段清除異己，造成一種高壓恐怖氣氛以懾服人心。同時又虛僞地提倡名教，宣稱「以孝治天下」。阮籍在〈大人先生傳〉曰：「君立而虐興，臣設而賊生，坐制禮法，束縛下民，欺愚誑拙，藏智自神。……假廉而成貪，內險而外仁。」在這種政治局面之下，當時的許多士大夫都採取了避世自全的態度。《三國志卷二十一・魏書・王粲傳第二十一附嵇康傳》裴松之注引《魏氏春秋》曰：「（嵇）康寓居河內之山陽縣，……與陳留阮籍、河內山濤、河南向秀、籍兄子咸、琅琊王戎、沛人劉伶相與友善，游於竹林，號爲七賢。」〔註16〕其放浪形骸，毫無檢束。

二、正始明道，文以自然

　　魏末時期，文人崇尚老、莊之道，文中棄禮法、去僞飾、率性自然。足以代表這時的作品，應推嵇康的〈與山巨源絕交書〉，這篇文章是嵇康公開和

〔註16〕（晉）陳壽撰，（劉宋）裴松之注：《三國志》（北京：中華書局，1982 年 7 月第 2 版），頁 606。

司馬氏集團決裂的宣言，他將個性無所隱飾的呈露，適應著他對個性的抒發，文筆極自由縱恣，盡致地展示了他那種崇尚自然絕棄流俗的情調。通篇文章駢散相兼，運以散文的氣度，帶動駢句，故語勢靈活，既不單調，也不呆滯，使人感覺辭意豐厚，從下文中即可窺見其特色：

> 老子、莊周吾之師也，親居賤職；柳下惠、東方朔，達人也，安乎卑位，吾豈敢短之哉！又仲尼兼愛，不羞執鞭；子文無欲卿相，而三登令尹。是乃君子思濟物之意也：所謂達則兼善而不渝，窮則自得而無悶。以此觀之，故堯、舜之君世，許由之巖棲，子房之佐漢，接輿之行歌，其揆一也。仰瞻數君，可謂能遂其志者也。故君子百行，殊塗而同致，循性而動，各附所安，故有處朝廷而不出，入山林而不返之論。且延陵高子臧之風，長卿慕相如之節，志氣所託，不可奪也。〔註17〕

文章的語言樸素明暢，其中運用許多高人雅士的典型，意在說明道理，這些都明顯地體現出魏末正始時的文風。

第三節　晉代文風

西晉文學繁榮的時期是晉武帝‧太康（280～289）年間。梁‧鍾嶸《詩品‧序》曰：「晉太康中，三張、二陸、兩潘、一左，勃爾復興。踵武前王，風流未沫，亦文章之中興也。」〔註18〕此時社會穩定，文人有時間和精力來深入研究文學創作問題。如西晉‧陸機作〈文賦〉專論為文之道，對形式技巧問題也加以探討。

西晉時期作家多重技巧，注意詞華，道家自然觀念融入文中更蔚為風潮。西晉亡後，東晉文人警覺清談誤國，因此有些文人摒棄《老》、《莊》思想，為文感傷國破家亡。如劉琨〈答盧諶書〉。

一、各體雜陳、鮮美繽紛

從曹丕的時代起，文學已開始逐漸從經學的附庸地位中獨立出來，進入

〔註17〕　（魏）嵇康撰：《嵇中散集》見（明）張溥輯：《漢魏六朝百三家集》（明崇禎間（1628～1644）太倉張氏原刊本），頁8～9。

〔註18〕　（梁）鍾嶸撰：《詩品》（明嘉靖間（1522～1566）長洲顧氏刊本），卷上，頁1。

自覺發展的軌道。建安文人就已相當重視詞采的華茂，講究形式技巧，太康
文人沿著這一軌道加以發展，也是文學發展的趨勢使然。形成晉初文壇盛況，
但還在各體雜文的鮮美繽紛階段。西晉・陸機〈文賦〉曰：

> 其爲物也多姿，其爲體也屢遷，其會意也尚巧，其遣言也貴妍。暨
> 音聲之迭代，若五色之相宣。〔註19〕

當時文風追求辭藻的華美和對偶的工整。

梁・劉勰《文心雕龍卷七・情采第三十一》曰：

> 昔詩人什篇，爲情而造文；辭人賦頌，爲文而造情。……心非鬱陶，
> 苟馳夸飾，鬻聲釣世，此爲文而造情也。故爲情者要約而寫眞，爲
> 文者淫麗而煩濫。而後之作者，採濫忽眞，……故有志深軒冕，而
> 汎詠皋壤；心纏幾務，而虛述人外。眞宰弗存，翩其反矣。〔註20〕

二、重視技巧、注意辭華

劉勰以「眞宰」表示文學的主宰在乎眞心，情要眞誠自然，才是眞正的
文學，且文章言辭應具有文采，始能流傳久遠。陸機主張在作品內的關鍵性
的地方，突出警句，綱舉目張，不致因文繁理富而成累，增加全文的光彩。
他的〈文賦〉是第一篇創作法的文章，其曰：

> 或文繁理富，而意不指適。極無兩致，盡不可益。立片言而居要，
> 乃一篇之警策。雖眾辭之有條，必待茲而效績；亮功多而累寡，故
> 取足而不易。〔註21〕

西晉武帝・太康時期的作家，多重視技巧，注意辭華。梁・劉勰《文心
雕龍卷九・時序第四十五》曰：

> 然晉雖不文，人才實盛：茂先搖筆而散珠，太沖動墨而橫錦，岳、
> 湛曜聯璧之華，機、雲標二俊之采。〔註22〕

陸雲在修辭藝術的主張，正是當代創作風氣在文論的反映，所以他說作

〔註19〕　（晉）陸機撰：《陸士衡文集》（明正德己卯（14 年，1519）都穆覆宋刊本），
　　　　　卷 1，頁 3。
〔註20〕　（梁）劉勰著，（清）范文瀾註：《文心雕龍注》（臺北：學海出版社，1988
　　　　　年 3 月初版），頁 538。
〔註21〕　（晉）陸機撰：《陸士衡文集》（明正德己卯（14 年，1519）都穆覆宋刊本），
　　　　　卷 1，頁 3。
〔註22〕　（梁）劉勰著，（清）范文瀾註：《文心雕龍注》（臺北：學海出版社，1988
　　　　　年 3 月初版），頁 672。

文時要有發人耳目的警句，提出「出語」、「出言」之說，文章中要有獨特峭拔的語句，來突顯主題，以振撼人心。如〈與兄平原書〉第四首云：「〈祠堂頌〉已得省，兄文不復稍論，常佳，然了不見出語。」又第五首云：「〈劉氏頌〉極佳，但無出言耳。」

三、法自然、重本性

魏晉以來道學盛行，自然觀念蔚為風潮。自然有兩義：一指自然物，往往用「天地」概言之；一指自然而然，即本色、本性，往往用「素」、「樸」代言之。《老子》第二十五章曰：「人法地，地法天，天法道，道法自然。」王弼注曰：

> 法，謂法則也。人不違地，乃得全安，法地也。地不違天，乃得全載，法天也。天不違道，乃得全覆，法道也。道不違自然，乃得其性，法自然也。法自然者，在方而法方，在圓而法圓，於自然無所違也。自然者，無稱之言，窮極之辭也。〔註23〕

「自然」，就是自然本性，各物皆有其本性，各物皆能順其本性而存在，即為「法自然」。當時玄學家們肯定人的自然本性、自由意志，反對禮法戕害人性，任自然的作風一時蔚為風氣。文學的創作，應自然，不刻意造作文學的創作，整個實踐過程，是在作者的思想不斷活動下進行的。從外界事物激起創作動機而進入深遠的思索，思緒由朦朧而漸明晰，由艱澀而至暢利，然後進入組織辭理的複雜階段，直至最後篇章形成。陸雲在〈與兄平原書〉中，常提「清」的觀念，用不同字眼。如用「清省」，〈與兄平原書〉第十一首云：「雲今意視文，乃好清省，欲無以尚。意之至此，乃出自然。」作文章乃自然而然，借外物的觸發，產生靈感，不假思索，自然合於法度。又第廿一首云：「張公文，無他異，正自情省，無煩長。作文正爾，自復佳。」〔註24〕用「清工」，第九首云：「〈感逝賦〉愈前恐，故當小不然一至不復滅，〈漏賦〉可謂清工。」又第十八首云：「〈祖德頌〉無大諫語耳，然靡靡清工，用辭緯澤，亦未易，恐兄未熟視之耳。」又第廿五首云：「兄〈園蔡詩〉

〔註23〕 （魏）王弼著，樓宇烈校釋：《王弼集校釋》（臺北：華正書局，1992 年 12月初版），頁 65。

〔註24〕 王運熙，顧易生主編：《中國文學批評通史──魏晉南北朝卷》（上海：上海古籍出版社，1996 年 12 月第一版），頁 114。此處所謂「情省」，疑當作「清省」之誤。

清工，然猶復非兄詩妙者。」用「清妙」，第九首云：「省〈述思賦〉，流深情至言，實爲清妙。」又第十首云：「〈弔蔡君〉清妙不可言。」用「清利」，第十首云：「〈丞相贊〉云：「披結散紛」辭中原不清利。」用「清新」，第十一首云：

> 兄文章之高遠絕異，不可復稱言，然猶皆欲微多，但清新相接，不以此爲病耳。若復令小省，恐其妙欲不見可復稱極，不審兄由以爲爾不？

用「清美」，第十一首云：「〈茂曹碑〉皆自是蔡氏碑之上者，比視蔡氏數十碑，殊多不及，言亦自清美。」

用「清絕」，第十三首云：「昔讀《楚辭》，意不大愛之。頃日視之，實自清絕滔滔。」用「清約」，第廿二首云：「兄〈丞相箋〉小多，不如〈女史〉清約耳。」

「清」乃是指文句的精約省練。所以梁・劉勰《文心雕龍卷十・才略第四十七》曰：

> 陸機才欲窺深，辭務索廣，故思能入巧，而不制繁。士龍朗練，以識檢亂，故能布采鮮淨，敏於短篇。〔註25〕

東晉文學繁榮於元帝、明帝年間（317～325）。梁・鍾嶸《詩品・序》曰：「永嘉時，貴黃、老，稍尚虛談。于時篇什，理過其辭，淡乎寡味。爰及江表，微波尚傳。」〔註26〕如梁・劉勰《文心雕龍卷九・時序第四十五》曰：

> 元皇（東晉元帝）中興，披文建學……逮明帝秉哲，雅好文會，升儲御極，孳孳講藝，練情於誥策，振采於辭賦……及成、康促齡，穆、哀短祚，簡文勃興，淵乎清峻，微言精理，函滿玄席，澹思濃采，時灑文圃。至孝武不嗣，安、恭已矣。〔註27〕

四、崇尚現實、遠「老莊」之學

西晉時期，老莊學說盛行，但西晉一亡，即說成清談誤國。東晉偏安江

〔註25〕（梁）劉勰著，（清）范文瀾註：《文心雕龍注》（臺北：學海出版社，1988年3月初版），頁698。

〔註26〕（梁）鍾嶸撰：《詩品》（明嘉靖間（1522～1566）長洲顧氏刊本），卷上，頁1。

〔註27〕（梁）劉勰著，（清）范文瀾註：《文心雕龍注》（臺北：學海出版社，1988年3月初版），頁674～675。

左，常念收復失土，戰亂頻仍，此時有些文人痛心於國破家亡，如劉琨身心遭遇極大的創傷，作品有所改變，梁・鍾嶸《詩品》曰：「劉越石伕清剛之氣。」〔註28〕梁・劉勰《文心雕龍卷十・才略第四十七》曰：「劉琨雅壯而多風，……亦遇之於時勢也。」〔註29〕如劉琨〈答盧諶書〉云：

> 昔在少壯，未嘗檢括，遠慕老莊之齊物，近嘉阮生之放曠，怪厚薄何從而生，哀樂何由而至？自頃輈張，困於逆亂，國破家亡，親友彫殘。

> 負杖行吟，則百憂俱至；塊然獨坐，則哀憤兩集。〔註30〕

書牘中劉琨敘述了自己思想的變化，對自己從前「遠慕老莊之齊物，近喜阮生之放曠」的行為進行了反省和批判，這是作者在經過「國破家亡」的生活巨變之後得出的深刻體會。

除了從他聲淚俱下的悲訴中，感到他心情中創痛之深重，還可看到，由於殘酷的現實生活給予他的鍛鍊，使他的思想感情不得不由早年的浪漫而歸到當前的現實。由此也可證明，永嘉前後一班統治貴族高談玄理之為徹底虛偽。此文層次分明，騰挪跌宕，慷慨激昂，深摯動人。文字簡約勁拔，辭約意豐，洋溢著愛國的感情，在當時的文壇上是不可多得的。

至晉末文風轉為直率自然，如陶淵明與自然合而為一的悠然心境，為文沖淡閒遠之致。其〈與子儼等疏〉云：

> 天地賦命，生必有死，自古賢聖，誰能獨免？子夏有言：「死生有命，富貴在天。」四友之人，親受音旨，發斯談者，將非窮達不可妄求，壽夭永無外請故耶？……

> 余嘗感孺仲賢妻之言，敗絮自擁，何慚兒子？此既一事矣，但恨鄰靡二仲，室無萊婦，抱茲苦心，良獨內愧。〔註31〕

〔註28〕（梁）鍾嶸撰：《詩品》（明嘉靖間（1522～1566）長洲顧氏刊本），卷上，頁2。

〔註29〕（梁）劉勰著，（清）范文瀾註：《文心雕龍注》（臺北：學海出版社，1988年3月初版），頁698。

〔註30〕（晉）劉琨撰：《劉越石集》見（明）張溥輯：《漢魏六朝百三家集》（明崇禎間（1628～1644）太倉張氏原刊本），頁14～15。

〔註31〕（劉宋）陶潛撰：《陶彭澤集》見（明）張溥輯：《漢魏六朝百三家集》（明崇禎間（1628～1644）太倉張氏原刊本），頁9～10。

第四節　南北朝文風

　　南朝文風盛行書寫個人日常生活感受之情趣及山水之美，吟詠情性及山水審美成為文學的主要題材，此時，文學創作已相當獨立自由。北朝受鮮卑外族統治，鮮卑並無文化，北朝文風受南朝文人羈留北朝者的影響。

一、南朝文風

　　南朝宋、齊、梁、陳四代帝王皆才情洋溢，且倡導文學。南朝文人談及吟詠情性，常抒寫個人日常生活中的思想感受和情趣，這時文辭綺麗之風極盛。南朝以來，隨著人們對自然山水審美意識的發展，自然山水成為詩文中的主要題材，在文人的書牘中敘寫山水勝景，成為一時風氣。

（一）劉宋時期（420～479）

　　（劉）宋是繼東晉以後在南方建立的封建王朝。晉安帝・元興二年（403），荊州刺史桓玄代晉稱帝。第二年，當時的北府兵將領劉裕在京口（今江蘇鎮江市）和廣陵（今江蘇揚州市）兩地起兵，推翻桓玄，名義上恢復晉朝的統治，實際上掌握了東晉的軍政大權。過了十五年，晉恭帝・元熙二年（420），劉裕就建立宋朝，都於建康（今南京）。劉裕以後，一共傳了七代，到宋順帝・昇明三年（479），又為蕭齊所滅。〔註32〕

　　梁・劉勰《文心雕龍卷九・時序第四十五》曰：

> 自宋武愛文，文帝彬雅，秉文之德，孝武多才，英采雲搆。自明帝
> 以下，文理替矣。爾其縉紳之林，霞蔚而颷起：王、袁聯宗以龍章，
> 顏、謝重葉以鳳采，何、范、張、沈之徒，亦不可勝也。〔註33〕

　　此雖就詩而言，然書牘之內容亦是如此。如王微〈報何偃書〉、袁淑〈與始興王濬書〉、顏延之〈弔張茂度書〉、謝靈運〈與廬陵王義真牋〉和鮑照〈登大雷岸與妹書〉等皆是。

　　梁・劉勰《文心雕龍卷二・明詩第六》曰：

> 宋初文詠，體有因革，莊、老告退，而山水方滋，儷采百字之偶，
> 爭價一句之奇，情必極貌以寫物，辭必窮力而追新，此近世之所

〔註32〕　（梁）沈約撰：《宋書》（北京：中華書局，1983 年 4 月第 2 次印刷），頁 1。
〔註33〕　（梁）劉勰著，（清）范文瀾註：《文心雕龍注》（臺北：學海出版社，1988年 3 月初版），頁 675。

競也。〔註 34〕

鮑照〈登大雷岸與妹書〉這篇書牘是劉宋文帝‧元嘉十六年（439）隨臨川王劉義慶赴江州時所寫。由於長途旅行，備歷辛苦，所有山川景物，均自其親切感受中，以錘鍊精工的筆力，烘染出來，都呈現出無限奇突壯偉的氣勢。書牘中恣筆描寫，窮盡山水奇壯的神貌。鮑照才高氣勝不僅是他的文風，也代表了他的人格，是劉宋時期一篇具有創造性的寫景文。

（二）南齊時期（479～502）

南齊是南北朝時期繼宋以後在南方割據的封建王朝。公元 479 年，蕭道成（高帝）建立南齊，傳了三代（武帝、鬱林王、海陵王）。494 年蕭道成侄子蕭鸞（明帝）奪取了帝位，傳了兩代（東昏侯、和帝）。502 年，蕭衍（梁武帝）滅了南齊，另建了梁朝。南齊的統治只有二十三年，是南北朝時期最短促的一個朝代。它建都在建康（今南京），統治的地區西到現在的四川，北到淮河、漢水，蕭鸞時期又在淮河以南失去一些地方。當時同南齊對立的，是割據北方的北魏封建政權（386～534）。〔註 35〕

梁‧劉勰《文心雕龍卷九‧時序第四十五》曰：

> 暨皇齊馭寶，運集休明：太祖以聖武膺籙，高祖（世祖）以睿文纂業，文帝以貳離含章，中宗（高宗）以上哲興運，並文明自天，緝熙景祚。今聖歷方興，文思光被，海岳降神，才英秀發，馭飛龍於天衢，駕騏驥於萬里，經典禮章，跨周轢漢，唐虞之文，其鼎盛乎！〔註 36〕

南齊時期文人書牘亦是聲色並茂、情文相生，如王融〈謝武陵王賜弓啓〉、〈謝竟陵王示扇啓〉，謝朓〈謝隨王賜左傳啓〉、〈謝隨王賜紫梨啓〉、〈拜中軍記室辭隨王牋〉，南梁‧簡文帝〈與湘東王論文書〉推謝朓作品爲「文章冠冕、述作楷模」。

江淹〈與交友論隱書〉，內秀而外嚴，意腴而詞樸，光采不露，簡古獨絕。

〔註 34〕（梁）劉勰著，（清）范文瀾註：《文心雕龍注》（臺北：學海出版社，1988 年 3 月初版），頁 67。

〔註 35〕（梁）蕭子顯撰：《宋書》（北京：中華書局，1972 年 1 月第 1 版），頁 1。

〔註 36〕（梁）劉勰著，（清）范文瀾註：《文心雕龍注》（臺北：學海出版社，1988 年 3 月初版），頁 675。

任昉極力追求文筆的精美，當時文檀上盛加推贊的「任筆」，即足表明這種趨向。這種力求文筆的精美，主要是適應當時統治階級妝點門面的需要。據《南史・任昉傳》曰：「當時王公表奏，莫不請焉，起草即成。……梁臺建，禪讓文誥，多昉所具。」

（三）蕭梁時期（502～557）

梁是繼齊後，在江南建立的封建王朝。梁自蕭衍（梁武帝）建國，到蕭方智（梁敬帝）時滅亡，共五十六年。梁代前期，是同割據北方的北魏對立的。北魏分裂成東魏、西魏後，梁和東、西魏成為鼎足三分的形勢。〔註37〕

1、蕭衍文學集團

蕭衍（梁武帝）雖為武將，亦具文學涵養，清・趙翼曰：「創業之君，兼擅才學，固已曠絕百代。」〔註38〕引進文學之士如裴子野、吳均、徐勉等人，倡導儒學，發展文史，吟詩論文隸事，反對聲律說及輕艷放蕩的宮體詩。〔註39〕《南史卷七十二・列傳第六十二・文學傳序》曰：

> 自中原沸騰，五馬南度，綴文之士，無乏於時。降及梁朝，其流彌
> 盛，蓋由時主儒雅，篤好文章，故才秀之士，煥乎俱集。於是武帝
> 每所臨幸，輒命群臣賦詩，其文之善者賜以金帛。是以縉紳之士，
> 咸知自勵。〔註40〕

2、蕭統文學集團

梁・昭明太子蕭統，梁武帝・天監元年拜為太子，至中大通三年薨。主掌東宮三十年，僚佐中人才濟濟，如劉勰、劉孝綽、何遜、王筠等，在論學、論文之餘，他們共同編輯《詩苑英華》、《文選》。蕭統才華豔發，麗采朗映，所作書牘體，亦有極絢麗者，如〈答湘東王求文集及《詩苑英華》書〉；有極柔婉者，如〈與何胤書〉；有極樸茂者，如〈與晉安王書〉。〔註41〕

〔註37〕（唐）姚思廉撰：《梁書》（北京：中華書局，1973年5月第1版），頁1。

〔註38〕（清）趙翼撰：《廿二史劄記校證》（臺北：仁愛書局，1984年9月初版），卷12，頁245。

〔註39〕（唐）姚思廉撰：《梁書》（北京：中華書局，1973年5月第1版），頁447。《梁書卷三十・列傳第二十四・徐摛》曰：「摛文體既別，春坊盡學之，宮體之號，自斯而起。高祖（梁武帝）聞之怒，召摛加讓。」

〔註40〕（唐）李延壽撰：《南史》（北京：中華書局，1975年6月第1版），頁1762。

〔註41〕張仁青撰：《中國駢文發展史》（臺北：臺灣中華書局，1970年5月初版），頁370。

3、蕭綱文學集團

梁武帝‧中大通三年，蕭統過世，蕭綱拜爲太子，東宮文士萃集。主要成員有蕭子顯、徐摛、庾肩吾、劉孝威、徐陵、庾信等人，他們的文論追求新變，惻豔放蕩的宮體詩是他們的傑作。梁‧簡文帝〈答湘東王和受試詩書〉（〈與湘東王論文書〉）云：

> 又時有效謝康樂、裴鴻臚文者，亦頗有惑焉。何者？謝客吐言天拔，出於自然，時有不拘，是其糟粕。裴氏乃是良史之才，了無篇什之美。是爲學謝則不屆其精華，但得其冗長；師裴則蔑絕其所長，惟得其所短。謝故巧不可階，裴亦質不宜慕。〔註42〕

書牘中梁‧簡文帝認爲謝靈運的文章是「巧不可階」，裴子野是「質不宜慕」，從而反對謝的「一歸自然」，裴的「不尚綺靡」，如此更助長了綺靡文風。

4、蕭繹文學集團

蕭繹是梁武帝第七子，梁武帝‧普通七年，出使荊州，太清元年，又重任荊州刺史，西府文學之士雲集，如蕭子雲、陸雲公、顏之推、徐陵等人，文學因此大昌。

由這些文學集團可知梁朝文風鼎盛，文人輩出，他們共同致力於文學創作，帶動文壇興盛，此時文風趨向唯美之風。

（四）南朝陳時期（557～589）

陳是繼梁後，在江南建立的封建王朝。陳自陳霸先（陳武帝）建國，到陳叔寶（陳後主）時被隋所滅，歷時三十三年。陳建立後，北齊和北周已經代替了東、西魏，仍然是三分的局面。六世紀七、八十年代，北周和隋相繼統一了北方，六世紀末，隋滅陳，結束了南北的分裂。〔註43〕

此期文風如《陳書卷三十四‧列傳第二十八‧文學傳序》曰：

> 自楚、漢以降，辭人世出，洛汭、江左，其流彌暢。莫不思侔造化，明竝日月，大則憲章典謨，裨贊王道；小則文理清正，申紓性靈。至於經禮樂，綜人倫，通古今，述美惡，莫尚乎此。後主嗣業，雅尚文詞，傍求學藝，煥乎俱集。

〔註42〕（梁）簡文帝撰：《梁簡文帝集》見（明）張溥輯：《漢魏六朝百三家集》（明崇禎間（1628～1644）太倉張氏原刊本），卷1，頁55～56。

〔註43〕（唐）姚思廉撰：《陳書》（北京：中華書局，1974年2月，第2次印刷），頁1。

> 每臣下表疏及獻上賦頌者，躬自省覽，其有辭工，則神筆賞激，加
> 其爵位，是以縉紳之徒，咸知自勵矣。〔註44〕

陳後主弔東宮管記陸瑜之逝，〈與江總書〉論述其美。由於私交甚篤，情分逾恆，故能言哀入痛，扣人心弦，至其意境之清新，辭藻之華靡，直如一幅風景畫、一首散文詩。〔註45〕

陳代文章之工麗者，尚有周弘讓〈答王褒書〉、伏知道〈爲王寬與婦義安主書〉及陳暄〈與兄子秀書〉等，莫不繪句綺章、妃青媲白。〔註46〕

二、北朝文風

北朝受鮮卑外族統治，並無漢文化，而是受南朝文人羈留北朝者的影響。

（一）質樸剛毅、異於南朝

公元六世紀二十年代，黃河流域的各族人民大起義，瓦解了統治中國北部的北魏（396～534）封建王朝。在這場激烈的階級搏鬥中，地主階級紛紛組織反動武裝，共同鎮壓起義軍，同時又互相爭霸。最後在北方形成東魏（534～550）和西魏（535～556）兩個封建割據政權，與割據江淮以南的梁（502～557）政權三分鼎立。後來，東魏改（北）齊（550～577），西魏改（北）周（557～581）。〔註47〕

《北史卷八十三·列傳第七十一·文苑傳序》曰：

> 既永明、天監之際，太和、天保之間，洛陽江左，文雅尤盛。彼此
> 好尚，互有異同。江左宮商發越，貴於清綺，河朔詞義貞剛，重乎
> 氣質。氣質則理勝其詞，清綺則文過其意。理深者便於時用，文華
> 者宜於詠歌。此其南北詞人得失之大較也。〔註48〕

此指北朝文風，自北魏孝文帝·太和、北齊文宣帝·天保以來，用詞質

〔註44〕（唐）姚思廉撰：《陳書》（北京：中華書局，1974 年 2 月第 2 次印刷），頁453。

〔註45〕張仁青撰：《中國駢文發展史》（臺北：臺灣中華書局，1970 年 5 月初版），頁388～389。

〔註46〕張仁青撰：《中國駢文發展史》（臺北：臺灣中華書局，1970 年 5 月初版），頁391。

〔註47〕（唐）令狐德棻等撰：《周書》（北京：中華書局，1983 年 10 月第 3 次印刷），頁 1。

〔註48〕（唐）李延壽撰：《北史》（北京：中華書局，1974 年 10 月第 1 版），頁 2781～2782。

樸，富剛健之氣，已有異於南朝文風的特色。

《魏書卷八十五・列傳文苑第七十三》曰：

> 昭成、太祖之世，南收燕趙，網羅俊乂。逮高祖馭天，銳情文學，蓋以頡頏漢徹，掩踔曹丕，氣韻高豔，才藻獨構。衣冠仰止，咸慕新風。肅宗歷位，文雅大盛，學者如牛毛，成者如麟角，孔子曰：「才難，不其然乎？」〔註49〕

《北齊書卷四十五・列傳第三十七・文苑傳序》曰：

> 有齊自霸圖云啓，廣延髦儁，開四門以納之，舉八紘以掩之，鄴京之下，煙霏霧集，⋯⋯北平陽子烈並其流也。復有范陽祖鴻勳亦參文士之列。〔註50〕

（二）摹擬南朝、輕綺清新

北朝文章「舍文尚質」是其本色，文士中最負盛名者，如北齊有陽休之、祖鴻勳，爲文清剛質實，但隨著南方文士的滯留北方，其因，一是侯景亂梁時入東魏鄴下的有顏之推、蕭愨；一是江陵陷後虜入西魏長安的王褒，及在此前以出使西魏，及江陵破，遂留北不返，後改仕北周的庾信，他們的作品仍保留南朝唯美的文風，於是「南方輕綺之文，漸爲北人所崇尚」。〔註51〕

北朝文人摹擬南朝的作品而爲文，如李那的作品，令徐陵贊賞。陳・徐陵〈與李那書〉云：

> 平生壯意，竊愛篇章，忽覯高文，載懷勞佇。此後殷儀同至止，王人授館，用阻班荊。常在公筵，敬析名作。獲殷公所借〈陪駕終南〉、〈入重陽閣〉詩，及〈荊州大乘寺〉、〈宜陽石像碑〉四首，鏗鏘并奏，能驚趙鞅之魂；輝煥相華，時瞬安豐之眼。〔註52〕

徐陵從北周使臣殷不害處見到李那的四首詩，寫信贊賞其詩題材爲前人所無，且「標句清新，發言哀斷，⋯⋯披文相質，意致縱橫，才壯風雲，義深淵海。」表現出與梁、陳的「宮體詩」不同的創作傾向。

〔註49〕（北齊）魏收撰：《魏書》（北京：中華書局，1974年6月第1版），頁1869。

〔註50〕（唐）李百藥撰：《北齊書》（北京：中華書局，1973年4月第2次印刷），頁602～603。

〔註51〕（清）劉師培著：《劉申叔遺書・南北文學不同論》（上海：江蘇古籍出版社，據寧武南氏1934年校印本影印，1997年11月第一版），上冊，頁562。

〔註52〕（陳）徐陵撰：《徐僕射集》見（明）張溥輯：《漢魏六朝百三家集》（明崇禎間（1628～1644）太倉張氏原刊本），頁86～88。

第四章 魏晉南北朝書牘中的儒學思想

　　魏晉南北朝時代，戰亂頻仍，門閥世族掌握了朝廷與地方大權，儒學思想有助於鞏固世襲門第及倫常制度，使儒學成為門第持重守身、治家、經世的重要思想，文人以此教育子弟，也以此訓誡子弟。

　　弘揚儒學成為施政首務，如曹操於建安八年下令：

　　　　喪亂以來，十又五年，後生者不見仁義禮讓之風，吾甚傷之。其令
　　　　郡國各修文學，縣滿五百戶置校官，選其鄉之俊造而教學之，庶幾
　　　　先生之道不廢而有益於天下。〔註1〕

開始整頓文學、校官、選才，期能重建仁義禮讓之風。

　　及至西晉・司馬炎採納傅玄諫言：「夫儒學者王教之首也，尊其道、貴其業、重其選，猶恐化之不崇。」〔註2〕特重禮義教化及拔擢人才之道。其後，東晉偏安江左，為振興國家為念，丞相王導上奏元帝曰：

　　　　夫治化之本，在於正人倫，人倫之正，存乎設庠序，庠序設而五教
　　　　明，則德化洽通，彝倫攸敘，有恥且格。父子夫婦長幼之序順，而
　　　　君臣之意固矣。《易》所謂「正家而天下定」者也。……取才用士，
　　　　咸先本之於學。故《周禮》，卿大夫獻賢能之疏於王，王拜而受之，
　　　　所以尊道而貴士也。〔註3〕

〔註1〕　（晉）陳壽撰，（宋）裴松之注：《三國志》（北京：中華書局，1982 年 7 月第2 版），頁 24。

〔註2〕　（唐）房玄齡等撰：《晉書》（北京：中華書局，1982 年 12 月第 2 次印刷），頁 1319。

〔註3〕　（唐）房玄齡等撰：《晉書》（北京：中華書局，1982 年 12 月第 2 次印刷），頁 1747。

元帝欣然採用，且聲言儒學是「經國之務，爲政所由」。〔註4〕

及劉宋建國，武帝認爲振興國學是穩定政局的重要憑藉，因此於永初三年……乙丑，詔曰：

> 古之建國，教學爲先，弘風訓世，莫尚於此，發蒙啓滯，咸必由之。故爰自盛王，迄于近代，莫不敦崇學藝，修建庠序。自昔多故，戎馬在郊，旍旗卷舒，日不暇給。遂令學校荒廢，講誦蔑聞，軍旅日陳，俎豆藏器，訓誘之風，將墜于地。後生大懼於牆面，故老竊歎於子衿。此《國風》所以永思，《小雅》所以懷古。今王略遠屆，華域載清，仰風之士，日月以冀。便宜博延冑子，陶獎童蒙，選備儒官，弘振國學。主者考詳舊典，以時施行。〔註5〕

劉宋武帝在位期間致力重振教學，擢拔儒士，對劉宋時代的儒學奠下基礎。文帝時，開立儒、玄、史、文四學館，並以儒學館，作爲學官體系之首。並於元嘉十九年重修孔墓，復立國子之學，詔曰：

> 夫所因者本，聖哲之遠教，本立化成，學之爲貴。故詔以三德，崇以四術，用能納諸義方，致之軌度。盛王聖世，咸必由之。永初受命，憲章弘遠，將陶鈞庶品，混一殊風，有詔典司，大啓庠序，而頻遘屯夷，未及修建。永瞻前猷，思敷鴻烈。今方隅乂寧，戎夏慕嚮，廣訓冑子，實維時務。便可式遵成規，闡揚景業。〔註6〕

之後，劉宋明帝・泰始六年，九月戊寅，立「總明觀」，徵學士以充之。〔註7〕以儒、道、文、史、陰陽等五部區分學科，而以儒學爲首。文、明二帝所設學館學科都是以儒學爲首，實已揭示當時學風以儒學思想爲本。

及梁武帝建制梁朝，認爲儒學不振，大至喪國，小至亂世。乃於天監四年春正月癸卯朔，詔曰：「今九流常選，年未三十，不通一經，不得解褐。若有才同甘、顏，勿限年次。」置五經博士各一人。〔註8〕自此治五禮、定六律〔註9〕，脩飾國學，增廣生員、立五館、置五經博士。〔註10〕天監七年二月庚

〔註4〕 （唐）房玄齡等撰：《晉書》（北京：中華書局，1982年12月第2次印刷），頁1978。

〔註5〕 （梁）沈約撰：《宋書》（北京：中華書局，1983年4月第2次印刷），頁58。

〔註6〕 （梁）沈約撰：《宋書》（北京：中華書局，1983年4月第2次印刷），頁89。

〔註7〕 （梁）沈約撰：《宋書》（北京：中華書局，1983年4月第2次印刷），頁167。

〔註8〕 （唐）姚思廉撰：《梁書》（北京：中華書局，1973年5月第1版），頁41。

〔註9〕 （唐）姚思廉撰：《梁書》（北京：中華書局，1973年5月第1版），頁97。

〔註10〕 （唐）姚思廉撰：《梁書》（北京：中華書局，1973年5月第1版），頁96。

午，詔於州郡縣置州望、郡宗、鄉豪各一人，專掌搜薦。〔註11〕至此九流常選代替九品中正。〔註12〕天監八年五月壬午，詔曰：

> 學以從政，殷勤往哲，祿在其中，抑亦前事。朕思闡治綱，每敦儒術，軾閭闢館，造次以之。故負笈成風，甲科間出，方當置諸周行，飾以青紫。其有能通一經、始末無倦者，策實之後，選可量加敍錄。
> 雖復牛監羊肆，寒品後門，並隨才試吏，勿有遺隔。〔註13〕

梁武帝詔告天下，只要能通一經者，策實以後，即可為官，因此當時無膏梁、寒素之隔。〔註14〕

梁武帝亦設立國學，教化皇室宗族之子，於天監七年春正月乙酉朔，詔曰：「建國君民，立教為首。不學將落，嘉植靡由。……宜大啟庠敩，博延冑子。」〔註15〕大同中，於臺西立士林館，領軍朱异、太府卿賀琛、舍人孔子袪等遞相講述。皇太子、宣城王亦於東宮宣猷堂及揚州廨開講，於是四方郡國，趨學向風，雲集於京師矣。〔註16〕

魏晉南北朝時期，門閥世族掌握朝廷與地方的大權，隨著此制度的形成與鞏固，使他們都非常重視倫常制度，因為這是維繫優越性的憑藉，他們把儒學精髓來教導子弟勉學求名、立身治家、經世濟民，特以書牘告誡子弟。如西晉‧羊祜〈誡子書〉、東晉‧陶潛〈與子儼等疏〉、劉宋‧雷次宗〈與子姪書〉、南齊‧王僧虔〈誡子書〉、梁‧簡文帝〈誡當陽公大心書〉、梁‧元帝〈與學生書〉。

第一節　論治學

生命的意義是留名後世，富貴榮寵如雲煙。故談治學，都以努力治學，勤奮著書。

〔註11〕（唐）姚思廉撰：《梁書》（北京：中華書局，1973年5月第1版），頁47。
〔註12〕（元）馬端臨撰：《文獻通考》（臺北：臺灣商務印書館，1987年12月臺1版），卷28，頁268。
　　　　《文獻通考》曰：「梁初無中正制，年二十五方得入仕。又制九流常選。」
〔註13〕（唐）姚思廉撰：《梁書》（北京：中華書局，1973年5月第1版），頁47。
〔註14〕（元）馬端臨撰：《文獻通考》（臺北：臺灣商務印書館，1987年12月臺1版），卷28，頁268。
〔註15〕（唐）姚思廉撰：《梁書》（北京：中華書局，1973年5月第1版），頁46。
〔註16〕（唐）姚思廉撰：《梁書》（北京：中華書局，1973年5月第1版），頁96。

　　魏・曹丕的《典論・論文》曰：「文章乃經國之大業，不朽之盛事。」這可說從儒家立德、立言、立功三不朽的觀點出發的，且「立言」已經成為儒者身後之名的依託。曹丕〈與王朗書〉云：

　　生有七尺之形，死惟一棺之土。惟立德揚名，可以不朽，其次莫如
　　著篇籍。……

　　故論撰所著《典論》詩賦，蓋百餘篇，集諸儒于肅城門內，講論大
　　義，侃侃無倦。〔註17〕

　　曹丕感慨人生短暫，他認為應努力治學，勤奮著書以垂後世，如此生命才有意義。如〈又與吳質書〉亦云：

　　偉長獨懷文抱質，恬淡寡欲，有箕山之志，可謂彬彬君子者矣。著
　　《中論》二十餘篇，成一家之言，辭義典雅，足傳于後，此子為不
　　朽矣。〔註18〕

　　可見曹丕從儒家觀點讚美徐幹，對《中論》之能傳於後世、不朽，亦出儒學觀點。

　　魏・曹植與好友楊脩暢談文學見解與政治抱負，想做為一名才華橫溢的文學大家。如〈與楊德祖書〉云：

　　今往僕少小所著辭賦一通相與。夫街談巷說，必有可采；擊轅之歌，
　　有應《風》、《雅》，匹夫之思，未易輕棄也。辭賦小道，固未足以揄
　　揚大義，彰示來世也。昔揚子雲先朝執戟之臣耳，猶稱壯夫不為也。
　　吾雖薄德，位為蕃侯，猶庶幾戮力上國，流惠下民，建永世之業，
　　流金石之功，豈徒以翰墨為勳績，辭賦為君子哉！

　　若吾志未果，吾道不行，則將采庶官之實錄，辯時俗之得失，定仁
　　義之衷，成一家之言，雖未能藏之於名山，將以傳之於同好。非要
　　之皓首，豈今之論乎？〔註19〕

　　曹植自然是深諳為文之道的，因此他不僅能客觀地評論當時的文士，而且能認識到「世人之著述，不能無病」，因此而「好人譏彈」，以便「應時改

〔註17〕（清）嚴可均編：《全上古三代秦漢三國六朝文・全三國文》（臺北：世界書局，1963年5月二版），卷7，頁7。

〔註18〕（魏）曹丕撰：《魏文帝集》見（明）張溥輯：《漢魏六朝百三家集》（明崇禎間（1628～1644）太倉張氏原刊本），卷1，頁51。

〔註19〕（魏）曹植撰：《陳思王集》見（明）張溥輯：《漢魏六朝百三家集》（明崇禎間（1628～1644）太倉張氏原刊本），頁57～58。

定」其「不善者」，這種見解顯然是頗爲可貴的。然而，作者並不滿足於「以翰墨爲勳績，辭賦爲君子」，而是希望能夠「戮力上國，流惠下民，建永世之業，流金石之功。」可見其受儒學思想極大的制約。

魏·楊德祖〈答臨淄侯牋〉云：

今之賦頌，古詩之流，不更孔公，《風》、《雅》無別耳。脩家子雲，老不曉事，強著一書，悔其少作。若此仲山、周旦之儔，爲皆有譽邪！君侯忘聖賢之顯迹，述鄙宗之過言，竊以爲未之思也。〔註20〕

楊脩從聖賢之教的觀點，慰勉曹植，把儒學精神與詩賦文章的觀點結合起來。

魏·應璩亦規勸他的兩位從弟不要貪圖富貴榮寵，且明確表示歸田之志，潛心學術，揚名於世。如〈與從弟君苗、君胄書〉云：

邑人念弟無已，欲令州郡崇禮，師官授邑，誠美意也。……幸賴先君之靈，免負擔之勤，追蹤丈人，畜雞種黍，潛精墳籍，立身揚名，斯爲可矣。〔註21〕

劉宋·雷次宗亦以儒學思想勉勵子姪努力向學。如〈與子姪書〉云：

夫生之脩短，咸有定分，定分之外，不可以智力求，但當於所稟之中，順而勿率耳。吾少嬰羸患，事鍾養疾，爲性好閑，志栖物表，故雖在童稺之年，已懷遠迹之意。暨于弱冠，遂託業廬山，逮事釋和尚。于時師友淵源，務訓弘道，外慕等夷，內懷悱發，於是洗氣神明，玩心《墳》、《典》，勉志勤躬，夜以繼日。〔註22〕

梁·徐勉策勵兒子要自我勗勉「見賢思齊」，不可惛日玩時。如〈爲書誡子崧〉云：

古人所謂：「遺子黃金滿嬴（籯），不如一經。」……汝當自勗，見賢思齊，不宜忽略以棄日也。棄日乃是棄身，身名美惡，豈不大哉！可不愼歟？〔註23〕

〔註20〕（梁）蕭統撰，（唐）李善注：《文選》（臺北：臺灣中華書局，聚珍倣宋版印，1966 年 3 月臺一版），卷 40，頁 9～10。

〔註21〕（魏）應璩撰：《魏應休璉集》見（明）張溥輯：《漢魏六朝百三家集》（明崇禎間（1628～1644）太倉張氏原刊本），頁 6～7。

〔註22〕（清）嚴可均輯：《全上古三代秦漢三國六朝文·全宋文》（臺北：世界書局，1982 年 2 月 4 版），卷 29，頁 9。

〔註23〕（清）嚴可均編：《全上古三代秦漢三國六朝文·全梁文》（臺北：世界書局，1963 年 5 月二版），卷 50，頁 6。

祖先遺留子孫黃金，不如兒孫自己用功讀書。

蕭梁以儒學為治學精神，如昭明太子〈答晉安王書〉云：

> 昔梁王好士，淮南禮賢，遠致賓遊，廣招英俊，非惟藉甚，當時故亦傳聲不朽，必能虛己，自來慕義，含毫屬意，差有起予，攝養得宜，與時無爽耳。既責成有寄，居多暇日，殼核墳史，漁獵詞林，上下數千年間無人，致足樂也。〔註24〕

〈與何胤書〉亦云：

> 方今泰階端平，天下無事，修日養夕，差得從容，鑽閱六經，汎濫百氏，研尋物理，領略清言，既以自慰，且以自儆，而才性有限，思力匪長。熱疹惛憒，多懟過目，釋卷便忘。是以蒙求之懷，於茲彌軫。聊遣典書陳顯宗，申其蘊結，想敬口宜，此豈盡意？〔註25〕

在昭明太子門下的知名文學之士，有王錫、張纘、陸倕、張率、謝舉、王規、王筠、劉孝綽、到洽、張緬、殷芸、徐勉等人。劉勰亦曾為東宮通事舍人，受到禮遇。

梁·簡文帝〈誡當陽公大心書〉亦云：

> 汝年時尚幼，所闕者學。可久可大，其惟學歟！所以孔丘言：「吾嘗終日不食，終夜不寢，以思，無益，不如學也。」〔註26〕

蕭綱認為兒子身為王室子弟，深居宮中，生活安逸，易陷於驕恣。因而引孔子之言勉力大心要努力向學，來充實自己的內涵，提昇治國能力。

梁·元帝〈與學生書〉亦云：

> 吾聞斲玉為器，諭乎知道，惟山出泉，譬乎從學，是以執射執御，雖聖猶然，為弓為箕，不無以矣。抑又聞曰：「漢人流麥，晉人聚螢」，安有挾冊讀書，不覺風雨已至，朗月章奏，不知燼火為微。
> 〔註27〕

蕭繹諄諄告誡勉勵國學生力學，極具儒學的色彩。

〔註24〕（梁）蕭統撰：《梁昭明集》見（明）張溥輯：《漢魏六朝百三家集》（明崇禎間（1628～1644）太倉張氏原刊本），頁7。

〔註25〕（梁）蕭統撰：《梁昭明集》見（明）張溥輯：《漢魏六朝百三家集》（明崇禎間（1628～1644）太倉張氏原刊本），頁10。

〔註26〕（梁）簡文帝撰：《梁簡文帝集》見（明）張溥輯：《漢魏六朝百三家集》（明崇禎間（1628～1644）太倉張氏原刊本），卷1，頁62。

〔註27〕（梁）元帝撰：《梁元帝集》見（明）張溥輯：《漢魏六朝百三家集》（明崇禎間（1628～1644）太倉張氏原刊本），頁39。

第二節　論修養

　　儒家思想之言忠信、行篤敬、慎思與明辨成為最高的行為德目。書牘中談及修身，都強調恪遵德目以教誨子弟。

　　魏晉南北朝時，由於戰亂的頻繁，朝代的更迭，在這爭戰中，也致力人倫建設，以行德治、教化，以維持社會的綱常秩序。大抵是，以《詩》、《書》、《易》、《禮》、《春秋》為育人的內容，以崇仁勵義序人倫為中心思想，以培養君子人格，成為賢人。

　　魏·曹丕〈與王朗書〉云：「生有七尺之形，死為一棺之土，惟立德揚名，可以不朽。」人生短暫，惟立德揚名可不朽。

　　仕宦大族，為維護家風、長保冠冕，所以家書多勸子要修身養性。如：
西晉·羊祜〈誡子書〉亦云：

> 恭為德首，慎為行基，願汝等言則忠信，行則篤敬。無口許人以財，無傳不經之談，無聽毀譽之語。聞人之過，耳可得受，口不得宣，思而後動。若言行無信，身受大謗，自入刑論，豈復惜汝，恥及祖考。〔註28〕

　　羊祜生於魏、晉動盪時代，感受仕宦艱難，體會「恭敬、謹慎」，勸戒子弟要修身以免遭禍。故說：「若言行無信，身受大謗，自入刑論，豈復惜汝，恥及祖考。」誡子立身處世貴恭慎，並示忠信、篤敬、慎言各德目，使其知所勵行，把儒家的精神具體的告誡兒子。

　　梁·徐勉〈為書誡子崧〉云：

> 吾家世清廉，故常居貧素。……薄躬遭逢，遂至今日，尊官厚祿，可謂備之。每念叨竊若斯，豈由才致，仰藉先代風範及以福慶，故臻此耳。古人所謂：「以清白遺子孫，不亦厚乎。」……《記》云：「夫孝者善繼人之志，善述人之事。」今且望汝全吾此志，則無所恨矣。〔註29〕

　　徐勉云：「吾家世清廉」，今日能「尊官厚祿」，都是「仰藉先代風範及以福慶」，所以說：「以清白遺子孫，不亦厚乎。」且說《記》云：「夫孝者善繼

〔註28〕　（清）嚴可均編：《全上古三代秦漢三國六朝文·全晉文》（臺北：世界書局，1963年5月二版），卷41，頁7。

〔註29〕　（清）嚴可均編：《全上古三代秦漢三國六朝文·全梁文》（臺北：世界書局，1963年5月二版），卷50，頁6。

人之志，善述人之事。」希望子弟能樹立良好風範。

梁・簡文帝〈誡當陽公大心書〉云：「立身先須謹重」當陽公身爲王室子弟，來日要擔負起重責大任，攸關社稷。所以蕭綱勉子立身行事當必須嚴謹莊重，合於禮節。

第三節　論齊家

世族門閥爲鞏固權力，壯大家族亦成爲重要課題，故寫給子女書牘中，常強調兄弟同居，和諧共處爲齊家之本。

《禮記・大學》曰：「齊家、治國、平天下。」家中長幼有序、尊卑有等、親疏關係的維繫，家庭氣氛的和諧融洽，就是「家齊」，家齊而後國治。

劉宋・陶潛用「鮑叔、管仲，分財無猜；歸生、伍舉，班荊道舊」的故事激勵兒子們團結互助，用韓元長「兄弟同居，至於沒齒」，氾稚春家「七世同財，家人無怨色」的範例，告誡兒子們不可分家，全是出自肺腑之言，一片愛子深情，躍然紙上。其〈與子儼等疏〉云：

> 汝等雖不同生，當思四海皆兄弟之義。鮑叔、管仲，分財無猜；歸生、伍舉，班荊道舊，遂能以敗爲成，因喪立功。他人尚爾，**況**同父之人哉？潁川韓元長，漢末名士，身處卿佐，八十而終，兄弟同居，至於沒齒；濟北氾稚春，晉時操行人也，七世同財，家人無怨色。《詩》曰：「高山仰止，景行行止。」雖不能爾，至心尚之。汝其慎哉！吾復何言。〔註30〕

用儒家的兄友弟恭的思想傳授給兒子們，要他們同舟共濟。

又如梁・昭明太子〈答晉安王書〉云：

> 靜然終日，披古爲事，況觀六籍，雜玩文史，見孝友忠貞之跡，**觀**治亂驕奢之事，足以自慰，足以自言。人師益友，森然在目，嘉言誠至，無俟旁求。舉而行之，念同乎此。〔註31〕

說明他在閱讀文史時最關心的是：孝友忠貞的封建倫常道德和國家的治亂興亡，以儒家的忠孝仁義的思想告知其弟蕭綱。

〔註30〕（劉宋）陶潛撰：《陶彭澤集》見（明）張溥輯：《漢魏六朝百三家集》（明崇禎間（1628～1644）太倉張氏原刊本），頁9～10。

〔註31〕（梁）蕭統撰：《梁昭明集》見（明）張溥輯：《漢魏六朝百三家集》（明崇禎間（1628～1644）太倉張氏原刊本），頁7。

第四節　論經世

　　當時政局紊亂，強雄割據，殺戮頻生，部分文人歷經國破家亡，親人凋殘的苦痛經歷後，於書牘中除談論修身、齊家，也談經世治國之論，強調立志扶危定亂，以存社稷，鼓勵「學而優則仕」之思想也在當時文人心中發酵。

　　《禮記·大學》曰：「格物、致知、誠意、正心、修身、齊家、治國、平天下」八條目，被視為儒家內聖外王的典則。儒家認為「學而優則仕」，甚且以「耕也餒在其中矣，協也祿在其中矣。」

　　西晉·嵇康本懷有濟世之志，但在自然與名教結合之信念破滅後，因而在言行上詆毀名教，生活上荒誕不經。在他們內心，並非真的要破壞傳統道德，只是對司馬氏的抗議。如在〈與山巨源絕交書〉云：「每非湯、武而薄周、孔」，是他在司馬昭以臣伐君（即以不孝之罪殺死曹髦）後，含沙射影的說法，並想以此作辭官的九條理由之一。在〈誡子書〉中，他要兒子能有大謙、大讓、臨義讓生、忠臣烈士之節。這可說，嵇康對儒家道德的執著追求。如阮籍〈答伏義書〉云：

> 夫人之立節也，將舒網以籠世，豈樽樽以入罔；方開模以範俗，何
> 暇毀質以適檢。〔註32〕

　　阮籍認為人之立節，應該「舒網以籠世」，「開模以範俗」，以身作則，為世樹立軌範。如果良機時運未至，就應該拋棄塵俗，與道翱翔。從書中可以看出，作者並未能徹底超越塵世，儒家治國平天下的思想仍然存在於他的心中。

　　西晉·劉琨在年輕時受魏晉玄風的影響很深，生活比較放縱，在信中反省了自己早年的思想追求，隨著國家的分崩離析而產生的變化，指出必須拋棄聘周的虛誕和嗣宗的妄作，積極用世，為國效力。〈答盧諶書〉云：

> 昔在少壯，未嘗檢括，遠慕老莊之齊物，近嘉阮生之放曠，怪厚薄
> 何從而生，哀樂何由而至？自頃輈張，困於逆亂，國破家亡，親友
> 彫殘。負杖行吟，則百憂俱至；塊然獨坐，則哀憤兩集，時復相與
> 舉觴對膝，破涕為笑，排終身之積慘，求數刻之暫歡。譬由疾疢彌
> 年，而欲一丸銷之，其可得乎？夫才生于世，世實須才，和氏之璧，

〔註32〕　（晉）阮籍撰：《阮步兵集》見（明）張溥輯：《漢魏六朝百三家集》（明崇禎
　　　　間（1628～1644）太倉張氏原刊本），頁 19。

焉得獨曜於郢握？夜光之珠，何得專玩於隨掌？天下之寶，當與天
下共之。但分析之日，不能不悵恨耳！然後知聘周之爲虛誕，嗣宗
之爲妄作也。〔註33〕

他在「永嘉之亂」以後，面臨尖銳的民族矛盾和嚴重的國家危亡之際，
激發了愛國主義熱情，積極投入了艱苦的衛國戰爭。由於作者經歷了「國破
家亡，親友凋殘」的生活巨變，這不僅使他百憂俱至，哀憤兩極，而且使他
立志扶危定亂，以存社稷。也正是出於這一目的，因此他滿懷著憂國慮時的
沉重心情，鼓勵朋友自當勖勉圖強爲國效力。

南齊・王僧虔望子成龍，卻使激將之法，不許他的兒子們學習玄學，於
是招致兒子們怨恨。〈誡子書〉云：

世中比例舉眼是，汝足知此，不復具言。吾在世雖乏德業，要復推
排人間，數十許年，故是一舊物，人或以比數汝等耳。即化之後，
若自無調度，誰復知汝事者？舍中亦有少負令譽，弱冠超越清級者。
於是王家門中，優者則龍鳳，劣者則虎豹。失蔭之後，豈龍虎之議？
況吾不能爲汝蔭，政應各自努力耳。或有身經三公，蔑爾無聞；布
衣寒素，卿相屈體；或父子貴賤殊，兄弟名聲異。何也？體盡讀數
百卷書耳。吾今悔無所及，欲以前車誡爾後乘也。汝年入立境，方
應從官；兼有室累，牽役情性，何處變得下帷如王郎時邪？爲可作
世中學，取過一生耳。試復三思，勿謹吾言，猶捶撻志輩，冀脫萬
一，未死之間，望有成就者。〔註34〕

王僧虔出身琅邪王氏，祖珣任晉司徒，伯父弘世爲宰相，可謂官宦世家，
所以王僧虔仍以儒家思想教導兒女，不許他們習尚玄風，免於兒女怠惰閒逸，
故告誡兒女，父子貴賤殊，兄弟聲名異，其中奧妙在體盡讀數百卷書。王僧
虔認爲優者則爲龍鳳，劣者猶如虎豹，一但失蔭，後果堪慮。《南齊書卷三十
三・列傳第十四・王僧虔》曰：

（劉宋明帝）泰始中，……徙爲會稽太守，……中書舍人阮佃夫〔家〕
在會（下）〔稽〕，請假東歸。客勸僧虔以佃夫要倖，宜加禮接。僧
虔曰：「我立身有素，豈能曲意此輩。彼若見惡，當拂衣去耳。」佃

〔註33〕（晉）劉琨撰：《劉越石集》見（明）張溥輯：《漢魏六朝百三家集》（明崇禎
　　　　間（1628～1644）太倉張氏原刊本），頁14～15。
〔註34〕（清）嚴可均編：《全上古三代秦漢三國六朝文・全齊文》（臺北：世界書局，
　　　　1963年5月二版），卷8，頁13～14。

夫言於宋明帝，……坐免官。〔註35〕

　　所以〈誡子書〉云：「吾不能爲汝蔭」勉勵兒女努力向學，各自勤奮，認爲立身經世之道，要以讀書爲原則，鼓勵弟子勤學以爲社稷服務。

〔註35〕　（梁）蕭子顯撰：《南齊書》（北京：中華書局，1972 年 1 月第 1 版），頁 592。

第五章　魏晉南北朝書牘中的玄學思想

　　近代學者對於「魏晉清談」，所談內容不外「名理」、「玄理」二端，而二者所重，又只是一個「理」字。他們分析「名實」之理，分析「三玄」之理，因意見不同，乃成為談辯的材料。人類以辯論當作專門的實務，則應以「縱橫之世」的辯士們為其先驅。魏・曹植〈與楊德祖書〉云：「昔田巴毀五帝、罪三王、訾五霸於稷下，一旦而服千人。魯連一說，使終身杜口。」這正似劉勰所說江左稱盛的「談風」。

　　老莊玄理影響及於文辭表達形式，當在於清談所使用辯論方法，梁・劉勰《文心雕龍・論說》曰：

> 原夫論之為體，所以辨正然否，窮於有數，追於無形，鑽堅求通，鉤深取極，乃百慮之筌蹄，萬事之權衡也。故其義貴圓通，辭忌枝碎，必使心與理合，彌縫莫見其隙；辭共心密，敵人不知所乘，斯其要也。是以論如析薪，貴能破理。斤利者，越理而橫斷；辭辨者，反義而取通，覽文雖巧，而檢跡知妄。〔註1〕

　　「心與理合，彌縫莫見其隙；辭共心密，敵人不知所乘。」此辯術，其意不外如南齊・王僧虔〈誡子書〉云：

> 汝開《老子》卷頭五尺許，未知輔嗣何所道，平叔何所說，馬、鄭何所異，《指》、《例》何所明，而便盛於麈尾，自呼談士，此最險事。設令袁令命汝言《易》，謝中書挑汝言《莊》，張吳興叩汝言《老》，

〔註1〕　（梁）劉勰著，范文瀾註：《文心雕龍注》（臺北：學海出版社，1988年3月初版），頁327。

　　端可復言未嘗看邪？談故如射，前人得破，後人應解，不解即輸睹
　　矣。且論注百氏，荊州《八袠》，又《才性四本》，〈聲無哀樂〉，皆
　　言家口實，如客至之有設也。汝皆未經拂耳瞥目，豈有庖廚不修，
　　而欲延大賓者哉？〔註2〕

　　觀其〈誡子書〉中所列玄書有三玄：《老子》、《莊子》、《周易》。李澤厚
概括這個時代在意識形態領域所產生的新思潮其特徵是「人的覺醒」而體現
「人的覺醒」的新哲學就是玄學，代表人物為阮籍、嵇康等。「玄學」又稱新
道家，而就其哲學內蘊來看與早期道家有很多不同，除了嵇康表現出強烈的
反儒傾向外，其他如阮籍，他是尊儒但對儒也有所革新。他們基本的哲學立
場則是：以道家思想改造儒家，尊重個體人格，肯定人的情感價值，肯定自
然人性。

第一節　論自然

　　自然論者常以率真、曠達、脫俗為人格特徵，以「自然」傲視禮俗，掙
脫儒教禮法約束。

　　魏晉南北朝時期，道學盛行，自然觀念蔚為風潮。自然有兩義：一指自
然物，往往用「天地」概言之；一指自然而然，即本色、本性，往往用「素」、
「樸」代言之。《老子》第二十五章曰：「人法地，地法天，天法道，道法自
然。」王弼注曰：

　　法，謂法則也。人不違地，乃得全安，法地也。地不違天，乃得全
　　載，法天也。天不違道，乃得全覆，法道也。道不違自然，乃得其
　　性，法自然也。法自然者，在方而法方，在圓而法圓，於自然無所
　　違也。自然者，無稱之言，窮極之辭也。〔註3〕

　　這「性」，就是自然本性，各物皆有其本性，各物皆能順其本性而存在，
即為「法自然」。當時玄學家們肯定人的自然本性、自由意志，反對禮法戕害
人性，任自然的作風一時蔚為風氣。如《三國志‧魏書‧武帝紀》注引《曹
瞞傳》曰：

〔註2〕　（清）嚴可均編：《全上古三代秦漢三國六朝文‧全齊文》（臺北：世界書局，
　　　　1963 年 5 月二版），卷 8，頁 13～14。
〔註3〕　（魏）王弼校釋；樓宇烈校釋：《王弼集校釋》（臺北：華正書局，1992 年 12
　　　　月初版），頁 65。

太祖爲人佻易無威重，好音樂，倡優在側，常以日達夕……每與人
談論，戲弄言誦，盡無所隱，及歡娛大笑，至以頭沒杯案中，肴膳
皆沾巾幘，其輕易如此。〔註4〕

魏・應璩〈與從弟君苗君胄書〉云：

來還京都，塊然獨處。營宅濱洛，困於囂塵，思樂汶上，每發於寤
寐。昔伊尹輟耕，郅惲投竿，思致君於有虞，濟蒸人於塗炭。而吾
方欲秉耒耜於山陽，沉鉤緡於丹水，知其不如古人遠矣。然山父不
貪天下之樂，曾參不慕晉、楚之富，亦其志也。〔註5〕

這是應璩寫給從弟君苗、君胄的信，信的主題是勸阻二弟出仕，並表達
作者致仕歸隱的願望，歷述自己放情山水的無限樂趣，與對古代不慕榮華富
貴高士的欽慕嚮往之情，不妨看作是老莊尋求逃遁和解脫的思想影響。

西晉「竹林七賢」亦倡導自然，如阮籍《晉書四十九卷・列傳第十九・
阮籍》曰：

籍嫂嘗歸寧，籍相見與別。或譏之，籍曰：「禮豈爲我設邪！」……
鄰公鄰家婦，有美色，當壚酤酒。阮與王安豐常從婦飲酒，阮醉，
便棉其婦側。夫始殊疑之，伺察，終無他意。〔註6〕

阮籍在玄學影響下，以個體爲本位，重視個體自由之張揚，以率眞、曠
達、通脫爲人格特徵。他平生爲人不拘禮法，常以「自然」來傲視禮俗。表
面上違背禮俗，實際上他認爲這才是把握了禮法的眞精神。〈答伏義書〉云：

夫九蒼之高，迅羽不能尋其顛；四溟之深，幽鱗不能測其底；矧無
毛分所能論哉！且玄雲無定體，應龍不常儀；或朝濟夕卷，翕忽代
興；或泥潛天飛，晨降宵升。舒體則八維不足暢**迹**，促節則無間足
以從容；是又瞽夫所不能瞻，璅蟲所不能解也。〔註7〕

阮籍譏諷只知一味墨守禮法不知變通，表明自己的處世態度，如他的〈大
人先生傳〉曰：「夫大人者，乃與造物同體，天地竝生，逍遙浮世，與道俱成，

〔註4〕 （晉）陳壽撰，（劉宋）裴松之注：《三國志》（北京：中華書局，1982 年 7
月第 2 版），頁 10。

〔註5〕 （魏）應璩撰：《魏應休璉集》見（明）張溥輯：《漢魏六朝百三家集》（明崇
禎間（1628～1644）太倉張氏原刊本），頁 6。

〔註6〕 （唐）房玄齡等撰：《晉書》（北京：中華書局，1982 年 12 月第 2 次印刷），
頁 1360～1361。

〔註7〕 （晉）阮籍撰：《阮步兵集》見（明）張溥輯：《漢魏六朝百三家集》（明崇禎
間（1628～1644）太倉張氏原刊本），頁 19。

變化散聚，不常其形。」〔註8〕寄寓自己「應變順和」、「通於自然」的思想和
願望。阮籍思想上追求精神自由，蔑視封建禮教，而行動中，卻又不超出當
權者所能容忍的最大限度。他不是不想出來「濟世」，但又清醒地知道根本不
存在這樣的可能。他表面上狂怪乖張，骨子裏至愼至謹「口不臧否人物」，內
心善惡分明。阮籍雖不及嵇康的始終不屈身於司馬氏，然而所爲不過「祿仕」
而已，依舊保持了他的放蕩不羈的行爲，所以符合老莊自然之旨。他將東漢
末年黨錮名士具體指斥政治，表示天下是非的言論，一變而爲完全抽象玄理
的研究，遂開西晉以降清談的風派。然則「清談」實始於郭泰，成於阮籍。
他把如此複雜的內心矛盾，如此劇烈的情感衝突，以審美的方式，凝聚成語
言文字的藝術品。〈答伏義書〉在他的全部詩文中，要算是表現愛憎最爲直露
的一篇。但其表現方法，還是先借助瑰麗多采的超現實的形象。後訴諸玄妙
清虛的超人生的哲理。劉師培說，阮籍之文「語重意奇」，「頗事華采」，〈答
伏義書〉，亦足窺阮氏文體概略。

　　魏晉文人倡自然率眞，最具有代表性的是嵇康。提出「越名教任自然」
的主張，所謂「越名教而任自然」，就是要沖決名教禮法的約束而一任人性的
自然發展。如嵇康〈與山巨源絕交書〉云：

> 吾每讀尚子平、臺孝威傳，慨然慕之，想其爲人。……又讀《莊》、
> 《老》，重增其放，故使榮進之心日頹，任實之情轉篤。……抱琴行
> 吟，弋釣草野，而吏卒守之，不得妄動，二不堪也。……遊山澤，
> 觀魚鳥，心甚樂之。一行作吏，此事便廢。安能舍其所樂，而從其
> 所懼哉？〔註9〕

　　嵇康天性孤立不群，每讀東漢隱士尚子平、臺孝威傳，就想像他們一般
放浪形骸，又讀老莊之學，更顯自己本性樂於遊山玩水，觀賞魚鳥，因而不
能捨所樂而從事所懼之事。如阮籍〈大人先生傳〉曰：「汝君子之禮法，誠天
下殘賊、亂危、死亡之術耳，而乃目以爲美行不易之道，不亦過乎！」〔註10〕
揭露了政治制度、禮法制度、道德觀念及世俗君子的虛僞卑鄙。〈與山巨源

〔註8〕　（晉）阮籍撰：《阮步兵集》（明崇禎間（1628～1644）太倉張氏原刊本），
　　　　頁46。
〔註9〕　（魏）嵇康撰：《嵇中散集》見（明）張溥輯：《漢魏六朝百三家集》（明崇禎
　　　　間（1628～1644）太倉張氏原刊本），頁9～11。
〔註10〕　（晉）阮籍撰：《阮步兵集》（明崇禎間（1628～1644）太倉張氏原刊本），
　　　　頁49。

絕交書〉云：「今但願守陋巷，教養子孫，時與親舊敘離闊，陳說平生，濁
酒一盃，彈琴一曲，志願畢矣。」他性情恬淡，所以嚮往自然的生活是他的
志願。

　　西晉永嘉大亂期間，胡羯大規模南下，幽、并、青、徐、兗、豫諸州首
當其衝，社會動盪不安。當時玄風大煽，東晉‧盧諶受其影響，好《老》、《莊》，
〈與司空劉琨書〉云：「諶稟性短弱，當世罕任，因其自然，用安靜退。在木
關不材之資，處雁乏善鳴之分。」書中舉《莊子‧山木》自比材略。劉琨亦
受時風影響，所以年少時好《老》、《莊》，〈答盧諶書〉云：「昔在少壯，未嘗
檢括，遠慕老莊之齊物，近嘉阮生之放曠。」

　　東晉末年，政治腐敗，廢篡時有，戰亂不息，當時人們都嚮往淡泊、和
平的生活。如陶潛〈與子儼等疏〉云：

> 少學琴書，偶愛閒靜，開卷有得，便欣然忘食。見樹木交蔭，時鳥
> 變聲，亦復歡然有喜。常言：五、六月中，北窗下臥，遇涼風暫至，
> 自謂是羲皇上人。〔註11〕

劉宋‧雷次宗〈與子姪書〉云：

> 夫生之脩短，咸有定分，定分之外，不可以智力求，但當於所稟之
> 中，順而勿率耳。吾少嬰羸患，事鍾養疾，爲性好閑，志栖物表，
> 故雖在童穉之年，已懷遠迹之意。暨于弱冠，遂託業廬山，逮事釋
> 和尚。〔註12〕

　　南齊‧東昏侯失德，屠戮大行，梁‧昭明太子生值此時，年事稍長，感
於福禍無常，於是思自然之想隱然而發，如〈答湘東王求《文集》及《詩苑
英華》書〉云：

> 或日因春陽，其物韶麗，樹花發，鶯鳴和，春泉生，暄風至，陶嘉
> 月而熙游，籍芳草而眺矚。或朱炎受謝，白藏紀時，玉露夕流，金
> 風時扇，悟秋山之心，登高而遠託。或夏條可結，倦於邑而屬詞，
> 冬雪千里，覿紛霏而興詠。……不追子晉，而事似洛濱之游；多愧
> 子桓，而興同漳川之賞。濟舟玄圃，必集應阮之儔；徐輪博望，亦
> 招龍淵之侶。校覈仁義，源本山川，旨酒盈罍，嘉殽益俎。曜靈既

〔註11〕　（劉宋）陶潛撰：《陶彭澤集》見（明）張溥輯：《漢魏六朝百三家集》（明崇
　　　　禎間（1628～1644）太倉張氏原刊本），頁9。
〔註12〕　（清）嚴可均輯：《全上古三代秦漢三國六朝文‧全宋文》（臺北：世界書局，
　　　　1982年2月4版），卷29，頁9。

隱，繼之以朗月，高春既夕，申之以清夜。〔註13〕

北朝人士中也有少數尚老、莊的，如北齊‧祖鴻勳去官歸鄉里，〈與陽休之書〉就是描述自己隱退生活之閒適。

第二節　論虛無

魏晉南北朝時社會變遷在義識形態和文化心理上的表現，是占據統治地位的兩漢經學的崩潰。……人的覺醒是在對舊傳統舊信仰舊價值舊風習的破壞、對抗和懷疑中取得的。〔註14〕其時新思潮就是玄學，玄學以崇尚「三玄」：《老子》、《莊子》、《周易》，「有無」是玄學的基本問題，如嵇康、阮籍是「貴無」，以「自然」為旨歸。嵇康〈與山巨源絕交書〉云：「吾頃學養生之術，方外榮華，去滋味，遊心於寂寞，以無為為貴。」

嵇康心意已進入了清靜恬淡的境界，以順從自然無所作為為貴。道家的哲學思想，即順應自然的變化，不求有所作為，認為清靜無聲的恬淡超然境界，能使主觀心神與宇宙本體相契合。在道家、玄學家看來，作為宇宙本體，萬物本原的「道」或「元氣」是超感官的無聲無臭的，故稱「虛」、「無」或「寂寞」。

如梁‧江淹〈與交友論隱書〉云：

既信神農服食之言，久固天竺道士之說。守清淨，煉神丹，心甚愛之；行善業，度一世，意甚美之。〔註15〕

江淹亦受到道家無為與養生的影響。

第三節　論神思

神思就是遊心於玄冥，馳神運思，故神思論者以冥想跨越時空，馳騁古今，當神思之來，就會萬途竟萌。所謂「眉睫之前，卷舒風雲之色，其思理之致乎！」就是此意。

南梁‧劉勰《文心雕龍‧神思》曰：

〔註13〕（梁）蕭統撰：《梁昭明集》見（明）張溥輯：《漢魏六朝百三家集》（明崇禎間（1628～1644）太倉張氏原刊本），頁8～9。

〔註14〕李澤厚著：《美的歷程》（臺北：三民書局，1996年9月），頁97～102。

〔註15〕（梁）江淹撰：《江醴陵集》見（明）張溥輯：《漢魏六朝百三家集》（明崇禎間（1628～1644）太倉張氏原刊本），卷1，頁106～107。

　　文之思也，其神遠矣。故寂然凝慮，思接千載；悄焉動容，視通萬
　　里；吟詠之間，吐納珠玉之聲；眉睫之前，卷舒風雲之色，其思理
　　之致乎！〔註16〕

　　所謂神遠是指爲文運思。「視通萬里」的「視」，是想像中看到，腦海中
一一呈現的物像。當想像馳騁時，凡所經歷、或所了解，便迅速組合爲圖像，
連篇疊現，雖是萬里之遙，如在眼前。

　　劉勰把神思的構成，分爲志氣→神。神是飄忽不定的，可以跨越時空，
馳騁古今，神也是可以千變萬化，神思之來，萬途竟萌。但「神居胸臆，而
志氣統其關鍵」。「志氣」，指志向情性，或情志。想像因情思感發而起，沿著
情志波動的方向發展。如梁・江淹〈與交友論隱書〉云：

　　每承梁伯鸞臥於會稽之墅，高伯達坐於華陰之山，心常慕之，而未
　　能及也。……今但願拾薇蕨，誦詩書，樂天理性，……望在五畝之
　　宅，半頃之田。鳥赴簷上，水匝階下，則請從此隱，長謝故人。若
　　乃登峨嵋，度流沙，殞金石，讀仙經。〔註17〕

　　江淹在書中稱自己早年即羨慕山中高士，心嘗嚮往。所以思緒已神馳，「望
在五畝之宅，半頃之田，鳥赴簷上，水匝階下。」想過恬淡的田園生活。

　　梁・昭明太子〈答晉安王書〉云：

　　知少行遊，不動亦靜，不出戶庭，觸地丘壑。天遊不能隱，山林在
　　目中。冷泉石鏡，一見何必勝於傳聞，松塢杏林，知之恐有逾吾
　　就。……但清風朗月，思我友于。各事藩維，未克棠棣興言。〔註18〕

　　〈與何胤書〉云：

　　方今朱明在謝，清風戒寒，想攝養得宜，與時休適，耽精義，味玄
　　理息囂塵，翫泉石，激揚碩學，誘接後進，志與秋天競，高理與春
　　泉爭溢，樂可言乎！樂可言乎！豈與口厭芻豢，耳聆絲竹者之娛，
　　同年語哉。〔註19〕

〔註16〕　（梁）劉勰著，（清）范文瀾註：《文心雕龍注》（臺北：學海出版社，1988
　　　　　年3月初版），頁494。
〔註17〕　（梁）江淹撰：《江醴陵集》見（明）張溥輯：《漢魏六朝百三家集》（明崇禎
　　　　　間（1628～1644）太倉張氏原刊本），卷1，頁106～107。
〔註18〕　（梁）蕭統撰：《梁昭明集》見（明）張溥輯：《漢魏六朝百三家集》（明崇禎
　　　　　間（1628～1644）太倉張氏原刊本），頁7。
〔註19〕　（梁）蕭統撰：《梁昭明集》見（明）張溥輯：《漢魏六朝百三家集》（明崇禎
　　　　　間（1628～1644）太倉張氏原刊本），頁10。

這種高雅的生活情趣，在文中都有所流露。

第四節　論言意

所謂「言」，指語言文字，「意」指思想概念。魏晉玄學家分「言不盡意」及「言盡意」兩論，分述如下：

一、論「言不盡意」

《易傳・繫辭》曰：

> 子曰：「書不盡言，言不盡意。然則聖人之意，其不可見乎？」
> 〔註20〕

《老子・首章》曰：「道可道，非常道；名可名，非常名。」可見當時人就感到語言難以窮盡其意。

《莊子外篇・天道》亦曰：

> 世之所貴道，書也。書不過語，語有貴也。語之所貴者，意也，意有所隨。意之所隨者，不可以言傳也，而世因貴言傳書。〔註21〕

莊子將「道」作爲萬物的精神本體，「意」則是對於「道」的領悟，它是難以言傳的。《莊子外篇・秋水》亦曰：

> 可以言論者，物之粗也；可以意致者，物之精也。言之所不能論，意之所不能察致者，不期精粗焉。〔註22〕

莊子說言論只能表達物的粗略，思想可以達到物之精細，而「道」是不能用語言表達。

魏晉時期，隨清談的盛行，先秦諸子的這些思想，重新爲人們所重視。《三國志・魏書・荀彧傳》裴松之注引何劭《荀粲傳》曰：

> 粲諸兄並以儒術論議，而粲獨好言道，常以爲子貢稱夫子之言性與天道，不可得聞。然則六籍雖存，固聖人之糠秕。粲兄難曰：《易》亦稱聖人立象以盡意，《繫辭》焉以盡言，則微言胡爲不可得而聞見

〔註20〕　（魏）王弼、韓康伯注，（唐）孔穎達正義：《周易》（臺北：藝文印書館，2001年12月），頁157。

〔註21〕　（周）莊周撰，（晉）郭象注：《莊子》（臺北：中華書局，1966年3月臺一版聚珍倣宋版印排印本），卷5，頁18。

〔註22〕　（周）莊周撰，（晉）郭象注：《莊子》（臺北：中華書局，1966年3月臺一版聚珍倣宋版印排印本），卷6，頁8。

哉？粲答曰：「蓋理之微者，非物象之所舉也，今稱立象以盡意，此非通於意外者也。《繫辭》焉以盡言，此非言乎繫表者也。斯則象外之意，繫表之言，固蘊而不出矣。」及當時能言者不能屈矣。〔註23〕

荀粲認爲《周易》中微妙的玄理是卦象不能窮盡的，強調的是意內言外，言不盡意。

西晉・陸機〈文賦・序〉亦曰：

余每觀才士之所作，竊有以得其用心。夫其放言遣辭，良多變矣。妍蚩好惡，可得而言，每自屬文，尤見其情。恆患意不稱物，文不逮意，蓋非知之難，能之難也。〔註24〕

梁・劉勰《文心雕龍・隱秀》亦曰：

文之英蕤，有秀有隱。隱也者，文外之重旨者也；秀也者，篇中之獨拔者也。隱以複意爲工，秀以卓絕爲巧，斯乃舊章之懿績，才情之嘉會也。夫隱之爲體，義主文外，祕響傍通，伏采潛發。譬爻象互體，川瀆之韞珠玉也。〔註25〕

文中「重旨」、「複意」、「祕響」、「伏采」等詞，皆是指言詞之外不盡之意味。文意本是深邃遙遠，捉摸不定，而文字語言僅是表達工具，故爲文常有不能盡意之憾。

如西晉・盧諶身逢國家動盪不安的苦難時期，心中沉重之情，非筆墨難以表達。〈贈劉琨一首并書〉云：

是以仰惟先情，俯覽今遇，感存念亡，觸物眷戀。《易》曰：「書不盡言，言不盡意。」然則書非盡言之器，言非盡意之具矣。況言有不得至於盡意，書有不得至於盡言邪！〔註26〕

魏晉南北朝是一個殺戮、篡奪的苦難時代，所以人們身心受到壓抑，凡此受老、莊「言不盡意」的影響，文筆中流露難言之隱。如東晉・譙王承〈答安南將軍甘卓書〉云：「書不盡意，絕筆而已。」、梁・昭明太子〈與何胤書〉

〔註23〕　（晉）陳壽撰，（宋）裴松之注《三國志》（北京：中華書局，1982 年 7 月第 2 版），頁 600。

〔註24〕　（晉）陸機撰：《陸士衡文集》（明正德己卯（14 年，1519）都穆覆宋刊本），頁 3。

〔註25〕　（梁）劉勰著，（清）范文瀾註：《文心雕龍注》（臺北：學海出版社，1988 年 3 月初版），頁 633。

〔註26〕　（梁）蕭統撰，（唐）李善注：《文選》（臺北：臺灣中華書局，聚珍倣宋版印，1966 年 3 月臺一版），卷 25，頁 8～9。

云：「想敬口宜，此豈盡意？」南陳・徐陵〈與李那書〉云：「書不盡言，但聞爻繫。」、南陳・陳後主〈與詹事江總書〉云：「涕之無從，言不寫意。」北齊・祖鴻勳〈與陽休之書〉云：「書不盡言。」

二、論「言盡意」

後來「言意之辨」的深入發展，引入人物品鑒的領域。西晉・歐陽建〈言盡意論〉曰：

> 有雷同君子問於違眾先生曰：世之論者以爲言不盡意，由來尚矣。至乎通才達識，咸以爲然。若夫蔣公之論眸子，鍾（會）、傅（嘏）之言才性，莫不引此爲談證。……而先生以爲不然，何哉？

歐陽建主張「言盡意」，假托違眾先生回答雷同君子曰：

> 夫天不言而四時行焉，聖人不言而鑒識形焉。形不待名，而方圓已著；色不俟稱，而黑白以彰。然則名之於物，無施者也；言之於理，無爲者也。而古今務於正名，聖賢不能去言，其故何也？誠以理得於心，非言不暢；物定於彼，非名不辨。……名逐物而遷，言因理而變。此猶聲發響應，形存影附，不得相與爲二矣。苟其不二，則言無不盡矣。吾故以爲盡矣。」〔註27〕

西漢・揚雄《揚子法言・問神》曰：「彌綸天下之事，記久明遠，著古昔之㛏㛏，傳千里之忞忞者，莫如書。故言，心聲也。書，心畫也。聲畫形，君子小人見矣。聲畫者，君子小人之所以動情乎？」〔註28〕揚雄對書牘的見解，早已提出，在讀魏晉南北朝書牘時往往看見細微的心態刻劃，筆者以爲，這是清談之風、玄學之氣的表現。

清談的內容主要是品評人物，這要求不僅觀察人物的言行，還要琢磨人物的內心，清議時才能一語中的。當時的評語，言簡意賅，往往除了定品之外，還指出人物的風貌、志趣、愛好甚至怪癖，如不詳探人物的內心，是辦不到的。玄學興盛、培養人們精密思考，辨析探微的習慣。這種習慣用到人物身上，最終導致心理分析。魏晉南北朝書牘中，細緻刻劃心態的作品，如南齊・王僧虔〈誡子書〉云：

〔註27〕 （清）嚴可均輯：《全上古三代秦漢三國六朝文・全晉文》（臺北：世界書局，1982 年 2 月四版），卷 109。

〔註28〕 （漢）揚雄撰，高時顯、吳汝霖輯校《揚子法言》（上海：中華書局，1936 年據江都秦氏本校刊），卷 5，頁 3～4。

汝皆未經拂耳瞥目。豈有庖廚不脩，而欲延大賓者哉？就如張衡思
侔造化，郭象言類懸河，不自勞苦，何由至此？汝曾未窺其題目，
未辨其指歸；六十四卦，未知何名；《莊子》眾篇，何者內外；《八
袠》所載，凡有幾家；四本之稱，以何為長。而終日欺人，人亦不
受汝欺也。……吾在世，雖乏德業，要復推排人間數十許年，故是
一舊物，人或以比數汝等耳。即化之後，若自無調度，誰復知汝事
者？舍中亦有少負令譽，弱冠越超清級者，於時王家門中，優者則
龍鳳，劣者則虎豹，失蔭之後，豈龍虎之議？況吾不能為汝蔭，政
應各自努力耳。〔註29〕

　　書牘中望子治學修德之心態，刻劃得極為細膩動人，點出做官是暫時的
榮幸，不能名垂千古，使用淺顯的譬喻，說明了人生哲學的大道理，真是一
言道盡心裡話。

〔註29〕　（清）嚴可均編：《全上古三代秦漢三國六朝文・全齊文》（臺北：世界書局，
　　　　　1963 年 5 月二版），卷 8，頁 13～14。

第六章　魏晉南北朝書牘中的文學思想

　　曹丕的《典論‧論文》曰：「夫文本同而末異，蓋奏議宜雅，書論宜理，銘誄尚實，詩賦欲麗。此四科不同，故能之者偏也，惟通才能備其體。……年壽有時而盡，榮樂止乎其身，二者必至之常期，未若文章之無窮。是以古之作者，寄身於翰墨，見意於篇籍，不假良史之辭，不託飛馳之勢，而聲名自傳於後。」〔註1〕他認定文學的性質應據審美的意義，且認為文學的價值是獨立不朽的。

　　明‧張溥《漢魏六朝百三家集‧敘》曰：「兩京風雅，光並日月，一字獲留，壽且億萬。魏雖改元，承流未遠，晉尚清微、宋矜新巧、南齊雅麗擅長、蕭梁英華邁俗。總言其概：椎輪大路，不廢雕幾，月露風雲，無傷氣骨。江左名流，得與漢朝大手同立天地者，未有不先質後文，吐華含實者也。人但厭陳季之浮薄而毀顏、謝，惡周、隋之駢衍而罪徐、庾。此數家者，斯文具在，豈有為後人受過哉。」〔註2〕這是《漢魏六朝百三家集》對魏晉南北朝文學的肯定。

　　魏晉南北朝時期，文人集團中都以帝王之好而召集之，如本文第二章文風之時代背景所述。

〔註1〕　（魏）魏文帝撰：《典論》（清道光中甘泉黃氏刊光緒 19 年（1893）印本），頁 2。

〔註2〕　（明）張溥輯：《漢魏六朝百三家集》（明崇禎間（1628～1644）太倉張氏原刊本），頁 1。

第一節　論本體

先秦時有三不朽之說，成爲中國文人之傳統觀念。《左傳・襄公二十四年》曰：「大（太）上有立德，其次有立功，其次有立言。」三不朽之說，對魏晉南北朝文人有顯著影響，他們都想發揮文才，以求永垂不朽。如魏・曹丕〈與王朗書〉云：

> 生有七尺之形，死惟一棺之土。惟立德揚名，可以不朽，其次莫如著篇籍。〔註3〕

魏・曹植〈與楊德祖書〉云：

> 吾雖薄德，位爲蕃侯，猶庶幾戮力上國，流惠下民，建永世之業，流金石之功，豈徒以翰墨爲勳績，辭賦爲君子哉！若吾志未果，吾道不行，則將採庶官之實錄，辨時俗之得失，定仁義之衷，成一家之言，雖未能藏之於名山，將以傳之於同好。〔註4〕

由此可知，魏晉南北朝的文人都是想先立德，而道不行時，則著書作立言之不朽，此是中國文士傳統觀念。

第二節　論文體

魏晉南北朝之書牘，以散文爲主要形式，或有以駢文爲之，曹氏父子得勢時，有名作家都被網羅到鄴下，與文人結伴而遊，每至觴酌流行，絲竹並奏，酒酣耳熱，就會仰而賦詩，文人無不受其影響。曹氏父子是漢末重振貴遊文學關鍵人物，也是造成魏晉文體變遷的引導者，故有梁・劉勰《文心雕龍・通變》曰：「楚、漢侈而豔，魏晉淺而綺，宋初訛而新」的論述。

文章體裁至魏晉南北朝可說大致完備，南梁。蕭統《文選・序》：「書誓符檄之品……俱爲悅目之玩。作者之致，蓋云備矣。」熊禮匯《先唐散文藝術論》：「文士作書或駢或散，多視所言內容性質、告語對象特點以及寫作興致而定。」〔註5〕

〔註3〕（清）嚴可均編：《全上古三代秦漢三國六朝文・全三國文》（臺北：世界書局，1963 年 5 月二版），卷 7，頁 7。

〔註4〕（魏）曹植撰：《陳思王集》見（明）張溥輯：《漢魏六朝百三家集》（明崇禎間（1628～1644）太倉張氏原刊本），頁 57～58。

〔註5〕熊禮匯著：《先唐散文藝術論》（北京：學苑出版社，1999 年），頁 898。

一、散文文體

魏晉南北朝書牘散文體，數量多，文學價值又高。梁・劉勰《文心雕龍・書記》：

> 書者，舒也。舒布其言，陳之簡牘，取象於夬，貴在名決而已。……
> 詳總書體，本在盡言，所以散鬱陶，託風采，故宜條暢以任氣，優
> 柔以懌懷。文明從容，亦心聲之獻酬也。〔註6〕

散文書牘或敘述、或論事、或抒情，暢所欲言。

魏・陳琳和阮瑀擅長應用文，以書檄有名。魏・曹丕〈與吳質書〉：「孔璋章表殊健，殊為繁富。……元瑜書記翩翩，致足樂也。」徐幹著《中論》，其思想原本經訓，文字質樸，魏・曹丕〈與吳質書〉：「偉長獨懷文抱質，恬淡寡欲，有箕山之志，可謂彬彬君子者矣，著《中論》二十餘篇，成一家之言，辭意典雅，足傳於後，此子為不朽矣。」魏・曹丕〈與吳質書〉、〈又與吳質書〉：「昔年疾疫，親故多罹其災，徐、陳、應、劉一時俱逝，痛可言邪！昔日遊處，行則接輿，止則接席，何曾須臾相失！……年行已長大，所懷萬端，時有所慮，至通夜不暝。志意何時復類昔日？已成老翁，但未白頭耳！」是篇很有名的抒情散文，修飾安閑，以清麗勝。

魏末正始時期，嵇康〈與山巨源絕交書〉：「人倫有禮，朝廷有法，自惟至熟，有必不堪者七，甚不可者二。……少加孤露，母兄見驕，不涉經學。性復疏嬾，筋駑肉緩，頭面長一月十五日不洗；不大悶癢，不能沐也。每常小便而忍不起，令胞中略轉，乃起耳。」全文嬉笑怒罵，鋒利灑脫，很能表現其性格，是其最有名的一篇散文。

如：南宋・王微〈以書告弟僧謙靈〉：

> 尋念平生，裁十年中耳。然非公事，無不相對，一字之書，必共詠
> 讀；一句之文，無不研賞，濁酒忘愁，圖籍相慰，吾所以窮而不憂，
> 實賴此耳。……昔仕京師，分張六旬耳，其中三過，誤云今日何意
> 不來，鐘念懸心，無物能譬。方欲共營林澤，以送餘年，念茲有何
> 罪戾，見此天酷，沒於吾手，觸事痛恨。吾素好醫術，不使弟子得
> 全，又尋思不精，致有枉過，念此一條，特複痛酷。痛酷奈何！吾

〔註6〕　（梁）劉勰著，范文瀾註：《文心雕龍注》（臺北：學海出版社，1988 年 3 月
　　　　初版），頁 462～463。

罪奈何！〔註7〕

南宋・王微悼念從弟王僧謙，描述兄弟志趣相投，寫得深摯哀惋。

南梁・沈約〈與徐勉書〉：

> 而開年以來，病增慮切，當由生靈有限，勞役過差，總此凋竭，歸之暮年，牽策行止，努力祗事。外觀傍覽，尚似全人，而形骸力用，不相綜攝。常須過自束持，方可俛偭。解衣一臥，支體不復相關。上熱下冷，月增日篤，取煖則煩，加寒必利，後差不及前差，後劇必甚前劇。百日數旬，革帶常應移孔；以手握臂，率計月小半分。以此推算，豈能支久？若此不休，日復一日，將貽聖主不追之恨。冒欲表聞，乞歸老之秩。若天假其年，還得平健，才力所堪，惟思是策。」勉為言於高祖，請三司之儀，弗許，但加鼓吹而已。〔註8〕

南梁・沈約自述胸襟，不假雕飾，呈現作者率眞的性格。此兩篇亦屬散文佳作。

二、辭賦化文體

曹氏父子是漢末重振貴遊文學作風的一個關鍵，也是造成魏晉文體變遷的導引者，促成辭賦化的文體推進一步。此時曹氏父子得勢，有名望的作家們都被網羅到鄴下去了。如：魏・曹植〈與楊德祖書〉：

> 昔仲宣獨步於漢南；孔璋鷹揚於河朔；偉長擅名於青土；公幹振藻於海隅；德璉發跡於北魏；足下高視於上京。當此之時，人人自謂握靈蛇之珠，家家自謂抱荊山之玉。吾王於是設天網以該之，頓八紘以掩之，今悉集茲國矣！〔註9〕

這些文人與曹氏兄弟結成貴遊伙伴，其遊樂的情形，如：魏・曹丕〈與吳質書〉：「昔日遊處，行則連輿，止則接席，每至觴酌流行，絲竹並奏，酒酣耳熱，仰而賦詩。」倘若參閱這些人的詩文，將益明瞭劉勰所謂「狎池苑、敘歡宴」，都在酒酣耳熱之後「灑筆以成酣歌，和墨以藉談笑。」梁・劉勰《文

〔註7〕　（梁）沈約撰，《宋書》（北京：中華書局，1983年4月第2次印刷），卷62，列傳第22。

〔註8〕　（唐）姚思廉撰：《梁書》（北京：中華書局，1973年5月），卷13，列傳第7。

〔註9〕　（魏）曹植撰：《陳思王集》見（明）張溥輯：《漢魏六朝百三家集》（明崇禎間（1628～1644）太倉張氏原刊本），頁56。

心雕龍‧通變》:「楚漢侈而豔,魏晉淺而綺,宋初訛而新。」從楚至漢,是辭賦的茁壯期;從漢至魏,是辭賦化的普遍期。從魏至晉,是辭賦化的繁密期,到了南朝劉宋時代則已為齊、梁文體鑄定了模型。

三、駢文文體

　　從東漢中葉開始,為文的「雙行意念」形成,流風所扇,天下披靡,到建安初葉開花結果。陳望道《修辭學發凡‧對偶》:

> 說話中凡是用字數相等,句法相似的兩句,成雙作對排列成功的,都叫做對偶辭。對偶這一格,從它的形式方面看來,原來也可說是一種句調上的反復……而從它的內容看來,又貴用相反的兩件事物互相映對,如(南梁)劉勰所謂「反對為優,正對為劣」(《文心雕龍‧麗辭》)在形式方面實是普通美學上的所謂對稱。〔註10〕

梁‧劉勰《文心雕龍‧麗辭》:

> 造化賦形,支體必雙,神理為用,事不孤立。夫心生文辭,運裁百慮,高下相須,自然成對。……序〈乾〉四德,則句句相銜;龍虎類感,則字字相儷;乾坤易簡,則宛轉相承;日月往來,則隔行懸合;雖句字或殊,而偶意一也。〔註11〕

　　即字字相稱,句句相儷。魏晉南北朝時期是駢文的黃金時代,梁‧劉勰《文心雕龍‧書記》:「元瑜,號稱翩翩;文舉屬章,半簡必錄;休璉好事,留意詞翰。」於是文士在寫書牘時亦「造語不隻,錘句皆雙。」,逐漸駢化。清‧孫梅《四六叢話‧敘書》:

> 抑書之為說,直達胸臆,不拘繩墨。縱而縱之,數千言不見其多;斂而斂之,一二語不見其少。破長風於天際,縮九華於壺中。或放筆而不休,或藏鋒而不露。〔註12〕

　　駢文體從字句的結構形式來看,如:單句對、雙句對、長偶對、當句對、疊字對、數字對等,一篇中須以單偶參用,方見流宕之致。

〔註10〕陳望道著:《修辭學發凡》(上海:上海教育出版社,1997年12月新2版),頁202。

〔註11〕(梁)劉勰著,范文瀾註:《文心雕龍注》(臺北:學海出版社,1988年3月初版),頁590～591。

〔註12〕(清)孫梅撰:《四六叢話》(上海:復旦大學出版社,2007年11月),頁305～306。

（一）單句對

單句對又名單對，一句相對者，即單句上下句相對，此乃對偶最基本之句式。有四言對、五言對、六言對、七言對、八言對，分別舉例如下：

1、四言對

歲月不居，時節如流。（魏・孔融〈與曹公書論盛孝章〉）

日不我與，曜靈急節。（魏・曹植〈與吳季重書〉）

秦箏發徽，二八迭奏。（魏・吳質〈答東阿王書〉）

內傲帝命，外通南國。（西晉・孫楚〈爲石仲容與孫皓書〉）

前鑒之驗，後事之師。（西晉・孫楚〈爲石仲容與孫皓書〉）

羽檄燭日，旌旗流星。（西晉・孫楚〈爲石仲容與孫皓書〉）

遊龍曜路，歌吹盈耳。（西晉・孫楚〈爲石仲容與孫皓書〉）

思盡波濤，悲滿潭壑。（劉宋・鮑照〈登大雷岸與妹書〉）

夕景欲沉，曉霧將合。（劉宋・鮑照〈登大雷岸與妹書〉）

天地休明，山川受納。（南齊・謝朓〈拜中軍記室辭隨王牋〉）

契闊戎旃，從容燕語。（南齊・謝朓〈拜中軍記室辭隨王牋〉）

清切藩房，寂寥舊華。（南齊・謝朓〈拜中軍記室辭隨王牋〉）

簪履或存，衽席無改。（南齊・謝朓〈拜中軍記室辭隨王牋〉）

松柏被地，墳壟刺天。（南梁・江淹〈報袁叔明書〉）

隙駟不留，尺波電謝。（南梁・劉峻〈追（重）答劉秣陵沼書〉）

足踐寒地，身犯朔風。（南梁・劉孝儀〈北使還與永豐侯書〉）

暮宿客亭，晨炊謁舍。（南梁・劉孝儀〈北使還與永豐侯書〉）

森壁爭霞，孤峰限日。（南梁・吳均〈與顧章書〉）

幽岫含雲，深谿蓄翠。（南梁・吳均〈與顧章書〉）

蟬吟鶴唳，水響猿啼。（南梁・吳均〈與顧章書〉）

幸富菊華，偏饒竹實。（南梁・吳均〈與顧章書〉）

2、五言對

食若填巨壑，飲若灌漏卮。（魏・曹植〈與吳季重書〉）

羨寵光之休，慕猗頓之富。（魏‧吳質〈答東阿王書〉）

春生者繁華，秋榮者零悴。（魏‧應璩〈與侍郎曹長思書〉）

簡與禮相背，懶與慢相成。（魏‧嵇康〈與山巨源絕交書〉）

四隩之攸同，天下之壯觀也！（西晉‧孫楚〈爲石仲容與孫皓書〉）

3、六言對

面有逸景之速，別有參商之闊。（魏‧曹植〈與吳季重書〉）

壎簫激於華屋，靈鼓動於座右。（魏‧吳質〈答東阿王書〉）

設天網以該之，頓八紘以掩之。（魏‧曹植〈與楊德祖書〉）

處朝廷而不出，入山林而不返。（魏‧嵇康〈與山巨源絕交書〉）

榮進之心日頹，任實之情轉篤。（魏‧嵇康〈與山巨源絕交書〉）

葛越布於朔土，貂馬延乎吳會。（西晉‧孫楚〈爲石仲容與孫皓書〉）

東夷獻其樂器，肅慎貢其楛矢。（西晉‧孫楚〈爲石仲容與孫皓書〉）

容貌不能動人，智謀不足自遠。（南梁‧江淹〈報袁叔明書〉）

竟懃君子之恩，卒離饑寒之禍。（南梁‧江淹〈報袁叔明書〉）

4、七言對

應詩人補袞之歎，愼《周易》牽復之義。（魏‧阮瑀〈爲曹公作書與孫權〉）

〈叔田〉有無人之歌，〈闉闍〉有匪存之思。（魏‧應璩〈與侍郎曹長思書〉）

達則兼善而不渝，窮則自得而無悶。（魏‧嵇康〈與山巨源絕交書〉）

延陵高子臧之風，長卿慕相如之節。（魏‧嵇康〈與山巨源絕交書〉）

許、鄭以銜璧全國，曹、譚以無禮取滅。（西晉‧孫楚〈爲石仲容與孫皓書〉）

豺狼抗爪牙之毒，生人陷荼炭之艱。（西晉‧孫楚〈爲石仲容與孫皓書〉）

5、八言對

上迨南容忘食之樂，下踵寧子黑夜之勤。（魏‧應璩〈答韓文憲書〉）

直木必不可以爲輪，曲木不可以爲桷。（魏‧嵇康〈與山巨源絕交

書〉〉

外失輔車脣齒之援，內有毛羽零落之漸。（西晉·孫楚〈爲石仲容與孫皓書〉）

魏晉南北朝時期，雖是駢文成熟期，但初期仍以四言或六言句對爲多。

（二）雙句對

雙句對又名偶對，兩句相對者，即隔句對。這種對偶要以四句爲基本，是平行的四句裡，第一句對第三句，第二句對第四句。魏晉南北朝的雙句對沒有一定格式，其時四六文盛行，但多有四四句、四五句、四六句、六六句間用，分別舉例如下：

1、四四句

家有千里，驥而不珍；人懷盈尺，和氏而無貴。（魏·曹植〈與吳季重書〉）

見機而作，《周易》所貴；小不事大，《春秋》所誅。（西晉·孫楚〈爲石仲容與孫皓書〉）

炎精幽昧，厤數將終；桓靈失德，災釁並興。（西晉·孫楚〈爲石仲容與孫皓書〉）

百僚濟濟，儁乂盈朝，虎臣武將，折衝萬里。（西晉·孫楚〈爲石仲容與孫皓書〉）

上常積雲，霞雕錦縟，若華夕曜，巖澤氣通。（劉宋·鮑照〈登大雷岸與妹書〉）

騰波觸天，高浪灌日，吞吐百川，寫泄萬壑。（劉宋·鮑照〈登大雷岸與妹書〉）

輕煙不流，華鼎振涾，弱草朱靡，洪漣隴蹇。（劉宋·鮑照〈登大雷岸與妹書〉）

散渙長驚，電透箭疾，穹溢崩聚，坻飛嶺覆。（劉宋·鮑照〈登大雷岸與妹書〉）

皋壤搖落，對之惆悵；歧路西東，或以歔唈。（南齊·謝朓〈拜中軍記室辭隨王牋〉）

滄冥未運，波臣自蕩；渤澥方春，旅翮先謝。（南齊·謝朓〈拜中軍

記室辭隨王牋〉）

輕舟反溯，弔影獨留，白雲在天，龍門不見。（南齊・謝朓〈拜中軍記室辭隨王牋〉）

曉霧將歇，猿鳥亂鳴；夕日欲頹，沉鱗競躍。（南梁・陶弘景〈答謝中書書〉）

馬銜苜蓿，嘶立故墟；人獲蒲萄，歸種舊里。（南梁・劉孝儀〈北使還與永豐侯書〉）

煙墨不言，受其驅染；紙札無情，任其搖襞。（南梁・簡文帝〈與湘東王論文書〉）

2、四五句

少見馴育，則服從教制；長而見羈，則狂顧頓纓。（魏・嵇康〈與山巨源絕交書〉）

心不耐煩，而官事鞅掌，機務纏心，世故繁其慮。（魏・嵇康〈與山巨源絕交書〉）

3、五五句

堯舜之君世，許由之巖棲；子房之佐漢，接輿之行歌。（魏・嵇康〈與山巨源絕交書〉）

4、四六句

登東嶽者，知眾山之邐迤；奉至尊者，知百里之卑微。（魏・吳質〈答東阿王書〉）

仲尼兼愛，不羞執鞭；子文無欲卿相，而三登令尹。（魏・嵇康〈與山巨源絕交書〉）

見好章甫，強越人以文冕；己嗜臭腐，養鵷雛以死鼠！（魏・嵇康〈與山巨源絕交書〉）

治膏肓者，必進苦口之藥；決狐疑者，必告逆耳之言。（西晉・孫楚〈爲石仲容與孫皓書〉）

和氏之璧，焉得獨曜於郢握？夜光之珠，何得專玩於隨掌？（東晉・劉琨〈答盧諶書〉）

澩洞所積，溪壑所射，鼓怒之所豗擊，涌澓之所宕滌。（劉宋・鮑照

〈登大雷岸與妹書〉）

潢汙之水，願朝宗而每竭；駑蹇之乘，希沃若而中疲。（南齊・謝朓〈拜中軍記室辭隨王牋〉）

青江可望，候歸艎於春渚；朱邸方開，效蓬心於秋實。（南齊・謝朓〈拜中軍記室辭隨王牋〉）

山川緬邈，河渭象于經星；顧望風流，長安遠於朝日。（南陳・徐陵〈與李那書〉）

山梁飲啄，非有意于籠樊；江海飛浮，本無情于鐘鼓。（南陳・徐陵〈在北齊與楊僕射書〉）

雲師火帝，澆淳乃異其風；龍躍麟驚，王霸雖殊其道。（南陳・徐陵〈在北齊與楊僕射書〉）

5、六六句

不如嗣宗之賢，而有慢弛之闕；無萬石之慎，而有好盡之累。（魏・嵇康〈與山巨源絕交書〉）

握瑜懷玉之士，瞻鄭邦而知退；章甫翠履之人，望閩鄉而歎息。（南梁・簡文帝〈與湘東王論文書〉）

老子、莊周吾之師也，親居賤職；柳下惠、東方朔達人也，安乎卑位。（魏・嵇康〈與山巨源絕交書〉）

（三）長偶對

長偶對又名長隔對，即兩句以上相對，各句中有排比。此類對偶一般字數較多，內容豐富。舉例如下：

鬼方聾昧，崇虎讒凶，殷辛暴虐。高宗有三年之征，文王有退修之軍，盟津有再駕之役。（魏・陳琳〈爲曹洪與魏文帝書〉）

三仁未去，武王還師；宮奇在虞，晉不加戎；季梁猶在，強楚挫謀。（魏・陳琳〈爲曹洪與魏文帝書〉）

仲宣獨步於漢南；孔璋鷹揚於河朔；偉長擅名於青土；公幹振藻於海隅；德璉發跡於大魏；足下高視於上京。（魏・曹植〈與楊德祖書〉）

太祖承運，神武應期，征討暴亂，克寧區夏，協建靈符，天命既集，

遂廓洪基，奄有魏域。（西晉・孫楚〈爲石仲容與孫皓書〉）

國富兵強，六軍精練，思復翰飛，飲馬南海。自項國家，整治器械，修造舟楫，簡習水戰。伐樹北山，則太行木盡；濬決河、洛，則百川通流。（西晉・孫楚〈爲石仲容與孫皓書〉）

長裾日曳，後乘載脂，榮立府庭，恩加顏色，沐髮晞陽，未測涯涘。（南齊・謝朓〈拜中軍記室辭隨王牋〉）

禹不偪伯成子高，全其節也；仲尼不假蓋於子夏，護其短也。諸葛孔明不偪元直以入蜀；華子魚不強幼安以卿相。（魏・嵇康〈與山巨源絕交書〉）

（四）當句對

非湯、武而薄周、孔。（魏・嵇康〈與山巨源絕交書〉）

三江五湖。（西晉・孫楚〈爲石仲容與孫皓書〉）

（五）疊字對

疊字對又名連珠對，即上下兩句運用疊字以相對。完全用疊字作成的對偶，音節的功能特別強。舉例如下：

*滔滔*何窮，*漫漫*安竭！（劉宋・鮑照〈登大雷岸與妹書〉）

*遲遲*春日，翻學《歸藏》；*湛湛*江水，遂同《大傳》。（南梁・簡文帝〈與湘東王論文書〉）

泉水激石，*泠泠*做響；好鳥相鳴，*嚶嚶*成韻。（南梁・吳均〈與宋元思書〉）

*英英*相雜，*綿綿*成韻。（南梁・吳均〈與顧章書〉）

（六）數字對

數字對又名數目對，即在對偶句子中使用數字，上下二句運用數目字以相對。舉例如下：

*一旅*之眾，不足以揚名；*步武*之間，不足以騁跡。（魏・吳質〈答東阿王書〉）

毀*五帝*、罪*三王*、訾*五霸*。（魏・曹植〈與楊德祖書〉）

*九州*絕貫，皇綱解紐，*四海*蕭條，非復漢有。（西晉・孫楚〈爲石仲容與孫皓書〉）

開地五千，列郡三十。（西晉・孫楚〈爲石仲容與孫皓書〉）

九蒼之高，迅羽不能尋其顚；四溟之深，幽鱗不能測其底。（西晉・阮籍〈答伏義書〉）

潁川韓元長，八十而終；濟北氾稚春，七世同財。（劉宋・陶潛〈與子儼等疏〉）

東亂三江，西浮七澤。（南齊・謝朓〈拜中軍記室辭隨王牋〉）

兩岸石壁，五色交輝；青林翠竹，四時俱備。（南梁・陶弘景〈答謝中書書〉）

五畝之宅，半頃之田。（南梁・江淹〈與交友論隱書〉）

仙人導引，尚刻三秋，神女將梳，猶期九日。（北周・庾信〈爲梁上黃侯世子與婦書〉）

從文句的意義來看，有言對、事對、反對、正對四種。梁・劉勰《文心雕龍・麗辭》：

故麗辭之體，凡有四對：言對爲易，事對爲難；反對爲優，正對爲劣。言對者，雙比空辭者也；事對者，並舉人驗者也；反對者，理殊趣合者也；正對者，事異義同者也。〔註13〕

1、言對

舉例如下：

言未發而水旋流，辭未卒而澤滂沛。（魏・應璩〈與廣川長岑文瑜書〉）

雲重積而復散，雨垂落而復收。（魏・應璩〈與廣川長岑文瑜書〉）

鑽仲父之遺訓，覽老氏之要言。（魏・吳質〈答東阿王書〉）

對清酤而不酌，抑嘉肴而不享。（魏・吳質〈答東阿王書〉）

結春芳以崇佩，折若華以翳日。（魏・應璩〈與從弟君苗君胄書〉）

嚴霜慘節，悲風斷肌。（劉宋・鮑照〈登大雷岸與妹書〉）

寒蓬夕卷，古樹雲平。（劉宋・鮑照〈登大雷岸與妹書〉）

靜聽無聞，極視不見。（劉宋・鮑照〈登大雷岸與妹書〉）

〔註13〕（梁）劉勰著，范文瀾註：《文心雕龍注》（臺北：學海出版社，1988年3月初版），頁590。

倮身大笑，被髮行歌。（南梁・江淹〈報袁叔明書〉）

堅坐崩岸，僵臥深窟。（南梁・江淹〈報袁叔明書〉）

辭榮城市，退耕巖谷。（南梁・江淹〈報袁叔明書〉）

2、事對

即上下兩句運典故以相對。舉例如下：

韓信傷心於失楚，**彭寵**積望於無異，**盧綰**嫌畏於已隙，**英布**憂迫於情漏。（魏・阮瑀〈爲曹公作書與孫權〉）

寧放**朱浮**顯露之奏？無匿**張勝**貸故之變，匪有陰構**賁赫**之告。（魏・阮瑀〈爲曹公作書與孫權〉）

蘇秦說韓，羞以牛後，**韓王**按劍，作色而怒。（魏・阮瑀〈爲曹公作書與孫權〉）

高帝設爵以延**田橫**，光武指河而誓**朱鮪**。（魏・阮瑀〈爲曹公作書與孫權〉）

子胥知姑蘇之有麋鹿，**輔果**識智伯之爲趙禽。（魏・阮瑀〈爲曹公作書與孫權〉）

穆生謝病，以免楚難，**鄒陽**北遊，不同吳禍。（魏・阮瑀〈爲曹公作書與孫權〉）

越爲三軍，**吳曾**不禦，漢潛夏陽，**魏豹**不意。（魏・阮瑀〈爲曹公作書與孫權〉）

淮南信左吳之策，**漢隗囂**納王元之言，**彭寵**受親吏之計；**梁王**不受詭、勝，**竇融**斥逐張玄。（魏・阮瑀〈爲曹公作書與孫權〉）

夏、殷所以喪，**苗、扈**所以斃。（魏・陳琳〈爲曹洪與魏文帝書〉）

縈代爲垣，高不可登；**折箸爲械**，堅不可入。（魏・陳琳〈爲曹洪與魏文帝書〉）

攄八陣之列，騁奔牛之權。（魏・陳琳〈爲曹洪與魏文帝書〉）

拂鐘無聲，應機立斷。（魏・陳琳〈答東阿王牋〉）

晉之**垂棘**，魯之**璵璠**，宋之**結綠**，楚之**和璞**。（魏・曹丕〈又與鍾繇書〉）

*垂棘*出晉，*虞*、*虢*雙禽；*和璧*入秦，*相如*抗節。(魏・曹丕〈又與鍾繇書〉)

不煩*一介之使*，不損*連城之價*，既有*秦昭章臺之觀*，而無*藺生詭奪之誑*。(魏・曹丕〈又與鍾繇書〉)

舉*太山*以爲肉，傾*東海*以爲酒，伐*雲夢之竹*以爲笛，斬*泗濱之梓*以爲箏。(魏・曹植〈與吳季重書〉)

抑*六龍之首*，頓*羲和之轡*，折*若木之華*，閉*濛汜之谷*。(魏・曹植〈與吳季重書〉)

改轍易行，非*良*、*樂之御*；易民而治，非*楚*、*鄭之政*。(魏・曹植〈與吳季重書〉)

雖恃*平原養士之懿*，愧無*毛遂燿穎之才*；深蒙*薛公折節之禮*，而無*馮諼三窟之效*；屢獲*信陵虛左之德*，又無*侯生*可述之美。(魏・吳質〈答東阿王書〉)

北懾肅慎，使*貢其楛矢*；南震百越，使*獻其白雉*。(魏・吳質〈答東阿王書〉)

人人自謂握*靈蛇之珠*，家家自謂抱*荊山之玉*。(魏・曹植〈與楊德祖書〉)

有*南威之容*，乃可以論於淑媛；有*龍淵之利*，乃可以議於斷割。(魏・曹植〈與楊德祖書〉)

蘭茝蓀蕙之芳，眾人所好，而*海畔有逐臭之夫*；〈咸池〉、〈六莖〉之發，眾人所共樂，而*墨翟有非之之論*。(魏・曹植〈與楊德祖書〉)

伯牙絕弦於鍾期，仲尼覆醢於子路。(魏・曹丕〈與吳質書〉)

以*犬羊之質*，服*虎豹之文*。(魏・曹丕〈與吳質書〉)

少壯眞當努力，年一過往，何可攀援！*古人思秉燭夜遊*，良有以也。(魏・曹丕〈與吳質書〉)

侯生納顧於夷門，毛公受眷於逆旅。(魏・應璩〈與滿公琰書〉)

陽書喻於詹何，楊倩說於范武。(魏・應璩〈與滿公琰書〉)

牙曠高徵，義渠哀激。(魏・應璩〈與滿公琰書〉)

*仲孺*不辭同產之服，*孟公*不顧尚書之期。（魏・應璩〈與滿公琰書〉）

*王肅*以宿德顯授，*何曾*以後進見拔。（魏・應璩〈與侍郎曹長思書〉）

*汲黯*樂在郎署，*何武*恥為丞相。（魏・應璩〈與侍郎曹長思書〉）

德非*陳平*，門無結駟之跡；學非*楊雄*，堂無好事之客；才劣*仲舒*，無下帷之思；家貧*孟公*，無置酒之樂。（魏・應璩〈與侍郎曹長思書〉）

*夏禹*之解陽盰，*殷湯*之禱桑林。……割髮宜及膚，剪爪宜侵肌。……周征殷而年豐，衛伐邢而致雨。（魏・應璩〈與廣川長岑文瑜書〉）

*蒲且*讚善，*便嬛*稱妙。……*仲尼*忘味於*虞韶*，*楚人*流遁於*京臺*。……*伊尹*輟耕，*郊惲*投竿。……*山父*不貪天地之樂，*曾參*不慕晉楚之富。……*金*、*張*之援，*子孟*之資。……*隴西*之遊，*越人*之射。（魏・應璩〈與從弟君苗君胄書〉）

*公孫宏*皓首入學，*顏涿聚*五十始涉師門。……上迨*南容*忘食之樂，下踵*寧子*黑夜之勤。（魏・應璩〈答韓文憲書〉）

羞庖人之獨割，引尸祝以自助。……*老子*、*莊周*吾之師也，親居賤職；*柳下惠*、*東方朔*，達人也，安乎卑位。……*仲尼*兼愛，不羞執鞭；*子文*無欲卿相，三登令尹。……*堯*、*舜*之君世，*許由*之巖棲，*子房*之佐漢，*接輿*之行歌，延陵高*子臧*之風，長卿慕*相如*之節，志氣所託，不可奪也。……不如*嗣宗*之賢（資），而有慢馳之闕，又不識人情，闇於機宜；無*萬石*之慎，而有好盡之累，久與事接，疵釁日興。……*禹*不偪伯成子高，全其節也；*仲尼*不假蓋於子夏，護其短也。*諸葛孔明*不偪*元直*以入蜀；*華子魚*不強*幼安*以卿相。……見好章甫，強越人以文冕也；己嗜臭腐，養鴛雛以死鼠也！……野人有快炙背而美芹子者，欲獻之至尊。（魏・嵇康〈與山巨源絕交書〉）

*虢*滅*虞*亡，*韓*并*魏*徙。……外失輔車脣齒之援，內有毛羽零落之漸。……*俞附*見其以困，*扁鵲*知其無功！（西晉・孫楚〈為石仲容與孫皓書〉）

鮑叔、*管仲*，分財無猜；*歸生*、*伍舉*，班荊道舊，遂能以敗為成，因喪立功。……*潁川韓元長*，八十而終，兄弟同居，至於沒齒；*濟*

北氾稚春，七世同財，家人無怨色。（劉宋・陶潛〈與子儼等疏〉）

梁伯鸞臥於會稽之墅，高伯達坐於華陰之山。（南梁・江淹〈與交友論隱書〉）

國史小官也，而子長爲之；執戟下位也，而子雲居之。（南梁・江淹〈報袁叔明書〉）

全璧歸趙，飛矢救燕，偃息藩魏，甘臥安郢。（南梁・王僧儒〈與何炯書〉）

墨翟之言無爽，宣室之談有徵。……冀東平之樹，望咸陽而西靡；蓋山之泉，聞弦歌而赴節。……懸劍空壟，有恨如何！（南梁・劉峻〈追答劉沼書〉）

朱鮪涉血於友于，張繡剚刃於愛子，漢主不以爲疑，魏君待之若舊。……慕容超之強，身送東市；姚泓之盛，面縛西都。……廉公之思趙將，吳子之泣西河。（南梁・丘遲〈與陳伯之書〉）

園公道勝，漢盈屈節；春卿經明，漢莊北面。（南梁・昭明太子〈與何胤書〉）

漢人流麥，晉人聚螢。（南梁・元帝〈與學生書〉）

山川緬邈，河渭象于經星；顧望風流，長安遠於朝日。（南陳・徐陵〈與李那書〉）

雍容廊廟，獻納便繁，留使催書，駐馬成檄。車騎將軍，賓客盈座，丞相長史，瞻對有勞。（南陳・徐陵〈與李那書〉）

周伯仁度江唯三日醒，吾不以爲少；鄭康成一飲三百杯，吾不以爲多。（南陳・陳暄〈與兄子秀書〉）

嗣宗窮途，楊朱歧路。（北周・王褒〈與梁處士周弘讓書〉）

3、反對

上下句的意思相反或相對。舉例如下：

龍驥所不敢追，駑馬可得齊足。（魏・陳琳〈答東阿王箋〉）

西施出帷，嫫母侍側。（魏・吳質〈答東阿王書〉）

仰視大火，俯聽波聲。（劉宋・鮑照〈登大雷岸與妹書〉）

登峨嵋，度流沙。……雞鶩之有毛，鸞鳳之光采。（南梁・江淹〈與

交友論隱書〉〉

朝飧松屑，夜誦仙經。……可爲*智*者道，難與*俗士*言。（南梁‧江淹
〈報袁叔明書〉〉

棄*鷰雀*之小志，慕*鴻鵠*以高翔。（南梁‧丘遲〈與陳伯之書〉）

江南燠熱，橘柚冬青，*渭北迢寒*，楊榆晚葉。（南陳‧周弘讓〈答王
褒書〉〉

*熱*不見母*熱*，*寒*不見母*寒*。（北周‧宇文護〈報母閻姬書〉）

4、正對

上下句的意思相同、相近或相補充、相映襯，以說明一個事理，或描繪
一種情景。詞性、詞義，都正正相對。如句中方位、色彩和物類，都對得非
常工整。

（1）方位對

即上下兩句運用方位詞以相對。舉例如下：

*西*有伯陽之館，*北*有曠野之望。（魏‧應璩〈與滿公琰書〉）

逍遙陂塘之*上*，吟詠菀柳之*下*。（應璩〈與從弟君苗君冑書〉）

*上*迫南容忘食之樂，*下*踵寧子黑夜之勤。（魏‧應璩〈答韓文憲書〉）

馳騁*北*場，旅食*南*館。（魏‧曹丕〈與朝歌令吳質書〉）

*北*懾肅慎，*南*震百越。（魏‧吳質〈答東阿王書〉）

*右*折燕、齊，*左*振扶桑。（西晉‧孫楚〈爲石仲容與孫皓書〉）

雍、益二州，順流而*東*，青、徐戰士，列江而*西*。（西晉‧孫楚〈爲
石仲容與孫皓書〉〉

九蒼之*高*，迅羽不能尋其*巔*；四溟之*深*，幽鱗不能測其*底*。（西晉‧
阮籍〈答伏義書〉）

*東*顧五洲之隔，*西*眺九派之分。……窺*地*門之絕景，望*天*際之孤
雲。……*南*則積山萬狀，*東*則砥原遠隰，*北*則陂池潛演，*西*則迴江
永指。……帶*天*有匝，橫*地*無窮。……*左右*青靄，*表裏*紫霄。……
從嶺而*上*，氣盡金光，半山以*下*，純爲黛色。……*上*窮荻浦，*下*至
稀洲。……*南*薄鷰爪，*北*極雷澱。（劉宋‧鮑照〈登大雷岸與妹書〉）

*東*亂三江，*西*浮七澤。（南齊・謝朓〈拜中軍記室辭隨王牋〉）

鳥赴檐*上*，水匝階*下*。（南梁・江淹〈與交友論隱書〉）

*西山*之餓夫，*東國*之黜臣。……爭論*南宮*之前，伏身*北闕*之下。（南梁・江淹〈報袁叔明書〉）

白環*西*獻，楛矢*東*來，*夜郎*、*滇池*解辮請職，*朝鮮*、*昌海*蹶角受化。（南梁・丘遲〈與陳伯之書〉）

*江南*燠熱，橘柚冬青，*渭北*沍寒，楊榆晚葉。（南陳・周弘讓〈答王襃書〉）

（2）色彩對

又名顏色對，即上下兩句皆用顏色字以相對。舉例如下：

聽〈*白雪*〉之音，觀〈*綠水*〉之節。（魏・陳琳〈答東阿王箋〉）

*白*如截肪、*黑*譬純漆、*赤*擬雞冠、*黃*侔蒸栗。（魏・文帝〈又與鍾繇書〉）

傳明*散綵*，赫似*絳天*。……從嶺而上，氣盡金光，半山以下，純爲*黛色*。（劉宋・鮑照〈登大雷岸與妹書〉）

*青*江可望，候歸艎於春渚；*朱*邸方開，效蓬心於秋實。（南齊・謝朓〈拜中軍記室辭隨王牋〉）

*朱丹*既定，*雌黃*有別。（南梁・簡文帝〈與湘東王論文書〉）

*青蕖*戒節，*白露*爲霜。（南陳・徐陵〈與李那書〉）

（3）物類對

同類對：即上下兩句用同類之物相對。舉例如下：

高樹翳*朝雲*，文禽蔽*綠水*。（魏・應璩〈與滿公琰書〉）

*土龍*矯首於玄寺，*泥人*鶴立於關里。（魏・應璩〈與廣川長岑文瑜書〉）

*風伯*掃途，*雨師*灑道。（應璩〈與從弟君苗君冑書〉）

*良玉*比德君子，*珪*、*璋*見美詩人。（魏・曹丕〈與鍾大理書〉）

無*眾星*之明，假*日月*之光。（魏・曹丕〈與吳質書〉）

絆*良驥*之足，而責以千里之任，檻*猿猴*之勢，而望其巧捷之能者

也。（魏・吳質〈答東阿王書〉）

悲風起於**閭閻**，**紅塵**蔽於**机榻**。（魏・應璩〈與侍郎曹長思書〉）

弋下高雲之**鳥**，餌出深淵之**魚**。（魏・應璩〈與從弟君苗君冑書〉）

羞**庖人**之獨割，引**尸祝**以自助。（魏・嵇康〈與山巨源絕交書〉）

土則**神州**中岳，器則**九鼎**猶存。（西晉・孫楚〈爲石仲容與孫皓書〉）

芋蓎攸積，**菰蘆**所繁。（劉宋・鮑照〈登大雷岸與妹書〉）

孤**鶴**寒嘯，游**鴻**遠吟。（劉宋・鮑照〈登大雷岸與妹書〉）

樵蘇一歎，**舟子**再泣。（劉宋・鮑照〈登大雷岸與妹書〉）

浮**雲**生野，明**月**入樓。（南梁・簡文帝〈答張纘謝示集書〉）

梁伯鸞臥於會稽之**塹**，高伯達坐於華陰之**山**。（南梁・江淹〈與交友論隱書〉）

紫天爲宇，**環海**爲池。（南梁・江淹〈報袁叔明書〉）

塞**逕**絕賓，杜**牆**不出。（南梁・江淹〈報袁叔明書〉）

橫議**漢庭**，怒髮**燕路**。（南梁・江淹〈報袁叔明書〉）

拂衣於梁齊之館，**抗手於楚趙之門**。（南梁・江淹〈報袁叔明書〉）

近親不言，**左右**莫教。（南梁・江淹〈報袁叔明書〉）

盜竊**文史**之末，因循**卜祝**之間。（南梁・江淹〈報袁叔明書〉）

俛**首**求衣，斂**眉**寄食。（南梁・江淹〈報袁叔明書〉）

賢**明**蚤世，**英華**殂落。（南梁・江淹〈報袁叔明書〉）

魚游於沸鼎之中，**燕**巢於飛幕之上。（南梁・丘遲〈與陳伯之書〉）

子爲公侯，**母**爲俘隸。（北周・宇文護〈報母閻姬書〉）

衣不知有無，**食**不知飢飽。（北周・宇文護〈報母閻姬書〉）

　異類對：即上句安天，下句安山，上句安鳥，下句安花，即上下兩句用不同類之物相對，如此之類，又名爲異名對。舉例如下：

皮朽者**毛落**，川涸者**魚逝**。（魏・應璩〈與侍郎曹長思書〉）

沙礫銷鑠，草木焦卷。（魏・應璩〈與廣川長岑文瑜書〉）

處凉**臺**而有鬱蒸之煩，浴寒**水**而有灼爛之慘。（魏・應璩〈與廣川長岑文瑜書〉）

遊*山澤*，觀*魚鳥*。(魏‧嵇康〈與山巨源絕交書〉)

濁*酒*一盃，彈*琴*一曲。(魏‧嵇康〈與山巨源絕交書〉)

*抱琴*行吟，*弋釣*草野。(魏‧嵇康〈與山巨源絕交書〉)

棧*石*星飯，結*荷水*宿。(劉宋‧鮑照〈登大雷岸與妹書〉)

旋*風*四起，思*鳥羣*歸。(劉宋‧鮑照〈登大雷岸與妹書〉)

棲波之*鳥*，水化之*蟲*。(劉宋‧鮑照〈登大雷岸與妹書〉)

邈若*墜雨*，翩似*秋蔕*。(南齊‧謝朓〈拜中軍記室辭隨王牋〉)

*鳥*赴*簷*上，水匝*階*下。(南梁‧江淹〈與交友論隱書〉)

餐*金石*，讀*仙經*。(南梁‧江淹〈與交友論隱書〉)

*輕塵*入戶，飛*鳥*無迹。(南梁‧江淹〈報袁叔明書〉)

保*琴書*，守*妻子*。(南梁‧江淹〈報袁叔明書〉)

*輕車驃騎*之略，*交河雲險*之功。(南梁‧江淹〈報袁叔明書〉)

*水鳥*立於孤洲，*蒼葭*變於河曲。(南梁‧江淹〈報袁叔明書〉)

懷*鼠*知慙，濫*竽*自恥。(南梁‧簡文帝〈與湘東王論文書〉)

聞*鳴鏑*而股戰，對*穿鑪*以屈膝。(南梁‧丘遲〈與陳伯之書〉)

佩紫懷黃，讚帷幄之謀，*乘軺建節*，奉疆場之任。(南梁‧丘遲〈與陳伯之書〉)

由此可知，文人們的對偶之句，都是苦心經營，刻意安排，有意識地運用對偶，以加強書牘中文字的感染力。

第三節　論創作

當時文人認為好文章應文質並重，又有人認為只要乘性為書就會是好文章，但又有人認為，要想成就好文章，應勤加修改潤飾，也有人認為崇尚自然，能將自然觀點引入文章就是好文章。

一、文質說

在魏時崇尚文質並重，文指文章形式華美，質指文章內容充實，文質彬彬，乃作品最高境界。如魏‧曹丕〈與吳質書〉云：「偉長獨懷文抱質」與阮瑀、應瑒的〈文質論〉觀點相通。到南朝時文學只顧追求華美的形式而缺乏

真情實感，所以劉宋·范曄〈與諸甥姪書〉：

> 常謂情志所託，故當以意為主，以文傳意。以意為主，則其旨必見；
> 以文傳意，則其詞不流。然後抽其芬芳，振其金石耳。〔註14〕

認為雖文質並重，但以先質後文。即以情志所構成的「意」為內容為先，以「芬芳」麗詞、「金石」聲律等形式為後。「以為傳意」，既不廢文詞之彪炳藻繪，又能兼顧內涵思想。他的看法與晉·摯虞《文章流別論》曰：「古詩之賦，以情義為主，以事類為佐。」一致。文學之創作有主為情造文，及為文造情兩種。梁·劉勰《文心雕龍·情采》：

> 昔詩人什篇，為情而造文，辭人賦頌，為文而造情。何以明其然？
> 蓋風雅之興，志思蓄憤，而吟詠情性，以諷其上，此為情而造文也。
> 諸子之徒，心非鬱陶，苟馳夸飾，鬻聲釣世，此為文而造情也。故
> 為情者，要約而寫真；為文者，淫麗而煩濫。而後之作者，採濫忽
> 真，遠棄風雅，匠師辭賦，故體情之製日疏，逐文之篇愈盛。……
> 夫鉛黛所以飾容，而盼倩生於淑姿；文采所以飾言，而辯麗本於情
> 性。故情者，文之經，辭者，理之緯。經正而後緯成，理定而後辭
> 暢，此立文之本源也。〔註15〕

比范曄、摯虞論點更具體、深刻。

梁·蕭統〈答湘東王求《文集》及《詩苑英華》書〉：

> 夫文典則累野，麗則傷浮。能麗而不浮，典而不野，文質彬彬，有
> 君子之致，吾嘗欲為之，但恨未逮耳。〔註16〕

主張「文質彬彬」。

劉孝綽《昭明太子文集·序》稱讚蕭統的文章「典而不野，遠而不放，麗而不淫，約而不儉」，可見這確是蕭統在創作上所追求的。

二、文氣說

蓋人之神氣，由調神養氣之內緣，如舒暢其神或疲憊其神，影響作品。如魏·曹丕〈與吳質書〉：「公幹有逸氣，但未遒耳。」魏·曹植〈與丁敬禮

〔註14〕　（清）嚴可均編：《全上古三代秦漢三國六朝文·全宋文》（臺北：世界書局，1963年5月二版），卷15，頁11～12。

〔註15〕　（梁）劉勰著，（清）范文瀾註：《文心雕龍註》（臺北：學海出版社，1988年3月初版），頁538。

〔註16〕　（梁）蕭統撰：《梁昭明集》見（明）張溥輯：《漢魏六朝百三家集》（明崇禎間（1628～1644）太倉張氏原刊本），頁8。

書〉：「頃不相聞，覆相聲音亦爲怪，故乘興爲書，含欣而秉筆，大笑而吐辭，亦歡之極也。」〔註17〕曹植以爲墨酣足之時，秉筆吐解，爲人生之一大快事。其寄書與摯友丁廙，述說作文之樂，筆墨之逸。概人文神氣充沛之際，染翰持牘，談笑以暢志，做文賦詩，文人生盡其快意之大樂也。曹植一生具有創作熱忱，激情煥發，極力陳辭。如〈與楊德祖書〉云：「僕少小好爲文章，迄至於今二十有五年矣。」

魏晉初期文論，評作者爲文之巧拙，是因先天所稟之「氣」清濁不同而導致。如：曹丕《典論‧論文》：

> 文以氣爲主，氣之清濁有體，不可力強而致，譬諸音樂，曲度雖均，節奏同檢，至於引氣不齊，巧拙有素，雖在父兄，不能以移子弟。〔註18〕

《文心雕龍‧神思》曰：「人之稟才，遲速異分」，《文心雕龍‧體性》：「氣有剛柔」。西晉‧陸雲說自己氣不足，影響寫作運思，而使文章篇幅不長而柔弱。如〈與兄平原書〉第三首：「欲更定之，而了不可以思慮。今自好，醜不可視，想多下體中佳，能定之耳。」〔註19〕〈與兄平原書‧第七首〉：

> 〈述思賦〉黨自竭屬，然雲意皆已盡，不知本復何言？方當積思，思有利鈍，如兄所賦，恐不可須。願兄且以示伯聲兄弟。前日觀習，先欲作講武賦，因欲遠言大體，欲獻之大將軍。才不便作大文，得少許家語，不知此可出不？故鈔以白兄。若兄意謂此可成者，欲試成之。大文難作，庶可以爲〈關雎〉之見微。

〈與兄平原書‧第十五首〉：

> 文章既自可羨，且解愁忘憂；但作之不工，煩勞而棄力，故久絕意耳。在此悲思視書不能解，前作二篇，後爲復欲有所作呂慰，小思慮，便大頓極，不知何呂乃爾？前登城門，意有懷，作〈登臺賦〉，極未能成；而崔君苗作之，聊復成前意，不能令佳，而贏

〔註17〕 （魏）曹植撰：《陳思王集》見（明）張溥輯：《漢魏六朝百三家集》（明崇禎間（1628～1644）太倉張氏原刊本），卷1，頁60。

〔註18〕 （魏）曹文帝撰：《典論》（清道光中甘泉黃氏刊光緒19年（1893）印本），頁2。

〔註19〕 （晉）陸雲撰：《陸士龍文集》（明正德己卯（14年，1519）都穆覆宋刊本），卷8，頁1。
以下徵引〈與兄平原書〉各首，不再註明出處。

瘁累日。

〈與兄平原書‧第十六首〉：

愁邑忽欲復作文，臨時輒自云佳小久報不能視爲此，故息意文欲定前于用功夫，大小文隨了，爲以解愁作爾。今視所作，不謂乃極，更不自信，恐年時間復損棄之徒，自困苦爾，兄小加潤色，便欲可出極不？苦作文但無新奇，而體力甚困瘁耳。

〈與兄平原書‧第廿一首〉：

體中殊不可以思慮，腹立滿，背便熱，亦誠可悲。閒視〈大荒傳〉，欲作〈大荒賦〉，既自難工，又是大賦，恐交自困絕。

〈與兄平原書‧第卅五首〉：

體中不快，不足復以自勞役耳。前集兄文爲二十卷，適訖一十當黃之書，不工紙，又惡恨不精。

西晉‧陸機〈文賦〉曰：

體有萬殊，物無一量，紛紜揮霍，形難爲狀……故夫誇目者尚奢，愜心者貴當，言窮者無隘，論達者唯曠。〔註20〕

梁‧劉勰《文心雕龍‧養氣》曰：

夫耳目鼻口，生之役也；心慮言辭，神之用也。率志委和，則理融而情暢；鑽礪過分，則神疲而氣衰，此性情之數也。〔註21〕

可見作家的血氣、志氣、文氣，是一脈相通，對於文學作品會造成個人的特殊風格。

三、潤飾說

文章之作，宜勤加修改，益見佳作。如：魏‧曹植〈與楊德祖書〉：

世人之著述，不能無病。僕常好人譏彈，其文有不善者，應時改定。昔丁敬禮嘗作小文，使僕潤飾之。僕自以才不過若人，辭不爲也。敬禮謂僕：「卿何所疑難？文之佳惡，吾自得之，後世誰相知定吾文者邪？」吾常歎此達言，以爲美談。昔尼父之文辭，與人通流，至於制《春秋》，游、夏之徒，乃不能措一辭。過此而言不病者，吾未

〔註20〕　（晉）陸機撰：《陸士衡文集》（明正德己卯（14年，1519）都穆覆宋刊本），卷1，頁2～3。

〔註21〕　（梁）劉勰著，（清）范文瀾註：《文心雕龍注》（臺北：學海出版社，1988年3月初版），頁647。

之見也。〔註22〕

又〈與吳季重書〉云：「夫文章之難，非獨今也。古之君子猶亦病諸。」顏之推《顏氏家訓卷四·文章第九》：「江南文制，欲人彈射，知有病累，隨即改之，陳王得之於丁廙也。」〔註23〕

古來文士，皆能競於文壇之上，爭於當世之名，構思爲文，立論以著作，而難以周圓通，鮮無瑕疵語病，所以成篇後，須修改潤色，相互琢磨，千錘百鍊，力求無瑕，使文章更辭達雅潔。梁·劉勰《文心雕龍·練字》：

> 自晉來用字，率從簡易，時並習易，人誰取難。今一字詭異，則羣
> 句震驚，三人弗識，則將成字妖矣。〔註24〕

魏晉南北朝時文人好奇趨新的心理，使用字彙來造句成章，他們用「詭巧」的手段，在綴字造句上著力以作爲潤飾。於是有換字法、倒字法、縮字法、聯字法，甚至有時也用奇特的語法以取勝，如梁·劉勰《文心雕龍·定勢》：

> 自近代辭人，率好詭巧，原其爲體，訛勢所變，厭黷舊式，故穿鑿
> 取新，察其訛意，似難而實無他術也，反正而已。故文反「正」爲
> 「乏」，辭反正爲奇。效奇之法，必顚倒文句，上字而抑下，中辭而
> 出外，回互不常，則新色耳。〔註25〕

其時作家使用換字法，如沈約爲梁武帝〈與謝朏書〉：「不降其身，不屈其志」，是用《論語》「不降其志，不辱其身」，而對換「志」與「身」的位置，又把「辱」字換作「屈」字。又如蕭綱〈與劉孝儀令〉曰：「酒闌耳熱，言志賦詩。」是用曹丕〈與吳質書〉中的「酒酣耳熱，仰而賦詩」，把「酣」字改作「闌」字，又把「仰而」換作「言志」。

魏晉南北朝的作家，除了用替代字使簡易的字句變得新奇以外，有時也用雅正的字詞來替換通俗的字詞，或把舊有的一句話，分開作兩句或兩句以上的字句來敘述，到後來，愈析愈多，例如劉孝儀〈謝晉安王賜酒啓〉，其中

〔註22〕 （魏）曹植撰：《陳思王集》見（明）張溥輯：《漢魏六朝百三家集》（明崇禎間（1628～1644）太倉張氏原刊本），頁56～57。

〔註23〕 （北齊）顏之推撰，李振興注譯：《顏氏家訓》（臺北：三民書局，2001年2月，初版二刷），頁196。

〔註24〕 （梁）劉勰著，（清）范文瀾註：《文心雕龍注》（臺北：學海出版社，1988年3月初版），頁624。

〔註25〕 （梁）劉勰著，（清）范文瀾註：《文心雕龍注》（臺北：學海出版社，1988年3月初版），頁531。

用「歲暮不聊，在陰即慘，惟斯二理，總萃一時。少府鬥猴，莫能致笑，大夫落雉，不足解顏」等三十二字來寫「歲暮天陰寂寞寡歡」。蕭綱〈與湘東王論文書〉：「競學浮疏，爭事闡緩」，說得就是當時文句的現象。

為要求句型整齊，增刪古人成語以造句的諸種變易，有的就語意走樣，如陳後主〈與江總書〉，他裁剪《易繫辭傳》的「書不盡言，言不盡意」為「書不寫意」。

《顏氏家訓・文章第九》：「沈隱侯曰：『文章當從三易：易見事，一也；易識字，二也；易讀誦，三也。』」〔註26〕易讀誦者，當是推闡沈約《宋書卷六十七・列傳第二十七・謝靈運傳論》：

> 五色相宣，八音協暢，由乎玄黃律呂，各適物宜。欲使宮羽相變，
> 低昂舛節，若前有浮聲，後須切響。一簡之內，音韻盡殊，兩句之
> 中，輕重悉異。妙達此旨，始可言文。〔註27〕

由於這樣的文章，前有浮聲，後須切響，讀誦起來，脣吻調利，才算是「易」。如此，使得排偶的文章，除了字句整齊，對仗工巧之外，還加上聲調的搭配，而完成魏晉南北朝文體的特色。但憾事是他對音理之學，並未研究入微，四聲八病之說，徒使後來文章家更添麻煩。梁・沈約〈答陸厥問聲韻書〉：「韻與不韻，復有精粗，輪扁不能言，老夫亦不盡辨此。」可見其於音理實有所謙。

用典隸事也是魏晉南北朝作家的修飾文辭好方法，使用習慣了，除了語意模略，及涵蓋面亦為之廣擴，在組詞上求變，也創造出許多修辭的新例。如《詩・唐風・蟋蟀》曰：「日月其邁」四字的典故，由魏晉南北朝人寫來便要說成如梁・簡文帝〈與劉孝儀書〉：「合璧不停，旋灰屢徙。玉霜夜下，旅雁南飛。」等語才夠盡興，而於其間增飾種種想像之詞。

文人用典隸事的作風日益普遍，如西晉・趙景真〈與嵇茂齊書〉與劉宋・鮑照〈登大雷岸與妹書〉兩人的個性或異，旅途的境遇亦殊，但其為離別訴苦的之意則相同。在晉時人的摛詞造句並無甚多差異，但到劉宋時人寫法，就有較多的摹寫，與緊縮的敘語，以成為新奇的句法，如劉宋・鮑照〈登大雷岸與妹書〉：「棧石星飯，結荷水宿」之類，縮字換字法，而是在熟悉的語

〔註26〕　（北齊）顏之推撰：《顏氏家訓》（臺北：藝文印書館，1968 年百部叢書集成
　　　　　影印《抱經堂叢書》本），卷4，頁12。
〔註27〕　（梁）沈約撰，《宋書》（北京：中華書局，1983 年 4 月第 2 次印刷），頁
　　　　　1779。

意上求變化，如果在不熟識的典故來表達，則其語意將全部湮沒難知。

　　隸事會使字句繁雜，造成文體淤緩遲鈍，取用典故沿襲既久，會顯得陳濫。故應用換字法，使舊式的典故看來較新奇。例如梁‧蕭綱〈與湘東王論文書〉：「章甫翠呂之人，望閩鄉而歎息。」其典故源於《莊子‧逍遙篇》「宋人資章甫適越，越人斷髮文身，無所用之。」蕭綱把「越人」換作「閩鄉」，看來新奇，然而如不按跡尋源實難解。因此，雖有沈約以「易見事」，以防制這種作風的流弊。但到了隸事風行之時，流弊仍然難以抑止。

四、自然說

　　魏晉南北朝時，大闡老、莊自然說，如：《莊子外篇‧駢拇》：

> 天下有常然。常然者，曲者不以鉤，直者不以繩，圓者不以規，方
> 者不以矩，附離不以膠漆，約束不以纆索。〔註28〕

將崇尚自然的觀點引入文學創作理論。中國的「實用理性」文化傳統將「以無為本」的哲學當作立身處世的基本原則，自然也將它當作為文從藝的原則。劉勰的文學觀已經明顯地表現出對宇宙本體的重視，將文看作是宇宙本體「道」的顯現。梁‧劉勰《文心雕龍‧原道》：

> 文之為德也，大矣！與天地並生者何哉？夫玄黃色雜，方圓體分，
> 日月疊璧，以垂麗天之象；山川煥綺，以鋪理地之形，此蓋道之文
> 也。仰觀吐曜，俯察含章，高卑定位，故兩儀既生矣。惟人參之，
> 性靈所鍾，是謂三才。為五行之秀，實天地之心，心生而言立，言
> 立而文明，自然之道也。傍及萬品，動植皆文：龍鳳以藻繪呈瑞，
> 虎豹以炳蔚凝姿；雲霞雕色，有逾畫工之妙；草木賁華，無待錦匠
> 之奇；夫豈外飾，蓋自然耳。〔註29〕

　　劉勰認為天地萬物的絢麗色彩、千變萬化，均是「道之文」，即「無」的具體顯現。而文章，做為人的創造，實也不過是體現「天地之心」即「道」罷了。

　　西晉‧陸機〈文賦〉：「譬猶舞者赴節之投袂，歌者應弦而遣聲，是蓋輪扁所不得言，亦非華說之所能精。」認為作文應順其自然。陸雲亦主張「文

〔註28〕　（周）莊周撰，（晉）郭象注：《莊子》（臺北：中華書局，1966年3月臺一版聚珍倣宋版印排印本），卷4，頁3。
〔註29〕　（梁）劉勰著，（清）范文瀾註：《文心雕龍注》（臺北：學海出版社，1988年3月初版），頁1。

貴清省。」明・張溥《陸清河集》題詞曰：「士龍與兄書，稱論文章，頗貴『清省』，妙若〈文賦〉，尚嫌綺語未盡，又云：『作文尚多，譬家豬羊耳。』」〔註30〕梁・劉勰《文心雕龍・鎔裁》：「士龍思劣，而雅好清省。」陸雲對文體主張「清」，所謂「清」，乃是追求自然風格，文章的創作本於自然，出自內心，不假造作。陸機作文，務極繁縟，如其〈文賦〉曰：「其會意也尚巧，其遣言也貴妍。」〔註31〕就是說為文的藝術技巧，指文章的具體構思應當巧妙，文詞應講究豐富和華美。《世說新語・文學第四》劉孝標注引《文章傳》：

> （陸）機善屬文，司空張華見其文章，篇篇稱善。猶譏其作文大治，
>
> 謂曰：「人之作文，患於不才，至子為文，乃患太多也。」〔註32〕

《世說新語・文學第四》曰：「孫興公云：『潘文淺而淨，陸文深而蕪。』」〔註33〕就是說陸機的詩文雖然深刻，但是繁雜。試讀〈豪士賦・序〉〔註34〕中多剩語，刪之不失原意，存之反為駢枝。劉勰亦認為「文繁」是其缺點。如梁・劉勰《文心雕龍・哀弔》曰：「陸機之〈弔魏武〉，序巧而文繁。」又《文心雕龍・鎔裁》：

> 士衡才優，而綴辭尤繁……及雲之論機，亟恨其多……而〈文賦〉
>
> 以為「榛楛勿剪，庸音足曲」其識非不鑑，乃情苦芟繁也。〔註35〕

又《文心雕龍・才略》：「陸機才欲窺深，辭務索廣，故思能入巧而不制繁。」〔註36〕陸雲在予兄陸機信中常言及其文章繁多，認為兄文「微多」、「小多」為病，多言即成贅語。如：〈與兄平原書・第五篇〉：

〔註30〕 （明）張溥輯：《漢魏六朝百三名家集》（臺北：文津出版社，1979 年 8 月），冊 3，頁 1973。

〔註31〕 （晉）陸機撰：《陸士衡文集》（明正德己卯（14 年，1519）都穆覆宋刊本），卷 1，頁 3。

〔註32〕 （劉宋）劉義慶編撰，劉正浩注譯：《新譯世說新語》（臺北：三民書局，2005 年 5 月初版六刷），頁 221。

〔註33〕 （劉宋）劉義慶編撰，劉正浩注譯：《新譯世說新語》（臺北：三民書局，2005 年 5 月初版六刷），頁 221。

〔註34〕 （晉）陸機撰：《陸士衡文集》（明正德己卯（14 年，1519）都穆覆宋刊本），卷 1，頁 3。

〔註35〕 （梁）劉勰著，（清）范文瀾註：《文心雕龍注》（臺北：學海出版社，1988 年 3 月初版），頁 543。

〔註36〕 （梁）劉勰著，（清）范文瀾註：《文心雕龍注》（臺北：學海出版社，1988 年 3 月初版），頁 698。

二祖頌甚爲高偉，雲作雖時有一佳語，見兄作，又欲成貧儉家，無緣當致兄此謙辭。又雲亦復不以苟自退耳，然意故復謂之微多。「民不報歎」一句，謂可省。

〈與兄平原書・第九篇〉：

兄文自爲雄，非累日精拔，卒不可得言。〈文賦〉甚有辭，綺語頗多。文適多，體便欲不清，不審兄呼爾不？

這是他針對陸機〈文賦〉文辭華麗雕飾，委婉地向兄提出勸說。〈與兄平原書・第十一篇〉：

兄文章之高遠絕異，不可復稱言，然猶皆欲微多，但清新相接，不以此爲病耳。若復令小省，恐其妙欲不見，可復稱極，不審兄由以爲爾不？

〈與兄平原書・第十八篇〉：

兄文方當日多，但文實無貴于爲多，多而如兄文者，人不厭其多也。

〈與兄平原書・第廿一篇〉：

有作文唯尚多，而家多豬羊之徒。作〈蟬賦〉二千餘言，〈隱士賦〉三千餘言，既無藻偉體，都自不佀事，文章實自不當多。……兄文章已顯一世，亦不足復多自困苦，適欲白兄，可因今清靜，盡定昔日文，但當鈎除，差易爲功力。

〈與兄平原書・第廿四篇〉：「文章誠不用多，苟卷必佳，便謂此爲足。」與兄平原書・第廿九篇〉：「君苗……見兄文，輒云欲燒筆硯。」《晉書・陸機傳》：

機天才秀逸，辭藻宏麗。張華嘗謂之曰：「人之爲文常恨才少，而子更患其多。」弟雲嘗與書曰：『君苗見兄文，輒欲燒其筆硯。』後葛洪著書稱機文，猶玄圃之積玉，無非夜光焉，五河之吐流泉源如一焉。其弘麗、妍贍、英銳、漂逸亦一代之絕乎。」〔註37〕

此都是指他的「尚巧」、「貴妍」。陸雲除評陸機爲文繁冗外，尚評李寵。如第廿七首云：「尋得李寵〈勸封禪〉草，信自有才，頗多煩長耳。」他對自己爲文意愼求完美，常請兄修改之。如：〈與兄平原書・第十一首〉：「〈九愍〉不多，不當小減；〈九悲〉、〈九愁〉連日鈔除，所去甚多。才本不精，正自極

〔註37〕　（唐）房玄齡等奉敕撰：《晉書》（臺北：藝文印書館，1971年影印清乾隆武英殿刊本），卷54，頁15。

此，願兄小爲之定一字兩字。」〈與兄平原書・第十五首〉：「作〈登臺賦〉……不審兄平之云何，願小有損益，一字兩字，不敢望多。」〈與兄平原書・第廿七首〉：「一日視伯喈〈祖德頌〉，亦以述作宜襃揚祖考爲先，聊復作此頌，今送之，願兄爲損益之，欲令省而正自輒多。」「清」的概念，其本質是道家思想，通向於「道」、「無」、「自然」，所以在文學創作上，應貴樸素自然的文章，此爲魏晉南北朝時的文風。

第四節　論文評

　　文章好壞可以受大家公許，但批評者必須具有一定水準，但有文人以爲批評易流於主觀之蔽，只要知音，就能知實。有人認爲，由於才性不同，作品自然不同，文勢也有差異，若批評者強求一致，則有失偏頗，應兼備統一性與個別性，才是公平之評論。

　　在文學創作盛行時，作者在創作的理念、思維、用詞無不盡己所能表現。因此，多站在自己的立場，認爲家帚必珍。當時有些文人，對當時文章提出一套評定的見解，在書牘往來中相互討論。如：魏・曹丕〈又與吳質書〉：

> 偉長獨懷文抱質，恬淡寡欲，有箕山之志，可謂「彬彬君子」矣。……
> 孔璋章表殊健，微爲繁富。公幹有逸氣，但未遒耳，至其五言詩妙
> 絕當時。元瑜書記翩翩，致足樂也。仲宣獨自善於辭賦，惜其體弱，
> 不足起其文，至於所善，古人無以遠過也。〔註38〕

一、批評資格

　　曹植認爲文學批評，本身應具有一定水準，如：〈與楊德祖書〉：

> 蓋有南威之容，乃可以論於淑媛；有龍淵之利，乃可以議於斷割。
> 劉季緒才不能逮於作者，而好詆訶文章，掎摭利病。昔田巴毀五
> 帝、罪三王、呰五霸於稷下，一旦而服千人，魯連一說，使終身杜
> 口。劉生之辯，未若田氏，今之仲連，求之不難，可無歎息乎？
>
> 〔註39〕

〔註38〕　（魏）曹丕撰：《魏文帝集》見（明）張溥輯：《漢魏六朝百三家集》（明崇禎間（1628～1644）太倉張氏原刊本），卷1，頁50～51。

〔註39〕　（魏）曹植撰：《陳思王集》見（明）張溥輯：《漢魏六朝百三家集》（明崇禎

　　曹植主張文學評論家應具備高深的文學修養，不能只憑主觀的好惡、斷章摘句地妄加評論，應保持客觀公平的態度，此乃優秀的評論家。

二、知音難逢

　　曹植以爲文章能得知音賞，是很難能可貴，所以他將吳質當爲知音之友，於吳質當朝歌長時，常寫信與他，如：〈與吳質書〉：

> 家有千里驥而不珍焉；人懷盈尺和氏而無貴矣！夫君子而不知音樂，古之達論，謂之通而蔽。墨翟不好伎，何爲過朝歌而迴車乎？
> 足下好伎，而正值墨氏迴車之縣，想足下助我張目也。〔註40〕

　　批評者易流於主觀之蔽，且知音之要件，以公平爲主，兼以劉勰的「六觀」——一觀位體、二觀置辭、三觀通變、四觀奇正、五觀事義、六觀宮商，因此，知音批評者難求，《文心雕龍・知音》曰：「知音其難哉。音實難知，知實難逢，逢其知音，千載其一乎。」

三、好尚不同

　　曹丕《典論・論文》曰：「文非一體，鮮能備善」，言文體繁富，人才各有擅長，不能兼備。如：魏・曹植〈與楊德祖書〉：

> 人各有好尚：蘭茝蓀蕙之芳，眾人之所好，而海畔有逐臭之夫；〈咸池〉、〈六莖〉之發，眾人所共樂，而墨翟有非之之論，豈可同哉！
>
> 〔註41〕

　　文人作品由於才性不同，文勢亦有別，所以批評者若強求一致，則有失偏頗。因此，批評者兼備各別性與統一性，方能得比較公正之論述。

　　梁・蕭子顯《南齊書卷五十二・列傳第三十三・文學傳論》曰：「習玩爲理，事久則瀆；在乎文章，彌患凡舊。」〔註42〕他以習玩來評價文學，從中悟到「彌患凡舊」的文學創作道理。而梁・鍾嶸《詩品・序》：「詩之爲技，校爾可知，以類推之，殆均博奕。」將「文學」與「博奕」同價說，將文學批評視爲談笑，見人見智。所以他的下文謂：「嶸之今錄，庶周旋於閭里，均

　　　　間（1628～1644）太倉張氏原刊本），頁57。

〔註40〕　（魏）曹植撰：《陳思王集》見（明）張溥輯：《漢魏六朝百三家集》（明崇禎間（1628～1644）太倉張氏原刊本），頁59。

〔註41〕　（魏）曹植撰：《陳思王集》見（明）張溥輯：《漢魏六朝百三家集》（明崇禎間（1628～1644）太倉張氏原刊本），頁57。

〔註42〕　（梁）蕭子顯撰：《南齊書》（北京：中華書局，1972年1月第1版），頁908。

之於談笑。」這一見解與批評，因側重在文學遊戲的性質，沒有牽涉到諷諭的問題，所以發展為蕭綱的「放蕩文學論」。

第五節　論鑑賞

梁·劉勰以情感為文學本質，如《文心雕龍·明詩》：「人稟七情，應物斯感，感物吟志，莫非自然。」《文心雕龍·體性》：「夫情動而言形，理發而文見。」《文心雕龍·情采》：「五情發而為辭章。」《文心雕龍·定勢》：「夫情致異區，文變殊術，莫不因情立體，即體成勢也。……文辭盡情……情交而雅俗異勢。」所以說行文姿態是因循著作者的情致而成，文章辭藻，也以能表達感情為貴。如無「感情」的詩文，是拙劣作品。如：西晉·陸雲〈與兄平原書〉第四首：「〈答少明詩〉亦未為妙，省之如不悲苦，無惻然傷心言。」〔註43〕在〈與兄平原書〉中屢次提及「先情後辭」的觀點，可知其亦以「情感」為鑑賞文學作品的標準。如第九首：「省〈述思賦〉，流深情至言，實為清妙。」讀兄〈述思賦〉，歎為觀止，實至情之作。〈與兄平原書·第十一首〉：「往日論文，先辭而後情，尚絜而不取悅澤。〔註44〕嘗憶兄道張公文子論文，實自欲得，今日便欲宗其言。」〈與兄平原書·第十八首〉：「〈歲暮〉如兄如所誨，雲意亦如前啟，情言深至述恩自難，希每憶當侍自論文為當復自力耳。」陸雲〈歲暮賦·序〉：

> 自去故鄉，荏苒六年，惟姑與姊，仍見背棄。銜痛萬里，哀思傷毒。而日月逝速，歲聿云暮，感萬物之既改，瞻天地而傷懷，乃作賦以言情焉。

自云〈歲暮賦〉「情言深至」，可知其寫作，事事關情，語語入情，以抒情為主。〈與兄平原書·第二十篇〉：

> 賦〈九愍〉如所敕，此自未定，然雲意自謂故當是近所作上。近者意又謂其與漁父相見呂下盡篇為佳，謂兄必許此條，而淵弦意呼作脫可行耳。至兄唯呂此為快，不知雲論文何以當與兄意作如此異，

〔註43〕（晉）陸雲撰：《陸士龍文集》（明正德己卯（14 年，1519）都穆覆宋刊本），卷 8，頁 2。
以下徵引〈與兄平原書〉各首，不再註明出處。
〔註44〕（晉）陸雲撰：《陸士龍文集》明正德覆宋刊本，作「絜」，而《文心雕龍·定勢》，作「勢」。

　　　　此是情文，但本少情而頗能作汜說耳。又見作九者，多不祖宗原意，
　　　　而自作一家說，唯兄說與漁父相見，又不大委曲盡其意，雲呂原流
　　　　放唯見此一人，當爲致其義，深自謂佳，願兄可試，更視與漁父相
　　　　見時語，亦無他異，附情而言。

　　陸雲認爲屈原與漁父相見時語，情感自然流露，文章如無感情，則流於
汜濫、空洞。他所作〈九愍〉，盡力渲染屈原的悲苦之情，他是借題抒發對人
生際遇、生離、死別的感慨愁懷。〈與兄平原書・第卅一首〉：「視仲宣賦集，
〈初述征〉、〈登樓〉，前即甚佳，其餘平平，不得言情處。」第卅五首：「兄
前表甚有深情遠旨，可耽味，高文也。」讚歎陸機〈述思賦〉〈謝平原內史表〉
「至情」之作，注重爲文要抒發性靈，如：《文心雕龍・情采》：「爲情者要約
而寫眞」。

　　周、秦和兩漢時，文學依附學術，佐助教化，自建安文學慷慨任氣風格
形成，從事抒發情感之創作，如：魏・曹丕〈感物賦〉：「悟興發之無常，慨
然詠嘆。」魏・曹植〈贈白馬王彪〉：「感物傷我懷，撫心長太息。」「感人心
者，莫先乎情」。三分春色描來易，一段傷心畫出難。感情是比較抽象的，
直接言情，詞易窮盡，情易空泛，而且抽象空洞的抒情是不能感人的，所
以傷懷之作才特別能震撼人心。西晉・陸雲偏愛感傷情緒的抒發，論文重
「情」，追求抒情的風韻，所以論文主情，要求文學發抒個人的眞情實感爲其
鑑賞觀。

第七章　魏晉南北朝書牘中的美學思想

　　宗白華《美學散步·論《世說新語》和晉人的美》曰：「漢末魏晉六朝是中國政治上最混亂、社會上最苦痛的時代，然而卻是精神史上極自由、極解放、最富于智慧、最濃于熱情的一個時代，因此也就是最富有藝術精神的一個時代。」〔註1〕魏晉南北朝美學具有承前啓後的轉捩意義，它結束了先秦兩漢時期美學依附於政教道德的狹隘境界。劉麟生《中國駢文史》曰：「秦、漢時文章，重氣勢，雄渾厚重，西漢時非不用詞藻，而詞藻之中，仍流露厚重氣息，斯爲可貴。東漢作風漸趨峻整，……魏晉則變本加厲，整儷更甚，晉陸機以來，漸有凌轢氣勢，六朝作者，雲蒸霞蔚，復出以輕倩之作風，而後駢文益臻美麗之域，達於頂點。」〔註2〕因此時作家審美意識的提高，魏晉南北朝時文體由散體趨向駢體，由單體趨向偶體，由約束較少而趨向於律體，奇偶相生，互相獨立、配合，講究對偶、聲律、用典、藻飾，因此駢文深細婉曲、典雅在形式美達到極至。

　　魏晉南北朝時人們對雕章琢句之學津津樂道。梁·劉孝綽《昭明太子集·序》曰：

> 若夫天文以爛然爲美，人文以煥乎爲貴。是以隆儒雅之大成，遊雕蟲之小道。握牘持筆，思若有神，曾不斯須，風飛雷起。至於宴遊西園，祖道清洛，三百載賦口極連篇；七言致擬，見諸文學，博逸

〔註1〕宗白華著：《美學散步》（上海：人民出版社，2002年12月第12次印刷），頁208。

〔註2〕劉麟生著：《中國駢文史》（臺北：臺灣商務印書館，1990年12月臺六版），頁7。

興詠，並命從游。書令視草，銘非潤色，七窮煒燁之說，表極遠大

之才，皆喻不備體，詞不掩義，因宜適變，曲盡文情。〔註3〕

其時文人非常重視文采，也就是語言的形態色澤和聲律音節之美。辭藻、駢偶、用典，為形態色澤之美，訴諸視覺；音韻為聲律音節之美，訴諸聽覺，也就是《文選‧序》所說的「翰藻」，它們都是駢體文學的語言要素。

駢文是我國文學史上特有的一種文體，這完全是由我國文字之為獨音體所決定的由於文字的獨音體，乃可有字數相等的並列偶句，並可在偶句中講求詞義的對稱。文章的駢化，開始於東漢而成熟於南北朝。駢文重要的組成因素為辭句的排偶、聲律的講求、典故的運用、辭藻的敷設。

魏晉南北朝文人如魏‧嵇康〈與山巨源絕交書〉運用典故，使文章富於形象性和諷刺性的效果。而句法上排句疊句的出現，又使文章意盡文暢，氣勢充沛。劉宋‧鮑照〈登大雷岸與妹書〉的家書，文筆瑰麗其崛，寫景生動傳神，描寫廬山的形體奇異，色彩豐富，如同一幅五彩精工的山水圖畫。南朝齊、梁時南齊‧謝朓〈拜中軍記室辭隨王牋〉書中託物言情，寄情于景，語言華麗，對仗工整，音韻和諧，是駢文中的上乘之作。丘遲〈與陳伯之書〉亦是一篇很有名的駢文書牘。南梁‧簡文帝〈與蕭臨川書〉寫景秀麗明淨，稱得上是一篇風骨秀雅的美文。南梁陶弘景〈答謝中書書〉、吳均〈與宋元思書〉對自然山水美作了客觀而又生動細膩的描繪，其風格清新挺拔，文字淺白流麗，駢體中夾散句，整齊中富變化之美。駢文之美者，幾如一幅圖畫，在加以音韻之諧美，造句之整齊，使讀者易於記憶，直能包舉美文中應有之長矣。要之，駢文為吾國獨具之美文。

第一節　形式結構

書牘結構大致可分三部分：首為稱謂、提稱語、開端敬詞，即先通姓名，熟人可直接敘寒暄語。次為正文即書牘主體，陳述寫信主旨。末為結尾問候語、結尾敬詞、署名。茲將書牘結構列表如下：

〔註3〕（梁）蕭統撰，高時顯、吳汝霖輯校：《昭明太子集》（上海：中華書局，1936年據明刻本校刊），頁5。

		1、稱謂
	前　文	2、提稱語
		3、開端應酬語
書牘結構	正　文	——書牘主體
		1、結尾應酬語
	後　文	2、署名敬禮
		3、月日

一、前文

（一）稱謂

稱謂於先秦、秦漢時期不具，至魏晉南北朝時，首寫書牘者自稱，但仍無一定格式。書牘可分上行、平行、下行三類，茲述如下：

上行書牘：以在下位的部屬寫與在上位者，此類書牘較少。

1、書牘首具自稱，如：

魏・陳琳〈為曹洪與世子（曹丕）書〉（時曹丕為太子，否則此文應列入奏議類）書首「洪白」

魏・吳季重〈答魏太子牋〉書首「臣質言」

魏・繁休伯〈與曹丕牋〉書首「領主簿繁欽，死罪死罪。」

魏・吳季重〈答東阿王書〉書首「質白」

魏・楊德祖〈答臨淄侯牋〉書首「脩，死罪死罪。」

魏・陳琳〈答東阿王牋〉書首「琳，死罪死罪。」

魏・吳季重〈與魏太子牋〉書首「臣質言」

魏・阮籍〈辭蔣太尉辟命奏記〉云：「籍，死罪死罪。」

陳・徐陵〈在北齊與楊僕射書〉書首「陵，叩頭叩頭。」

2、書牘首以寫信者官銜、姓名先列，如：

東晉・盧子諒〈贈劉琨一首并書〉書首「故吏從事中郎盧諶，死罪死罪。」盧諶於洛陽被攻陷後依劉琨，劉琨任司空時為其幕僚，故此書牘列於上行書牘類。

南齊・謝朓〈拜中軍記室辭隨王牋〉書首「故吏文學謝朓，死罪死罪。」

平行書牘：皆為朋友或兄弟姊妹等平輩往還之書牘，此類書牘最多。

朋友平輩往還之書牘——

1、書牘首具自稱。如：

魏・應璩〈與滿炳書〉書首「璩白」

魏・應璩〈與侍郎曹長思書〉書首「璩白」

魏・嵇康〈與山巨源絕交書〉書首「康白」

魏・嵇康〈與呂長悌絕交書〉書首「康白」

魏・阮籍〈答伏義書〉書首「籍白」

魏・伏義〈與阮嗣宗書〉書首「義白」

西晉・孫楚〈爲石仲容與孫皓書〉書首「苞白」

西晉・陸雲〈與楊彥明書〉書首「雲白」

西晉・陸雲〈答車茂安〉書首「雲白」

西晉・車永〈答陸士龍書〉書首「永白」

西晉・陸雲〈弔陳永長書〉書首「雲，頓首頓首。」

　　東晉・劉琨〈答盧諶書〉書首「琨，頓首。」雖盧諶曾爲劉琨部屬但劉琨視盧諶爲朋友，故列此書牘於平行書牘。

梁・張充〈與尚書令王儉書〉云：「吳國男子張充」

梁・丘遲〈與陳伯之書〉書首「遲頓首」。

2、書牘首具稱謂。如：

北齊・祖鴻勳〈與陽休之書〉云：「陽生大弟」。

兄弟姊妹等平輩往還之家書——

1、首具自稱。如：

魏・應璩〈與從弟君苗、君胄書〉書首「璩報」

西晉・陸雲與〈與兄平原書〉書首「雲拜」、「雲再拜」。

下行書牘：即長官或長輩對下屬或晚輩的書牘。

2、書牘首具自稱，如：

魏・曹丕〈與吳質書〉書首「丕白」

魏・曹丕〈又與吳質書〉書首「丕白」

魏・曹丕〈與鍾繇謝玉玦書〉書首「丕白」

魏・曹植〈與吳質書〉書首「植白」

魏・曹植〈與楊德祖書〉云：「植白」

3、書牘首具稱謂。如：

北魏・孝文帝〈遺曹虎書〉云：「皇帝謝僞雍州刺史」。

長輩對子侄之告誡之家書──

1、書牘首不具稱謂。如：

西晉・羊祜〈誡子書〉、劉宋・雷次宗〈與子姪書〉、劉宋・范曄〈與諸甥姪書〉、南齊・王僧虔〈誡子書〉、梁・徐勉〈爲書誡子崧〉、梁・簡文帝〈誡當陽公大心書〉。

2、書牘首具子之名稱。如：

劉宋・陶潛〈與子儼等疏〉書首｜告儼、俟、份、佚、佟」

（二）提稱語

又稱知照敬辭，在稱謂之下，請求受信者察閱。魏晉南北朝時書牘漸有提稱語，如：魏・曹植〈與吳質書〉云：「季重『足下』」、東晉・譙王承〈答安南將軍甘卓書〉云：「季思『足下』」、劉宋・周朗〈報羊希書〉云：「羊生『足下』」、梁・張充〈與尙書令王儉書〉云：「致書於琅邪王君侯侍者」、梁・丘遲〈與陳伯之書〉云：「陳將軍『足下』」。

（三）開端應酬語

唁問書牘主哀悼，此項亦可省，家書因眞情流露，及長輩對子侄之告誡，應酬語亦可略。

開端應酬語茲分述如下：

1、接信語

魏・曹丕〈答繁欽書〉云：「披書歡笑，不能自勝，奇才妙伎，何其善也。」

魏・吳質〈答魏太子牋〉云：「奉讀手命，追亡慮存，恩哀之隆，形于文墨。」

魏・吳質〈答東阿王書〉云：「奉所惠貺，發函伸紙。」

西晉・陸雲〈與楊彥明書〉云：「省示累紙，重存往會，益以增歎。」

東晉・劉琨〈答盧諶書〉云：「損書及詩，備辛酸之苦言，暢經通之遠旨。執玩反覆，不能釋手，慨然以悲，歡然以喜。」

梁・徐勉〈報伏挺書〉云：「復覽來書，累牘兼翰，事苞出處，言兼語默，辭義周悉，意致深遠。發函伸紙，倍增憤歎。」

梁・昭明太子〈答晉安王書〉云：「省覽周環，慰同促膝。」

梁・昭明太子〈答湘東王求《文集》及《詩苑英華》書〉云：「發函伸紙，閱覽無輟。」

梁・沈約〈報王筠書〉云：「覽所示詩，實爲麗則，聲和被紙，光影盈字。」

2、訪謁語

魏・應璩〈與滿炳書〉云：「昨者不遺，猥見照臨。」

3、思念語

魏・孔融〈與曹操論盛孝章書〉云：「歲月不居，時節如流。」

魏・曹丕〈與吳質書〉云：「季重無恙。」

魏・曹丕〈又與吳質書〉云：「書疏往返，未足解其勞結。」

魏・曹植〈與吳質書〉云：「前日雖因常調，得爲密坐。雖讌飲彌日，其於別遠會稀，猶不盡其勞積也。」

魏・曹植〈與楊德祖書〉云：「數日不見，思子爲勞，想同之也。」

魏・楊德祖〈答臨淄侯牋〉云：「不侍數日，若彌年載。豈由愛顧之隆，使係仰之情深邪？」

魏・應璩〈與侍郎曹長思書〉云：「足下去後，甚相思想。」

東晉・謝安〈與支遁書〉云：「思君日積，計辰傾遲，知欲還剡自治，甚以悵然。」

梁・伏挺〈致徐勉書〉云：「昔士德懷顧，戀興數日；輔嗣思友，情勞一旬。」

梁・丘遲〈與陳伯之書〉云：「無恙，幸甚！幸甚！」

梁・簡文帝〈與劉孝綽書〉云：「執別灞滻，嗣音阻闊。」

梁・謝幾卿〈答湘東王書〉云：「望日臨風，瞻言佇立。」

梁・王僧孺〈與何炯書〉云：「近別之後，將隔暄寒，思子爲勞，未能忘弭。」

梁・江淹〈報袁叔明書〉云：「僕知之矣，高皐爲別，執手未期。」

陳・周弘讓〈答王褒書〉云：「甚矣悲哉！此之爲別也。雲飛泥沉，金鑠蘭滅，玉音不嗣，瑤華莫因。」

陳・徐陵〈與李那書〉云：「籍甚清徽，常懷虛眷。」

二、後文

（一）結尾應酬語

結尾應酬語多寥寥數語，亦分述如下：

1、臨書語

魏·曹丕〈又與吳質書〉云：「東望於邑，裁書敘心。」

魏·曹植〈與楊德祖書〉云：「明早相迎，書不盡懷。」

魏·嵇康〈與呂長悌絕交書〉云：「從此別矣！臨別恨恨！」

西晉·趙至〈與嵇茂齊書〉云：「臨書恨然，知復何云。」

東晉·譙王承〈答安南將軍甘卓書〉云：「書不盡意，絕筆而已。」

東晉·袁喬〈與左軍褚袞解交書〉云：「執筆惆悵，不能自盡。」

劉宋·周朗〈報羊希書〉云：「謂子有心，敢書薄意。」

劉宋·鮑照〈登大雷岸與妹書〉云：「臨塗草蹙，辭意不周。」

南齊·劉善明〈遺崔祖思書〉云：「聊送諸心，敬申貧贈。」

南齊·竟陵王子良〈與孔中丞釋疑惑書〉云：「翰迹易煩，中不盡意，比見君別，更委悉也。」

梁·武帝〈喻袁昂手書〉云：「欲布所懷，故致今白。」

梁·伏挺〈致徐勉書〉云：「聊效東方，獻書丞相，須得善寫，更請潤訶，儻逢子侯，比復削牘。」

梁·徐勉〈報伏挺書〉云：「所遲萱蘇，書不盡意。」

梁·昭明太子〈與何胤書〉云：「想敬口宜，此豈盡意？」

梁·簡文帝〈答湘東王和受試詩書〉云：「相思不見，我勞如何！」

梁·元帝〈又與武陵王書〉云：「心乎愛矣，書不盡言。」

梁·謝幾卿〈答湘東王書〉云：「懷私茂德，竊用涕零。」

梁·張充〈與尚書令王儉書〉云：「儻遇樵者，妄塵執筆。」

梁·王僧儒〈與何炯書〉云：「裁書代面，筆淚俱下。」

陳·周弘讓〈答王褒書〉云：「搦管操觚，聲淚俱咽。」

陳·徐陵〈與李那書〉云：「書不盡言，但聞《爻繫》。」

北周·李昶〈答徐陵書〉云：「書繒有復，道意無伸。」

北齊·祖鴻勳〈與陽休之書〉云：「書不盡意。」

2、感慕語

魏·吳質〈答東阿王書〉云：「不勝見恤，謹附遣白答，不敢繁辭。」

西晉‧陸雲〈與楊彥明書〉云：「各爾永鬲，良會每闌，懷想親愛，寤寐無忘！書無所悉。」

南齊‧謝朓〈拜中軍記室辭隨王牋〉云：「攬涕告辭，悲來橫集。不任犬馬之誠。」

魏‧吳質〈答魏太子牋〉云：「不勝悵悵，以來命備悉，故略陳至情。」

梁‧簡文帝〈與蕭臨川書〉云：「愛護波潮，敬勗光彩。」

3、祈請語

魏‧吳質〈與魏太子牋〉云：「聊以當觀，不敢多云。」

梁‧劉孝綽〈答湘東王書〉云：「食椹懷音，矧伊人矣。」

陳‧徐陵〈在北齊與楊僕射書〉云：「干祈以屢，哽慟增深。」

4、薦揚語

魏‧孔融〈與曹操論盛孝章書〉云：「因表不悉。」

5、致謝語

魏‧文帝〈與鍾繇謝玉玦書〉云：「嘉貺益腆，敢不欽承。」

6、餽贈語

魏‧文帝〈與鍾繇九日送菊書〉云：「謹奉一束，以助彭祖之術。」

7、辭謝語

魏‧阮籍〈辭蔣太尉辟命奏記〉云：「乞迴謬恩，以光清舉。」

8、諷勸語

魏‧應璩〈與廣川長岑文瑜書〉云：「想雅思所未及，謹書起予。」

西晉‧孫楚〈為石仲容與孫皓書〉云：「勉思良圖，惟所去就。」

西晉‧陸雲〈答車茂安書〉云：「足下急啓喻寬慰，具說此意。吾不虛言也，停及不一一。」

梁‧丘遲〈與陳伯之書〉云：「聊布往懷，君其詳之！」

9、保重語

梁‧簡文帝〈與劉孝綽書〉云：「離闊已久，載勞寤寐，行聞還驛，以慰相思。」

梁‧何遜〈為衡山侯與婦書〉云：「遲枉瓊瑤，慰其杼軸。」

10、回信語

魏‧楊德祖〈答臨淄侯牋〉云：「反答造次，不能宣備。」

梁・湘東王〈與劉孝綽書〉云：「數路計行，遲還芳札。」

11、候覆語

梁・昭明太子〈答晉安王書〉云：「指復立此，促遲還書。」

（二）署名敬詞

署名敬詞，後文簽署寫書牘者自稱姓名謂之署名，下加敬詞，如「死罪死罪」、「叩頭」、「白」、「頓首」。

上行書牘：以在下位的部屬寫與在上位者，如：

魏・陳琳〈爲曹洪與世子（曹丕）書〉書尾「洪白」。陳琳模擬曹洪（曹操堂弟），回信曹丕，故曰「白」。

魏・吳季重〈答魏太子牋〉書尾「質，死罪死罪。」

魏・繁休伯〈與曹丕牋〉書尾「欽，死罪死罪。」

魏・吳季重〈答東阿王書〉書尾「吳質白」

魏・楊德祖〈答臨淄侯牋〉書尾「脩，死罪死罪。」

魏・陳琳〈答東阿王牋〉書尾「琳，死罪死罪。」

魏・吳季重〈與魏太子牋〉書尾「質，死罪死罪。」

魏・阮籍〈辭蔣太尉辟命奏記〉云：「籍，死罪死罪。」

東晉・盧子諒〈贈劉琨一首并書〉書尾「諶，死罪死罪。」

陳・徐陵〈在北齊與楊僕射書〉書尾「徐陵，叩頭。再拜。」

平行書牘：皆爲朋友或兄弟姊妹等平輩往還之書牘，此類書牘最多。

1、朋友平輩往還之書牘

魏・應璩〈與滿炳書〉書尾「璩白」

魏・應璩〈與侍郎曹長思書〉書尾「璩白」

魏・嵇康〈與山巨源絕交書〉書尾「嵇康白」

魏・嵇康〈與呂長悌絕交書〉書尾「嵇康白」

魏・阮籍〈答伏義書〉書尾「阮籍白」

魏・伏義〈與阮嗣宗書〉書尾「伏義白」

西晉・孫楚〈爲石仲容與孫皓書〉書尾「石苞白」

西晉・陸雲〈答車茂安書〉書尾「陸雲白」

西晉・車永〈答陸士龍書〉書尾「車永白」

西晉・陸雲〈弔陳永長書〉書尾「陸士龍，頓首頓首。」、「雲，頓首。」

東晉・劉琨〈答盧諶書〉書尾「琨，頓首頓首。」

劉宋・謝靈運〈答范光祿書〉書尾「謝靈運白答。」

梁・丘遲〈與陳伯之書〉書尾「丘遲頓首。」

陳・徐陵〈與李那書〉云：「徐陵頓首」。

北周・李昶〈答徐陵書〉云：「李那頓首」。

2、兄弟姊妹等平輩往還之家書

魏・應璩〈與從弟君苗、君冑書〉書尾「璩白」。

西晉・陸雲與〈與兄平原書〉書尾「謹啓」。

下行書牘：即長官或長輩對下屬或晚輩的書牘。

魏・曹丕〈與吳質書〉書尾「丕白」

魏・曹丕〈又與吳質書〉書尾「丕白」

魏・文帝〈與鍾繇謝玉玦書〉書尾「丕白」

魏・曹植〈與吳質書〉書尾「曹植白」

魏・曹植〈與楊德祖書〉書尾「曹植白」

長輩對子侄之告誡之家書，不具署名敬禮。如：

西晉・羊祜〈誡子書〉、劉宋・陶潛〈與子儼等疏〉、劉宋・雷次宗〈與子姪書〉、劉宋・范曄〈與諸甥姪書〉、南齊・王僧虔〈誡子書〉、梁・徐勉〈為書誡子崧〉、梁・簡文帝〈誡當陽公大心書〉。

（三）月日

月日為標明寫信時間。

1、月日冠於書首，與現在書牘寫信時間列於書後者不同

魏・陳琳〈為曹洪與世子（曹丕）書〉書首「十一月五日」

魏・吳季重〈答魏太子牋〉書首「二月八日庚寅」

魏・繁休伯〈與曹丕牋〉書首「正月八日壬寅」

魏・曹丕〈與吳質書〉書首「五月（二）十八日」

魏・曹丕〈又與吳質書〉書首「二月三日」

2、月日註於書尾，與近代書牘格式相似

劉宋・謝靈運〈答范光祿書〉書尾「二月一日。」

魏晉南北朝書牘稱謂格式並無一定，雖與現在書牘程式多不相同，但可從中知其演變過程。

第二節　對偶精工

從東漢中葉開始，為文的「雙行意念」形成，流風所扇，天下披靡，到建安初葉開花結果。陳望道《修辭學發凡・對偶》曰：

> 說話中凡是用字數相等，句法相似的兩句，成雙作對排列成功的，都叫做對偶辭。對偶這一格，從它的形式方面看來，原來也可說是一種句調上的反復……而從它的內容看來，又貴用相反的兩件事物互相映對，如（南梁）劉勰所謂「反對為優，正對為劣」（《文心雕龍・麗辭》）在形式方面實是普通美學上的所謂對稱。〔註4〕

梁・劉勰《文心雕龍・麗辭》曰：

> 造化賦形，支體必雙，神理為用，事不孤立。夫心生文辭，運裁百慮，高下相須，自然成對。……序〈乾〉四德，則句句相銜；龍虎類感，則字字相儷；乾坤易簡，則宛轉相承；日月往來，則隔行懸合；雖句字或殊，而偶意一也。〔註5〕

「麗」就是成對的意思，唯美文學固以對仗為第一要件，即字字相稱，句句相儷，而意義、詞性、音節、形體等亦無一不相稱相儷者，將對稱之整齊美發揮至於極峰。

對偶的結構特點是：形式上有對偶整齊的視覺美；內容上能以兩個詞、句，概括出一個鮮明的事理思想，在表達上有凝煉精約之美。對偶此種現象自東漢以後漸盛，至齊、梁而達於高潮。魏晉南北朝時期是駢文的黃金時代，於是文士在寫書牘時亦「造語不隻，錘句皆雙」。茲擇書牘中對偶的形式和內容兩方面，例證如下：

一、從形式分

乃指句式對仗，主要是從字句的結構形式來看，是一種比較外在的對仗，如單句對、雙句對、長偶對、當句對、疊字對、數字對等，一篇中須以單偶參用，方見流宕之致。

〔註4〕陳望道著：《修辭學發凡》（上海：上海教育出版社，1997年12月新2版），頁202。
〔註5〕（梁）劉勰著，范文瀾註：《文心雕龍注》（臺北：學海出版社，1988年3月初版），頁590～591。

（一）單句對

單句對又名單對，一句相對者，即單句上下句相對，此乃對偶最基本之句式。有四言對、五言對、六言對、七言對、八言對，分別舉例如下：

1、四言對

歲月不居，時節如流。（魏·孔融〈與曹公書論盛孝章〉）

日不我與，曜靈急節。（魏·曹植〈與吳季重書〉）

秦箏發徽，二八迭奏。（魏·吳質〈答東阿王書〉）

內傲帝命，外通南國。（西晉·孫楚〈爲石仲容與孫皓書〉）

前鑒之驗，後事之師。（西晉·孫楚〈爲石仲容與孫皓書〉）

羽檄燭日，旌旗流星。（西晉·孫楚〈爲石仲容與孫皓書〉）

遊龍曜路，歌吹盈耳。（西晉·孫楚〈爲石仲容與孫皓書〉）

思盡波濤，悲滿潭壑。（劉宋·鮑照〈登大雷岸與妹書〉）

夕景欲沉，曉霧將合。（劉宋·鮑照〈登大雷岸與妹書〉）

天地休明，山川受納。（南齊·謝朓〈拜中軍記室辭隨王牋〉）

契闊戎旃，從容燕語。（南齊·謝朓〈拜中軍記室辭隨王牋〉）

清切藩房，寂寥舊華。（南齊·謝朓〈拜中軍記室辭隨王牋〉）

簪履或存，衽席無改。（南齊·謝朓〈拜中軍記室辭隨王牋〉）

松柏被地，墳壟刺天。（南梁·江淹〈報袁叔明書〉）

隙駟不留，尺波電謝。（南梁·劉峻〈追（重）答劉秣陵沼書〉）

足踐寒地，身犯朔風。（南梁·劉孝儀〈北使還與永豐侯書〉）

暮宿客亭，晨炊謁舍。（南梁·劉孝儀〈北使還與永豐侯書〉）

森壁爭霞，孤峰限日。（南梁·吳均〈與顧章書〉）

幽岫含雲，深谿蓄翠。（南梁·吳均〈與顧章書〉）

蟬吟鶴唳，水響猿啼。（南梁·吳均〈與顧章書〉）

幸富菊華，偏饒竹實。（南梁·吳均〈與顧章書〉）

2、五言對

食若填巨壑，飲若灌漏巵。（魏·曹植〈與吳季重書〉）

羨寵光之休，慕猗頓之富。（魏·吳質〈答東阿王書〉）

春生者繁華，秋榮者零悴。（魏・應璩〈與侍郎曹長思書〉）

簡與禮相背，懶與慢相成。（魏・嵇康〈與山巨源絕交書〉）

四隩之攸同，天下之壯觀也！（西晉・孫楚〈為石仲容與孫皓書〉）

3、六言對

面有逸景之速，別有參商之闊。（魏・曹植〈與吳季重書〉）

壎簫激於華屋，靈鼓動於座右。（魏・吳質〈答東阿王書〉）

設天網以該之，頓八紘以掩之。（魏・曹植〈與楊德祖書〉）

處朝廷而不出，入山林而不返。（魏・嵇康〈與山巨源絕交書〉）

榮進之心日頹，任實之情轉篤。（魏・嵇康〈與山巨源絕交書〉）

葛越布於朔土，貂馬延乎吳會。（西晉・孫楚〈為石仲容與孫皓書〉）

東夷獻其樂器，肅慎貢其楛矢。（西晉・孫楚〈為石仲容與孫皓書〉）

容貌不能動人，智謀不足自遠。（南梁・江淹〈報袁叔明書〉）

竟慼君子之恩，卒離饑寒之禍。（南梁・江淹〈報袁叔明書〉）

4、七言對

應詩人補袞之歎，慎《周易》牽復之義。（魏・阮瑀〈為曹公作書與孫權〉）

〈叔田〉有無人之歌，〈閟闈〉有匪存之思。（魏・應璩〈與侍郎曹長思書〉）

達則兼善而不渝，窮則自得而無悶。（魏・嵇康〈與山巨源絕交書〉）

延陵高子臧之風，長卿慕相如之節。（魏・嵇康〈與山巨源絕交書〉）

許、鄭以銜璧全國，曹、譚以無禮取滅。（西晉・孫楚〈為石仲容與孫皓書〉）

豺狼抗爪牙之毒，生人陷荼炭之艱。（西晉・孫楚〈為石仲容與孫皓書〉）

5、八言對

上迨南容忘食之樂，下踵寧子黑夜之勤。（魏・應璩〈答韓文憲書〉）

直木必不可以為輪，曲木不可以為桷。（魏・嵇康〈與山巨源絕交書〉）

外失輔車脣齒之援，內有毛羽零落之漸。（西晉・孫楚〈爲石仲容與孫皓書〉）

魏晉南北朝時期，雖是駢文成熟期，但初期仍以四言或六言句對爲多。

（二）雙句對

雙句對又名偶對，兩句相對者，即隔句對。這種對偶要以四句爲基本，是平行的四句裡，第一句對第三句，第二句對第四句。魏晉南北朝的雙句對沒有一定格式，其時四六文盛行，但多有四四句、四五句、四六句、六六句間用，分別舉例如下：

1、四四句

家有千里，驥而不珍；人懷盈尺，和氏而無貴。（魏・曹植〈與吳季重書〉）

見機而作，《周易》所貴；小不事大，《春秋》所誅。（西晉・孫楚〈爲石仲容與孫皓書〉）

炎精幽昧，厤數將終；桓靈失德，災釁並興。（西晉・孫楚〈爲石仲容與孫皓書〉）

百僚濟濟，儁乂盈朝，虎臣武將，折衝萬里。（西晉・孫楚〈爲石仲容與孫皓書〉）

上常積雲，霞雕錦縟，若華夕曜，巖澤氣通。（劉宋・鮑照〈登大雷岸與妹書〉）

騰波觸天，高浪灌日，吞吐百川，寫泄萬壑。（劉宋・鮑照〈登大雷岸與妹書〉）

輕煙不流，華鼎振湝，弱草朱靡，洪漣隴蔗。（劉宋・鮑照〈登大雷岸與妹書〉）

散渙長驚，電透箭疾，穹溘崩聚，坻飛嶺覆。（劉宋・鮑照〈登大雷岸與妹書〉）

皋壤搖落，對之惆悵；歧路西東，或以歔唈。（南齊・謝朓〈拜中軍記室辭隨王牋〉）

滄冥未運，波臣自蕩；渤澥方春，旅翮先謝。（南齊・謝朓〈拜中軍記室辭隨王牋〉）

輕舟反溯，弔影獨留，白雲在天，龍門不見。（南齊・謝朓〈拜中軍記室辭隨王牋〉）

曉霧將歇，猿鳥亂鳴；夕日欲頹，沉鱗競躍。（南梁・陶弘景〈答謝中書書〉）

馬銜苜蓿，嘶立故墟；人獲蒲萄，歸種舊里。（南梁・劉孝儀〈北使還與永豐侯書〉）

煙墨不言，受其驅染；紙札無情，任其搖襞。（南梁・簡文帝〈與湘東王論文書〉）

2、四五句

少見馴育，則服從教制；長而見羈，則狂顧頓纓。（魏・嵇康〈與山巨源絕交書〉）

心不耐煩，而官事鞅掌，機務纏心，世故繁其慮。（魏・嵇康〈與山巨源絕交書〉）

3、五五句

堯舜之君世，許由之巖棲；子房之佐漢，接輿之行歌。（魏・嵇康〈與山巨源絕交書〉）

4、四六句

登東嶽者，知眾山之邐迤；奉至尊者，知百里之卑微。（魏・吳質〈答東阿王書〉）

仲尼兼愛，不羞執鞭；子文無欲卿相，而三登令尹。（魏・嵇康〈與山巨源絕交書〉）

見好章甫，強越人以文冕；己嗜臭腐，養鴛雛以死鼠！（魏・嵇康〈與山巨源絕交書〉）

治膏肓者，必進苦口之藥；決狐疑者，必告逆耳之言。（西晉・孫楚〈爲石仲容與孫皓書〉）

和氏之璧，焉得獨曜於郢握？夜光之珠，何得專玩於隨掌？（東晉・劉琨〈答盧諶書〉）

溟洞所積，溪壑所射，鼓怒之所豗擊，涌澓之所宕滌。（劉宋・鮑照〈登大雷岸與妹書〉）

潢汙之水，願朝宗而每竭；駑蹇之乘，希沃若而中疲。（南齊・謝朓〈拜中軍記室辭隨王牋〉）

青江可望，候歸舻於春渚；朱邸方開，效蓬心於秋實。（南齊・謝朓〈拜中軍記室辭隨王牋〉）

山川緬邈，河渭象于經星；顧望風流，長安遠於朝日。（陳・徐陵〈與李那書〉）

山梁飲啄，非有意于籠樊；江海飛浮，本無情于鐘鼓。（陳・徐陵〈在北齊與楊僕射書〉）

雲師火帝，澆淳乃異其風；龍躍麟驚，王霸雖殊其道。（陳・徐陵〈在北齊與楊僕射書〉）

5、六六句

不如嗣宗之賢，而有慢弛之闕；無萬石之慎，而有好盡之累。（魏・嵇康〈與山巨源絕交書〉）

握瑜懷玉之士，瞻鄭邦而知退；章甫翠履之人，望閩鄉而歎息。（南梁・簡文帝〈與湘東王論文書〉）

老子、莊周吾之師也，親居賤職；柳下惠、東方朔達人也，安乎卑位。（魏・嵇康〈與山巨源絕交書〉）

（三）長偶對

長偶對又名長隔對，即兩句以上相對，各句中有排比。此類對偶一般字數較多，內容豐富。舉例如下：

鬼方聾昧，崇虎讒凶，殷辛暴虐，高宗有三年之征，文王有退修之軍，盟津有再駕之役。（魏・陳琳〈爲曹洪與魏文帝書〉）

三仁未去，武王還師；宮奇在虞，晉不加戎；季梁猶在，強楚挫謀。（魏・陳琳〈爲曹洪與魏文帝書〉）

仲宣獨步於漢南；孔璋鷹揚於河朔；偉長擅名於青土；公幹振藻於海隅；德璉發跡於大魏；足下高視於上京。（魏・曹植〈與楊德祖書〉）

太祖承運，神武應期，征討暴亂，克寧區夏，協建靈符，天命既集，遂廓洪基，奄有魏域。（西晉・孫楚〈爲石仲容與孫皓書〉）

國富兵強，六軍精練，思復翰飛，飲馬南海。自頃國家，整治器械，修造舟楫，簡習水戰。伐樹北山，則太行木盡；濬決河、洛，則百川通流。（西晉・孫楚〈為石仲容與孫皓書〉）

長裾日曳，後乘載脂，榮立府庭，恩加顏色，沐髮晞陽，未測涯涘。（南齊・謝朓〈拜中軍記室辭隨王牋〉）

禹不偪伯成子高，全其節也；仲尼不假蓋於子夏，護其短也。諸葛孔明不偪元直以入蜀；華子魚不強幼安以卿相。（魏・嵇康〈與山巨源絕交書〉）

（四）當句對

當句對又名本句對，即句中對。是一句中上下兩個短語，自為對語，在形式上更為工整，更富有均衡美。舉例如下：

土崩魚爛。（魏・陳琳〈為曹洪與魏文帝書〉）

繁俎綺錯，羽爵飛騰。（魏・應瑒〈與滿公琰書〉）

投印釋紱。（吳質〈答東阿王書〉）

非湯、武而薄周、孔。（魏・嵇康〈與山巨源絕交書〉）

三江五湖。（西晉・孫楚〈為石仲容與孫皓書〉）

（五）疊字對

疊字對又名連珠對，即上下兩句運用疊字以相對。完全用疊字作成的對偶，音節的功能特別強。舉例如下：

*滔滔*何窮，*漫漫*安竭！（劉宋・鮑照〈登大雷岸與妹書〉）

*遲遲*春日，翻學《歸藏》；*湛湛*江水，遂同《大傳》。（梁・簡文帝〈與湘東王論文書〉）

泉水激石，*泠泠*作響；好鳥相鳴，*嚶嚶*成韻。（南梁・吳均〈與宋元思書〉）

*英英*相雜，*綿綿*成韻。（南梁・吳均〈與顧章書〉）

（六）數字對

數字對又名數目對，即在對偶句子中使用數字，上下二句運用數目字以相對。舉例如下：

一旅之眾，不足以揚名；**步武**之間，不足以騁跡。（魏・吳質〈答東阿王書〉）

毀**五**帝、罪**三**王、訾**五**霸。（魏・曹植〈與楊德祖書〉）

九州絕貫，皇綱解紐，**四**海蕭條，非復漢有。（西晉・孫楚〈爲石仲容與孫皓書〉）

開地**五千**，列郡**三十**。（西晉・孫楚〈爲石仲容與孫皓書〉）

九蒼之高，迅羽不能尋其顛；**四**溟之深，幽鱗不能測其底。（西晉・〈答伏義書〉）

潁川韓元長，**八十**而終；濟北氾稚春，**七世**同財。（劉宋・陶潛〈與子儼等疏〉）

東亂**三**江，西浮**七**澤。（南齊・謝朓〈拜中軍記室辭隨王牋〉）

兩岸石壁，**五**色交輝；青林翠竹，**四**時俱備。（梁・陶弘景〈答謝中書書〉）

五畝之宅，**半**頃之田。（梁・江淹〈與交友論隱書〉）

仙人導引，尚刻**三**秋，神女將梳，猶期**九**日。（北周・庾信〈爲梁上黃侯世子與婦書〉）

二、從內容分

從文句的意義來看，有言對、事對、反對、正對四種。梁・劉勰《文心雕龍・麗辭》曰：

> 故麗辭之體，凡有四對：言對爲易，事對爲難；反對爲優，正對爲劣。言對者，雙比空辭者也；事對者，並舉人驗者也；反對者，理殊趣合者也；正對者，事異義同者也。〔註6〕

（一）言對

劉勰曰：「言對者，雙比空辭者也。」舉例如下：

> 言未發而水旋流，辭未卒而澤滂沛。（魏・應璩〈與廣川長岑文瑜書〉）

〔註6〕 （梁）劉勰著，范文瀾註：《文心雕龍注》（臺北：學海出版社，1988 年 3 月初版），頁 590。

雲重積而復散，雨垂落而復收。（魏・應璩〈與廣川長岑文瑜書〉）

鑽仲父之遺訓，覽老氏之要言。（魏・吳質〈答東阿王書〉）

對清醪而不酌，抑嘉肴而不享。（魏・吳質〈答東阿王書〉）

結春芳以崇佩，折若華以翳日。（應璩〈與從弟君苗君冑書〉）

嚴霜慘節，悲風斷肌。（劉宋・鮑照〈登大雷岸與妹書〉）

寒蓬夕卷，古樹雲平。（劉宋・鮑照〈登大雷岸與妹書〉）

靜聽無聞，極視不見。（劉宋・鮑照〈登大雷岸與妹書〉）

倮身大笑，被髮行歌。（梁・江淹〈報袁叔明書〉）

堅坐崩岸，僵臥深窟。（梁・江淹〈報袁叔明書〉）

辭榮城市，退耕巖谷。（梁・江淹〈報袁叔明書〉）

（二）事對

劉勰曰：「事對者，並舉人驗者也。」即上下兩句運典故以相對。（筆者詳述於第七章第三節）舉例如下：

韓信傷心於失楚，彭寵積望於無異，盧綰嫌畏於已隙，英布憂迫於情漏。（魏・阮瑀〈為曹公作書與孫權〉）

寧放朱浮顯露之奏？無匿張勝貸故之變，匪有陰構貫赫之告。（魏・阮瑀〈為曹公作書與孫權〉）

蘇秦說韓，羞以牛後，韓王按劍，作色而怒。（魏・阮瑀〈為曹公作書與孫權〉）

高帝設爵以延田橫，光武指河而誓朱鮪。（魏・阮瑀〈為曹公作書與孫權〉）

子胥知姑蘇之有麋鹿，輔果識智伯之為趙禽。（魏・阮瑀〈為曹公作書與孫權〉）

穆生謝病，以免楚難，鄒陽北遊，不同吳禍。（魏・阮瑀〈為曹公作書與孫權〉）

越為三軍，吳曾不禦，漢潛夏陽，魏豹不意。（魏・阮瑀〈為曹公作書與孫權〉）

淮南信左吳之策，漢隗囂納王元之言，彭寵受親吏之計；梁王不受

詭、勝，**竇融斥逐張玄**。（魏・阮瑀〈爲曹公作書與孫權〉）

夏、殷所以喪，**苗、扈所以斃**。（魏・陳琳〈爲曹洪與魏文帝書〉）

縈代爲垣，高不可登；**折箸爲械**，堅不可入。（魏・陳琳〈爲曹洪與魏文帝書〉）

擄八陣之列，騁奔牛之權。（魏・陳琳〈爲曹洪與魏文帝書〉）

拂鐘無聲，應機立斷。（魏・陳琳〈答東阿王牋〉）

晉之**垂棘**，魯之**璵璠**，宋之**結綠**，楚之**和璞**。（魏・曹丕〈又與鍾繇書〉）

垂棘出晉，**虞、虢雙禽**；**和璧入秦**，**相如抗節**。（魏・曹丕〈又與鍾繇書〉）

不煩**一介之使**，不損**連城之價**，既有**秦昭章臺之觀**，而無**藺生詭奪之誑**。（魏・曹丕〈又與鍾繇書〉）

舉**太山以爲肉**，傾**東海以爲酒**，伐**雲夢之竹以爲笛**，斬**泗濱之梓以爲箏**。（魏・曹植〈與吳季重書〉）

抑**六龍之首**，頓**羲和之轡**，折**若木之華**，閉**濛汜之谷**。（魏・曹植〈與吳季重書〉）

改轍易行，非**良、樂之御**；易民而治，非**楚、鄭之政**。（魏・曹植〈與吳季重書〉）

雖恃**平原養士之懿**，愧無**毛遂耀穎之才**；深蒙**薛公折節之禮**，而無**馮諼三窟之效**；屢獲**信陵虛左之德**，又無**侯生可述之美**。（魏・吳質〈答東阿王書〉）

北懾肅慎，使**貢其楛矢**；南震百越，使**獻其白雉**。（魏・吳質〈答東阿王書〉）

人人自謂握**靈蛇之珠**，家家自謂抱**荊山之玉**。（魏・曹植〈與楊德祖書〉）

有**南威之容**，乃可以論於淑媛；有**龍淵之利**，乃可以議於斷割。（魏・曹植〈與楊德祖書〉）

蘭茝蓀蕙之芳，眾人所好，而**海畔有逐臭之夫**；〈咸池〉、〈六莖〉之發，眾人所共樂，而**墨翟有非之之論**。（魏・曹植〈與楊德祖書〉）

伯牙絕弦於*鍾期*，仲尼覆醢於*子路*。（魏·曹丕〈與吳質書〉）

以*犬羊*之質，服*虎豹*之文。（魏·曹丕〈與吳質書〉）

少壯真當努力，年一過往，何可攀援！*古人思秉燭夜遊*，良有以也。（魏·曹丕〈與吳質書〉）

侯生納顧於夷門，*毛公*受眷於逆旅。（魏·應璩〈與滿公琰書〉）

*陽書*喻於*詹何*，*楊倩*說於*范武*。（魏·應璩〈與滿公琰書〉）

*牙曠*高徽，*義渠*哀激。（魏·應璩〈與滿公琰書〉）

*仲孺*不辭同產之服，*孟公*不顧尚書之期。（魏·應璩〈與滿公琰書〉）

*王肅*以宿德顯授，*何曾*以後進見拔。（魏·應璩〈與侍郎曹長思書〉）

*汲黯*樂在郎署，*何武*恥為丞相。（魏·應璩〈與侍郎曹長思書〉）

德非*陳平*，門無結駟之跡；學非*楊雄*，堂無好事之客；才劣*仲舒*，無下帷之思；家貧*孟公*，無置酒之樂。（魏·應璩〈與侍郎曹長思書〉）

*夏禹*之解陽盱，*殷湯*之禱桑林。（魏·應璩〈與廣川長岑文瑜書〉）

*割髮*宜及膚，剪爪宜侵肌。（魏·應璩〈與廣川長岑文瑜書〉）

*周*征殷而年豐，*衛*伐邢而致雨。（魏·應璩〈與廣川長岑文瑜書〉）

*蒲且*讚善，*便嬛*稱妙。（魏·應璩〈與從弟君苗君冑書〉）

仲尼忘味於*虞韶*，楚人流遁於*京臺*。（魏·應璩〈與從弟君苗君冑書〉）

*伊尹*輟耕，*邠惲*投竿。（魏·應璩〈與從弟君苗君冑書〉）

*山父*不貪天地之樂，*曾參*不慕晉楚之富。（魏·應璩〈與從弟君苗君冑書〉）

*金、張*之援，*子孟*之資。（魏·應璩〈與從弟君苗君冑書〉）

*隴西*之遊，*越人*之射。（魏·應璩〈與從弟君苗君冑書〉）

*公孫宏*皓首入學，*顏涿聚*五十始涉師門。（魏·應璩〈答韓文憲書〉）

上迨*南容*忘食之樂，下踵*寧子*黑夜之勤。（魏·應璩〈答韓文憲書〉）

羞*庖人*之獨割，引尸祝以自助。（魏·嵇康〈與山巨源絕交書〉）

*老子、莊周*吾之師也，親居賤職；*柳下惠、東方朔*，達人也，安乎

卑位。仲尼兼愛，不羞執鞭；子文無欲卿相，三登令尹。（魏·嵇康〈與山巨源絕交書〉）

堯、舜之君世，許由之巖棲，*子房之佐漢*，*接輿之行歌*，延陵高子臧之風，長卿慕*相如之節*，志氣所託，不可奪也。（魏·嵇康〈與山巨源絕交書〉）

不如*嗣宗之賢*（資），而有慢馳之闕，又不識人情，闇於機宜；無*萬石之慎*，而有好盡之累，久與事接，疵釁日興。（魏·嵇康〈與山巨源絕交書〉）

禹不偪伯成子高，全其節也；*仲尼不假蓋於子夏*，護其短也。*諸葛孔明不偪元直以入蜀*；*華子魚不強幼安以卿相*。（魏·嵇康〈與山巨源絕交書〉）

見好章甫，*強越人以文冕也*；己嗜臭腐，*養鴛雛以死鼠也*！（魏·嵇康〈與山巨源絕交書〉）

野人有快炙背而美芹子者，欲獻之至尊。（魏·嵇康〈與山巨源絕交書〉）

虢滅虞亡，*韓并魏徙*。（西晉·孫楚〈爲石仲容與孫皓書〉）

外失輔車脣齒之援，內有*毛羽零落之漸*。（西晉·孫楚〈爲石仲容與孫皓書〉）

*俞附*見其以困，*扁鵲*知其無功！（西晉·孫楚〈爲石仲容與孫皓書〉）

鮑叔、管仲，分財無猜；*歸生、伍舉*，班荊道舊，遂能以敗爲成，因喪立功。（劉宋·陶潛〈與子儼等疏〉）

潁川韓元長，八十而終，兄弟同居，至於沒齒；*濟北氾稚春*，七世同財，家人無怨色。（劉宋·陶潛〈與子儼等疏〉）

梁伯鸞臥於會稽之墅，*高伯達坐於華陰之山*。（梁·江淹〈與交友論隱書〉）

國史小官也，而*子長*爲之；執戟下位也，而*子雲*居之。（梁·江淹〈報袁叔明書〉）

全璧歸趙，*飛矢救燕*，*偃息藩魏*，*甘臥安郢*。（梁·王僧儒〈與何炯書〉）

墨翟之言無爽，宣室之談有徵。（梁・劉峻〈追答劉沼書〉）

冀東平之樹，望咸陽而西靡；蓋山之泉，聞弦歌而赴節。（梁・劉峻〈追答劉沼書〉）

懸劍空壟，有恨如何！（梁・劉峻〈追答劉沼書〉）

朱鮪涉血於友于，張繡剚刃於愛子，漢主不以為疑，魏君待之若舊。（梁・丘遲〈與陳伯之書〉）

慕容超之強，身送東市；姚泓之盛，面縛西都。（梁・丘遲〈與陳伯之書〉）

廉公之思趙將，吳尹之泣西河。（梁・丘遲〈與陳伯之書〉）

園公道勝，漢盈屈節；春卿經明，漢莊北面。（梁・昭明太子〈與何胤書〉）

漢人流麥，晉人聚螢。（梁・元帝〈與學生書〉）

山川緬邈，河渭象于經星；顧望風流，長安遠於朝日。（陳・徐陵〈與李那書〉）

雍容廊廟，獻納便繁，留使催書，駐馬成檄。車騎將軍，賓客盈座，丞相長史，瞻對有勞。（陳・徐陵〈與李那書〉）

周伯仁度江唯三日醒，吾不以為少；鄭康成一飲三百杯，吾不以為多。（陳・陳暄〈與兄子秀書〉）

嗣宗窮途，楊朱歧路。（北周・王褒〈與梁處士周弘讓書〉）

（三）反對

上下句的意思相反或相對。舉例如下：

龍驥所不敢追，駑馬可得齊足。（魏・陳琳〈答東阿王箋〉）

西施出帷，嫫母侍側。（魏・吳質〈答東阿王書〉）

仰視大火，俯聽波聲。（劉宋・鮑照〈登大雷岸與妹書〉）

登峨嵋，度流沙。（梁・江淹〈與交友論隱書〉）

雞鶩之有毛，鸞鳳之光采。（梁・江淹〈與交友論隱書〉）

朝飡松屑，夜誦仙經。（梁・江淹〈報袁叔明書〉）

可為智者道，難與俗士言。（梁・江淹〈報袁叔明書〉）

棄*鷃雀*之小志，慕*鴻鵠*以高翔。（梁・丘遲〈與陳伯之書〉）

江南燠熱，橘柚冬青，*渭北泬寒*，楊榆晚葉。（南陳・周弘讓〈答王褒書〉）

*熱*不見母熱，*寒*不見母寒。（北周・宇文護〈報母閻姬書〉）

（四）正對

上下句的意思相同、相近或相補充、相映襯，以說明一個事理，或描繪一種情景。詞性、詞義，都正正相對。如句中方位字、色彩字、物類名詞，都對得非常工整。

1、方位對

即上下兩句運用方位詞以相對。舉例如下：

*西*有伯陽之館，*北*有曠野之望。（魏・應璩〈與滿公琰書〉）

逍遙陂塘之*上*，吟詠菀柳之*下*。（應璩〈與從弟君苗君胄書〉）

*上*追南容忘食之樂，*下*踵寧子黑夜之勤。（魏・應璩〈答韓文憲書〉）

馳騁*北*場，旅食*南*館。（魏・曹丕〈與朝歌令吳質書〉）

*北*懾肅慎，*南*震百越。（魏・吳質〈答東阿王書〉）

*右*折燕、齊，*左*振扶桑。（西晉・孫楚〈爲石仲容與孫皓書〉）

雍、益二州，順流而*東*，青、徐戰士，列江而*西*。（西晉・孫楚〈爲石仲容與孫皓書〉）

九蒼之*高*，迅羽不能尋其*顛*；四溟之*深*，幽鱗不能測其*底*。（西晉・阮籍〈答伏義書〉）

*東*顧五洲之隔，*西*眺九派之分。（劉宋・鮑照〈登大雷岸與妹書〉）

窺*地*門之絕景，望*天*際之孤雲。（劉宋・鮑照〈登大雷岸與妹書〉）

*南*則積山萬狀，*東*則砥原遠隰，*北*則陂池潛演，*西*則迴江永指。（劉宋・鮑照〈登大雷岸與妹書〉）

帶*天*有匝，橫*地*無窮。（劉宋・鮑照〈登大雷岸與妹書〉）

*左右*青靄，*表裏*紫霄。（劉宋・鮑照〈登大雷岸與妹書〉）

從嶺而*上*，氣盡金光，半山以*下*，純爲黛色。（劉宋・鮑照〈登大雷岸與妹書〉）

上窮荻浦，下至榇洲。（劉宋・鮑照〈登大雷岸與妹書〉）

南薄鷲爪，北極雷澱。（劉宋・鮑照〈登大雷岸與妹書〉）

東亂三江，西浮七澤。（南齊・謝朓〈拜中軍記室辭隨王牋〉）

鳥赴檐上，水匝階下。（梁・江淹〈與交友論隱書〉）

西山之餓夫，東國之黜臣。（梁・江淹〈報袁叔明書〉）

爭論南宮之前，伏身北闕之下。（梁・江淹〈報袁叔明書〉）

白環西獻，桔矢東來，夜郎、滇池解辮請職，朝鮮、昌海蹶角受化。（梁・丘遲〈與陳伯之書〉）

江南燠熱，橘柚冬青，渭北沍寒，楊榆晚葉。（南陳・周弘讓〈答王褒書〉）

2、色彩對

又名顏色對，即上下兩句皆用顏色字以相對。舉例如下：

聽〈白雪〉之音，觀〈綠水〉之節。（魏・陳琳〈答東阿王箋〉）

白如截肪、黑譬純漆、赤擬雞冠、黃侔蒸栗。（魏・文帝〈又與鍾繇書〉）

傳明散綵，赫似絳天。（劉宋・鮑照〈登大雷岸與妹書〉）

從嶺而上，氣盡金光，半山以下，純為黛色。（劉宋・鮑照〈登大雷岸與妹書〉）

青江可望，候歸艎於春渚；朱邸方開，效蓬心於秋實。（南齊・謝朓〈拜中軍記室辭隨王牋〉）

朱丹既定，雌黃有別。（梁・簡文帝〈與湘東王論文書〉）

青蓑戒節，白露為霜。（陳・徐陵〈與李那書〉）

3、物類名詞對

（1）同類對：即上下兩句用同類之物相對

舉例如下：

高樹翳朝雲，文禽蔽綠水。（魏・應璩〈與滿公琰書〉）

土龍矯首於玄寺，泥人鶴立於闕里。（魏・應璩〈與廣川長岑文瑜書〉）

風伯掃途，雨師灑道。（應璩〈與從弟君苗君冑書〉）

良玉比德**君子**，珪、璋見美**詩人**。(魏·曹丕〈與鍾大理書〉)

無**眾星**之明，假**日月**之光。(魏·曹丕〈與吳質書〉)

絆**良驥**之足，而責以千里之任，檻**猿猴**之勢，而望其巧捷之能者也。(魏·吳質〈答東阿王書〉)

悲風起於**閭閻**，紅塵蔽於**机榻**。(魏·應璩〈與侍郎曹長思書〉)

弋下高雲之**烏**，餌出深淵之**魚**。(應璩〈與從弟君苗君胄書〉)

羞**庖人**之獨割，引**尸祝**以自助。(魏·嵇康〈與山巨源絕交書〉)

土則**神州**中岳，器則**九鼎**猶存。(西晉·孫楚〈爲石仲容與孫皓書〉)

芋萵攸積，**菰蘆**所繁。(劉宋·鮑照〈登大雷岸與妹書〉)

孤**鶴**寒嘯，游**鴻**遠吟。(劉宋·鮑照〈登大雷岸與妹書〉)

樵蘇一歎，**舟子**再泣。(劉宋·鮑照〈登大雷岸與妹書〉)

浮**雲**生野，明**月**入樓。(梁·簡文帝〈答張纘謝示集書〉)

梁伯鸞臥於會稽之**墅**，高伯達坐於華陰之**山**。(梁·江淹〈與交友論隱書〉)

紫天爲宇，**環海**爲池。(梁·江淹〈報袁叔明書〉)

塞逕絕**賓**，杜**牆**不出。(梁·江淹〈報袁叔明書〉)

橫議**漢庭**，怒髮**燕路**。(梁·江淹〈報袁叔明書〉)

拂衣於梁齊之**館**，**抗手**於楚趙之**門**。(梁·江淹〈報袁叔明書〉)

近**親**不言，**左右**莫教。(梁·江淹〈報袁叔明書〉)

盜竊**文史**之末，因循**卜祝**之間。(梁·江淹〈報袁叔明書〉)

俛**首**求**衣**，斂**眉**寄**食**。(梁·江淹〈報袁叔明書〉)

賢**明**蚤世，英**華**殂落。(梁·江淹〈報袁叔明書〉)

魚游於沸鼎之中，**燕**巢於飛幕之上。(梁·丘遲〈與陳伯之書〉)

子爲公侯，**母**爲俘隸。(北周·宇文護〈報母閻姬書〉)

衣不知有無，**食**不知飢飽。(北周·宇文護〈報母閻姬書〉)

（2）異類對

即上句安天，下句安山，上句安鳥，下句安花，即上下兩句用不同類之

物相對，如此之類，名爲異名對。舉例如下：

> 皮朽者**毛落**，川涸者**魚逝**。(魏・應璩〈與侍郎曹長思書〉)
>
> **沙礫銷鑠，草木焦卷**。(魏・應璩〈與廣川長岑文瑜書〉)
>
> 處涼**臺**而有鬱蒸之煩，浴寒**水**而有灼爛之慘。(魏・應璩〈與廣川長岑文瑜書〉)
>
> 遊**山澤**，觀**魚鳥**。(魏・嵇康〈與山巨源絕交書〉)
>
> 濁**酒**一盃，彈**琴**一曲。(魏・嵇康〈與山巨源絕交書〉)
>
> **抱琴**行吟，**弋釣**草野。(魏・嵇康〈與山巨源絕交書〉)
>
> 枕**石**漱**飯**，結**荷**水宿。(劉宋・鮑照〈登大雷岸與妹書〉)
>
> 旋**風**四起，思**鳥**羣歸。(劉宋・鮑照〈登大雷岸與妹書〉)
>
> 棲波之**鳥**，水化之**蟲**。(劉宋・鮑照〈登大雷岸與妹書〉)
>
> 邈若**墜雨**，翩似**秋蔕**。(南齊・謝朓〈拜中軍記室辭隨王牋〉)
>
> **鳥**赴檐上，**水**匝階下。(梁・江淹〈與交友論隱書〉)
>
> 餐**金石**，讀**仙經**。(梁・江淹〈與交友論隱書〉)
>
> **輕塵**入戶，**飛鳥**無迹。(梁・江淹〈報袁叔明書〉)
>
> 保**琴書**，守**妻子**。(梁・江淹〈報袁叔明書〉)
>
> **輕車驃騎**之略，**交河雲瞼**之功。(梁・江淹〈報袁叔明書〉)
>
> **水鳥**立於孤洲，**蒼葭**變於河曲。(梁・江淹〈報袁叔明書〉)
>
> 懷**鼠**知慙，濫**竽**白恥。(梁・簡文帝〈與湘東王論文書〉)
>
> 聞**鳴鏑**而股戰，對**穹廬**以屈膝。(梁・丘遲〈與陳伯之書〉)
>
> **佩紫懷黃**，讚帷幄之謀，**乘軺建節**，奉疆場之任。(梁・丘遲〈與陳伯之書〉)

由此可知，文人們的對偶之句，都是苦心經營，刻意安排，有意識地運用對偶，以加強書牘中文字的感染力。

第三節　聲韻和諧

魏晉南北朝是詩歌和散文並舉的時代。詩歌逐步律化，這是藝術形式的一種進步。散文亦逐漸騈儷化，這本是藝術形式上的一種進步，竟致於產生

了具備完整特徵的駢文。沒有駢文，我們的語言就不會像今天這樣整齊勻稱、四聲分明、音調和諧。

西晉・陸機〈文賦〉曰：「聲音迭代」、「五色相宣」交織以呈其妍巧。史稱竟陵八友中的沈約、謝朓、王融以氣類相推轂，汝南周顒善識聲韻，沈約等為文皆用宮商，將平上去入四聲制韻，因而有平頭、上尾、蜂腰、鶴膝之禁忌。使五字之中，音韻悉異，兩句之內，腳徵不同，世人稱為「永明體」。此一訣竅既開，頓使雕飾、排偶之文，增一重要條件。亦即剪裁成語使成整齊的偶句已甚不易，而偶句中字義之對仗既立，往往又因字音之清濁難諧，不得不換以其他義同音諧之字。如蕭綱〈與湘東王書〉云：「是以章甫翠履之人，望閩鄉而歎息」其出典當在《莊子・逍遙篇》曰：「宋人資章甫而適諸越，越人斷髮文身，無所用之。」又，《韓非子・說林上》曰：「魯人身善織屨，妻善織縞，而欲徙於越。或謂之曰：子必窮矣。屨為履之也，而越人跣行；縞為冠之也，而越人被髮。」此為蕭文出典，並改越為閩。

自佛教傳入中國之後，中國僧人在譯經過程中採用了天竺的拼音字母，以此為契機，中國學者加深了對漢語的認識，創造了漢語的四聲體系，建構了漢語的音韻學。南朝學者，沈約撰《四聲譜》，以為在昔詞人，纍千載而未悟，而獨得胸襟，窮其妙旨，自謂入神之作。王融、劉繪、范雲等文人學士，慕而扇之，由是遠近文學轉相祖述，聲韻之道得以大行於天下。沈約與周顒對佛學有深湛研究，由佛學和文學的研修而發現漢語聲律論。梁・沈約《宋書卷六十七・列傳第二十七・謝靈運傳論》曰：

> 夫五色相宣，八音協暢，由於玄黃律呂，各適物宜。欲使宮羽相變，低昂舛節，若前有浮聲，則後須切響。一簡之內，音韻盡殊；兩句之中，輕重悉異。妙達此旨，始可言文。〔註7〕

強調文章中調節聲音，使有抑揚錯綜之美。即是使每兩句為一聯，每聯句末二字的音，平仄互異，而上下相連的兩聯，音節又相對立。

由於中國語言單音節的特徵，作品中很早就出現了對偶句，至八代而極盛；對字音的輕重抑揚，也很早受到注意，至齊梁才形成永明聲律論。文學創作是語言的藝術，恰當地運用駢偶，能夠加強作品的對稱美，注意音韻和諧、辭藻富麗，能夠加強語言的聲、色之美。

〔註7〕　（梁）沈約撰：《宋書》（北京：中華書局，1983年4月第2次印刷），頁1779。

南齊武帝・永明年間（483～493），周顒、王融、沈約等乃創「四聲」、「八病」（平頭、上尾、蜂腰、鶴膝、大韻、小韻、旁紐、正紐）之說。南齊武帝永明七年（489），竟陵王蕭子良大集僧侶於京城，造經唄新聲，實可爲辨明「四聲」的一大動力，而周顒、沈約也曾經參加子良的考文審音的工作。由於他們在政治和文學上的名位之高，他們的倡導，在當時形成盛極一時的風尚，以至稱那種講求聲律的作品爲「永明體」。

《梁書卷四十九・列傳第四十三・文學上・庾肩吾》曰：「齊永明中，文士王融、謝朓、沈約，文章始用四聲，以爲新變，至是轉拘聲韻，彌尙麗靡，復踰於往時。」〔註8〕「新變」的特點，在於講求音節的諧美，再適應當時盛行的修辭之風，在語言上力求精美清新，並講求辭面的屬對。

魏・李登撰《聲類》，爲聲韻學最早著作，晉・呂靜撰《韻集》晉・張諒撰《四聲韻林》，始聲分清濁，韻判宮商。加以佛教日盛，大量翻譯佛經，有賴拼音，帶動了文學作品對於聲韻的重視，聲律從晉朝萌芽，太康文人，如西晉・陸機〈文賦〉曰：「方天機之駿利，夫何紛而不理。」又曰：

> 暨音聲之迭代，若五色之相宣。雖逝止之無常，固崎錡之難便，苟達變而識次，猶開流以納泉。如失機而後會，常操末以續巔，謬玄黃之秩敘，故淟涊而不鮮。〔註9〕

李善《文選注》曰：「音聲迭代而成文章，若五色相宣而爲繡也。」，認爲文章應在音節上抑揚交替，具有和諧之美。陸機將聲律歸納爲四大原則，一、「錯綜」——聲音有抑揚頓挫，二、「變化」——表現聲律的奧妙，三、「恰合」——聲音「錯綜」、「變化」要符合情意，四、「秩敘」——聲音「錯綜」、「變化」要有條理、有節奏。陸雲亦注重聲韻，如《晉書卷五十四・列傳第二十四・陸雲傳》曰：

> 雲與荀隱素未相識，嘗會華坐，華曰：「今日相遇，可勿爲常談。」雲因抗手曰：「雲間陸士龍。」隱曰：「日下荀鳴鶴。」鳴鶴，隱字也。〔註10〕

「雲間陸士龍」對「日下荀鳴鶴」，對偶工整，韻律諧調，可見當時文壇

〔註8〕 （唐）姚思廉撰：《梁書》（北京：中華書局，1973年5月第1版），頁690。

〔註9〕 （晉）陸機撰：《陸士衡文集》（明正德己卯（14年，1519）都穆覆宋刊本），卷1，頁3。

〔註10〕 （唐）房玄齡撰：《晉書》（北京：中華書局，1982年12月第2次印刷），頁1482。

以聲律相尙。陸雲對自己及其兄的作品也很注重定韻。如〈與兄平原書〉第十二首云：

> 又于文句中，自可不用之便少，亦常云四言轉句，以四句爲佳。往曾以兄〈七羨〉「回煩手而沈衰」結上兩句爲孤，今更視定，自有不應用時，期當爾，復以爲不快，故前多有所去。〈喜霽〉「俯順習坎，仰熾重離」，此下重得如此語爲佳，思不得其韻，願兄爲益之。〔註11〕

劉勰在聲韻和諧觀贊同陸雲看法，如《文心雕龍・章句》曰：

> 賈誼、枚乘，兩韻輒易；劉歆、桓譚，百句不遷……陸雲亦稱：「四言轉句，以四句爲佳。」然兩韻輒易，則聲韻微躁；百句不遷，則脣吻告勞。

文章若以二句一轉韻，有些急躁，因此以四句一換韻最恰當。

又第十五篇云：

> 音楚，願兄便定之。兄音與獻彥之屬，皆願仲宣須賦獻與服繁。張公語雲云：「兄文故自楚，須作文爲思昔所識文。」乃視兄作誄，又令結使說音耳。

如《文心雕龍・聲律》曰：

> 《楚辭》辭楚，故訛韻實繁。及張華論韻，謂士衡多楚；〈文賦〉亦稱：「取足不易」。

劉勰亦認爲楚音對用韻是「訛音」，脣吻不順。

又第十七篇云：

> 「徹」與「察」皆不與「日」韻，思惟不能得，願賜此一字。

又第十八篇云：

> 〈九悲〉多好語，可耽詠，但小不韻耳。皆已行天下，天下人歸高如此，亦可不復更耳。

又第廿九篇云：

> 曹志，苗之婦公，其婦及兒，皆能作文。頃借其《釋詢》二十七卷，當欲百餘紙寫之，不知兄盡有不？李氏云「雪」與「列」韻，曹便

〔註11〕　（晉）陸雲撰：《陸士龍文集》（明正德己卯（14年，1519）都穆覆宋刊本），卷8，頁5。

以下徵引〈與兄平原書〉各篇，不再註明出處。

復不用。人亦復云：「曹不可用者，音自難得正。」

又第卅二篇云：

〈誨頌〉，兄意乃以爲佳，甚以自慰。今易上韻，不知差前不？不佳者，願兄小爲損益。今定下云：「靈旆電揮」。因兄見許，意遂不恪，不知可作蔡氏〈祖德頌〉比不？

陸雲作文時，用韻常斟酌再三，請益於兄，且借曹志《釋詢》有關聲韻的書來觀摩，因爲時人在音韻上皆取法於他。由此可見，西晉初年的作家，已經很講究聲律。

陸雲所提文學理論，散見於〈與兄平原書〉中，雖不完整，但亦影響後世文論。如其重音韻，太康時代的詩文語言更趨美化，注重韻腳，影響南朝齊、梁時聲律說興起，如梁武帝問周捨，何謂四聲？周捨曰：「四聲者，天子聖哲。」梁武帝問崇公和尙，何謂四聲？和尙曰：「四聲者，天保寺刹。」梁武帝問劉孝綽，何謂四聲？劉孝綽曰：「四聲者，天子萬福。」其間周顒著《四聲切韻》、沈約著《四聲譜》，五言古詩開始換韻，或兩句一韻，或四句一韻，使韻律更活潑，增加節奏美，詩文韻律平仄，更臻嚴密。

西晉・趙至〈與嵇茂齊書〉云：

去矣！嵇生，永離隔矣！嫈嫈飄寄，臨沙漠矣！悠悠三千，路難涉矣！攜手之期，邈無日矣！思心彌結，誰云釋矣！無金玉爾音，而有遐心。身雖胡、越，意存斷金。各敬爾儀，敦履璞沉，繁華流蕩，君子弗欽。

最後的結語，從「去矣！嵇生」開始共八句，前四句都用「矣」字結尾，後四句以「心」、「金」、「沉」、「欽」四字押韻，有類於〈離騷〉的「亂曰」，千言萬語凝聚起來是悲永離而勉堅志。這種堅持信念而百折不撓的心志，使這封信贏得了廣大讀者。本文藝術性也很高。作者擅長組織對比，開頭以嘉遁者與被迫遠行的自己對比，起點高而又出人意外；接著以艱難的歷程和孤獨的處境與自己所謂的雄心大志構成鮮明對比，顯出社會的不公；然後是自己與朋友的境況對比，雖然榮辱升沉各不相同，但是懷著一般的痛苦。正是這些精心設計的對比，使人自然而然體味到正邪不兩立以及個人與社會間的深刻矛盾。此外雖遭迫害而不作女子般的啼哭，多的是大丈夫的悲憤；寫路上景物，雖艱苦，卻是豪邁廣大；敘心志，顯得慷慨激昂，壯志入雲，充分表現出一位寧折不屈的正人君子的坦蕩胸懷。

全文字斟句酌，讀來琅琅上口，自然而去雕琢，全無矯揉造作之態，顯見作者是很善於駕馭語言的。

劉宋‧范曄〈與甥侄書〉云：

> 性別宮商，識清濁，斯自然也。觀古今文人，多不會了此處。縱有會此者，不必從根本中來。言之皆有實證，非爲空談。年少中，謝莊最有其分，手筆差易，文不拘韻故也。吾思乃無定方，特能濟難適輕重，所稟之分，猶當爲盡。……吾於音樂，聽功不及自揮，但所精非雅聲，爲可恨。然至於一絕處，亦復何異邪。其中體趣，言之不盡，弦外之意，虛響之音，不知所從而來。

所謂「別宮商、識清濁」者，需以自然爲貴。又云：「言之皆有實證，非爲空談。」則知其必深知音律。（清）范文瀾註《文心雕龍注‧聲律篇》曰：

> 觀蔚宗此辭，似調音之術，已得於胸襟，特深自秘異，未肯告人。左礙而尋右，末滯而討前，即所謂濟艱難，適輕重矣。謝莊深明音律，故其所作〈鸚鵡賦〉，爲後世律賦之祖。〔註12〕

大抵最初的音律，都是指自然的音律，後人將其制定爲人工的音律。至於齊、梁之間，反切之應用既廣，而雙聲疊韻之辨別逐嚴，聲韻之著作既多，而平、上、去、入之分析以定，於是有所謂「永明體」。《南史卷四十八‧列傳第三十八‧陸厥傳》曰：

> 齊永明九年，……時盛爲文章，吳興沈約、陳郡謝朓、琅琊王融以氣類相推轂。汝南周顒善識聲韻。約等文皆用宮商，將平、上、去、入四聲，以此制韻，有平頭、上尾、蜂腰、鶴膝。五字之中，音韻悉異，兩句之內，角徵不同，不可增減。世呼爲「永明體」。〔註13〕

「永明體」是將人工的音律應用於文辭。梁‧沈約《宋書卷六十七‧列傳第二十七‧謝靈運傳論》曰：

> 自茲以降，情志愈廣。王褒、劉向、揚、班、崔、蔡之徒，異軌同奔，遞相師祖。雖清辭麗曲，時發乎篇，而蕪音累氣，固亦多矣。……至於先士茂制，諷高歷賞，子建函、京之作，仲宣霸岸之篇，子荊零雨之章，正長朔風之句，並直舉胸情，非傍詩史。正以音律調韻，

〔註12〕 （梁）劉勰著，（清）范文瀾註：《文心雕龍注》（臺北：學海出版社，1988年3月初版），頁555。

〔註13〕 （唐）李延壽撰：《南史》（北京：中華書局，1975年6月第1版），頁1195。

取高前式。〔註14〕

或議其蕪音累氣，或稱其音律調韻，當時人本人工的音律以撰制文辭，亦本之以批評文辭，都是以音律爲中心，所以音律之說實至永明而始定。《梁書‧沈約傳》曰：「約撰《四聲譜》，以爲在昔詞人，累千載而不寤，而獨得胸襟，窮其妙旨，自謂入神之作。」梁‧沈約《宋書卷六十七‧列傳第二十七‧謝靈運傳論》亦曰：

> 自《騷》人以來，多歷年代，雖文體稍精，而此秘未睹。至於高言妙句，音韻天成，皆闇與理合，匪由思至。張、蔡、曹、王，曾無先覺，潘、陸、謝、顏，去之彌遠。〔註15〕

他說昔人爲此秘未睹，陸厥〈與沈約書〉云：

> 范詹事自序：「性別宮商，識清濁，特能適輕重，濟艱難。古今文人，多不全了斯處，縱有會此者，不必從根本中來。」沈尚書亦云：「自靈均以來，此秘未睹。」或「暗與理合，匪由思至。張、蔡、曹、王，曾無先覺，潘、陸、顏、謝，去之彌遠。」大旨欲「宮商相變，低昂舛節。若前有浮聲，則後須切響，一簡之內，音韻盡殊，兩句之中，輕重悉異。」辭既美矣，理又善焉。但觀歷代眾賢，似不都暗此處，而云「此秘未睹」，近於誣乎？

陸厥大致說：「古人文辭若能會合音律，古人必明音律。歷代眾賢亦有論及音律之處，不得云此秘未睹，若急在情物而緩於章句，則必不重音律的考究。人之文思各有差異，音律當然有協調或不協調之別。」陸厥所是指自然的音調，沈約所指是人工的音律，兩個迥然不同。陸厥云：「魏文屬論深以清濁爲言，劉楨奏書大明體勢之致。」所謂清濁指「才氣」、體勢指「語氣」。才氣所流露者爲情調，語氣之抑揚所表現者爲音調。這些均無規律可循，所以是自然的。沈約云：「五色相宣，八音協暢，由乎玄黃律呂，各適物宜。」這就樂律言，由樂的音節，以求文章的音節，此劉勰所謂由「外聽以求內聽」，所以爲人工的音律。自然的音調，若以人工的音律衡之，就不免有合或不合之處，縱有合處，亦不得說是明瞭人工的音律，縱有論及音律，亦只能明其然，而不能羅列其條例。〔註16〕

〔註14〕（梁）沈約撰：《宋書》（北京：中華書局，1983 年 4 月第 2 次印刷），頁 1778～1779。
〔註15〕（梁）沈約撰：《宋書》（北京：中華書局，1983 年 4 月第 2 次印刷），頁 1779。
〔註16〕《文心雕龍‧聲律篇》云：「今操琴不調，必知改張，摘文乖張，而不識所調。

梁・沈約〈答陸厥問聲韻書〉云：

　自古詞人，豈不之宮羽之殊，商徵之別，雖知五音之異，而其中參差變動，所昧實多。故鄙意所謂「此祕未睹」者也。以此而推，則知前世文士，便未悟此處。若以文章之音韻，同弦管之聲曲，則美惡妍蚩不得頓相乖反，譬猶子野操曲，安得忽有闡緩失調之聲？以〈洛神〉比陳思他賦，有似異手之作。故知天機啓則律呂自調，六情滯則音律頓舛也。士衡雖云「煥若濯錦」，寧有濯色江波，其中復有一片是衡文之服！此則陸生之言即復不盡者矣。韻與不韻，復有精粗。輪扁不能言之，老夫亦不盡辨此。

　所以沈約謂：「自古詞人雖知五音之異，其中音調變動，而所昧實多，這就是所謂「此祕未睹」。沈約完全注重在人工音律上立論。人工音律雖從自然的音調蛻變而來，但兩者不相同，這是學術上進化階段的產物。

　至其反對音律論者，則在當時梁武帝以不好四聲，嘗問周捨曰：「何謂四聲？」捨曰：「天子聖哲是也」，然終不遵用。鍾嶸有反對聲病之論，其《詩品》曰：

　昔曹、劉殆文章之聖，陸、謝爲體貳之才，銳精研思，千百年中，而不聞宮商之辨，四聲之論。或謂前達偶然不見，豈其然乎？嘗試言之：古曰詩頌，皆被之金竹，故非調五音，無以諧會。若「置酒高堂上」、「明月照高樓」，爲韻之首。故三祖之詞文或不工，而韻入歌唱，此重音韻之義也，與世之言宮商異矣。今既不備管弦，亦何取於聲律耶？

　齊有王元長者，嘗謂余云：「宮商與二儀俱生，自古詞人不知之。唯顏憲子乃云律呂音調，而其實大謬；唯見范曄、謝莊，頗識之耳。嘗欲進知音論，未就。」王元長創其首，謝朓、沈約揚其波。三賢或貴公子孫，幼有文辨。於是士流景慕，務爲精密，襞積細微，專相凌架。故使文多拘忌，傷其眞美。余謂文製，本須諷讀，不可蹇礙，但令清濁通流，口吻調利，斯爲足矣。至平、上、去、入，則

響在彼弦，乃得克諧，聲萌我心，更失和律。其故何哉？良由內聽難爲聰也。故外聽之易，弦以手定；內聽之難，聲與心紛。可以數求，難以辭逐。」蓋外聽指樂言，有客觀的標準，所以較易；內聽指文言，是自然的音調，所以不免或合或不合。迨到人工的音律制定以後，則也有客觀標準，便易於遵守了。

余病未能；蜂腰鶴膝，閭里已具。〔註17〕

他所反對的理由，不外二端：（1）不被管弦，又何取聲律！（2）文多拘忌轉傷眞美。

梁·簡文帝〈答湘東王和受試詩書〉云：

> 比見京師文體，懦鈍殊常，競學浮疏，爭爲闡緩。玄冬脩夜，思所不得，既殊比興，正背《風》、《騷》。

似乎正中鍾嶸所論之病，但潮流所趨，莫之能遏，固非演進至完成近體詩律不止。其實音律與自然時亦相輔相成。所以說人工音律，實創於沈約。今欲推究當時音律說的主張即可就沈約所言考之。梁·沈約《宋書卷六十七·列傳第二十七·謝靈運傳論》曰：

> 若夫敷衽論心，商榷前藻，工拙之數，如有可言。夫五色相宣，八音諧暢，由乎玄黃律呂，各適物宜。欲使宮羽相變，低昂舛節，若前有浮聲，則後須切響。
>
> 一簡之內，音韻盡殊；兩句之中，輕重悉異。妙達此旨，始可言文。〔註18〕

然「宮羽相變，低昂舛節」的主張非沈約獨得之秘，之前西晉·陸機〈文賦〉曰：「暨音聲之迭代，若五色之相宜。」但本於「宮羽相變，低昂舛節」的原則，規定條件，遵守定律，則實肇於沈約。劉勰所謂「同聲相應」即「韻」，永明體所謂「以平、上、去、入爲四聲，以此制韻不可增減」。四聲之辨，雖始於周顒，而四聲之制韻，至沈約而始定。八病即是劉勰所謂的「異音相從，謂之和」，永明體所謂「五字之中音韻悉異，兩句之內角徵不同」。宮商之論雖亦發自王融，而八病之規定，則亦至沈約而始行。所以齊、梁之聲律，實肇自沈約，而劉勰和之。協韻取其同聲相應，摘辭取其異音相從，能如是，才盡音律之能事。梁·劉勰《文心雕龍·聲律》曰：

> 凡聲有飛沉，響有雙疊，雙聲隔字而每舛，疊韻雜句而必睽；沉則響發而斷，飛則聲颺不還，並轆轤交往，逆鱗相比，迕其際會，則往蹇來連，其爲疾病，亦文家之吃也。〔註19〕

〔註17〕（梁）鍾嶸撰：《詩品》（明嘉靖間（1522～1566）長洲顧氏刊本），卷下，頁13。

〔註18〕（梁）沈約撰：《宋書》（北京：中華書局，1983年4月第2次印刷），頁1779。

〔註19〕（梁）劉勰著，（清）范文瀾註：《文心雕龍注》（臺北：學海出版社，1988年3月初版），頁553。

　　蓋駢文家的音律說，與散文家的文氣說，實是相同的性質。劉勰《文心雕龍・聲律》亦曰：「聲畫妍蚩，寄在吟詠，吟詠滋味，流於字句，字句氣力，窮於和韻。」〔註20〕可知駢文家的音律說，亦所以調其吟詠的氣勢而已。

　　駢文的第二特徵是聲律諧美，音節鏗鏘，平仄相間，抑揚頓挫的文句，足以增加文章的音響效果，提高它的藝術價值。茲舉例如下：

（一）劉宋・謝靈運〈答范光祿書〉云：

平　　平　　平　仄　　仄　平　　平　仄
故人有情，信如來告，企詠之結，實成饑渴。

仄　仄　　平　仄　　仄　仄　　仄　平
山澗幽阻，音塵闃絕，忽見諸讚，歎慰良多，

仄　仄　　仄　仄　　仄　平　　　平　平
可謂俗外之詠，尋覽三復，味翫增懷，輒奉和如別，

平　　平　　平　仄
雖辭不足，覯然意寄。

　　梁・簡文帝〈與湘東王論文書〉云：「謝客吐言天拔，出於自然，時有不拘，是其糟粕。」

　　梁・鍾嶸《詩品・序》曰：齊有王元長者，嘗謂余云：「……嘗欲進知音論，未就。」王元長創其首，沈約、謝朓揚其波。」〔註21〕如南齊・王融〈謝武陵王賜弓啟〉、〈謝竟陵王示扇啟〉，南齊・謝朓〈謝隨王賜左傳啟〉、〈謝隨王賜左傳啟〉。《文心雕龍・奏啟》曰：「啟者，……必斂徹入規，促其音節，辨要輕清，文而不侈，亦啟之大略也。」〔註22〕

（二）南齊・王融〈謝武陵王賜弓啟〉云：

仄　平　　仄　仄　　仄　　平　平　　仄
殿下摛藻蕙樓，暢藝蘭苑，敷積玉於風筵，疊連珠於月的。

平　仄　　仄　平　　平　仄　　平　仄
兔園掩秀，鄴水慚奇。融揖讓未工，濫陪升飲之賞，

〔註20〕　（梁）劉勰著，范文瀾註：《文心雕龍注》（臺北：學海出版社，1988 年 3 月初版），頁 553。
〔註21〕　（梁）鍾嶸撰，成林注譯：《新譯詩品讀本》（臺北：三民書局，2003 年 5 月，初版），頁 23。
〔註22〕　（梁）劉勰著，范文瀾註：《文心雕龍注》（臺北：學海出版社，1988 年 3 月初版），頁 423。

　平　　仄　　仄　　　　平　　　平　仄

操弧反正，繆奉招賢之錫，文韜鏤景，

　　仄　平　　仄　平　　　平　仄

逸幹梢雲，玩溢百齡，佩流千載。

《南齊書卷四十七・列傳第二十八・王融》曰：「融文辭辯捷，尤善倉卒屬綴，有所造作，援筆可待。」〔註23〕

（三）南齊・王融〈謝竟陵王示扇啟〉云：

　　　仄　平　　平　仄　　仄　平　　平　仄

竊以六翮風流，五明氣重，若比圓綃，有兼玩實。

　平　　　仄　仄　　平　　　平　　　平　仄

輕踰雪羽，潔竝霜文，子淑賞其如規，班姬儷之明月。

　　　平　平　　平　仄　　　　仄　平　　平　仄

豈直魏王九華，漢臣百綺，況復動製聖衷，垂言炯戒。

　　平　仄　　仄　平

載摹聽睍，式範樞機。

通篇對聯句腳「音調馬蹄」〔註24〕，即聯黏句腳平仄。

（四）南齊・謝朓〈謝隨王賜左傳啟〉云：

　　仄　平　　平　仄　　仄　仄　　仄　平

昭晰殺青，近發中汗。恩勸挾策，慈勗下帷。

　　仄仄平仄　仄仄平仄　　仄　平　　平　仄

朓未覩山笥，早懵河籍。業謝專門，說非章句。

　　　仄　仄　仄　　　平　平　平　平　　仄

庶得既困而學，括羽瑩其蒙心，家藏賜書，篝金遜其貽厥。

　　仄　平　　平　仄

披覽神勝，吟諷知厚。

（五）南齊・謝朓〈謝隨王賜紫梨啟〉云：

　　仄　　　平　　平　　仄　平　　仄　仄　平

味出靈關之陰，旨珍玉津之滋。豈徒真定歸美，大谷懸滋，

〔註23〕　（梁）蕭子顯撰：《南齊書》（北京：中華書局，1972 年 1 月第 1 版），頁 823。
〔註24〕　「音調馬蹄」──行文平仄相間作對，即所謂駢文馬蹄韻。

仄　　　平　平　仄　　　　仄　平　　平　仄

將恐帝臺玅棠，安期靈棗。不得孤擅玉盤，獨甘仙席。

平　　仄　　仄　平　　仄　平　　平　仄

雖秦君傳器，漢后推湌餐。望古可儔，於今何答。

（六）南齊・謝朓〈拜中軍記室辭隨王牋〉云：

平　仄　　平　仄　仄　平　　仄　　平

朓聞潢汙之水，願朝宗而每竭；駑蹇之乘，希沃若而中疲。

仄　仄　　平　仄　　仄　平　　仄　仄

何則？臯壤搖落，對之惆悵；歧路西東，或以歔唈。

仄　仄　　仄　平　　仄　平　　仄　仄

況迺服義徒擁，歸志莫從。邈若墜雨，翩似秋蔕。

仄　平　平　仄　　仄　平　　平　仄

朓實庸流，行能無算。屬天地休明，山川受納，

仄　平　　仄　平　　仄　平　　仄　平

褒采一介，抽揚小善，故捨耒場圃，秉筆兔園。

仄　平　平　仄　　仄　平　　平　仄

東亂三江，西浮七澤，契闊戎旃，從容燕語。

仄　仄　平　平　　仄　平　　仄　仄

長裾日曳，後乘載脂，榮立府庭，恩加顏色。

仄　平　仄仄平仄　　仄　仄　仄仄平仄

沐髮晞陽，未測涯涘，撫臆論報，早誓肌骨。

仄　仄　平　仄　　仄　平　　平　仄

不悟滄冥未運，波臣自蕩；渤澥方春，旅翮先謝。

仄　平　　平　仄　　平　仄　　仄　平

清切藩房，寂寥舊蓽。輕舟反溯，弔影獨留。

平　平　　平　仄　　仄　平　　平

白雲在天，龍門不見。去德滋永，思德滋深。

平　仄　　平　仄　仄　平　仄　　平　仄

惟待青江可望，候歸艎於春渚；朱邸方開，效蓬心於秋實。

仄　平　仄　仄　仄　平　仄　　仄　仄平

如其簪履或存，衽席無改，雖復身填溝壑，猶望妻子知歸。

　　　　　仄　　平　　　平　仄
　　攬涕告辭，悲來橫集。

　　沈約聲律論曰：「一簡之內音韻盡殊」及「兩句之中輕重悉異」，茲舉謝朓〈拜中軍記室辭隨王牋〉中一聯以說明：

例	契	闊	戎	旃	從	容	燕	語
聲紐	溪紐	溪紐	日紐	照紐	清紐	喻紐	影紐	疑紐
清濁	清聲	清聲	濁聲	清聲	清聲	濁聲	清聲	濁聲
韻部	霽韻	末韻	東韻	仙韻	種韻	鍾韻	霰韻	御韻
四聲	去聲	入聲	平聲	平聲	平聲	平聲	去聲	去聲
平仄	仄調	仄調	平調	平調	平調	平調	仄調	仄調

　　一簡之內音韻盡殊：聲紐僅「契闊」二字同，韻部則悉異，無雙聲，只有「從容」二字疊韻。兩句之中輕重悉異：清清濁清，清濁清濁。

　　（七）梁・簡文帝〈與劉孝綽書〉云：
　　　　仄平仄仄　　　仄仄　　　　仄仄平平　　　平平
　　曉河未落，拂桂棹而先征。夕鳥歸林，懸孤帆而未息。

　　句調平仄，乃駢文中之規律。《六朝麗指》曰：「近人以平仄不諧，對切不工爲古，余謂不然。何則？既是駢文，字句之間，當使銖兩悉稱。」所以曉河未落之與夕鳥歸林，桂棹之與孤帆，若講屬對，雖未恰當，但平仄相稱。

　　（八）梁・簡文帝〈與蕭臨川書〉云：
　　　　　仄　平　　平　仄　　平　仄　　仄　平
　　零雨送秋，輕寒迎節，江楓曉落，林葉初黃。

　　（九）梁・丘遲〈與陳伯之書〉云：
　　　　　平　仄　　平　仄　　平　仄　　平　仄
　　暮春三月，江南草長，雜花生樹，群鶯亂飛。

　　中國文字有平上去入四聲之別，可以聲分陰陽，因而有駢文的產生。駢文通篇平仄諧和、聲調馬蹄、抑揚頓挫，有如美妙的歌曲，故亦爲音樂文學。

第四節　典故繁富

　　用典是一種重要修辭手段，也是一種特殊的比喻方式，適當運用，就能突顯作品的表現能力，充實作品內容。善用修辭，給人典雅的感覺，有含蓄效果，產生豐富的聯想。

　　用典條件：一是才；二是學。劉知幾《史通》認為偉大作家應具備才、學、識。故用典非人人可以做到，能用典已可稱之為偉大文學家。

　　梁‧劉勰《文心雕龍‧事類》曰：「文章由學，能在天資。才自內發，學以外成，……是以屬意立文，心與筆謀，才為盟主，學為輔佐，故主佐合德，文才必霸。」〔註25〕這說明了要文才出眾，需以才運學。

　　曹魏書牘典故出處極廣，舉凡經、史、子論著，皆能鎔裁於書牘中。用典又稱「事類」、「事義」、「用事」等，體例大致可分為兩類：

　　一、事典：略舉人事以微義，不必有出處，不必歸納成成語。《文心雕龍‧事類》曰：「事類者，蓋文章之外，據事以類義，援古以證今者也。」〔註26〕引證史事以表明作者的心境、願望及感悟。

　　二、語典：全引成辭以明理，要有出處，可歸納成一成語。徵經典語，用古人語，渾化於書牘中。

　　文學乃緣歷史以發展，故凡引證歷史中事實及前人言詞入文者，都叫做典故。一篇之中，使用的詞語力求從典籍中事典或語典提取，例如晉‧陸機〈文賦〉曰：「傾羣言之瀝液，漱六藝之芳潤」〔註27〕，以文簡意豐、遣詞委婉、辭采富麗、韻味深長。

　　自魏晉以來，駢體文學逐步發展，駢文形式的各個方面趨向凝煉的道路。古來擒文之士，多喜用典，尤以駢文家為最。自建安以來且成為必備之條件，魏晉南北朝的書牘往來亦重視之，故文中用典層出不窮，如西晉‧孫楚〈為石仲容與孫晧書〉作者多引經典成語和歷史掌故，是一篇風格典雅的優秀駢文；劉宋‧鮑照〈登大雷岸寄妹書〉「棧石星飯，結荷水宿」多用壓縮

〔註25〕　（梁）劉勰著、王更生注譯：《文心雕龍讀本》（臺北：文史哲出版社，1999年9月初版），下篇，頁169。

〔註26〕　（梁）劉勰著，王更生注譯：《文心雕龍讀本》（臺北：文史哲出版社，1999年9月初版），下篇，頁168。

〔註27〕　（晉）陸機撰：《陸士衡文集》（明正德己卯（14年，1519）都穆覆宋刊本），卷1，頁2。

而成的語彙與實字交替活用的造句方法，使字面濃豔而語調緊促，如此將前人慣用的典語再加濃縮，作爲新詞；南齊‧謝朓〈拜中軍記室辭隨王牋〉用典貼切允當著稱；梁‧丘遲〈與陳伯之書〉以用典繁富聞名，如「勇冠三軍、才爲出世、朱輪華轂、棄瑕錄用、推心置腹、迷途知反、不遠而復、往哲是與、先典攸高、屈法申恩、吞舟是漏、佩紫懷黃、帷幄之謀、運籌帷幄、靦顏借命、惡積禍盈、魚游沸鼎、燕巢飛幕、弔民伐罪」等，都是駢文中的佳作。

前人用典有幾種方式，茲分析如下：

一、明用

書牘中徵引典實，或明言其人，或明引其事者，謂之明用，亦稱正用。如孔融〈論盛孝章書〉，雖是爲救助朋友而發，但並不就事論事，而是引用典故，「燕君市駿馬之骨，非欲以騁道里，乃當以招絕足也。珠玉無脛而自至者，以人好之也，況賢者之有足乎！」把救助友人與招攬賢才自然巧妙地結合在一起，既有對朋友的眞摯之情，又有舉賢的懇切之意表之於文，令人爲之嘆服。以下爲數篇著名明用典故書牘，茲分析如下：

（一）漢‧孔融〈論盛孝章書〉

1、《春秋傳》曰：「諸侯有相滅亡者，桓公不能救，則桓公恥之。」

明用齊桓公救邢不得而以爲恥的故事。《春秋‧公羊傳‧僖公元年》曰：「齊師、宋師、曹師次于聶北，救邢。救不言次，此其言次何？不及事也。不及事者何？邢已亡矣。孰亡之？蓋狄滅之。曷爲不言狄滅之？爲桓公諱也。曷爲桓公諱？上無天子，下無方伯，天下諸侯有相滅亡者，桓公不能救，則桓公恥之。」〔註28〕說春秋時諸侯之間經常互相吞并，當時齊桓公爲諸侯之長，邢國被狄所困而不能救，致使邢國滅亡，公羊家認爲《春秋》不明白寫出邢爲狄所滅，這是爲齊桓公隱諱，因爲齊桓公應該引此事以爲恥。孔融在此引用之，是希望曹操以齊桓公爲榜樣，把盛孝章從危險的境遇中解救出來。

2、吾祖不當復論損益之友，朱穆所以絕交也。

損益之友，《論語‧季氏》曰：「子曰：『益者三友，損者三友。友直、友

〔註28〕　（漢）何休注，（唐）徐彥疏：《公羊傳》（臺北：藝文印書館重刊宋本，2001年12月初版），頁120。

諒、友多聞，益矣；友便辟、友善柔、友便佞，損矣。』」〔註29〕

　　朱穆所以絕交，朱穆字公叔，東漢人。曾寫過一篇〈絕交論〉，用以抨擊當時友誼淡薄、世態炎涼。

　　孔融引吾祖（孔子）論損益之友和朱穆寫〈絕交論〉的事，用以激發對方，請求曹操恢弘友道，援救盛孝章。孝章是男子漢中的傑出人物，天下的評論清談之士，都依靠他來為自己傳播名聲，而現在他免不了要被逮捕囚禁，性命危在旦夕。這樣的人不去救助，那麼我的祖先孔子就無須再談論交朋友的損益，難怪朱穆要論述絕交了。

　　3、┌燕君市駿馬之骨，非欲以騁道里，乃當以招絕足也。

　　　　└珠玉無脛而自至者，以人好之也，況賢者之有足乎！

　　前三句明用燕昭王欲報齊國破燕之讎而招賢興國的故事。見《戰國策・燕一》曰：「燕昭王收破燕後即位，卑身厚幣，以招賢者，欲將以報讎。故往見郭隗先生……郭隗先生曰：『臣聞古之君人，有以千金求千里馬者，三年不能得。涓人言於君曰：『請求之。』君遣之。三月得千里馬，馬已死，買其首五百金，反以報君。君大怒曰：『所求者生馬，安事死馬而捐五百金？』涓人對曰：『死馬且買之五百金，況生馬乎？天下必以王為能市馬，馬今至矣。』於是不能期年，千里之馬至者三，今王誠欲致士，先從隗始。隗且見事，況賢於隗者乎？豈遠千里哉？」〔註30〕

　　後三句引《韓詩外傳・卷六》曰：「晉平公游於河而樂，曰：『安得賢士，與之樂此也！船人盍胥跪而對曰：『主君亦不好士耳！夫珠出於江海，玉出於崑山，無足而至者，猶主君之好也。士有足而不至者，蓋主君無好士之意耳，無患乎無士也。』」〔註31〕

　　勸說曹操要匡正恢復漢朝皇室，如用了燕昭王的辦法，即使國家將要滅亡，也能挽救。挽救的辦法，實際上是必須得到賢才。珠寶美玉沒有足而自己來到，是因為人們喜歡它們，何況賢才是有足的呢？說明孝章縱然不是絕頂的賢才，但招致他可收到「好賢」的名望，賢人必將接踵而至。

〔註29〕　（魏）何晏等注，（宋）邢昺疏：《論語》（臺北：藝文印書館重刊宋本，2001年12月初版），頁146。

〔註30〕　（漢）劉向撰，（漢）高誘注：《戰國策》（臺北：藝文印書館，1967年《百部叢書集成》影印《士禮居叢書》本），卷29，頁9。

〔註31〕　（漢）韓嬰撰：《韓詩外傳》（臺北：臺灣商務印書館，1967年《百部叢書集成》影印《畿輔叢書》本），頁15。

4、「昭王築臺以尊郭隗，隗雖小才，而逢大遇，竟能發明主之至心，
　　└故樂毅自魏往，劇辛自趙往，鄒衍自齊往。

上句明用戰國時期燕昭王覽賢，讓郭隗推薦賢人的故事。見《戰國策・燕一》曰：「於是昭王爲隗築宮而師之。樂毅自魏往，鄒衍自齊往，劇辛自趙往，士爭湊燕。」〔註32〕

樂毅自魏往，見《戰國策・燕一》曰：「於是昭王爲隗築宮而師之。樂毅自魏往，……燕國殷富，士卒樂佚輕戰。於是遂以樂毅爲上將軍，與秦、楚、三晉合謀以伐齊。……齊城之不下者，唯獨莒、即墨。」〔註33〕樂毅，戰國時代的名將，本是魏將樂羊的後代，知燕昭王招賢，離魏赴燕，並被重用，仕亞卿，拜上將軍。爲燕率軍攻齊，破七十餘城，封昌國君。昭王死後，惠王繼位，中齊人反間計，樂毅被迫逃往趙國。

劇辛自趙往，劇辛，戰國趙人，在燕昭王招賢誠心的感召下，游趙入燕，與樂毅共同策劃了強燕破齊的大計，立了很多戰功。

此說明燕昭王築黃金臺尊郭隗，郭隗雖然是個小才，但被重用，竟然能激發聖明君主招賢納士的至誠之心，因此，樂毅從魏國來到燕國，劇辛從趙國來到燕國，鄒衍從齊國來到燕國。假使當初郭隗處境危急困苦，而燕王不去拯救，面臨危難，那麼賢才就會遠遠地離開、引退，沒有誰肯朝北投奔燕國了。申說救援盛孝章的意義，在於招致賢士。孝章名高望重，影響甚大，招賢扶漢，正當其時的大道理。

（二）魏・陳琳〈爲曹洪與魏文帝書〉

1、「夏、殷所以喪，苗、扈所以斃；我之所以克，
　　└彼之所以敗也。不然，商、周何以不敵哉？

苗，據《尚書・虞書・大禹謨》曰：「帝曰：『咨！禹，惟時有苗弗率，汝徂征。』禹乃會羣后，誓于師曰：『濟濟有眾，咸聽朕命。蠢茲有苗，昏迷不恭，侮慢自賢，反道敗德。』」〔註34〕有苗（古部落名）對舜帝不恭不順，狎侮先王，輕慢典教，反正道敗德義，舜命禹討之。

〔註32〕　（漢）劉向撰，（漢）高誘注：《戰國策》（臺北：藝文印書館，1967年《百部叢書集成》影印《士禮居叢書》本），卷29，頁9。

〔註33〕　（漢）劉向撰，（漢）高誘注：《戰國策》（臺北：藝文印書館，1967年《百部叢書集成》影印《士禮居叢書》本），卷29，頁9～10。

〔註34〕　（漢）孔安國傳，（唐）孔穎達等正義：《尚書》（臺北：藝文印書館重刊宋本，2001年12月初版），頁57。

扈，據《尚書・夏書・甘誓》曰：「啟與有扈戰于甘之野，作〈甘誓〉。」
〔註 35〕夏啟嗣禹位，伐有扈（古國名）之罪。有扈威侮五行之德，廢棄天地
人之正道，所以有扈終滅。

商、周何以不敵哉？見《左傳・桓公十一年》曰：「十一年春，齊、衛、
鄭、宋盟于惡曹。……鬬廉……對曰：『師克在和，不在眾，商周之不敵，君
之所聞也。』」〔註 36〕

武王伐紂，紂亡，是因為紂無道。

曹丕〈答曹洪書〉云：「今魯包凶邪之心，肆蠱惑之政。天兵神拊，師徒
無暴，樵牧不臨。」來信陳說張魯妖惑人心的罪行，敘述王師曠蕩無邊的功
德。曹洪回曹丕信中舉夏桀、殷紂所以會喪亡，有苗、有扈為什麼會消滅的
例子，比喻我軍為什麼會勝利，張魯他為什麼會失敗的原因所在。

2、「昔鬼方聾昧，崇虎讒凶，殷辛暴虐，三者皆下科也。
　｜然高宗有三年之征，文王有退修之軍，
　└盟津有再駕之役，然後殪戎勝殷，有此武功。

高宗有三年之征，殷王武丁之號。《周易・既濟》曰：「高宗伐鬼方（殷
周時西北部族名），三年克之。」〔註 37〕高宗伐鬼方三年乃克也，君子處之故
能興也，小人居之遂喪邦也。

文王有退修之軍，《左傳・僖公十九年》曰：「宋人圍曹，討不服也。子
魚言於宋公曰：『文王聞崇德亂而伐之，軍三旬而不降，退脩教而復伐之，因
壘而降。』」〔註 38〕

盟津有再駕之役，《尚書・周書・泰誓》曰：「惟十有一年，武王伐殷。
一月戊午，師渡孟津。」〔註 39〕此「一月」，指十三年正月二十八日更與諸侯
期而共伐紂。孔穎達《疏》中說，武王於十一月在孟津會盟諸侯，試其伐紂

〔註 35〕（漢）孔安國傳，（唐）孔穎達等正義：《尚書》（臺北：藝文印書館重刊宋本，
　　　　2001 年 12 月初版），頁 98。

〔註 36〕（春秋）左氏傳，（晉）杜預注，（唐）孔穎達等正義：《左傳》（臺北：藝文
　　　　印書館重刊宋本，2001 年 12 月初版），頁 122。

〔註 37〕（魏）王弼、韓康伯注，（唐）孔穎達等正義：《周易》（臺北：藝文印書館重
　　　　刊宋本，2001 年 12 月初版），頁 136。

〔註 38〕（春秋）左氏傳，（晉）杜預注，（唐）孔穎達等正義：《左傳》（臺北：藝文
　　　　印書館重刊宋本，2001 年 12 月初版），頁 240。

〔註 39〕（漢）孔安國傳，（唐）孔穎達等正義：《尚書》（臺北：藝文印書館重刊宋本，
　　　　2001 年 12 月初版），頁 151。

之心，雖然諸侯都贊同，武王卻退兵而去，十三年正月，武王見紂王無道暴露充分，於是再次伐紂，「師渡孟津」。

殪戎勝殷，《尚書・周書・康誥》曰：「我西土惟時，怙冒聞于上帝帝休。天乃大命文王，殪戎殷，誕受厥命。」〔註40〕

此信言從前，鬼方昏暗，崇虎（指崇侯虎，紂的大臣）好讒言、性凶殘，殷辛（紂王）暴虐無道，三者皆屬下等，然而高宗征討鬼方有三年之久，文王的軍隊伐崇侯虎有退兵修教而再伐的事，武王有兩次率兵至孟津，然後才戰勝殷紂，成此武功。由此觀之，張魯本來不及鬼方等下愚之人，但用中才守險，能如此速勝他，十分明顯。

3、「孫、田、墨、瞽，猶無所救，竊又疑焉。何者？
　　└古之用兵，敵國雖亂，尚有賢人，則不伐也。

田，田單，戰國時齊將，燕將樂毅破齊時，他堅守即墨（今山東省平度東南）。齊襄王五年（279 B.C.）施反間計，使燕惠王改用他將，他用火牛陣大敗燕軍，一舉收復七十餘城。

瞽，禽滑瞽，戰國初人，墨子弟子，墨子為止楚攻宋，命他率弟子三百人助宋守城。

由此看來，指斥張魯不堪一擊，才智不及下愚之人，雖用才能平庸的人守險，卻不能馬上取勝，因私下懷疑，敵國雖然昏亂，但尚有賢人在朝，就無人敢去攻伐。而曹丕〈答曹洪書〉云：「今魯罪兼苗桀，惡稔厲莽，縱使宋翟妙機械之巧，田單騁奔牛之証，孫吳勒八陣之變，猶無益也。」來信認為他惡貫滿盈，內無賢人，雖然有像春秋時軍事家孫武、田單、墨家學派創始人墨翟、禽滑瞽等能人，還是無法挽救覆亡的命運。

4、「三仁未去，武王還師；
　　│宮奇在虞，晉不加戎；
　　└季梁猶在，強楚挫謀。

三仁，指殷紂王時商朝的三位賢人微子、箕子、比干。《論語・微子》曰：「微子去之，箕子為之奴，比干諫而死。孔子曰：『殷有三仁焉。』」〔註41〕

〔註40〕（漢）孔安國傳、（唐）孔穎達等正義：《尚書》（臺北：藝文印書館重刊宋本，2001年12月初版），頁201。

〔註41〕（魏）何晏等注、（宋）邢昺疏：《論語》（臺北：藝文印書館重刊宋本，2001年12月初版），頁164。

武王還師，《史記卷四‧周本紀第四》曰：「文王緒業九年，武王上祭于畢，東觀兵至于盟津……是時諸侯不期而會盟津者，八百諸侯。諸侯皆曰：『紂可伐矣。』武王曰：『女未知天命，未可也。』乃還師。歸居二年，聞紂昏亂暴虐滋甚，殺王子比干，囚箕子……於是武王徧告諸侯曰：『殷有重罪，不可以不畢伐。』」〔註42〕

宮奇在虞，指春秋時虞國大夫宮之奇。《左傳‧僖公五年》曰：「晉侯復假道於虞以伐虢。宮之奇諫曰：『虢，虞之表也。虢亡，虞必從之，晉不可啓，寇不可翫，一之謂甚，其可再乎！諺所謂輔車相依，脣亡齒寒者，其虞、虢之謂也。』」〔註43〕晉獻公向虞君借路以伐虢國，宮之奇以「脣亡齒寒」的道理勸虞君拒絕晉國要求，虞君不聽。宮之奇率族人離開虞國之後，晉師滅虢，回師時亦滅虞。

晉不加戎，《左傳‧僖公五年》曰：「晉侯復假道於虞以伐虢。宮之奇諫曰：『虢，虞之表也。虢亡，虞必從之……諺所謂輔車相依，脣亡齒寒者，其虞、虢之謂也。』……弗聽，許晉使。宮之奇以其族行，曰：『虞不臘矣，在此行也，晉不更舉矣！』」〔註44〕

季梁猶在，春秋時隨國賢臣。《左傳‧桓公六年》曰：「楚武王侵隨，使薳章求成焉，軍於瑕以待之。隨人使少師董成，鬥伯比言于楚子曰：『吾不得志於漢東也，我則使然，我張吾三軍而被吾甲兵，以武臨之，彼則懼而協來謀我，故難間也。漢東之國隨為大，隨張，必弃小國。小國離，楚之利也。少師侈，請羸師以張之。』熊率且比曰：『季梁在，何益？』」〔註45〕楚武王襲隨，依鬥伯比計，用疲倦的士卒蒙騙隨國少師以驕縱隨君，熊率且比說：「隨國有賢臣季梁在，這計謀是不會得逞的。」

強楚挫謀，《左傳‧桓公六年》曰：「鬥伯比曰：『以為後圖，少師得其君。王毀軍而納少師。少師歸，請追楚師，隨侯將許之。季梁止之曰：『天方授楚，

〔註42〕（漢）司馬遷撰，（唐）司馬貞索隱，（唐）張守節正義，（宋）裴駰集解：《史記三家注》（臺北：七略出版社，1985年9月初版，影印清乾隆武英殿刊本），頁72。

〔註43〕（春秋）左氏傳，（晉）杜預注，（唐）孔穎達等正義：《左傳》（臺北：藝文印書館重刊宋本，2001年12月初版），頁207。

〔註44〕（春秋）左氏傳，（晉）杜預注，（唐）孔穎達等正義：《左傳》（臺北：藝文印書館重刊宋本，2001年12月初版），頁207～208。

〔註45〕（春秋）左氏傳，（晉）杜預注，（唐）孔穎達等正義：《左傳》（臺北：藝文印書館重刊宋本，2001年12月初版），頁109～110。

楚之贏，其誘我也，君何急焉？臣聞小之能敵大也。小道大淫，所謂道，忠於民而信於神也。君雖獨豐，其何福之有？君姑脩政，而親兄弟之國，庶免於難，隨侯懼而修政，楚不敢伐。』」〔註46〕楚子果用伯比計，佯弱以誘隨，少師中計。季梁勸隨軍修政以待，楚師遂退軍。

由此明白，無道而有賢人，還可以拯救，如：殷有微子、箕子、比干三位仁者未去，武王從盟津回師，虞國的宮之奇在朝，晉不敢再加兵，隨國的季梁還在，強大的楚國便打消了征伐隨的計劃。到眾賢臣出走廢退的時候，以上三國便淪為廢墟。

5、「墨子之守，縈代為垣，高不可登；折箸為械，堅不可入。
　若乃距陽平、據石門，據八陣之列，騁奔牛之權，
　焉肯土崩魚爛哉？

墨子之守，縈代為垣，高不可登；折箸為械，堅不可入。據《墨子・公輸第五十》曰：「公輸盤為楚造雲梯之械成，將以攻宋。子墨子聞之，起於齊，行十日十夜而至於郢，見公輸盤。……子墨子解帶為城，以牒為械，公輸盤九設攻城之機變，子墨子九距之。公輸盤之攻械盡，子墨子之守圉有餘。公輸盤詘，而曰：『吾知所以距子矣，吾不言。』子墨子亦曰：『吾知子之所以距我，吾不言。』楚王問其故，子墨子曰：『公輸子之意，不過欲殺臣。殺臣，宋莫能守，乃可攻也。然臣之弟子禽滑釐等三百人，已持臣守圉之器，在宋城上而待楚寇矣。雖殺臣，不能絕也。』楚王曰：『善哉！吾請無攻宋矣。』」〔註47〕

據八陣之列，《雜兵書》曰：「八陣，一曰方陣、二曰圓陣、三曰牝陣、四曰牡陣、五曰衝陣、六曰輪陣、七曰浮沮陣、八曰雁行陣。」布下孫吳兵法中的八陣圖。

土崩魚爛，喻潰敗如土倒塌，魚爛自內發，比喻由內亂而覆亡。《公羊傳・僖公十九年》曰：「其言梁亡何？自亡也。其自亡奈何？魚爛而亡也。」〔註48〕

〔註46〕（春秋）左氏傳，（晉）杜預注，（唐）孔穎達等正義：《左傳》（臺北：藝文印書館重刊宋本，2001年12月初版），頁110～111。

〔註47〕（周）墨翟撰：《墨子》（臺北：藝文印書館，1969年《百部叢書集成》影印《經訓堂叢書》本），卷13，頁8～10。

〔註48〕（漢）何休注、（唐）徐彥疏：《公羊傳》（臺北：藝文印書館重刊宋本，2001年12月初版），頁142。

　　陳琳對曹丕來信的辯駁，說明敵方雖已惡貫滿盈，只要有賢士仁人在彼，尚不易攻破。舉史例如：墨子的防守戰術，他將衣帶圈起來做成一座城，便高不可登；將筷子作爲防守器械，就堅不可入。如果能拒守陽平關，占據石門，布下孫吳兵法中的八陣圖，施展田單奔牛的權智，哪會潰敗呢？

（三）魏・阮瑀〈為曹公作書與孫權〉

1、┌韓信傷心於失楚，彭寵積望於無異，
　　└盧綰嫌畏於已隙，英布憂迫於情漏。

　　韓信傷心於失楚，《漢書・韓信傳》曰：「項羽死，高祖襲奪信軍，徙信爲楚王，都下邳。……項王敗，眛亡歸信。……卒自剄。信持其首謁於陳。高祖令武士縛信，載後車。信曰：『果若人言：狡兔死，良狗亨。』上曰：『人告公反。』遂械信。至雒陽，赦以爲淮陰侯。信知漢王畏惡其能，稱疾不朝從。由此日怨望，居常鞅鞅。」〔註49〕

　　《史記卷九十二・淮陰侯列傳第三十二》亦記載：「漢（高祖）六年，人有上書告楚王信反。……信曰：『果若人言，『狡兔死，良狗亨；高鳥盡，良弓藏；敵國破，謀臣亡』。天下已定，我固當亨！』上曰：『人告公反。』遂械繫信。至雒陽，赦信罪，以爲淮陰侯。信知漢王畏惡其能，常稱病不朝從。信由此日夜怨望，居常鞅鞅，……漢十一年，……呂后使武士縛信，斬之長樂鍾室。」〔註50〕

　　彭寵積望於無異，事見《後漢書卷十二・彭寵列傳》曰：「彭寵字伯通，南陽宛人也。……及王郎死，光武追銅馬，北至薊。寵上謁，自負其功，意望甚高，光武接之不能滿，以此懷不平。光武知之，以問幽州牧朱浮。浮對曰：『前吳漢北發兵時，大王遣寵以所服劍，又倚以爲北道主人。寵謂至當迎閣握手，交歡並坐。今既不然，所以失望。』」漢光武帝封彭寵爲漁陽太守。彭自恃功高，欲帝以殊禮待之。及後見光武帝，帝臨之與群臣無異，又未封王，乃怏怏不樂，遂舉兵反叛。」〔註51〕

〔註49〕　（漢）班固撰，（唐）顏師古注：《漢書》（北京：中華書局，1975 年 4 月第 3 次印刷），頁 1875～1876。

〔註50〕　（漢）司馬遷撰，（唐）司馬貞索隱，（唐）張守節正義，（宋）裴駰集解：《史記三家注》（臺北：七略出版社，1985 年 9 月初版，影印清乾隆武英殿刊本），頁 1065～1066。

〔註51〕　（劉宋）范曄撰，（唐）李賢等注：《後漢書》（北京：中華書局，1982 年 8 月第 3 次印刷），頁 501～503。

　　盧綰嫌畏於已隙，事見《史記卷九十三‧盧綰列傳第三十三》曰：「太尉長安侯盧綰常從平定天下，功最多，可王燕，詔許之。漢五年八月迺立盧綰為燕王。……漢十一年秋，陳豨反代地，高祖如邯鄲擊豨，兵燕王綰亦擊其東北。當是時陳豨使王黃求救匈奴。燕王綰亦使其臣張勝於匈奴，言豨等軍破。張勝至胡，故燕王臧荼子衍出亡在胡，見張勝曰：『……公何不令燕且緩陳豨，而與胡和。事寬，得長王燕，即有漢急，可以安國。』……漢十二年，東擊鯨布，豨常將兵居代，漢使樊噲擊斬豨，其裨將降，言燕王綰使范齊通計謀於豨所。高祖使史召盧綰，綰稱病。……四月，高祖崩，盧綰遂將其眾亡入匈奴。」〔註52〕

　　《漢書‧盧綰傳》曰：「盧綰，豐人也，與高祖同里。……項籍死，使綰別將，與劉賈擊臨江王共尉，還，從擊燕王臧荼，皆破平。……乃下詔，詔諸將相列侯擇羣臣有功者以為燕王。羣臣之上欲王綰，皆曰：『太尉長安侯盧綰常從平定天下，功最多，可王。』上乃立綰為燕王。初上如邯鄲擊豨，燕王綰亦擊其東北。豨使王黃求救匈奴。綰亦使其臣張勝使匈奴，言豨等軍破。勝至胡，故燕王臧荼子衍亡在胡，見勝曰：『……公何不令燕且緩豨，而與胡連和？事寬，得長王燕，即有漢急，可以安國。』……勝還報，具道所以為者。……漢既斬豨，其裨將降，言燕王綰使范齊通計謀豨所。上使史召綰，綰稱病。……又得匈奴降者，言張勝亡在匈奴，為燕使。於是上曰：『綰果反矣！』使樊噲擊綰。……高祖崩，綰遂將其眾亡入匈奴。」〔註53〕

　　英布憂迫於情漏，事見《史記卷九十一‧鯨布列傳第三十一》曰：「鯨布者，六人也，姓英氏。……四年七月立布為淮南王，……夏，漢誅梁王彭越，醢之，盛其醢徧賜諸侯，至淮南，淮南王方獵見醢，因大恐，陰令人部聚兵堠伺。英布的中大夫賁赫上告英布謀反，劉邦派人核查，英布以為事以洩漏，遂起兵反叛。」〔註54〕

　　《漢書‧鯨布傳》亦曰：「鯨布，六人也，姓英氏。……四年秋七月，立

〔註52〕　（漢）司馬遷撰，（唐）司馬貞索隱，（唐）張守節正義，（宋）裴駰集解：《史記三家注》（臺北：七略出版社，1985年9月初版，影印清乾隆武英殿刊本），頁1070。

〔註53〕　（漢）班固撰，（唐）顏師古注：《漢書》（北京：中華書局，1975年4月第3次印刷），頁1890～1893。

〔註54〕　（漢）司馬遷撰，（唐）司馬貞索隱，（唐）張守節正義，（宋）裴駰集解：《史記三家注》（臺北：七略出版社影印清乾隆武英殿刊本，1985年9月初版），頁1053～1056。

布爲淮南王，與籍項籍。……十一年，高后誅淮陰侯，布因心恐。夏，漢誅梁王彭越，盛其醢徧賜諸侯。至淮南，淮南王方獵，見醢，因大恐，陰令人部聚兵，候伺旁郡警急。……赫上變事，乘傳詣長安。布使人追，不及。赫至，上變，言布謀反有端，可先發誅也。上以其書語蕭相國，蕭相國曰：『布不宜有此，恐仇怨妄誣之。請繫赫，使人徵驗淮南王。』布見赫以罪亡上變，已疑其言國陰事，漢使又來，頗有所驗，遂族赫家，發兵反。」〔註55〕

　　阮瑀以古代事例說明人們所以改變志節的緣由，都是因爲受到侵犯羞辱，或者產生瑕疵間隙，心頭忿怒具有急迫的危機感，心懷疑慮，自覺身危，因而形成劇變，是造成隔閡的主要原因。像韓信爲喪失楚王之位而傷心，彭寵因得不到光武帝的殊遇而積怨，盧綰因嫌隙已生而驚疑畏懼，英布因隱情洩漏而憂心急迫，這就是事端發生的原因。

2、寧放朱浮顯露之奏？無匿張勝貸故之變，匪有陰構賁赫之告。

　　寧放朱浮顯露之奏，指漢光武帝劉秀曾問幽州牧朱浮有關彭寵謀反事，朱浮乘機告密，加禍彭寵。《後漢書·朱浮列傳》曰：「朱浮字叔元，沛國蕭人也。……光武遣吳漢誅更始幽州牧苗曾，乃拜浮爲大將軍幽州牧，守薊城，遂討定北邊。……浮年少有才能，頗欲厲風迹，收士心，辟召州中名宿涿郡王岑之屬，以爲從事，……漁陽守彭寵以爲天下未定，師旅方起，不宜多置官屬，以損軍實，不從其令。……嫌怨轉積。浮密奏寵遣吏迎妻而不迎其母，又受貨賄，殺害友人多聚兵穀，意計難量。寵既積怨，聞之，遂大怒，而舉兵攻浮。」〔註56〕

　　無匿張勝貸故之變，燕王盧綰的使者張勝，曾受盧綰之命出使匈奴，勸阻匈奴援助當時反叛的陳豨。張勝認爲陳豨失敗對盧綰不利，私下與匈奴勾結，反而勸匈奴援助陳豨。盧綰本已上奏誅殺張勝一家，後得知張勝實爲己謀，乃詐報他人，而包匿張勝及其家族，盧綰隱瞞了張勝反叛行爲，加深了與劉邦的裂痕。

　　匪有陰構賁赫之告，指賁赫告發淮南王英布謀反之事。英布轄下的中大夫，曾向劉邦密告英布謀反。

〔註55〕（漢）班固撰，（唐）顏師古注：《漢書》（北京：中華書局，1975 年 4 月第 3次印刷），頁 1881～1887。
〔註56〕（劉宋）范曄撰，（唐）李賢等注：《後漢書》（北京：中華書局，1982 年 8月第 3 次印刷），頁 1137。

此三句言阮瑀以曹操的口吻說與孫權，恩深如同骨肉之親，難道會故意散放類似舉報朱浮顯露謀反之意的奏書嗎？如果盧綰不包匿張勝，沒有發生寬恕故人的變化，如果貫赫不羅織陷害告發淮南王，那麼本來就不是燕王、淮南王的過失。而燕王、淮南王之所以忍心斷絕君王的恩命，明確放棄堅牢的交情，實際上是被奸巧的小人設計陷害的。

3、「蘇秦說韓，羞以牛後，韓王按劍，作色而怒，
　　雖兵折地割，猶不為悔，人之情也。

蘇秦說韓，羞以牛後，韓王按劍，作色而怒，謂蘇秦以合縱抗秦之策遊說韓王。據《戰國策・韓一》曰：「臣聞鄙語曰：『寧為雞口，無為牛後。』今大王西面交臂而臣事秦，何以異於牛後乎？夫以大王之賢，挾強韓之兵，而有牛後之名，臣竊為大王羞之。」韓王忿然作色，攘臂按劍，仰天太息曰：『寡人雖死，必不能事秦。』」〔註57〕

以上所言，明確指出貌似正確的言論，沒有不動聽的，依據某種形勢而加以假設想像，容易改變人們的看法。以未來的禍患災難顯示危機的深重，以羞恥屈辱的地位激發其自尊心，以刺激對方激發其雄心。故以蘇秦遊說韓王，為韓王處於牛後跟從的地位感到羞恥，韓王手握劍把，改變臉色而發怒，做出即使損兵折將、國土割裂，也不後悔的決定，這是人之常情。言下仁君年壯氣盛，就情緒而言容易聽信寵愛者的似是之言，既畏懼禍患的來臨，更兼心懷忿恨，這樣就不再能從千里之外正確估量他人的心意，也不能正確思考眼前的形勢，可能抱著見識淺薄的決定之計，秉持反轉顛倒的已成之謀。再加上劉備的煽動宣揚，事件與事端緊相連結，互相推動而運行。想來真是從當事人本心出發，也不願事情發展到這個地步。

4、以為老夫包藏禍心，陰有鄭武取胡之詐。

陰有鄭武取胡之詐，《韓非子・卷第四・說難第十二》曰：「昔者，鄭武公欲伐胡，故先以其女妻胡君，以娛其意。因問於群臣曰：『吾欲用兵，誰可伐者？』大夫關其思對曰：『胡可伐。』武公怒而戮之，曰：『胡，兄弟之國也，子言伐之，何也！』胡君聞之，以鄭為親己，遂不備鄭，鄭人襲胡取之。」〔註58〕

〔註57〕　（漢）劉向撰，（漢）高誘注：《戰國策》（臺北：藝文印書館，1967年《百部叢書集成》影印《士禮居叢書》本），卷26，頁2。
〔註58〕　（秦）韓非撰：《韓非子》（上海：中華書局，1936年據吳氏影宋乾道本校刊），

此句以勸戒寓言舉例，四海之內的人們多認爲曹操包藏禍害之心，但希望孫權不要懷疑曹操有類似鄭武公以姻親爲手段襲取胡君的欺詐之術，迷惑受欺騙，終至亡國，才使仁君反轉自絕，並因此而憤憤不平，心懷羞辱之感而反側不安。

5、高帝設爵以延田橫，光武指河而誓朱鮪。

高帝設爵以延田橫，《史記・田橫列傳》曰：「漢滅項籍，漢王立爲皇帝，以彭越爲梁王，田橫懼誅，而與其徒屬五百餘人入海，居島中。高帝聞之……具告以詔商狀曰：『田橫來，大者王，小者迺侯耳，不來且舉兵加誅焉。」〔註59〕

《漢書・高帝紀下》曰：「初，田橫歸彭越。項羽已滅，橫懼誅，與賓客亡入海。上恐其久爲亂，遣使者赦橫，曰：『橫來，大者王，小者侯，不來，且發兵加誅。』」〔註60〕

光武指河而誓朱鮪，《後漢書・岑彭傳》曰：「岑彭字君然，南陽棘陽人也。……光武即位，圍洛陽數月，朱鮪等堅守不肯下，帝以彭嘗爲鮪校尉，令往說之。……彭因曰：『……今赤眉已得長安，更始爲三王所反，……公雖嬰城固守，將何待乎？』鮪曰：『大司徒被害時，鮪與其謀，又諫更始無遣蕭王北伐，誠自知罪深。』彭還，具言於帝。帝曰：『夫建大事者，不忌小怨。鮪今若降，官爵可保，況誅罰乎？河水在此，君不食言。』」〔註61〕

朱鮪，東漢淮陽（今河南省淮陽縣西）人。朱鮪初爲劉玄的大司徒，曾勸劉玄殺死劉秀的哥哥。後來劉秀平定赤眉，圍攻洛陽，派岑彭說降朱鮪。朱鮪認爲自己有罪而不敢投降。劉秀讓岑彭再次勸說，申明自己「建大事不忌小怨」。如果朱鮪投降，可保官爵，並對黃河發誓，表示決絕不食言。

二句言孫權罪不能與田橫、朱鮪相比，而高帝劉邦曾設置爵位以延請田橫還歸，光武帝曾手指黃河起誓保證朱鮪的官職，曹操也希望「更申前好」，致力於曹、孫二族的發展。

冊1，頁9。

〔註59〕 （漢）司馬遷撰，（唐）司馬貞索隱，（唐）張守節正義，（宋）裴駰集解：《史記三家注》（臺北：七略出版社，1985年9月初版，影印清乾隆武英殿刊本），頁1075。

〔註60〕 （漢）班固撰，（唐）顏師古注：《漢書》（北京：中華書局，1975年4月第3次印刷），頁57。

〔註61〕 （劉宋）范曄撰，（唐）李賢等注：《後漢書》（北京：中華書局，1982年8月第3次印刷），頁653～655。

6、「子胥知姑蘇之有麋鹿，輔果識智伯之為趙禽，
　　「穆生謝病，以免楚難，鄒陽北遊，不同吳禍。

子胥知姑蘇之有麋鹿，見《漢書・伍子胥傳》曰：「伍被謂淮南王曰：『昔伍子胥諫吳王曰：『臣今見麋鹿遊姑蘇之臺也。』」子胥即伍子胥，本楚人，因報父兄被殺之仇，投靠吳國，成為復興吳國的重臣。後吳王驕奢，伍子胥擔心將有滅國之憂。子胥知姑蘇之有麋鹿，意謂伍子胥已經預料到吳國將要滅亡。

輔果識智伯之為趙禽，據《戰國策・趙一》曰：「知伯（智伯名瑤，春秋時晉國知氏家族之長。）從韓、魏兵以攻趙，圍晉陽而水之，城下不沉者三板。郗疵謂知伯曰：「韓、魏之君必反矣。」……知伯因陰結韓、魏，將以伐趙。趙襄子召張孟談而告之曰：「夫知伯之為人，陽親而陰疏，三使韓、魏而寡人弗與焉，其移兵寡人必矣。今吾安居而可？」……張孟談於是陰見韓、魏之君曰：「臣聞『脣亡則齒寒』，今知伯帥二國之君伐趙，趙將亡矣，亡則二君為之次矣。」……二君即與張孟談陰約三軍，與之期日，夜遣入晉陽。……知過出見二主，入說知伯曰：「二主色動而意變，必背君，不如令殺之。」知伯曰：「……不可，子慎勿復言。」……知過（輔果，春秋時晉國的貴族。）見君之不用也，言之不聽，出，更其姓為輔氏，遂去不見。」〔註62〕

穆生謝病，以免楚難，《漢書・楚元王傳》曰：「楚元王交字游，高祖同父少弟也。……初，元王敬禮申公等，穆生不耆酒，元王每置酒，常為穆生設醴。及王戊即位，常設，後忘設焉，穆生退曰：『可以逝矣！醴酒不設，王之意怠，不去，楚人將鉗我於市。』……遂謝病去。王戊稍淫暴，二十年，為薄太后服私姦，削東海、薛郡，乃與吳通謀。二十一年春，景帝之三年也，削書到，遂應吳王反。」〔註63〕

穆生為西漢楚元王劉交中大夫。劉交禮待之，為其專設甜酒於宴中。後來劉交的孫子劉戊繼位，怠慢穆生，且免去甜酒。穆生乃謝病免而去。其後劉戊與吳王謀反，穆生未遭禍難。

鄒陽北遊，不同吳禍，《漢書・鄒陽傳》曰：「鄒陽，齊人也。……陽與

〔註62〕　（漢）劉向撰，（漢）高誘注：《戰國策》（臺北：藝文印書館，1967年《百部叢書集成》影印《士禮居叢書》本），卷18，頁1～3。
〔註63〕　（漢）班固撰，（唐）顏師古注：《漢書》（北京：中華書局，1975年4月第3次印刷），頁1921～1925。

吳嚴忌、沒乘等俱仕吳，皆以文辯著名。久之，吳王以太子事怨望，稱疾不朝，陰有邪謀，陽奏書諫。……吳王不內其言。……去之梁，從孝王游。」〔註 64〕鄒陽初從吳王劉濞，劉濞謀反，鄒陽上書勸諫，不聽，鄒陽遂北投梁孝王。劉濞失敗，鄒陽免於禍。

曹操希望孫權認清形勢，像歷史上的伍子胥、智果、穆生、鄒陽四位賢士那樣，思慮深沉，通達權變，以其明智由細微的跡象推知明顯的結果。

7、越為三軍，吳曾不禦，漢潛夏陽，魏豹不意。

越爲三軍，吳曾不禦，《左傳·哀公十七年》曰：「三月，越子伐吳。吳子禦之笠澤，夾水而陳。越子爲左右句卒，使夜或左或右，鼓譟而進。吳師分以御之。越子以三軍潛涉，當吳中軍而鼓之，吳師大亂，遂敗之。」〔註65〕記載越王伐吳，吳在太湖傍水設防，越王以三軍潛涉，集中攻吳中軍而鼓之，吳軍大亂而敗。

漢潛夏陽，魏豹不意，據《史記卷九十二·淮陰侯列傳第三十二》曰：「漢二年，……八月，以信爲左丞相，擊魏。魏王盛兵蒲坂，塞臨晉，信乃益爲疑兵，陳船欲渡臨晉，而伏兵從夏陽以木罌缻渡軍，襲安邑。魏王豹驚，引兵迎信，信遂虜豹，定魏爲河東郡。」〔註66〕

漢：指韓信率領的漢軍。夏陽：古縣名。故治在今陝西韓城南。魏豹：指秦末魏王豹。

韓信進攻魏王豹，豹置重兵扼守蒲坂津（今山西省永濟縣西的黃河東岸），斷絕了臨晉（今陝西大荔）入山西的交通。韓信做出欲從臨晉強渡黃河的假象，卻從夏陽偷渡，襲取安邑（今山西省夏縣西北），抄了魏軍的後路，結果魏王豹兵敗被俘。

二句言規勸孫權倘若依靠水戰，憑藉臨江的險要之處，想使王師始終不能渡江，也未必有效。因爲水戰長達千里。戰情機巧變化萬端。越爲三軍偷渡，吳國不能抵禦；漢軍暗渡夏陽，魏豹不意而敗。江河雖然廣闊，但其戰

〔註64〕 （漢）班固撰，（唐）顏師古注：《漢書》（北京：中華書局，1975 年 4 月第 3 次印刷），頁 2338～2343。

〔註65〕 （春秋）左氏傳，（晉）杜預注，（唐）孔穎達等正義：《左傳》（臺北：藝文印書館重刊宋本，2001 年 12 月初版），頁 1044。

〔註66〕 （漢）司馬遷撰，（唐）司馬貞索隱，（唐）張守節正義，（宋）裴駰集解：《史記三家注》（臺北：七略出版社，1985 年 9 月初版，影印清乾隆武英殿刊本），頁 1059～1060。

線過長難以守衛，不要以爲憑恃水戰，可以「長無西患」。

8、「淮南信左吳之策，漢隗囂納王元之言，彭寵受親吏之計；
　　「梁王不受詭、勝，竇融斥逐張玄。

淮南信左吳之策，據《史記卷一百一十八‧淮南衡山列傳第五十八》曰：「淮南王削地之後，其爲反謀益甚……日夜與伍被、左吳等案輿地圖部署，兵所從入。」〔註67〕

《漢書‧淮南王傳》曰：「淮南王安反謀，……日夜與左吳等按輿地圖部署，兵所從入。」〔註68〕淮南，即淮南王。

隗囂納王元之言，據《後漢書‧隗囂傳》曰：「字季孟，天水成紀（今陝西隴城）人也。……流聞光武即位河北，囂即說更始歸政於光武叔父國三老良，更始不聽。……更始使執金吾鄧曄將兵圍囂，囂閉門拒守，至昏時，遂潰圍，與數十騎夜斬平城門關，亡歸天水。復招聚其眾，據故地，自謂西州上將軍。……囂將王元……說囂曰：『……今天水完富，士馬最強，……元請以一丸泥爲大王東封函谷關，此萬世一時也。……』囂心然元計。」〔註69〕王莽末年，隗囂據隴西起兵，初從劉玄，繼而歸屬劉秀，後從王元計，割據天水一帶，自稱兩州上將軍，最後被劉秀派兵打敗。

彭寵受親吏之計，據《後漢書‧彭寵傳》曰：「彭寵字伯通，南陽宛人也。……建武二年春，詔徵寵，寵意浮賣己，上疏願與浮俱徵。又與吳漢、蓋延等書，盛言浮枉狀，固求同徵。帝不許，益以自疑。而其妻素剛，不堪抑屈，固勸無受召。寵又與常所親信吏計議，皆懷怨於浮，莫有勸行者。帝遣寵從弟子后蘭卿喻之，寵因留子后蘭卿，遂發兵反。」〔註70〕彭寵因不滿劉秀對自己的待遇，劉秀徵召，彭寵聽從妻子和親信吏屬之言，拒不應召，起兵反叛，後被手下人所殺。

梁王不受詭、勝，據《史記卷五十八‧梁孝王世家第二十八》曰：「蓋聞

〔註67〕（漢）司馬遷撰，（唐）司馬貞索隱，（唐）張守節正義，（宋）裴駰集解：《史記三家注》（臺北：七略出版社，1985 年 9 月初版，影印清乾隆武英殿刊本），頁 1257～1258。

〔註68〕（漢）班固撰，（唐）顏師古注：《漢書》（北京：中華書局，1975 年 4 月第 3 次印刷），頁 2148～2149。

〔註69〕（劉宋）范曄撰，（唐）李賢等注：《後漢書》（北京：中華書局，1982 年 8 月第 3 次印刷），頁 521～525。

〔註70〕（劉宋）范曄撰，（唐）李賢等注：《後漢書》（北京：中華書局，1982 年 8 月第 3 次印刷），頁 501～503。

梁王西入朝謁竇太后燕見，與景帝俱侍坐於太后前語言私說，太后謂帝曰：「吾聞殷道親親，周道尊尊，其義一也。安車大駕，用梁孝王爲寄。」景帝跪席舉身曰：「諾」罷酒出。帝召袁盎諸大臣通經術者曰：「太后言如是，何謂也？」皆對曰：「太后欲意立梁王爲帝太子」……袁盎等以宋宣公不立正，生禍禍亂後五世……梁王聞其議出於袁盎諸大臣。所怨望使人來殺袁盎……羊勝、公孫詭之屬爲之耳，謹以伏誅死，梁王無恙也。」〔註71〕梁王，即梁孝王劉武。漢文帝之子。詭，即公孫詭。任梁孝王的中尉。勝，即羊勝。梁孝王的謀臣。

《漢書·爰盎傳》曰：「景帝時，時使人問籌策。梁王欲求爲嗣，盎進說，其後語塞。梁王以此怨袁盎，使人刺盎。」〔註72〕

竇融斥逐張玄，據《後漢書·竇融傳》曰：「竇融字周公，扶風平陵（今陝西省興平縣東南）人也。……推融行河西五郡大將軍事。……融等遙聞光武即位，而心欲東向，以河西隔遠，未能自通。時隗囂先稱建武年號，融等從受正朔，囂皆假其將軍印綬。囂外順人望，內懷異心，使辯士張玄游說河西曰：『……當各據其土宇，與隴、蜀合從，高可爲六國，下不失尉佗。』融等於是召豪傑及諸太守計議，……遂決策東向。五年夏，遣長史劉鈞奉書獻馬。帝（光武）……因授融爲涼州牧。」〔註73〕張玄，隗囂的說客。竇融據有河西，自稱河西將軍。劉秀即位，竇融決定歸順。隗囂派張玄前來遊說勸阻，竇融趕走了張玄。後竇融隨劉秀破隗囂，被封安豐侯，涼州牧，又升爲大司馬。

二句言孫權理當明智地驗證古人的成敗得失，借此自謀良策。從前淮南王聽信左吳的計策，隗囂接納王元的進言，彭寵接受親信之吏的計謀，這三位人物執迷不悟，最終被當世的人們所譏笑。梁王不包容公孫詭、羊勝，竇融斥責驅逐張玄，二爲賢者既然覺悟，福也跟隨而至。阮瑀用歷史上正反兩方面事例，進一步闡明形勢，力勸孫權不要輕信離間之言，並具體提出曹孫

〔註71〕 （漢）司馬遷撰，（唐）司馬貞索隱，（唐）張守節正義，（宋）裴駰集解：《史記三家注》（臺北：七略出版社，1985 年 9 月初版，影印清乾隆武英殿刊本），頁 836～837。
〔註72〕 （漢）班固撰，（唐）顏師古注：《漢書》（北京：中華書局，1975 年 4 月第 3 次印刷），頁 2276。
〔註73〕 （劉宋）范曄撰，（唐）李賢等注：《後漢書》（北京：中華書局，1982 年 8 月第 3 次印刷），頁 795～799。

聯手的條件，表明作者最終目的是「但禽劉備」。

9、「幸人之災，君子不為。……古者兵交，使在其中。

　　|　願仁君及孤，虛心回意，

　　└以應詩人補袞之歎，而慎《周易》牽復之義。

　　幸人之災，君子不爲，見《左傳・僖公十四年》曰：「冬，秦饑，使乞糴于晉，晉人弗與，慶鄭曰：『背施無親，幸災不仁，貪愛不祥，怒鄰不義。四德皆失，何以守國？』」〔註74〕古者兵交，使在其中。《左傳・成公九年》曰：「秋，鄭伯如晉，晉人討其貳於楚也，執諸銅鞮。欒書伐鄭，鄭人使伯蠲行成，晉人殺之，非禮也。兵交，使在其間，可也。」〔註75〕

　　補袞之歎，《詩・大雅・烝民》曰：「袞職有闕，維仲山甫補之。」〔註76〕袞，古代王侯所穿繡有龍紋的禮服。職，通「適」。偶然。闕，缺破。《毛傳》曰：「有袞冕者，君上之服也。仲山甫補之，善補過也。」作者引此典，重在突出「補過」。

　　慎《周易》牽復之義，《易・小畜》曰：「九二牽復吉。《象》曰：」「牽復」在中，亦不自失也。」〔註77〕謂牽連反覆，指受人牽引指點而返歸正道。作者引此典暗喻本信是對孫權的「牽復」，重在突出「回復」，以與上句「虛心回意」相呼應。

　　四句言曹操聽到這些言論，並不以爲是高興的事。且認爲按古代的規定，雙方軍隊交戰，使者可在其間往返。希望仁君虛心接納回意歸好。借此以順應詩人彌補前過的感歎，慎思《周易》牽引回復爲吉利的義理。

　　闡明寫此書信的背景，並不是自己沒有進兵孫吳的理由和力量，而是要安定江南。再一次以史傳楷模和古訓來規勸孫權，不要失去聯曹抗劉的良機。文章以整齊的四言句式爲主，兼之以散句，雜以對偶，愈發顯得英氣勃發，雄勁豪壯。

〔註74〕　（春秋）左氏傳，（晉）杜預注，（唐）孔穎達等正義：《左傳》（臺北：藝文印書館重刊宋本，2001 年 12 月初版），頁 224〜225。

〔註75〕　（春秋）左氏傳，（晉）杜預注，（唐）孔穎達等正義：《左傳》（臺北：藝文印書館重刊宋本，2001 年 12 月初版），頁 448。

〔註76〕　（漢）毛公傳，（漢）鄭玄箋，（唐）孔穎達等正義：《詩經》（臺北：藝文印書館重刊宋本，2001 年 12 月初版），頁 676。

〔註77〕　（魏）王弼、韓康伯注，（唐）孔穎達等正義：《周易》（臺北：藝文印書館重刊宋本，2001 年 12 月初版），頁 39。

（四）魏・曹丕〈與吳質書〉

1、「伯牙絕絃於鍾期，仲尼覆醢于子路，
　　痛知音之難遇，傷門人之莫逮也。

伯牙絕弦於鍾期，見《呂氏春秋・孝行覽・本味》曰：「伯牙（春秋楚人）鼓琴，鍾子期（春秋楚人）聽之。方鼓琴而志在太山，鍾子期曰：『善哉乎鼓琴，巍巍乎若太山。』少選之間，而志在流水，鍾子期又曰：『善哉乎鼓琴，湯湯乎若流水。』鍾子期死，伯牙破琴絕絃，終身不復鼓琴，以爲世無足復爲鼓琴者。」〔註78〕相傳伯牙鼓琴，志在高山、流水，只有鍾子期善於聽琴，妙悟琴旨，所以鍾子期死後，俞伯牙認爲知音已亡，世人不再能理解他奏琴的旨趣，故有破琴絕弦之舉。

仲尼覆醢於子路，《禮記・檀弓上》曰：「孔子哭子路於中庭，人弔者而夫子拜之。既哭，進使者而問故？使者曰：『醢之矣。』遂命覆醢。」〔註79〕

曹丕以伯牙痛惜知音的難遇，孔子傷心門生的不及子路，慨嘆諸位亡友皆爲一時的俊才。

（五）魏・曹丕〈與鍾大理書〉

1、晉之垂棘，魯之璵璠，宋之結綠，楚之和璞。

晉之垂棘，晉產美玉。垂棘，原指春秋・晉產美玉之地，後借垂棘之璧以稱美玉。

魯之璵璠，魯國美玉名。《左傳・定公五年》曰：「六月，季平子行東野。還，未至，丙申，卒于房。陽虎將以璵璠斂，仲梁懷弗與，曰：『改步改玉。』」〔註80〕注：「璵璠，美玉，君所佩。」

宋之結綠，宋國美玉名。《戰國策・秦三》曰：「范子（睢）因王稽入秦獻書昭王曰：『……臣聞周有砥厄，宋有結綠，梁有懸黎，楚有和璞。此四寶者，工之所失也，而爲天下名器。』」〔註81〕

〔註78〕（秦）呂不韋撰：《呂氏春秋》（明萬曆間（1573～1620）新安吳勉學刊二十子本），卷14，頁4。

〔註79〕（漢）鄭玄注，（唐）孔穎達等正義：《禮記》（臺北：藝文印書館重刊宋本，2001年12月初版），頁112。

〔註80〕（春秋）左氏傳，（晉）杜預注，（唐）孔穎達等正義：《左傳》（臺北：藝文印書館重刊宋本，2001年12月初版），頁958。

〔註81〕（漢）劉向撰，（漢）高誘注：《戰國策》（臺北：藝文印書館，1967年《百部叢書集成》影印《士禮居叢書》本），卷5，頁3。

　　楚之和璞，楚國的和氏璧。《韓非子・和氏》曰：「楚人和氏得玉璞楚山中，奉而獻之厲王，厲王使玉人相之。玉人曰：『石也。』王以和為誑，而刖其左足。……王乃使玉人理其璞而得寶焉，遂命曰『和氏之璧』。」〔註82〕

　　四句言曹丕聞鍾繇有玉讚如：晉國的垂棘、魯國的璵璠、宋國的結綠、楚國的和璞。

　　2、垂棘出晉，虞、虢雙禽；和璧入秦，相如抗節。

　　上句引虞、虢雙擒的故事。典出《左傳・僖公二年》曰：「晉荀息曾以屈產之乘與垂棘之璧，假道於虞，以伐虢。……虞公許之，且請先伐虢，宮之奇曰：『虞不臘矣。』晉滅虢，虢公丑奔京師，旋館於虞，遂襲虞，滅之。」〔註83〕

　　下句用完璧歸趙的故事。《史記卷八十一・廉頗、藺相如列傳第二十一》曰：「趙惠文王時，得楚和氏璧。秦昭王聞之，使人遺趙王書，願以十五城請易璧。……趙王於是遂遣相如奉璧西入秦。……相如視秦王無意償趙城，乃前曰：『璧有瑕，請指示王！』王授璧，……相如持其璧睨柱，欲以擊柱。秦王恐其破璧，乃辭謝固請，召有司案圖，指從此以往十五都予趙。」〔註84〕

　　四句言其價值貴重，如垂棘的寶璧自晉國送出，虞國、虢國就被晉國雙雙滅掉；和氏的寶璧進入秦國，藺相如就堅持高尚的志氣節操護衛和璧。不僅為前人所稱道，而且聲譽流傳後世。

（六）魏・曹植〈與楊德祖書〉

1、人人自謂握靈蛇之珠，家家自謂抱荊山之玉。

　　相傳戰國・隨侯曾救治一條受傷的大蛇，後大蛇從江中口銜明月珠報答他。即指隨侯之珠。春秋時楚人卞和在山中發現一塊玉璞，先後獻給厲王、武王，都被認為是普通石頭，直到文王時，文王命人剖璞，才得寶玉，後人也稱作和氏璧。即指楚國的和氏玉璧。這二句是說每個作者都珍視自己的創作，人人自以為掌握了靈蛇的寶珠，家家自以為懷抱有荊山的寶玉。

〔註82〕　（秦）韓非撰：《韓非子》（上海：中華書局，1936 年據吳氏影宋乾道本校刊），卷4，頁10。

〔註83〕　（春秋）左氏傳，（晉）杜預注，（唐）孔穎達等正義：《左傳》（臺北：藝文印書館重刊宋本，2001 年 12 月初版），頁199。

〔註84〕　（漢）司馬遷撰，（唐）司馬貞索隱，（唐）張守節正義，（宋）裴駰集解：《史記三家注》（臺北：七略出版社，1985 年 9 月初版，影印清乾隆武英殿刊本），頁 985～986。

2、「畫虎不成，反為狗也。前有書嘲之，反作論盛道僕讚其文。
　　　└夫鍾期不失聽，于今稱之，吾亦不能妄歎者，畏後世之嗤余也！

上句語出東漢・馬援〈誡兄子嚴敦書〉曰：「杜季良豪俠好義，……效季良不得，陷為天下輕薄子。所謂『畫虎不成反類狗者也。』」〔註85〕這句是嘲笑陳琳妄自誇大，好高騖遠反而一事無成。

下句語出《列子・湯問》曰：「伯牙善鼓琴，鍾子期善聽。伯牙鼓琴，志在登高山。鍾子期曰：『善哉！峨峨兮若泰山！』志在流水。鍾子期曰：『善哉！洋洋兮若江河！』伯牙所念，鍾子期必得之。」〔註86〕鍾期，即鍾子期。春秋楚國人，性善知音。

陳孔璋不精熟辭賦，卻常常自以為能與司馬長卿同屬一流，這就像畫虎不成功，反而畫成了狗。以前我曾寫信嘲笑他，他反而寫文滿口稱道我讚賞他的辭賦。鍾子期聽琴從來不會錯失琴曲的旨趣，對此人們至今還加以稱頌，我不能妄加歎賞，畏懼為此而招致後世人們對我的譏笑。

3、昔尼父之文辭，與人通流，至於制《春秋》，游、夏之徒乃不能措一辭。

下句引《史記卷四十七・孔子世家第十七》曰：「孔子在位聽訟，文辭有可與人共者，弗獨有也。至於為《春秋》，筆則筆，削則削，子夏之徒，不能贊一辭。」〔註87〕

曹植與楊德祖論文學批評，當今人們的著作論述，不可能沒有毛病。曹植也常常愛好請他人來譏刺批評自己的文章，有不完善的地方，及時改定。以前丁敬禮經常寫短小的文章，叫曹植潤飾，曹植以為才學並不比他高明，推辭而不肯修改。敬禮對曹植說：「您有什麼好疑難的呢？文章的好壞我自己明白，後世的人們有誰知道我的文章經他人改定過？」曹植曾感歎這是通達的言論，以此為美談。從前孔子的文辭，曾與他人的文辭混同在一起，至於孔子製作編寫《春秋》，即使孔子的高足子游、子夏之輩，也不能多加一句話。

〔註85〕許國英註釋：《歷代名人書札註釋》（臺北：臺灣商務印書館，1973 年 7 月臺二版），上冊，頁 44。

〔註86〕（春秋）列子撰：《列子》（上海：中華書局，1936 年據明世德堂本校刊聚珍倣宋版印），卷 5，頁 16。

〔註87〕（漢）司馬遷撰，（唐）司馬貞索隱，（唐）張守節正義，（宋）裴駰集解：《史記三家注》（臺北：七略出版社，1985 年 9 月初版，影印清乾隆武英殿刊本），頁 772。

除了《春秋》之外，說文章沒有毛病的，曹植說他也還未從見過。

4、蓋有南威之容，乃可以論於淑媛；有龍淵之利，乃可以議於斷
　　割。

上句引《戰國策‧魏二》曰：「梁王魏嬰觴諸侯於范臺。酒酣，請魯君舉
觴。魯君興，避席擇言曰：『……晉文公得南之威，三日不聽朝，遂推南之威
而遠之，曰：後世必有以色亡其國者。』」〔註88〕

下句引《戰國策‧韓一》曰：「蘇秦為楚合從說韓王曰：『……韓卒之劍
戟，皆出於冥山、棠谿、墨陽、合伯膊。鄧師、宛馮、龍淵、大阿，皆陸斷
牛馬，水擊鵠鴈。」〔註89〕

曹植與楊德祖論文學批評的態度，認為批評者要有相當的水準，如有南
威的容顏，才可以議論他人是否美貌；如有龍泉寶劍的鋒利，才可以議論其
他的寶劍是否鋒利。而曹植說劉季緒的才學比不上那些作者，但卻愛好詆毀
呵叱他人的文章，以斷章取義的方式，吹毛求疵挑剔別人文章的弊病。

5、「昔田巴毀五帝、罪三王、訾五霸於稷下，一旦而服千人，
　　└魯連一說，使終身杜口。

上句引《七略》曰：「齊有稷城門也。齊談說之士，期會於稷下者甚眾。」
〔註90〕

下句引《史記卷八十三‧魯仲連列傳第二十三》說魯仲連去見田巴，指
摘他在敵軍壓境，國家危亡的時刻，發表這些議論，不能拯救國家，因此請
他閉口。田巴果然閉口不言了。〔註91〕

曹植舉齊辯士田巴在稷門之下，詆毀三皇五帝，誹謗春秋五霸，一朝而
使千人懾服，但經魯仲連對他提出指責，田巴便終身閉口不言。而劉季緒的
辯才，比不上田巴，當今的魯仲連，不難求得，這能不令人歎息嗎？

〔註88〕（漢）劉向撰，（漢）高誘注：《戰國策》（臺北：藝文印書館，1967 年《百部
　　　　叢書集成》影印《士禮居叢書》本），卷 23，頁 9～10。
〔註89〕（漢）劉向撰，（漢）高誘注：《戰國策》（臺北：藝文印書館，1967 年《百部
　　　　叢書集成》影印《士禮居叢書》本），卷 26，頁 1～2。
〔註90〕（漢）劉歆撰：《七略》（臺北：藝文印書館，1968 年《百部叢書集成》影印
　　　　《經典集林》本），頁 2。
〔註91〕（漢）司馬遷撰，（唐）司馬貞索隱，（唐）張守節正義，（宋）裴駰集解：《史
　　　　記三家注》（臺北：七略出版社，1985 年 9 月初版，影印清乾隆武英殿刊本），
　　　　頁 994。

6、「蘭、藄、蓀、蕙之芳，眾人所好，而海畔有逐臭之夫；

└〈咸池〉、〈六莖〉之發，眾人所共樂，而墨翟有非之之論。

上句引《呂氏春秋・孝行覽・遇合》曰：「人有大臭者，其親戚兄弟妻妾知識無能與居者，自苦而居海上。海上人有說其臭者，晝夜隨之而弗能去。」〔註92〕下句引〈咸池〉、〈六莖〉樂舞是眾人所共樂，而墨翟卻有〈非樂〉篇。

曹植舉蘭草、蘄藄、蓀草、蕙草的芳香，為眾人所愛好，但海邊卻有追逐身有奇臭的人；黃帝的樂舞、顓頊的樂舞，雖為眾人所共同喜愛，但墨子卻有非難音樂的言論。像劉季緒那樣自己夠不上著作家水準，卻喜歡信口雌黃，人們的好惡哪能完全相同呢？要注意人們是各有所好的。

（七）魏・曹植〈與吳季重書〉

1、「過屠門而大嚼，雖不得肉，貴且快意。當斯之時，

| 願舉太山以為肉，傾東海以為酒，

| 伐雲夢之竹以為笛，斬泗濱之梓以為箏，

└食若填巨壑，飲若灌漏卮。其樂固難量，豈非大丈夫之樂哉？

上句引桓譚《新論・祛蔽》曰：「人聞長安樂，則出向西而笑；知肉味美，對屠門而大嚼。」〔註93〕

下句引《莊子外篇・天地》曰：「夫大壑之為物也，注焉而不滿，酌焉而不竭；吾將遊焉。」〔註94〕《淮南子》曰：「江河不能實漏卮」這裡指就像大口咀嚼美味的肉食一般。

曹植形容吳質神氣昂揚，一如雄鷹飛揚，雙目炯炯顧盼有神，一如鳳觀虎視，可謂蕭何，曹參不足以匹敵，衛青、霍去病不足以等同。吳質當時左顧右盼，旁若無人，意氣風發所顯露的豪情壯志，給人以極大的精神滿足，就好像是探望屠宰場之門而大口咀嚼，雖然不得肉食，但卻可貴而且深感快意。當此之時，曹植但願高舉泰山以為肉，傾倒東海以為酒，砍伐雲夢之澤的竹子來做笛，斬伐泗水之濱的梓木來做箏。食肉好像填入廣闊的海洋，飲

〔註92〕（秦）呂不韋撰：《呂氏春秋》（明萬曆間（1573～1620）新安吳勉學刊二十子本），卷14，頁17。

〔註93〕（漢）桓譚撰：《桓子新論》（臺北：藝文印書館，1969年《百部叢書集成》影印《指海叢書》本），頁30。

〔註94〕（周）莊周撰，（晉）郭象注：《莊子》（上海：中華書局，1926年據明世德堂本校刊聚珍仿宋版印），卷5，頁8。

酒猶如灌注無底的酒器，曹植覺得大丈夫的的快樂就應如此！

2、然日不我與，曜靈急節，面有逸景之速，別有參商之闊。

上句「日不我與」，語出《論語・陽貨》：「日月逝矣，發不我與。」
〔註95〕「曜靈」，語出《楚辭・天問》曰：「角宿未旦，曜靈安藏。」〔註96〕
《楚辭・遠遊》曰：「恐天時之代序兮，耀靈曄而西征。」〔註97〕「急節」，
語出《楚辭・離騷》有「吾令羲和彌節兮」之句。彌節與急節相反。

下句「參商之闊」，參，參星在西，二十八宿星之一，主黃昏。商，商星
在東，二十八宿星之一，主辰，又叫啟明星。二星此出則彼沒，永不相見。
故藉此比喻親友隔絕，相遇之難。

曹植感嘆光陰難留，日神運行的節度也非常倉促，覺得與吳質短暫的會
面隨著迅速飛逝的日影匆忙而過，而分別之後，又像天上的參星和商星那樣
相距遙遠，難以相見。

3、抑六龍之首，頓羲和之轡，折若木之華，閉濛汜之谷。

六龍之首，語出劉向《九歎・遠遊》曰：「貫鴻濛以東朅兮，維六龍於扶
桑。」、屈原〈離騷〉：「時乘六龍」。

若木之華，語出《山海經・第十七・大荒北經》曰：「大荒之中，有衡石
山、九陰山、灰野之山，上有赤樹、青葉、赤華，名曰若木。」〔註98〕《楚
辭・離騷》曰：「折若木以拂日兮，聊逍遙以相羊。」〔註99〕王逸注：「若木
在崑崙西極，其華照下地。」「折取若木，以拂擊日，使之還去。」

濛汜之谷，語出《楚辭・天問》曰：「日月安屬？列星安陳？出自湯谷，
次于蒙汜。自明及晦，所行幾里？」〔註100〕王逸注：「言日出東方湯谷，暮入

〔註95〕（魏）何晏等注，（宋）邢昺疏：《論語》（臺北：藝文印書館，2001 年 12 月
　　　　初版），頁 154。
〔註96〕（漢）劉向編，（漢）王逸章句：《楚辭》（臺北：藝文印書館，1969 年《百部
　　　　叢書集成》影印《湖北叢書》本），卷3，頁2。
〔註97〕（漢）劉向編，（漢）王逸章句：《楚辭》（臺北：藝文印書館，1969 年《百部
　　　　叢書集成》影印《湖北叢書》本），卷5，頁2。
〔註98〕（晉）郭璞撰：《山海經》（臺北：藝文印書館，1969 年《百部叢書集成》影
　　　　印《經訓堂叢書》本），頁5。
〔註99〕（漢）劉向編，（漢）王逸章句：《楚辭》（臺北：藝文印書館，1969 年《百部
　　　　叢書集成》影印《湖北叢書》本），卷1，頁12。
〔註100〕（漢）劉向編，（漢）王逸章句：《楚辭》（臺北：藝文印書館，1969 年《百
　　　　部叢書集成》影印《湖北叢書》本），卷3，頁2。

西極蒙水之涯也。」

曹植真想遏止住駕日車的六龍之首，抓住駕日車之神羲和手中的韁繩，讓日車停下來，折斷若木的花枝以拂止落日，封住濛汜的谷口以防止日入。慨嘆時光短促，相會之難，用誇張的語言表達對吳質的思念之情。

4、「夫文章之難，非獨今也，古之君子，猶亦病諸！
　　└家有千里，驥而不珍焉；人懷盈尺，和氏而無貴矣！

下句「和氏」用春秋時楚人卞和獻璧給楚王，楚王不識此璞玉的價值，反治罪卞和的故事。

曹植認為寫作文章的艱難，不是唯獨今人深有感受，就是古代的君子，對此也感到頭痛。可是時下文人的風氣都認為家家自以為有千里之馬，而對著名的良馬不加珍惜；人人自以為有盈尺之璧，而對和氏的寶璧不加貴重。但家家有千里馬，人人有盈尺璧是不可能的事，這一點曹植在〈與楊德祖書〉云：「當此之時，人人自謂握靈蛇之珠，家家自謂抱荊山之玉。……然此數子猶不能飛軒絕迹一舉千里。」再結合上文「文章之難」的一段意思，可見作者的本意是指過於看重自己文章的風氣要不得，藉此要求吳質對諸賢與自己的作品提出寶貴的批評意見。文章正因為難以寫好，才如同良馬和美玉一樣珍貴。

5、「墨翟不好伎，何為過朝歌而迴車乎？
　　└足下好伎，值墨翟迴車之縣，想足下助我張目也。

墨翟不好伎，《墨子》有〈非樂〉一篇，闡述他的這一觀點。《淮南子》曰：「墨子非樂，不入朝歌。」《史記卷八十三‧鄒陽列傳第二十三》曰：「邑號朝歌，墨子迴車。」〔註101〕

君子懂得音樂，在通達事理的人看來，雖然學識淵博，但也容易被愛好所蔽。墨子既然不愛好音樂，自然不會被音樂朦蔽，為什麼路過朝歌，一看「朝歌」地名就調轉車頭走開呢？曹植說吳質愛好妓樂，又正在墨子迴車的朝歌縣當值，想來您一定會幫助我宣揚我的觀點。

6、改轍易行，非良、樂之御；易民而治，非楚、鄭之政。

楚，指孫叔敖。鄭，指鄭子產。《戰國策‧趙二》曰：「趙造（諫趙王）

〔註101〕（漢）司馬遷撰，（唐）司馬貞索隱，（唐）張守節正義，（宋）裴駰集解：《史記三家注》（臺北：七略出版社，1985年9月初版，影印清乾隆武英殿刊本），頁1001。

曰：『臣聞之，聖人不易民而教，知者不變俗而動。』」〔註102〕

曹植讚揚吳質在朝歌任職的政績，議論風發舉例說明吳質想改變治理國家的方法，如變換軌跡而奔馳，不是春秋晉國王良、春秋秦國伯樂馭馬的方法；想改變人民而治理，不是楚國的孫叔敖、鄭國的鄭子產治理方針。治理一個地方，就像趕馬車要順著舊轍一樣，要順著原有習俗加以引導，不必硬去改變它。他們都是按照這個原則治理好了各自的國家。曹植希望吳質勉力從事治理朝歌。

（八）魏・吳質〈答東阿王書〉

1、┌登東嶽者，然後知眾山之邐迤也；
　└奉至尊者，然後知百里之卑微也。

上句出自揚雄《法言・吾子卷第二》曰：「觀書者，譬諸觀山及水，升東岳而知眾山之邐迤也，況介丘乎？」〔註103〕

吳質讚歎曹植書牘文采是何等的瑰麗，而慰問又是何等的情意深厚！只有登上東嶽泰山的人，然後才知道眾山的平緩；只有侍奉過地位最尊貴的人，然後才知道管轄百里之地縣令的卑微。

2、非敢羨寵光之休，慕猗頓之富，誠以身賤犬馬，德輕鴻毛。

上句「寵光」引《韓非子・外儲說左》曰：「寵光無節，則臣下侵偪。」〔註104〕

猗頓，春秋魯國的窮士，後為大富商的故事。《孔叢子・陳士義第十四》曰：「猗頓，魯之窮士也，……聞朱公富，往而問術焉。朱公告之曰：『子欲速富，畜五牸。』於是乃適西河，大畜牛羊於猗氏之南，十年之間，其息不可勝計。貲擬王公，馳名天下。以興富於猗氏，故曰猗頓。」〔註105〕

吳質說自回歸朝歌之後的初期階段，暗自默思了五、六天，直到一旬，精神渙散心思飄蕩，心緒怏怏好像有所失落。這並不是敢於羨慕您恩寵殊遇

〔註102〕（漢）劉向撰，（漢）高誘注：《戰國策》（臺北：藝文印書館，1967 年《百部叢書集成》影印《士禮居叢書》本），卷 19，頁 10。

〔註103〕（漢）揚雄撰，高時顯、吳汝霖輯校：《揚子法言》（上海：中華書局，1936年據江都秦氏本校刊聚珍倣宋版），頁 2。

〔註104〕（秦）韓非撰：《韓非子》（上海：中華書局，1936年據吳氏影宋乾道本校刊），卷 12，頁 2。

〔註105〕（漢）孔鮒撰，《孔叢子》（臺北：藝文印書館，1966年《百部叢書集成》影印《子彙叢書》本），頁 2。

的榮耀之美，也不是敢於羨慕您有猗頓那樣豐厚的財富。實在是因爲自身的
地位比犬馬還要低賤，自己的德行比鴻毛還要輕微。

　　3、「雖恃平原養士之懿，愧無毛遂燿穎之才；
　　　　│深蒙薛公折節之禮，而無馮諼三窟之效；
　　　　└屢獲信陵虛左之德，又無侯生可述之美。

　　平原，即平原君趙勝，戰國時趙國公子。以養士而聞名。

　　毛遂，即戰國時趙孝成王九年，秦圍趙邯鄲，趙國使平原君去楚求救，
平原君準備帶領門客中文武具備者二十人前往。得十九人，餘無可取者，門
下客毛遂因而自薦。《史記卷七十六・平原君列傳第十六》曰：「平原君曰：『夫
賢士之處世也，譬若錐之處囊中，其末立見。今先生處勝之門下三年於此矣，
左右未有所稱誦，勝未有所聞，是先生無所有也。先生不能，先生留。』毛
遂曰：『臣乃今日請處囊中耳。使遂蚤得處囊中，乃穎脫而出，非特其末見而
已。』平原君竟與毛遂偕。」〔註106〕

　　燿穎之才，即毛遂自薦，脫穎而出的故事。見《史記卷七十六・平原君
列傳第十六》，趙平原君門客毛遂曾自我推薦，出使楚國，脅迫楚王解救趙國
的危難。

　　薛公，即戰國齊孟嘗君。其封邑在薛，故又稱薛公。

　　折節之禮，這裡指孟嘗君的門下客馮諼曾三次提出要求，即食魚、乘車
與奉養老母，孟嘗君都答應了。

　　馮諼，即齊國公子孟嘗君的門下客，齊人，家貧而有智謀。

　　三窟之效，馮諼爲孟嘗君謀就了狡兔三窟策略的故事。《戰國策・齊四》
曰：「齊人有馮諼者，貧乏不能自存，使人屬孟嘗君，願寄食門下。……後孟
嘗君出記，問門下諸客：「誰習計會，能爲文收責於薛者乎？」……馮諼曰：
「願之。」……辭曰：「責畢收，以何市而反？」孟嘗君曰：「視吾家所寡有
者。」驅而之薛，使吏召諸民當償者，悉來合券。券徧合，起，矯命以責賜
諸民，因燒其券，……孟嘗君曰：……「以何市而反？」馮諼曰：「君云『視
吾家所寡有者』。……竊以爲君市義。」……馮諼曰：「狡兔有三窟，僅得免
其死耳。今君有一窟，未得高枕而臥也。請爲君復鑿二窟。」孟嘗君……謂

〔註106〕（漢）司馬遷撰，（唐）司馬貞索隱，（唐）張守節正義，（宋）裴駰集解：《史
　　　　記三家注》（臺北：七略出版社，1985 年 9 月初版，影印清乾隆武英殿刊本），
　　　　頁 951。

（梁）惠王曰：「齊放其大臣孟嘗君於諸侯，諸侯先迎之者，富而兵強。」於是，梁王虛上位，以故相爲上將軍，遣使者，黃金千斤，車百乘，往聘孟嘗君。……馮諼誡孟嘗君曰：「願請先王之祭器，立宗廟於薛。」廟成，還報孟嘗君曰：「三窟已就，君姑高枕爲樂矣。」孟嘗君爲相數十年，無纖介之禍者，馮諼之計也。」〔註107〕

信陵，即指魏國公子無忌，信陵君。

虛左之德，信陵君仁而下士，曾「從車騎虛左，自迎夷門侯生」的故事。《史記・信陵君列傳》曰：「公子於是乃置酒大會賓客。坐定，公子從車騎，虛左，自迎夷門侯生。」〔註108〕

侯生，即侯嬴。《史記・信陵君列傳》曰：「魏有隱士曰侯嬴，年七十，家貧，爲大梁夷門監者。」〔註109〕魏國的隱士，曾以計成就魏公子禮賢下士之名，幫助他竊符救趙而北向自剄。

可述之美，《史記・信陵君列傳》曰：「侯生因謂公子曰：『今日嬴之爲公子亦足矣。……然嬴欲就公子之名，故久立公子車騎市中，過客以觀公子，公子愈恭。市人皆以嬴爲小人，而以公子爲長者能下士也。』」〔註110〕

此三句吳質言經歷玄武闕，推開金馬門，升上白玉堂，俯伏在前殿的雕檻之上，面臨曲池取飲浮動的酒懷，深感己身威儀虧衰，言詞簡陋污濁。言曹植雖有平原君那樣養士用賢的美德卻自愧沒有毛遂脫穎而出的才能；雖深深蒙受如馮諼之受孟嘗君的禮遇，但卻沒有馮諼三窟之計的報效；又多次獲得您空出左座禮賢的恩德，就如侯生得到信陵君的禮賢一般，但卻沒有侯生可述的美行，這就是吳質申述自己蒙受曹植知遇之恩，卻無毛遂、馮諼、侯嬴諸人的才德，而無以報答，滿懷積憤，懷念眷顧而又憂愁鬱悶的緣故。吳質善於運用典故婉轉地表白自己的心意，條理清析有致，語言含蓄得體，不

〔註107〕　（漢）劉向撰，（漢）高誘注：《戰國策》（臺北：藝文印書館，1967 年《百部叢書集成》影印《士禮居叢書》本），卷 11，頁 1〜3。

〔註108〕　（漢）司馬遷撰，（唐）司馬貞索隱，（唐）張守節正義，（宋）裴駰集解：《史記三家注》（臺北：七略出版社，1985 年 9 月初版，影印清乾隆武英殿刊本），頁 957。

〔註109〕　（漢）司馬遷撰，（唐）司馬貞索隱，（唐）張守節正義，（宋）裴駰集解：《史記三家注》（臺北：七略出版社，1985 年 9 月初版，影印清乾隆武英殿刊本），頁 957。

〔註110〕　（漢）司馬遷撰，（唐）司馬貞索隱，（唐）張守節正義，（宋）裴駰集解：《史記三家注》（臺北：七略出版社，1985 年 9 月初版，影印清乾隆武英殿刊本），頁 957。

失爲一篇辭切情懇的覆信。

4、「若質之志，實在所天，思投印釋紱，朝夕侍坐，

| 鑽仲父之遺訓，覽老氏之要言；

| 對清醠而不酌，抑嘉肴而不享，使西施出帷，嫫母侍側。

└斯盛德之所蹈，明哲之所保也。

明哲之所保，《詩・大雅・蒸民》曰：「肅肅王命，仲山甫將之。邦國若否，仲山甫明之。既明且哲，以保其身。夙夜匪解，以事一人。」〔註111〕

四句言吳質的志願，實在奉養老父。一心嚮往投棄官印，釋去繫官印的絲帶，早晚侍奉陪坐，鑽研孔子的儒家《六經》，觀覽老子的《道德經》，面對清酒而不取飲，俯視佳餚而不享用，使古時越國的美女西施退出帷帳，要齊國有賢德貌醜的嫫母侍奉身邊。這就是盛德者行走的道路，明哲者保全自身的方法。敘述己志，以爲守道讀經，實是明哲之舉。

5、「還治諷采所著，觀省英瑋，實賦頌之宗作者之師也。

| 眾賢所述，亦各有志。

└昔趙武過鄭，七子賦《詩》，《春秋》載列，以為美談。

七子賦《詩》，《左傳・襄公二十七年》曰：「鄭伯享趙孟于垂隴，子展、伯有、子西、子產、子大叔、二子石從。趙孟曰：『七子從君，以寵武也。請皆賦，以卒君貺，武亦以觀七子之志。』子展賦〈草蟲〉，趙孟曰：『善哉，民之主也！抑武也，不足以當之。』伯有賦〈鶉之賁賁〉，趙孟曰：『床笫之言不踰，閾況在野乎？非使人之所得聞也。』子西賦〈黍苗〉之四章，趙孟曰：『寡君在，武何能焉？』子產賦〈隰桑〉，趙孟曰：『武請受其卒章。』子大叔賦〈野有蔓草〉，趙孟曰：『君子之惠也。』印段賦〈蟋蟀〉，趙孟曰：『善哉，保家之主也！吾有望矣。』公孫段賦〈桑扈〉，趙孟曰：『「匪交匪敖」，福將焉往？若保是言也，欲辭福祿，得乎？』」〔註112〕

返回治所朝歌，誦讀並吸取您所寫的大作，觀覽省察作品的精華與珍貴之處，實在是辭賦頌詩的正宗，眾位賢人所寫的作品，也各有志向。從前趙武路過鄭國，七子賦詩言志，《春秋左氏傳》列入記載，自古以爲美談。讚美

〔註111〕（漢）毛公傳，（漢）鄭玄箋，（唐）孔穎達等正義：《詩經》（臺北：藝文印書館重刊宋本，2001 年 12 月初版），頁 675。

〔註112〕（春秋）左氏傳，（晉）杜預注，（唐）孔穎達等正義：《左傳》（臺北：藝文印書館重刊宋本，2001 年 12 月初版），頁 647～648。

曹植及其眾賢者文章才華煥發，令吳質羞慚面赤愧汗下流。

6、墨子迴車，而質四年，雖無德與民，式歌且舞。

墨子迴車，《淮南子》曰：「墨子非樂，不入朝歌」、《史記卷八十三・鄒陽列傳第二十三》曰：「獄中上書曰：『邑號朝歌，墨子迴車。』」〔註113〕

式歌且舞，《詩・小雅・車舝》：「雖無旨酒，式飲庶几。雖無嘉餚，式食庶几。雖無德與女，式歌且舞。」〔註114〕本詩是迎娶新娘的婚歌，意謂雖無美德給與您，卻希望您能唱歌跳舞歡樂盡興。

吳質藉《詩・小雅・車舝》此詩意，意謂在朝歌任職四年，雖無美德給予人民，但希望人民唱歌跳舞盡情歡樂。

7、然一旅之眾，不足以揚名；步武之間，不足以騁跡。

上句吳質明喻朝歌令管轄伍百人之眾，不足以顯揚名聲；下句步（秦代以六尺為步，舊制以營造尺五尺為步。）武（古人以六尺為步，半步為武。）之間，吳質明喻朝歌令管轄範圍狹窄，不足以馳騁千里施展自己的才能。

8、「今處此而求人功，猶絆良驥之足，而責以千里之任，
　　└檻猿猴之勢，而望其巧捷之能者也。

上句引《淮南子》曰：「兩絆驥而求其致千里。」

下句引《淮南子》曰：「置猿檻中，則與豚同；非不巧捷也，無所肆期能也。」

吳質述說自己侷處朝歌，不得伸展大志的鬱悶。就猶如拘繫良馬之足，卻要責求良馬完成奔馳千里的任務；又好比用籠子禁錮猿猴的勢能，卻企望猿猴能充分發揮牠的機動敏捷的才能。

（九）劉宋・陶潛〈與子儼等疏〉

1、汝等雖不同生，當思四海皆兄弟之義。

四海皆兄弟，典出《論語・顏淵》曰：「司馬牛憂曰：『人皆有兄弟，我獨亡。』」

子夏曰：『商聞之矣：……君子敬而無失，與人恭而有禮，四海之內，皆

〔註113〕（漢）司馬遷撰，（唐）司馬貞索隱，（唐）張守節正義，（宋）裴駰集解：《史記三家注》（臺北：七略出版社，1985年9月初版，影印清乾隆武英殿刊本），頁1001。

〔註114〕（漢）毛公傳，（漢）鄭玄箋，（唐）孔穎達等正義：《詩經》（臺北：藝文印書館重刊宋本，2001年12月初版），頁485。

兄弟也。君子何患乎無兄弟也。』

陶潛以此典鼓勵他的兒子雖不是同一個母親所生，但也要像同生兄弟，就如四海之內，皆兄弟的道理。

2、┌鮑叔、管仲，分財無猜；歸生、伍舉，班荊道舊，
　└遂能以敗為成，因喪立功。他人尚爾，況同父之人哉？

鮑叔、管仲，分財無猜，據《史記・管晏列傳》記載，管仲年輕時同鮑叔牙交游，鮑叔牙知道管仲賢能。管仲曰：「吾始困時，嘗與鮑叔牙賈，分財利多自與，鮑叔不以我為貪，知我貧也。……生我者父母，知我者鮑子也。」鮑叔即鮑叔牙、管仲，皆春秋時齊國臣子。

歸生、伍舉，班荊道舊，據《左傳・襄公二十六年》記載，歸生與伍舉兩人相善。伍舉娶王子牟的女兒，王子牟因罪出逃，楚國人說：「伍舉去送過他」為此伍舉害怕，便逃到鄭國，再逃向晉國。歸生也將到晉國去，在鄭國郊外碰到伍舉，兩人便將荊草鋪在地上，坐著一起吃東西，互敘舊情，商量回楚國的事。歸生說：「你走吧，我一定要讓你回到楚國。」後來歸生從晉國回來，對楚國的令尹子木說：「楚材晉用，伍舉在晉國如果受到重用，將為害楚國。子木害怕，便請楚王讓伍舉回楚國。歸生，又叫聲子。伍舉又叫椒舉。均為春秋時楚國臣子。

以敗為成，管仲先輔佐公子糾，與公子小白爭王位失敗，當了囚犯，後來由於鮑叔牙的推薦，受到齊桓公重用，使齊桓公稱霸諸侯。典出《史記・管晏列傳》稱管仲為政「善因禍而為福，轉敗而為功。」

因喪立功，指伍舉逃亡後得到歸生的幫助回到楚國，立楚公子圍為楚靈王。見《左傳・昭公元年》。

陶潛〈與子儼等疏〉云：「他人尚爾，況同父之人哉？」明舉鮑叔牙、管仲，歸生、伍舉之例，說他們都不是一家人，更不是同胞兄弟，尚且親同兄弟。

3、┌穎川韓元長，八十而終，兄弟同居，至於沒齒；
　└濟北汜稚春，七世同財，家人無怨色。

韓元長，即韓融，韓韶子，穎川（今河南禹縣）人。《後漢書卷六十二・韓韶傳》記載，韓融少時便能辯理而不從事章句之學，名聲很大，太傅、太尉、司徒、司空、大將軍等五府都召他去做官。漢獻帝初年，官至太僕，年八十卒。

汜稚春，即汜毓，濟北盧（今山東長清縣西南）人。據《晉書‧儒林傳‧汜毓傳》曰：「少履清操，安貧有志業」，父死守墓三十餘年。西晉武帝時多次徵召他出來做官，他都不去，在家清淨自守。年七十一卒。

陶潛勉勵其諸子應相親友愛。

（十）梁‧何遜〈為衡山侯與婦書〉

1、鏡想分鸞，琴悲別鶴。

鏡想分鸞，典出劉宋‧劉敬叔《異苑》曰：「罽賓王買得一鸞，欲其鳴不可致，飾金繁，饗珍羞，對之愈戚，三年不鳴。夫人曰：『嘗聞鳥見類則鳴，何不懸鏡照之。』王從其言。鸞覩影悲鳴，沖霄，一奮而絕。」〔註115〕劉宋‧范泰〈鸞鳥詩序〉曰：「昔罽賓王結罝峻祈之山獲一鸞鳥，王甚愛之，欲其鳴而不能致也，乃飾以金樊，饗以珍羞，對之愈戚，三年不鳴。夫人曰：『嘗聞鳥見其類而後鳴，何不懸鏡以映之。』王從其言。鸞覩形感契慨然，悲鳴哀響中宵，一奮而絕。」〔註116〕

琴悲別鶴，典出崔豹《古今注‧音樂第三》曰：「別鶴操，商陵牧子所作也。娶妻五年而無子，父兄將為之改娶，妻聞之，中夜起，倚戶而悲嘯，牧子聞之，愴然而悲。乃歌曰：『將乖比翼隔天端，山川悠遠路漫漫，攬衣不寢食忘餐。』後人因為樂章焉。」〔註117〕

何遜用此點典，比喻衡山侯與婦離別，形單影隻，內心悽苦之情。

2、路邇人遐，音塵寂絕。

路邇人遐，典出《詩‧鄭風‧東門之墠》曰：「其室則邇，其人甚遠！」〔註118〕

音塵寂絕，典出《文選》謝莊〈月賦〉曰：「美人邁兮音塵闕，隔千里兮共明月。」是說夫妻分離，衡山侯天天只見妻子往日所住的屋室，咫尺天涯，相思而不得相見。

〔註115〕　（劉宋）劉敬叔撰：《異苑》（臺北：藝文印書館，1966年《百部叢書集成》影印《學津叢書》本），頁1。

〔註116〕　（清）嚴可均編：《全上古三代秦漢三國六朝文‧全宋文》（臺北：世界書局，1963年5月二版），卷15，頁9。

〔註117〕　（晉）崔豹撰：《古今注》（臺北：藝文印書館，1967年《百部叢書集成》影印《畿輔叢書》本），頁1。

〔註118〕　（漢）毛公傳，（漢）鄭玄箋，（唐）孔穎達等正義：《詩經》（臺北：藝文印書館重刊宋本，2001年12月初版），頁178。

二、暗用

徵引典實，暗藏玄機，用事不使人覺者，謂之暗用。

（一）魏・曹丕〈與吳質書〉

1、〈東山〉猶歎其遠，況乃過之，思何可支？

〈東山〉，語出《詩・豳風・東山》曰：「我徂東山，慆慆不歸。我來自東，零雨其濛。……自我不見，于今三年。」〔註119〕為歌頌周公東征的作品，其中主要表現出征士卒，返鄉途中的思家之情。是一首描寫西周初期三年東征結束時，戰士在還鄉途中思念家鄉親人的詩。

曹丕暗用《詩・豳風・東山》歎息與友分別時間久遠，思念之情的精神重擔怎能支持得起？雖然書信往來，但並不能解除深切思念的憂勞與鬱結。除了寫出作者對收信人吳質的思念之情外，還著重發抒作者對已逝故友的追念之意。

2、「偉長獨懷文抱質，恬淡寡欲，有箕山之志，
　　└可謂「彬彬君子」者矣。

箕山之志，暗用許由隱居故事。相傳唐堯想把君主之位讓給許由，許由不受，逃往箕山之下，自耕自食。因此後人稱不慕名位，嚮往過隱逸生活的人。這裡比喻徐偉長有隱士的志願。

曹丕稱讚徐偉長文才、品質兼具，清靜少欲，有許由隱居箕山的清高志向，可以稱作文質彬彬的君子了。

3、犬羊之質，服虎豹之文；無眾星之明，假日月之光。

犬羊之質，服虎豹之文，有人問，與孔子同名同姓，穿上孔子的衣服，可以說是孔子嗎？揚雄《法言・吾子卷第二》曰：「其文是也，其質非也。敢問質？曰：『羊質而虎皮，見草而說，見豺而戰，忘其皮之虎矣！』」〔註120〕比喻裝作強大而內心虛怯。這裡是曹丕的謙詞，說自己德薄才疏，虛有其位。

無眾星之明，假日月之光，《文子》曰：「百星之明，不如一月之光。」又引《賈子》曰：「主之與臣，若日月之與星也。」曹丕的自謙之詞，喻自己處太子地位沒甚麼德才，只是全憑父王曹操的聲望而處尊位。

〔註119〕（漢）毛公傳，（漢）鄭玄箋，（唐）孔穎達等正義：《詩經》（臺北：藝文印書館重刊宋本，2001年12月初版），頁296。

〔註120〕（漢）揚雄撰，高時顯、吳汝霖輯校：《揚子法言》（上海：中華書局，1936年聚珍倣宋版），頁3。

此二句是曹丕自謙德薄而位高，就像以犬羊的本質，蒙上了虎豹的紋皮，就像是一顆暗淡的小星，沒有眾星明亮，要憑藉日月的光輝。

4、「少壯真當努力，年一過往，何可攀援！
　　└古人思秉燭夜遊，良有以也。

少壯，語出《古詩十九首》曰：「少壯不努力，老大徒傷悲。」

年一過往，何可攀援！按，攀，暗用《莊子》的典故，北海若曰：「年不可攀，時不可止。」援，暗用《淮南子》的典故，《淮南子・覽冥訓》曰：「魯陽公與韓搆難，戰酣，日暮，援戈而撝之，日為之反三舍。」〔註121〕意指時間不能挽留。

古人思秉燭夜遊，語出《古詩十九首・十五》曰：「生年不滿百，常懷千歲憂，晝短苦夜長，何不秉燭遊。」

五句言少壯之時真該努力追求美好快樂的生活，歲月一旦過去，那能攀援回來？古人想秉持燭火夜遊，實在是有道理的啊。

（二）魏・曹丕〈與鍾大理書〉

1、良玉比德君子，珪、璋見美詩人。

良玉比德君子，《禮記・聘義》曰：「孔子曰：『君子比德於玉。』」《荀子・法行篇》曰：「子貢問於孔子曰：『君子所以貴玉而賤珉者，何也？』……孔子曰：『……夫玉者，君子比德焉。溫潤而澤，仁也；栗而理，知也；堅剛而不屈，義也；廉而不劌，行也；折而不橈，勇也；瑕適並見，情也。扣之，其聲清揚而遠聞，其止輟然，辭也。』」〔註122〕

珪、璋見美詩人，《詩・大雅・卷阿》曰：「顒顒卬卬，如圭如璋，令聞令望。」〔註123〕指賢臣肅敬、高昂的樣子，如圭、如璋。珪、璋被詩人所讚美。暗用此二句讚美鍾繇的寶玦。

2、雖德非君子，義無詩人，高山景行，私所仰慕。

高山景行，《詩・小雅・車舝》曰：「高山仰止，景行行止。」〔註124〕敬

〔註121〕　（漢）劉安撰：《淮南子》（明嘉靖9年（1530）閩中王鑾刊本），卷11，頁1。
〔註122〕　（周）荀況撰：《荀子》（臺北：藝文印書館，1966年《百部叢書集成》影印《古逸叢書》及《抱經堂叢書》本），卷20，頁14～15。
〔註123〕　（漢）毛公傳，（漢）鄭玄箋，（唐）孔穎達等正義：《詩經》（臺北：藝文印書館，2001年12月初版），頁628。
〔註124〕　（漢）毛公傳，（漢）鄭玄箋，（唐）孔穎達等正義：《詩經》（臺北：藝文印

仰高山，嚮往廣闊的大道一樣。

上句暗用君子比德於玉。曹丕自謙缺乏君子的美德，沒有詩人的高義。

下句暗用語典，比喻自己對美玉的仰慕之情。

3、「不煩一介之使，不損連城之價，

　└既有秦昭章臺之觀，而無藺生詭奪之誑。

二句事典見《史記卷八十一·廉頗、藺相如列傳第二十一》曰：「趙惠文王時，得楚和氏璧。秦昭王聞之，使人遺趙王書，願以十五城請易璧。……趙王於是遂遣相如奉璧西入秦。秦王坐章臺見相如，相如奉璧奏秦王。秦王大喜，傳以示美人及左右，左右皆呼萬歲。相如視秦王無意償趙城，乃前曰：『璧有瑕，請指示王。』王授璧，……相如持其璧睨柱，欲以擊柱。秦王恐其破璧，乃辭謝固請，召有司案圖，指從此以往十五都予趙。」〔註125〕

比喻曹丕得玉之情，既能享有秦昭王在章臺宮觀賞寶玉那樣的樂趣，而又沒有發生像藺相如那樣用詭計奪回寶玉的事件。且借此讚許鍾繇的通情達理成全自己的心願。

（三）魏·應璩〈與滿炳書〉

1、侯生納顧於夷門，毛公受眷於逆旅。

上句暗用信陵君廣納賢士的故事。《史記·信陵君列傳》曰：「魏有隱士曰侯嬴，年七十，家貧，為大梁夷門監者。公子聞之，往請，欲厚遺之。……至家，公子引侯生坐上坐，徧贊賓客，賓客皆驚。」〔註126〕

下句暗用信陵君眷愛賢士的故事。《史記·信陵君列傳》曰：「公子聞趙有處士毛公藏於博徒，薛公藏於賣漿家，公子欲見兩人，兩人自匿不肯見公子。公子聞所在，乃閒步往從此兩人游，甚歡。」〔註127〕

書館，2001 年 12 月初版），頁 485。

〔註125〕（漢）司馬遷撰，（唐）司馬貞索隱，（唐）張守節正義，（宋）裴駰集解：《史記三家注》（臺北：七略出版社，1985 年 9 月初版，影印清乾隆武英殿刊本），頁 985～986。

〔註126〕（漢）司馬遷撰，（唐）司馬貞索隱，（唐）張守節正義，（宋）裴駰集解：《史記三家注》（臺北：七略出版社，1985 年 9 月初版，影印清乾隆武英殿刊本），頁 957。

〔註127〕（漢）司馬遷撰，（唐）司馬貞索隱，（唐）張守節正義，（宋）裴駰集解：《史記三家注》（臺北：七略出版社，1985 年 9 月初版，影印清乾隆武英殿刊本），頁 959。

應璩說滿公琰屈尊光臨寒舍，比侯生在夷門被信陵君光顧，毛公在旅館受到信陵君的眷念，還受禮遇。

2、「陽晝喻於詹何，楊倩說於范武。

　　└故使鮮魚出自潛淵，芳旨發自幽巷。

楊倩，《韓非子‧外儲說右上》以為係宋國鄉里中的長者楊倩。

范武，疑系古之善識酒者。以上文「詹何」喻指善釣者相推，范武當喻指古之善識酒者。蓋善識酒者以酒美為重，不嫌狗猛、巷深。

暗用古善釣者陽晝釣道及識酒之道的故事。

陽晝喻於詹何，《說苑‧政理》曰：「宓子賤為單父宰，過於陽晝，曰：『子亦有以送僕乎？』陽晝曰：『吾少也賤，不知治民之術，有釣道二焉，請以送子。』子賤曰：『釣道奈何？』陽晝曰：『夫投綸錯餌，迎而吸之者，陽橋也，其為魚薄而不美；若存若亡，若食若不食者，魴也，其為魚也博而厚味。』宓子賤曰：『善。』」〔註128〕

楊倩說於范武，《韓非子‧外儲說右上》曰：「宋人有酤酒者，升概甚平，遇客甚謹，為酒甚美，縣幟甚高，著然不售，酒酸，怪其故，問其所知問長者楊倩，倩曰：『汝狗猛邪！』曰：『狗猛，則酒何故而不售？』曰：『人畏焉。或令孺子懷錢挈壺甕而往酤，而狗迓而齕之，此酒所以酸而不售也。』」〔註129〕

應璩因頑劣之才而被滿炳以誠相待，因而歡欣躍起。以陽晝自喻曉諭車夫，以詹何的釣魚之道縱馬奔馳，以求得鮮美之魚以待客；又像楊倩那樣地告知車夫，以范武的識酒之術，命車夫購買美酒以待客，因而使鮮美的魚兒從深淵之溪底釣出，芳香的佳釀從幽深之巷內發現。

3、「繁俎綺錯，羽爵飛騰，牙曠高徽，義渠哀激。

　　└當此之時，仲孺不辭同產之服，孟公不顧尚書之期。

義渠，《戰國策‧秦二》曰：「義渠（西戎國名）君之魏，公孫衍謂義渠君曰：『道遠，臣不得復過矣，請謁事情。』義渠君曰：『願聞之。』對曰：『中國無事於秦，則秦且燒爇獲君之國；中國為有事於秦，則秦且輕使重幣，使

〔註128〕　（漢）劉向撰：《說苑》（上海：商務印書館，1967年縮印平湖葛氏傳樸堂藏明鈔本），卷7。

〔註129〕　（秦）韓非撰：《韓非子》（上海：中華書局，1936年據吳氏影宋乾道本校刊），卷13，頁8。

事君之國也。』義渠君曰：『謹聞令。』居無幾何，五國（齊、宋、韓、魏、趙）伐秦。」〔註130〕

仲孺不辭同產之服，暗用不以服喪爲由的故事。見《史記卷一百七・魏其武安侯列傳第四十七》曰：「灌夫，有（姊）服，過丞相（田蚡）。丞相從容曰：『吾欲與仲孺（灌夫字）過魏其侯，會仲孺有服。』灌夫曰：『將軍乃肯幸臨況魏其侯，夫安敢以服爲解！』」〔註131〕

孟公不顧尚書之期，暗用不顧約會的故事。《漢書卷九十二・游俠傳第六十二・陳遵》曰：「陳遵字孟公，杜陵人也。……遵耆酒，每大飲，賓客滿堂，輒關門，取客車轄投井中，雖有急，終不得去。嘗有部刺史奏事，過遵，值其方飲，刺史大窮，候遵霑醉時，突入見遵母，叩頭自白當對尚書有期會狀，母乃令從後閣出去。遵大率常醉，然事亦不廢。」〔註132〕

七句言佳餚錯雜美盛而繁多，雀形的酒杯飛傳在筵席之上。琴聲高超美妙，宛如出自（俞伯）牙、（師）曠名琴師的演奏；樂聲悲涼激揚，一如西戎義渠之國的音樂。處於這樣的時刻，客人就像仲孺一樣，即使有同胞姊妹的喪事也在所不辭；主人就像孟公一樣，即使與尚書有預定的約期也在所不顧。

4、徒恨宴樂始酣，白日傾夕，驪駒就駕，意不宣展。

驪駒，純黑色的少壯駿馬。《漢書・儒林傳》：「（王）式曰：『聞之於師：客歌〈驪駒〉，主人歌〈客毋庸歸〉。』顏師古注：服虔曰：「逸詩篇名也。見《大戴禮》。客欲去歌之。」文穎曰：「其辭云：『驪駒在門，僕夫具存，驪駒在路，僕夫整駕。』也」〔註133〕

四句言只恨宴飲之樂正當酒意始濃之時，白日西傾，黃昏來臨，客歌〈驪駒〉，準備上車，令人心意不能舒展。

〔註130〕 （漢）劉向撰，（漢）高誘注：《戰國策》（臺北：藝文印書館，1967 年《百部叢書集成》影印《士禮居叢書》本），卷4，頁4。

〔註131〕 （漢）司馬遷撰，（唐）司馬貞索隱，（唐）張守節正義，（宋）裴駰集解：《史記三家注》（臺北：七略出版社，1985 年9 月初版，影印清乾隆武英殿刊本），頁 1162。

〔註132〕 （漢）班固撰，（唐）顏師古注：《漢書》（北京：中華書局，1975 年4 月第3次印刷），頁 3709～3710。

〔註133〕 （漢）班固撰，（唐）顏師古注：《漢書》（北京：中華書局，1975 年4 月第3次印刷），頁 3610～3611。

5、「高樹翳朝雲，文禽蔽綠水，沙場夷敞，清風蕭穆，
　　└是京臺之樂也，得無流而不反乎！

下句暗用楚人遊覽京臺的樂事。見《淮南子・道應訓》曰：「令尹子佩請飲，莊王許諾。子佩疏揖北面立於殿下曰：『昔者君王許之，今不果往，意者臣有罪乎？』莊王曰：『吾聞子具於強臺，強臺者，南望料山，以臨方皇；左江而右淮，其樂忘死。若吾德薄之人，不可以當此樂也，恐留而不能自反。』故老子曰：『不見可欲，使心不亂。』」〔註134〕

滿炳約應璩漳渠之會。二句形容漳渠之美景，說他們就像楚人遊覽京臺的快樂一樣，而不再返歸？

（四）魏・應璩〈與侍郎曹長思書〉

1、〈叔田〉有無人之歌，〈闉闍〉有匪存之思，風人之作，豈虛也哉。

〈叔田〉有無人之歌，《詩・鄭風・叔于田》曰：「叔于田，巷無居人。豈無居人？不如叔也，洵美且仁。」〔註135〕

〈闉闍〉有匪存之思，《詩・鄭風・出其東門》曰：「出其東門，有女如雲。雖則如雲，匪我思存。……出其闉闍，有女如荼。雖則如荼，匪我思且。」〔註136〕

應璩非常想念曹長思，以〈叔田〉、〈闉闍〉借此風詩暗喻作者深切的思念。

2、「王肅以宿德顯授，何曾以後進見拔，皆鷹揚虎視，有萬里之望。
｜薄援助者，不能追參於高妙，復斂翼於故枝，
└塊然獨處，有離群之志。

王肅，王朗之子。據《三國志・魏書・王朗傳》曰：「王朗……太和二年薨，諡曰成侯。子肅嗣。初，文帝分朗戶邑，封一子列侯。」〔註137〕《三國志・魏志・王肅傳》曰：「肅字子雍。年十八，從宋忠讀《太玄》，而更為之解。黃初中，為散騎黃門侍郎。太和三年，拜散騎常侍。……正始元年，出

〔註134〕（漢）劉安撰：《淮南子》（明嘉靖9年（1530）閩中王鑾刊本），卷18，頁12。
〔註135〕（漢）毛公傳，（漢）鄭玄箋，（唐）孔穎達等正義：《詩經》（臺北：藝文印書館重刊宋本，2001年12月初版），頁163。
〔註136〕（漢）毛公傳，（漢）鄭玄箋，（唐）孔穎達等正義：《詩經》（臺北：藝文印書館重刊宋本，2001年12月初版），頁181。
〔註137〕（晉）陳壽撰，（宋）裴松之注：《三國志》（北京：中華書局，1982年7月第2版），頁406～414。

為廣平太守。公事徵還，拜議郎。頃之，為侍中，遷太常。……後遷中領軍，加散騎常侍，增邑三百，并前二千二百戶。」〔註138〕

何曾，何夔之子。《三國志・魏書・何夔傳》曰：「何夔……文帝踐阼，封成陽亭侯……子曾嗣，咸熙中為司徒。裴松之注引《晉諸公贊》曰：「曾以高雅稱，加性存孝，位至太宰，封朗陵縣公。」〔註139〕

塊然，《莊子內篇・應帝王》曰：「於事無與親，雕琢復朴，塊然獨以其形立。」〔註140〕成玄英疏：「塊然，無情之貌也。」

應璩暗喻王肅因其父輩積德而授予顯職，何曾被選拔也因其父而先仕後學，他們都如鷹飛揚，如虎雄視，有名傳萬里的聲望。缺少援助的人，不能追隨並參與高位顯職的行列，就像能力不足的飛鳥一樣，只有再次收縮翅膀回到原來棲息的樹枝上。超然獨居，有隱逸之志。

3、汲黯樂在郎署，何武恥為丞相，千載揆之，知其有由也。

汲黯，漢武帝時忠言直諫之臣，由於他對酷吏張湯和唯命是從的宰相公孫弘多次表示不滿，終於被武帝罷免，隱居田園數年。見《史記卷一百二十・汲黯列傳第六十》曰：「召拜黯為淮陽太守。黯伏謝不受印，詔數彊予，然後奉詔召見黯，黯為上泣曰：『臣自以為填溝壑，不復見陛下，不意陛下復收用之。臣常有狗馬，病，力不能任郡事。臣願為中郎，出入禁闥，補過拾遺，臣之願也。』」〔註141〕

何武，見《漢書卷八十六・何武傳第五十六》曰：「初武為九卿時……多所舉奏，號為煩碎，不稱賢公。……哀帝亦欲改易大臣，遂策免武曰：『君舉錯煩苛，不合眾心，孝聲不聞，惡名流行，無以率示四方。其上大司空印綬，罷歸就國。』後五歲，諫大夫鮑宣數稱冤之，天子感丞相王嘉之對，而高安侯董賢亦薦武，武由是復徵為御史大夫。月餘，徙為前將軍。」〔註142〕

〔註138〕（晉）陳壽撰，（宋）裴松之注：《三國志》（北京：中華書局，1982 年 7 月第 2 版），頁 414～419。
〔註139〕（晉）陳壽撰，（宋）裴松之注：《三國志》（北京：中華書局，1982 年 7 月第 2 版），頁 382。
〔註140〕（周）莊周撰，（晉）郭象注：《莊子》（上海：中華書局，1926 年據明世德堂本校刊聚珍倣宋版印），卷 3，頁 19。
〔註141〕（漢）司馬遷撰，（唐）司馬貞索隱，（唐）張守節正義，（宋）裴駰集解：《史記三家注》（臺北：七略出版社，1985 年 9 月初版，影印清乾隆武英殿刊本），頁 1270。
〔註142〕（漢）班固撰，（唐）顏師古注：《漢書》（北京：中華書局，1975 年 4 月第 3

何武立朝正直，嚴於執法，歷任昭帝、宣帝、元帝、成帝、哀帝五代，哀帝
時由御史大夫晉升爲前將軍。但當時朝廷實際上已爲王莽所控制，哀帝死後，
太后任命王莽爲大司馬，控制了軍權，王莽篡漢的野心已有顯露。此事何武
已有察覺。所以當公孫祿推薦朝廷重用何武時，何武拒而不受。正如班固在
《漢書卷八十六・何武傳第五十六》贊曰：「何武之舉，……考其禍福，乃效
於後。……故曰：『依世則廢道，違俗則危殆』，此古人所以難受爵位者也。」
〔註143〕

應璩用汲黯、何武事典，暗喻朝政混亂，耿直者居高位將蒙受其害。

4、「德非陳平，門無結駟之跡；學非楊雄，堂無好事之客；
　　└才劣仲舒，無下帷之思；家貧孟公，無置酒之樂。

陳平，漢高祖的得力謀臣。《漢書卷四十・陳平傳第十》曰：「陳平，陽
武戶牖鄉人也。少時家貧，好讀書，治黃帝、老子之術。……戶牖富人張負
有女孫，五嫁夫輒死，人莫敢取，平欲得之。……負隨平至其家，家乃負郭
窮巷，以席爲門，然門外多長者車轍。」〔註144〕

《史記卷五十六・陳丞相世家第二十六》謂其「少時家貧，好讀書，……
然門外多長者車轍。」〔註145〕

楊雄，揚雄家素貧，嗜酒，人稀至其門。時有好事者，載酒肴，從其遊
學。事見《漢書・揚雄傳》。

仲舒，即董仲舒，景帝、武帝時期著名的學者、思想家。《史記卷一百二
十一・儒林列傳第六十一》曰：「董仲舒，廣川人也。以治《春秋》，孝景時
爲博士。下帷講誦，弟子傳以久次相授業，或莫見其面。蓋三年董仲舒不觀
於舍園，其精如此。進退容止，非禮不行，學士皆師尊之。」〔註146〕

次印刷），頁3486。

〔註143〕（漢）班固撰，（唐）顏師古注：《漢書》（北京：中華書局，1975年4月第3
　　　　　次印刷），頁3510。

〔註144〕（漢）班固撰，（唐）顏師古注：《漢書》（北京：中華書局，1975年4月第3
　　　　　次印刷），頁2038。

〔註145〕（漢）司馬遷撰，（唐）司馬貞索隱，（唐）張守節正義，（宋）裴駰集解：《史
　　　　　記三家注》（臺北：七略出版社，1985年9月初版，影印清乾隆武英殿刊本），
　　　　　頁820。

〔註146〕（漢）司馬遷撰，（唐）司馬貞索隱，（唐）張守節正義，（宋）裴駰集解：《史
　　　　　記三家注》（臺北：七略出版社，1985年9月初版，影印清乾隆武英殿刊本），
　　　　　頁1277。

《漢書卷五十六・董仲舒傳第二十六》曰：「董仲舒，廣川人也。少治《春秋》，孝景時爲博士。下帷講誦，弟子傳以久次相授業，或莫見其面。蓋三年不窺園，其精如此。進退容止，非禮不行，學士皆師尊之。」〔註147〕

孟公，見《漢書卷九十二・游俠傳第六十二》曰：「陳遵字孟公，杜陵人也。……遵耆酒，每大飲，賓客滿堂，輒關門，取客車轄投井中，雖有急，終不得去。……始遵初除，乘藩車入閭巷，過寡婦左阿君置酒謌謳，遵起舞跳梁，頓仆坐上，暮因留宿，爲侍婢扶臥。」〔註148〕

四句言應璩德望不如陳平，門口沒有四馬之車絡繹不絕的車跡；學識不如揚雄，堂屋沒有好事的客人；其學識比董仲舒低劣，沒有下帷講學的精思；家產貧寒比不上孟公，沒有設置酒宴的歡樂。

5、「悲風起於閨闥，紅塵蔽於机榻。幸有袁生，時步玉趾。

└樵蘇不爨，清談而已，有似周黨之過閔子。

時步玉趾，《左傳・僖公二十六》曰：「春，王正月……齊侯未入竟，展喜從之，曰：『寡君聞君親舉玉趾，將辱於敝邑，使臣下犒執事。』」〔註149〕

周黨之過閔子，《後漢書卷五十三・周黃徐姜申屠列傳第四十三》曰：「太原閔仲叔者，世稱節士，雖周黨之潔清，自以弗及也。黨見其含菽飲水，遺以生蒜，受而不食。」〔註150〕暗用閔貢（字仲叔）與周黨相遇，含菽飲水的故事。

應璩借此暗喻己之生活清貧。幸虧有友人儒生袁某，時常邁動他的尊足來寒舍，無以款待柴草不炊，只是清談而已。其情境就像隱士周黨拜訪閔子一樣。

6、夫皮朽者毛落，川涸者魚逝；春生者繁華，秋榮者零悴。

四句爲自然現象，應璩借此暗喻朝廷政局混亂，仕途無望，唯有歸隱

〔註147〕（漢）班固撰，（唐）顏師古注：《漢書》（北京：中華書局，1975年4月第3次印刷），頁2495。

〔註148〕（漢）班固撰，（唐）顏師古注：《漢書》（北京：中華書局，1975年4月第3次印刷），頁3709～3712。

〔註149〕（春秋）左氏傳，（晉）杜預注，（唐）孔穎達等正義：《左傳》（臺北：藝文印書館重刊宋本，2001年12月初版），頁264。

〔註150〕（劉宋）范曄撰，（唐）李賢等注：《後漢書》（北京：中華書局，1982年8月第3次印刷），頁1740。

而已。

　　夫皮朽者毛落，川涸者魚逝，蔡邕《正論》曰：「皮朽則毛落，水涸則魚逝，其勢然也。」

　　獸皮朽壞其毛必落，河流枯竭其魚必逝；在春季生長的必然繁華如錦，在秋季繁榮的必然凋零憔悴。這是自然的常理，怎能有什麼怨恨呢！

（五）魏・應璩〈與廣川長岑文瑜書〉

1、「沙礫銷鑠，草木焦卷。
　｜處涼臺而有鬱蒸之煩，浴寒水而有灼爛之慘。
　└宇宙雖廣，無陰翳，〈雲漢〉之詩，何以過此？

沙礫銷鑠，沙子碎石銷熔。《說苑・君道》曰：「湯之時大旱七年，雒坼川竭，煎沙爛石。」〔註151〕

　　〈雲漢〉，暗喻旱災的嚴重。見《詩・大雅・雲漢》曰：「倬彼雲漢，昭回于天。王曰於乎，何辜今之人！天降喪亂，饑饉薦臻。靡神不舉，靡愛斯牲。圭璧既卒，寧莫聽我！旱既大甚，蘊隆蟲蟲。不殄禋祀，自郊徂宮。上下奠瘞，靡神不宗。后稷不克，上帝不臨。耗斁下土，寧丁我躬！旱既大甚，則不可推。……旱既太甚，則不可沮。赫赫炎炎，雲我無所。大命近止，靡瞻靡顧。羣公先正，則不我助。父母先祖，胡寧忍予！」〔註152〕意謂烈日炎炎如大火，哪裡還有遮蔭處。按〈雲漢〉仍叔美宣王也。宣王承厲王之烈，內有撥亂之志，遇災而懼，側身脩行，欲銷去之。天下喜於王化復行，百姓見憂故作是詩也。

　　應璩言近來炎熱乾旱，旱情日益嚴重，乃至沙石銷熔，如《山海經》曰：「十日所落，草木焦卷。」身居涼臺之上而有悶熱的煩躁，浴洗寒水之中而有燙傷的慘痛。宇宙雖然廣闊，卻沒有息蔭的地方，〈雲漢〉之詩描寫旱情的詩句，實不及貴縣的旱情。

2、土龍矯首於玄寺，泥人鶴立於闕里。

土龍，即泥土雕塑的龍。古傳龍為降雨的靈物，故舊時求雨多用土龍。《淮南子・說山訓》曰：「聖人用物，若用朱絲約芻狗，若為土龍以求雨，芻

〔註151〕（漢）劉向撰：《說苑》（上海：商務印書館，1967年縮印平湖葛氏傳樸堂藏明鈔本），卷1。

〔註152〕（漢）毛公傳，（漢）鄭玄箋，（唐）孔穎達等正義：《詩經》（臺北：藝文印書館重刊宋本，2001年12月初版），頁661。

狗，待之而求福；土龍，待之而得食。」〔註153〕高誘注：「土龍致雨，雨而成穀，故得待土龍之神而得穀食。」

闕里，《清一統志》曰：「魯有兩觀，闕名也。闕門之下，即名闕里。而孔子之宅，適在此耳。」李善引司馬彪《續漢書・梅福上書》曰：「仲尼之廟，不出闕里。」闕，指古代宮殿、祠廟和陵墓前的高建築物，通常左右各一建成高臺，臺上起樓觀。

按：文中之「闕里」，即指祠廟前的臺觀之下。孔子授徒之所名闕里。這裡指孔廟。

二句言祈雨的土龍昂首在祭祀的廟宇之中，祈雨降妖的泥人像白鶴獨立在臺觀之下。興修土龍、泥人已歷十日，卻靜悄悄地沒有降雨的徵驗效應。看來只是宣揚敦勸教化的方法，而不是求神致雨的必備之物。您深知體恤下民，親自暴露烈日之下，跪拜起立在祭壇之上，也可以說辛勞到極點了。

3、夏禹之解陽盱，殷湯之禱桑林，言未發而水旋流，辭未卒而澤滂沛。

夏禹之解陽盱，《淮南子・脩務訓》曰：「禹之為水，以身解於陽眄之河。」〔註154〕高誘注：「為治水解褥，以自為質。……陽盱河，蓋在秦地。」六臣注曰：禹治水，以身祈于陽盱於河，禹言未發而水治矣。」此句指夏禹為治水而甘願以身抵押禱告天帝。

殷湯之禱桑林，《呂氏春秋・季秋紀・順民》曰：「昔者湯克夏而正天下，天大旱，五年不收，湯乃以身禱於桑林，曰：『余一人有罪，無及萬夫。萬夫有罪，在余一人。無以一人之不敏，使上帝鬼神傷民之命。』」〔註155〕《淮南子・脩務訓》曰：「湯苦旱，以身禱於桑林之際。」〔註156〕高誘注：「桑山之林，能興雲致雨。」

言未發而水旋流，指因夏禹之祈禱而陽盱阿之水盤旋流動，從而導致積水的消除。

辭未卒而澤滂沛，《說苑・君道》曰：「湯之時大旱七年，……于是使人

〔註153〕（漢）劉安撰：《淮南子》（明嘉靖 9 年（1530）閩中王鑾刊本），卷 23，頁 11。

〔註154〕（漢）劉安撰：《淮南子》（明嘉靖 9 年（1530）閩中王鑾刊本），卷 26，頁 2。

〔註155〕（秦）呂不韋撰：《呂氏春秋》（明萬曆間（1573～1620）新安吳勉學刊二十子本），卷 9，頁 2～3。

〔註156〕（漢）劉安撰：《淮南子》（明嘉靖 9 年（1530）閩中王鑾刊本），卷 26，頁 2。

持三足鼎，祝山川，教之祝曰：政不節耶？使人疾耶？苞苴行耶？讒夫昌耶？宮室營耶？女謁盛耶？何不雨之极也，蓋言未已而天大雨，故天之應人，如影之隨形，響之效聲者也。」〔註157〕

　　四句言從前夏禹在陽盱以身爲抵押祈禱上帝，殷湯在桑以己爲犧牲禱告上帝，夏禹禱言未發而陽盱之水盤旋奔流，殷湯祝辭未畢而大雨滂沱。

　　4、「今者，雲重積而復散，雨垂落而復收。
　　　└得無賢聖殊品，優劣異姿，割髮宜及膚，剪爪宜侵肌乎？

　　割髮宜及膚，剪爪宜侵肌乎？《呂氏春秋・季秋紀・順民》曰：「昔者湯克夏而正天下，天大旱，五年不收，……於是剪其髮，磨其手，以身爲犧牲，用祈福於上帝，民乃甚說，雨乃大至。」〔註158〕按：這兩句意謂德薄質劣者以身祈禱上帝，割髮應深及皮膚，剪指甲應侵入肌肉，方能至誠感動上帝。

　　應璩與廣川長岑文瑜言，對照當今，貴縣烏雲重積而復又離散，雨水將落而復又收回。是賢人、聖人品德高低各有不同，或資質優劣各有差異，如是不該割頭髮深入皮膚，剪指甲觸及肌體嗎？

　　5、「周征殷而年豐，衛伐邢而致雨；
　　　└善否之應，甚於影響，未可以爲不然也。

　　上句暗用周人征伐殷朝而天賜豐年，衛國討伐邢國而蒼天降雨的故事。

　　周征殷而年豐，《左傳・僖公十九年》曰：「甯莊子曰：『昔周饑，克殷而年豐。』」〔註159〕

　　衛伐邢而致雨，《左傳・僖公十九年》曰：「秋，衛人伐邢，以報菟圃之役。於是衛大旱，卜有事於山川，不吉。甯莊子曰：『昔周饑，克殷而豐年。今邢方無道，諸侯無伯，天其或者欲使衛討邢乎？』從之。師興而雨。」〔註160〕

〔註157〕（漢）劉向撰：《說苑》（上海：商務印書館，1967年縮印平湖葛氏傳樸堂藏明鈔本），卷1。

〔註158〕（秦）呂不韋撰：《呂氏春秋》（明萬曆間（1573～1620）新安吳勉學刊二十子本），卷9，頁2～3。

〔註159〕（春秋）左氏傳，（晉）杜預注，（唐）孔穎達等正義：《左傳》（臺北：藝文印書館重刊宋本，2001年12月初版），頁240。

〔註160〕（春秋）左氏傳，（晉）杜預注，（唐）孔穎達等正義：《左傳》（臺北：藝文印書館重刊宋本，2001年12月初版），頁240。

善否，善惡。《莊子雜篇・漁父》曰：「且人有八疵，……不擇善否，兩容頰適，偷拔其所欲，謂之險。」〔註161〕

影響，如影之緊從其身，迴響之緊隨其聲。賈誼〈過秦論〉曰：「天下雲集而響應，贏糧而景從。」

用史例借以證明廣川令德、善不足，故「雲重積而復散，雨重落而復收」。善惡的感應，其緊密的程度超過了影子緊從其身，迴響之緊隨其聲，切不可認爲情況不是這樣的。

（六）東晉・劉琨〈答盧諶書〉

1、「和氏之璧，焉得獨曜於郅握？
　　└夜光之珠，何得專玩於隨掌？

和氏之璧，即和氏璧。

夜光之珠，即隨侯珠。

劉琨以此兩事典暗喻盧諶在段匹磾處，如段氏不匡復晉室，你這珍寶要以國家利益爲重，所以不一定要在段氏帳營效力。

2、「騄驥倚輅於吳阪，鳴於良、樂，知與不知也；
　　└百里奚愚於虞而智於秦，遇與不遇也。

騄驥倚輅於吳阪，鳴於良、樂，《戰國策・楚四》曰：「汗明曰：『君亦聞驥乎？服驥之齒至矣，服鹽車而上太行。蹄申膝折尾湛胕潰，漉汁灑地，白汗交流，中阪遷延，負轅不能上。伯樂遭之，下車攀而哭之，解紵衣以冪之。驥於是俛而噴，仰而鳴，聲達於天，若出金石聲者，何也？彼見伯樂之知己也。』」〔註162〕騄驥，良馬名。良、樂，即王良與伯樂。兩位皆古代善相馬的人。

百里奚愚於虞而智於秦，《史記卷九十二・淮陰侯列傳第三十二》曰：「百里奚居虞而虞亡，在秦而秦霸，非愚于虞而智于秦也，用與不用，聽與不聽也。」〔註163〕百里奚，春秋楚人，本虞國大夫。虞君不聽百里奚勸諫被晉所

〔註161〕（周）莊周撰，（晉）郭象注：《莊子》（上海：中華書局，1926 年據明世德堂本校刊聚珍倣宋版印），卷 10，頁 4～5。

〔註162〕（漢）劉向撰，（漢）高誘注：《戰國策》（臺北：藝文印書館，1967 年《百部叢書集成》影印《士禮居叢書》本），卷 17，頁 4。

〔註163〕（漢）司馬遷撰，（唐）司馬貞索隱，（唐）張守節正義，（宋）裴駰集解：《史記三家注》（臺北：七略出版社，1985 年 9 月初版，影印清乾隆武英殿刊本），頁 1065～1066。

滅。百里奚被晉俘虜，做為陪嫁之臣送到秦，後逃至楚。秦穆公將他贖回，用為大夫，輔助秦穆公為春秋五霸之一。

　　劉琨以此兩事典暗喻盧諶到段匹磾處，如段匹磾不識才，則不用久留。

（七）劉宋・陶潛〈與子儼等疏〉

1、「余嘗感孺仲賢妻之言，敗絮自擁，何慙兒子？此既一事矣。
　　但恨鄰靡二仲，室無萊婦，抱茲苦心，良獨內愧。」

　　孺仲，即東漢人王霸字孺仲，光武時連徵不仕，與同郡令狐子伯為友。後子伯父子顯達，其子遵父命奉書于王霸。客去後，霸久臥不起。妻怪問其故，王霸曰：「方才見令狐子容服甚光，舉止有禮，而我兒蓬頭歷齒，不知禮儀，我心中不禁若有所失。」其妻曰：「君少修清節，不顧榮辱，如今子伯的顯貴，哪比得上你的清高？君躬耕勤苦，兒子必耕以養，豈能不黃頭歷齒？你怎能忘記素來的志向而為兒女慚愧？王霸起身曰：「有是哉！」便與妻終身隱遁。見《後漢書・王霸傳》。

　　二仲，指羊仲、裘仲。漢・趙岐《三輔決錄》曰：「蔣詡字元卿，舍中三徑，惟裘仲、羊仲從之游。二仲皆推廉逃名之士。」〔註164〕

　　萊婦，春秋楚老萊子之妻。漢・劉向《列女傳・賢明》曰：「楚老，萊子之妻也。萊子逃世耕於蒙山之陽，……老萊子曰：『楚王欲使吾守國之政。』妻曰：『許之乎？』曰：『何？』妻曰：『妾聞之，可食以酒肉者，可隨以鞭捶；可授以官祿者，可隨以鈇鉞。今先生食人酒肉，受人官祿，為人所制也，能免於患乎？妾不能為人所制。』投其畚萊而去。老萊子曰：『子還，吾為子更慮。』遂行不顧，至江南而止。曰：『鳥獸之解毛可績而衣之，拒其遺粒，足以食也。』老萊子乃隨其妻而居。」〔註165〕

　　陶淵明用此三事典，暗喻自己有隱逸之心。

三、借用

　　文家史事，只用古詞、古語，而不用其文意，謂之借用。宋・楊萬里《誠齋詩話》曰：「詩家借用古人語，而不用其意，最為妙法。」〔註166〕

〔註164〕　（漢）趙岐撰，（晉）摯虞注：《三輔決錄》（臺北：藝文印書館，1968年《百部叢書集成》影印《二酉堂叢書》本），卷1，頁15。
〔註165〕　（漢）劉向撰：《列女傳》（明嘉靖間（1522～1566）吳郡黃氏刊本，卷2，頁12～13。
〔註166〕　（宋）楊萬里撰：《誠齋詩話》（上海：醫學書局，1916年無錫丁氏聚珍版排

（一）魏・陳琳〈答東阿王牋〉

陳琳給東阿王曹植所寫的這封信牋，史書上沒有記載，故其寫作年月不得而知。在這封牋裡，陳琳對曹植所作並贈予的〈龜賦〉讚賞不已；對曹植的才幹、人品、學識、文章也倍加稱揚。這封牋，內容雖不多，但寫得情真意切，行文流暢；文字精練扼要，典麗華美；比喻生動貼切，文雅有致，顯示了陳琳長於章表書記的特色。

1、「君侯體高世之才，秉青萍、干將之器，拂鐘無聲，應機立斷，
　　└此乃天然異稟，非鑽仰者所庶幾也。

高世之才，《史記卷一百一・袁盎列傳第四十一》：「淮南王至雍，病死，聞，上輟食，哭甚哀。盎入，……曰：『上自寬，此往事，豈可悔哉！且陛下有高世之行者三，此不足以毀名。』」〔註167〕

陳琳借喻稱讚曹植有超乎世俗之才。

秉青萍、干將之器，拂鐘無聲，《說苑・雜言》曰：「西閭過東渡河，中流而溺。船人接而出之，問曰：『今者子欲安之？』西閭過曰：『欲東說諸侯王。』船人掩口而笑曰：『子渡河中流而溺，不能自救，安能說諸侯乎？』西閭過曰：『無以子之所能相傷為也。子獨不聞……干將、鏌鋣，拂鍾不錚，試物不知，……然以之補履，曾不如兩錢之錐。』」〔註168〕

應機立斷，《說苑》曰：「淳于髡三稱鄒忌，三知之，髡等辭屈而去，故所以尚干將、莫邪者，貴於立斷。」〔註169〕

二句以喻曹植之品性高潔，處理事務明快果斷。

2、「音義既遠，清詞妙句，焱絕煥炳。譬猶飛兔流星，超山越海，
　　└龍驥所不敢追，況於駑馬可得齊足？

飛兔，駿馬名。《呂氏春秋・離俗覽・離俗》曰：「飛兔、要褭，古之駿馬也。」〔註170〕注：「日行萬里，馳若兔之飛，因以為名也。」

印本），頁4。

〔註167〕（漢）司馬遷撰，（唐）司馬貞索隱，（唐）張守節正義，（宋）裴駰集解：《史記三家注》（臺北：七略出版社，1985年9月初版，影印清乾隆武英殿刊本），頁1115。

〔註168〕（漢）劉向撰：《說苑》（上海：商務印書館，1967年縮印平湖葛氏傳樸堂藏明鈔本），卷17。

〔註169〕（漢）劉向撰：《說苑》（上海：商務印書館，1967年縮印平湖葛氏傳樸堂藏明鈔本），卷1。

〔註170〕（秦）呂不韋撰：《呂氏春秋》（明萬曆間（1573～1620）新安吳勉學刊二十

陳琳借喻稱贊曹植〈神龜賦〉，清詞麗句，文詞華美好像駿馬奔騰。

3、「夫聽〈白雪〉之音，觀〈綠水〉之節，
　　└然後〈東野〉、〈巴人〉，蚩鄙益著。

〈白雪〉之音，借用宋玉〈諷賦〉：「臣援琴而鼓之，爲幽蘭白雪之曲。」
〈東野〉，〈下里〉之音。俗曲。

此三句以〈白雪〉、〈綠水〉（古詩名）借比曹植之文，〈東野〉、〈巴人〉（〈下里巴人〉），楚之下曲，陳琳借比自己的文章。就如聽了高妙的樂曲，低俗之樂愈顯得鄙陋可笑了。

（二）魏・應璩〈與從弟君苗君胄書〉

1、風伯掃途，雨師灑道，按轡清路，周望山野，亦既至止，酌彼春酒。

風伯，即司風之神。一說指二十八宿之箕宿，一說指飛廉。《淮南子・原道訓上》曰：「令雨師灑道，使風伯掃塵。」〔註171〕注：「風伯，箕星也。其象在天，能興風。」

雨師，即司雨之神。一說指二十八宿之畢宿，一說指屛翳，一說指共工之子玄冥。

灑道，語出《韓非子・十過》曰：「師曠曰：『……黃帝合鬼神於泰山之上，……蚩尤居前，風伯進掃，雨師灑道。』」〔註172〕

亦既至止，《詩・召南・草蟲》曰：「亦既見止，亦既覯止，我心則降。……亦既見止，亦既覯止，我心則說。……亦既見止，亦既覯止，我心則夷。」〔註173〕亦、止，語詞。至，到。既到目的地。

應璩回二從弟信：回顧北遊之樂，欣喜無限，登上芒山，渡過黃河，目睹壯觀，眼界豁然開朗。一路有風伯清掃，雨師灑水，手執韁繩奔馳在清潔的道路上，環顧觀望群山原野。既已到達目的地，在茅屋中踱步，清涼勝過高樓大廈；小桌上的佳餚精食，美味超過方丈寬桌的盛筵，享用那春酒

子本），卷19，頁1。

〔註171〕（漢）劉安撰：《淮南子》（明嘉靖9年（1530）閩中王鎣刊本），卷1，頁3。

〔註172〕（秦）韓非撰：《韓非子》（上海：中華書局，1936年據吳氏影宋乾道本校刊），卷3，頁3。

〔註173〕（漢）毛公傳，（漢）鄭玄箋，（唐）孔穎達等正義：《詩經》（臺北：藝文印書館重刊宋本，2001年12月初版），頁51～52。

佳釀。

2、「逍遙陂塘之上，吟詠菀柳之下，結春芳以崇佩，折若華以翳日。
　　│弋下高雲之鳥，餌出深淵之魚，
　　└蒲且讚善，便嬛稱妙，何其樂哉！

吟詠菀柳，見《詩・小雅・菀柳》：「有菀者柳，不尚息焉。上帝甚蹈，無自暱焉，俾予靖之後予極焉。」〔註174〕

蒲且，即蒲且子，古楚國之善射者。《列子・湯問》曰：「蒲且子之弋也，弱弓纖繳，乘風振之，連雙鶬於青雲之際。用心專，動手均也。」〔註175〕

便嬛，同「娟嬛」。人名。古代著名的釣者。《淮南子・原道訓上》曰：「娟嬛之數（李善引作「便嬛之妙」），猶不能與網罟爭得也。」〔註176〕

借用古之善射者和能釣者，比喻自己逍遙自在的生活。

八句言應璩逍遙在池塘之上，吟詠在茂柳之下；編結春天的芳草用來充當佩掛之物。攀折若華的枝條用來遮蔽太陽，以繫絲之箭射下高雲的飛鳥，以芳香之餌釣出深淵的遊魚，善射者蒲且子為之讚好，善釣者便嬛為之稱妙。如此，逍遙吟詠，結芳折馨、弋射垂釣，無所不為，樂過前人。

3、「仲尼忘味於虞《韶》，楚人流遁於京臺，無以過也。
　　└班嗣之書，信不虛矣。

上句借用仲尼忘味於虞韶的故事。虞韶，虞舜的樂舞名。《論語・述而》曰：「子在齊聞《韶》，三月不知肉味，曰：『不圖為樂之至於斯也。』」〔註177〕

下句借用班嗣隱居的故事。班嗣，即班固之父班彪的從兄。班嗣之書，指班嗣稱道隱逸的書信。《漢書・敘傳上》曰：「嗣雖修儒學，然貴老嚴之術。桓生欲借其書，嗣報曰：『若夫嚴子者，絕聖棄智，修生保真，清虛澹泊，歸之自然，獨師友造化，而不為世俗所役者也。漁釣於一壑，則萬物不奸其志；栖遲於一丘，則天下不易其樂。不絓聖人之罔，不嗅驕君之餌，蕩

〔註174〕（漢）毛公傳，（漢）鄭玄箋，（唐）孔穎達等正義：《詩經》（臺北：藝文印書館重刊宋本，2001年12月初版），頁506。

〔註175〕（春秋）列子撰：《列子》（上海：中華書局，1936年據明世德堂本校刊聚珍倣宋版印），卷5，頁13。

〔註176〕（漢）劉安撰：《淮南子》（明嘉靖9年（1530）閩中王鎣刊本），卷1，頁4。

〔註177〕（魏）何晏等注，（宋）邢昺疏：《論語》（臺北：藝文印書館重刊宋本，2001年12月初版），頁61。

然肆志，談者不得而名焉，故可貴也。今吾子以貫仁誼之羈絆，繫名聲之韁鎖，伏周、孔之軌躅，馳顏、閔之極摯，既繫攣於世教矣，何用大道爲自眩曜？昔有學步於邯鄲者，曾未得其髣髴，又復失其故步，遂匍匐而歸耳！恐似此類，故不進。』嗣之行己持論如此。」〔註178〕

應璩借用孔子因聽虞《韶》之樂而忘記了食肉的美味，楚人因京臺之美流連忘返、樂而忘歸沒有什麼可以超過北遊的樂趣。班嗣書信所說的隱逸之樂，確實不是虛假的。

4、「思樂汶上，發於寤寐。昔伊尹輟耕，郅惲投竿，
　　思致君於有虞，濟蒸人於塗炭。

思樂汶上，汶水流域。在古齊地。汶，水名。《論語・雍也》曰：「季氏使閔子騫爲費宰。閔子騫曰：『善爲我辭焉！如有復我者，則吾必在汶上矣。』」〔註179〕

伊尹輟耕，借用伊尹輟耕的故事。《孟子・萬章上》曰：「孟子曰：『否，不然；伊尹耕於有莘之野，而樂堯舜之道焉。非其義也，非其道也，祿之以天下，弗顧也；繫馬千駟，弗視也。非其義也，非其道也，一介不以與人，一介不以取諸人。湯使人以幣聘之，囂囂然曰：『我何以湯之聘幣爲哉？我豈若處畎畝之中，由是以樂堯舜之道哉？』湯三使往聘之，既而幡然改曰：『與我處畎畝之中，由是以樂堯舜之道，吾豈若使是君爲堯舜之君哉？吾豈若使是民爲堯舜之民哉？吾豈若於吾身親見之哉？天之生此民也，使先知覺後知，使先覺覺後覺也。予，天民之先覺者也，予將以斯道覺斯民也。非予覺之，而誰也？』」〔註180〕《史記・殷本紀》曰：「伊尹處士，湯使人聘迎之，五反然後肯往從湯，言素王及九主之事。湯舉任以國政。」〔註181〕

郅惲投竿，借用郅惲投竿的故事。見《後漢書卷二十九・郅惲列傳第十九》曰：「郅惲字君章，汝南西平人也。……鄭敬素與惲厚，見其言忤歡，乃

〔註178〕（漢）班固撰，（唐）顏師古注：《漢書》（北京：中華書局，1975 年 4 月第 3
　　　　次印刷），頁 4205～4206。

〔註179〕（魏）何晏等注，（宋）邢昺疏：《論語》（臺北：藝文印書館重刊宋本，2001
　　　　年 12 月初版），頁 52。

〔註180〕（漢）趙岐注，（宋）孫奭疏：《孟子》（臺北：藝文印書館重刊宋本，2001
　　　　年 12 月初版），頁 170。

〔註181〕（漢）司馬遷撰，（唐）司馬貞索隱，（唐）張守節正義，（宋）裴駰集解：《史
　　　　記三家注》（臺北：七略出版社，1985 年 9 月初版，影印清乾隆武英殿刊本），
　　　　頁 3。

相招去，……敬乃獨隱於弋陽山中。居數月，歆果復召延，惲於是乃去，從敬止，漁釣自娛，留數十日。惲志在從政，既乃喟然而歎，謂敬曰：『天生俊士，以爲人也。鳥獸不可與同羣，子從我爲伊呂乎？將爲巢許，而父老堯舜？』敬曰：『吾足矣。初從生步重華於南野，謂來歸爲松子，今幸得全軀樹類，還奉墳墓，盡學問道，雖不從政，施之有政，是亦爲政也。吾年耄矣，安得從子？子勉正性命，勿勞神以害生。』惲於是告別而去。」〔註182〕

致君於有虞，指伊尹力圖使其君商湯達到虞舜德治境界。

濟蒸人於塗炭，語出《尚書・商書・仲虺之誥》曰：「湯歸自夏，至于大坰……仲虺乃作誥，曰：『嗚呼！惟天生民有欲，無主乃亂，惟天生聰明時乂。有夏昏德，民墜塗炭。天乃錫王勇智，表正萬邦，纘禹舊服，茲率厥典，奉若天命。』」〔註183〕

言應璩歸還京都，超然獨處，挨近洛陽經營住宅，被喧鬧嘈雜塵土飛揚所困擾，產生了在汶水之北隱居的想法，醒著睡著都念念不忘。從前伊尹停止耕種，郅惲投棄魚竿，是爲了使他們的君王達到虞舜的境界，拯救眾人陷於污泥與炭火之中。

5、山父不貪天地之樂，曾參不慕晉楚之富。

上句借用巢父隱居的故事。山父，即巢父也。（蜀）譙周《古史考》曰：「許由堯時人也，隱箕山恬泊無欲，於是堯禮待之終不可就，時人高其無欲，遂崇大之日，堯將以天下讓許由，由恥聞之，乃洗其耳。或曰又有巢父與許由同志，或曰夏當居巢，故一號巢父，不可知也。凡書傳言許由則多，言巢父者少矣。」〔註184〕按：許由是堯時高士，堯想讓天下給許由，許由不受。但據孔德璋〈北山移文〉：「排巢父拉許由。」又據《高士傳》所載許由與巢父對答之詞，可知巢父，非許由。巢父亦爲堯時隱士，但比許由更清高。

下句借用曾參不慕財富的故事。《孟子・公孫丑下》曰：「曾子曰：『晉、楚之富，不可及也。彼以其富，我以吾仁；彼以其爵，我以吾義，吾何慊乎

〔註182〕（晉）范曄撰，（唐）李賢等注：《後漢書》（北京：中華書局，1982年8月第三次印刷），頁1023～1029。

〔註183〕（漢）孔安國傳，（唐）孔穎達等正義：《尚書》（臺北：藝文印書館重刊宋本，2001年12月初版），頁110。

〔註184〕（蜀）譙周撰：《古史考》（臺北：藝文印書館，1972年影印清道光中甘泉黃氏刊民國十四年（1925）王鑒修補印本），頁12。

哉？』」〔註185〕

　　應璩自述厭惡京都喧囂，嚮往歸隱田居，想拿著耕地的農具到山陽去，揮動釣竿把線鉤沉入丹水之中，自知救世之心不如古人很遠。然而巢父不貪圖享有天下的樂趣，曾參不羨慕晉國、楚國的富有，也是隨從他們的志趣，勸戒其弟不要貪圖富貴榮寵。

　　6、「歷觀前後來入軍府，至有皓首猶未遇也。
　　　　└徒有飢寒駿奔之勞，俟河之清，人壽幾何？

　　俟河之清，人壽幾何？語出《左傳・襄公八年》曰：「周詩有之曰：『俟河之清，人壽幾何？』」〔註186〕古人認為黃河清明是政治清明的象徵。但相傳黃河由濁變清，千年一清，因而作者藉此感嘆。要等待政治清明，人們的年壽將是多少。比喻期望做官之事無望或難於實現。

　　7、「且宦無金、張之援，遊無子孟之資，而圖富貴之榮，
　　　　└望殊異之寵，是隴西之遊，越人之射耳。

　　宦無金、張之援，金即金日磾，《漢書卷六十八・金日磾傳第三十八》曰：「金日磾字翁叔，本匈奴休屠王太子也。……贊曰：『金日磾夷狄亡國，羈虜漢庭，而以篤敬寤主，忠信自著，勒功上將，傳國後嗣，世名忠孝，七世內侍，何其盛也！』」〔註187〕張即張湯，《漢書卷五十九・張湯傳第二十九》曰：「張湯，杜陵人也。父為長安丞，……上惜湯，復稍進其子安世。……安世子孫相繼，自宣、元以來為侍中、中常侍、諸曹散騎、列校尉者凡十餘人。功臣之世，唯有金氏、張氏，親近寵貴，比於外戚。」〔註188〕

　　首句借用漢武帝的寵臣金日磾、張湯世族庇蔭的故事。

　　遊無子孟之資，子孟即霍光，經歷漢武帝、昭帝、宣帝三代，權勢富貴無比。據《漢書卷六十八・霍光傳第三十八》曰：「霍光字子孟，票騎將軍去病弟也。……光……入未央宮見皇太后，封為陽武侯。……明年，下詔曰：『……

〔註185〕（漢）趙岐注，（宋）孫奭疏：《孟子》（臺北：藝文印書館重刊宋本，2001年12月初版），頁73。

〔註186〕（春秋）左氏傳，（晉）杜預注，（唐）孔穎達等正義：《左傳》（臺北：藝文印書館重刊宋本，2001年12月初版），頁520。

〔註187〕（漢）班固撰，（唐）顏師古注：《漢書》（北京：中華書局，1975年4月第3次印刷），頁2967。

〔註188〕（漢）班固撰，（唐）顏師古注：《漢書》（北京：中華書局，1975年4月第3次印刷），頁2637～2657。

其以河北、東武陽益封光萬七千戶。』與故所食凡二萬戶。賞賜前後黃金七千斤，錢六千萬，雜繒三萬疋，奴婢百七十人，馬二千匹……。」〔註189〕此句借用大將軍霍光貲財富厚的故事。

隴西之遊，見《淮南子·齊俗訓》曰：「夫乘舟而惑者，不知東西，見斗極則寤矣。夫性，亦人之斗極也。以有自見也，則不失物之情；無以自見，則動而惑營。譬若隴西之游，愈躁愈沉。」〔註190〕指隴（甘肅）西之人不習水性，所以愈是急躁愈是下沉。

越人之射，《淮南子·說山訓》曰：「越人學遠射，參天而發，適在五步之內，不易儀也。世已變矣，而守其故，譬猶越人之射也。」〔註191〕高誘注：「越人習水，便舟而不知射。射遠，反直仰向天而發，矢勢盡而還，故近在五步之內。參猶望也。儀，射法。」

應璩言前些日子，同邑之人顧念二位從弟不已，希望州郡崇禮舉賢，封官授邑，這誠然是一番美意。但我歷觀前後，進入軍府的人，竟至有等到滿頭白髮，還未得恩遇的人，結果徒有饑寒與急急奔跑的辛勞。正如古詩所說的那樣，等到黃河水清政治清明，人們的年壽將是多少？況且想要當官，如果沒有金日磾、張湯那樣的世家豪族的支援，想要交遊權貴，如果沒有大將軍霍光那樣的資財，而想謀求富貴的榮耀，企望得到特殊的恩寵，這就像隴西人的游泳，愈是急躁愈是下沉；像越人射箭，勞而無功。

8、追蹤丈人，畜雞種黍，潛精墳籍，立身揚名。

追蹤丈人，畜雞種黍，借用荷蓧丈人的故事，言如能追隨荷蓧丈人，以種糧食養牲畜為田家樂。見《論語·微子》曰：「子路從而後，遇丈人以杖荷蓧，子路問曰：『子見夫子乎？』丈人曰：『四體不勤，五穀不分，孰為夫子？』植其杖而芸。子路拱而立，止子路宿，殺雞為黍而食之，見其二子焉。明日子路行以告，子曰：『隱者也。』」〔註192〕

墳，即三墳。《左傳·昭公十二年》曰：「王曰：『是良史也，子善視之，

〔註189〕（漢）班固撰，（唐）顏師古注：《漢書》（北京：中華書局，1975年4月第3次印刷），頁2931～2947。

〔註190〕（漢）劉安撰：《淮南子》（明嘉靖9年（1530）閩中王鎣刊本），卷17，頁6。

〔註191〕（漢）劉安撰：《淮南子》（明嘉靖9年（1530）閩中王鎣刊本），卷23，頁2～3。

〔註192〕（魏）何晏等注，（宋）邢昺疏：《論語》（臺北：藝文印書館重刊宋本，2001年12月初版），頁166。

是能讀三墳、五典、八索、九丘。』」〔註193〕杜預注：「皆古書名。」

應璩言如能追隨荷篠丈人的足跡，養雞種黍，集中精力深究古代的典籍，明確表示歸田之志，潛心學術，立身行道揚名後世，這就行了。

（三）魏‧嵇康〈與山巨源絕交書〉

1、羞庖人之獨割，引尸祝以自助。

語出《莊子內篇‧逍遙遊》：「庖人雖不治庖，尸、祝不越樽、俎而代之矣。」〔註194〕庖人，廚師。尸，祭祀時，代表死者，受祭的活人。祝，祭祀時，誦讀祝辭，以告鬼神的人。意謂各有崗位，不能越職代辦。

二句借用此典，意謂山濤因獨自做官感到羞恥，要引薦嵇康一同做官，但嵇康是不會去接替他的官職的。山濤不要因自己一個人出來做官不好意思，就像廚師硬拉著尸祝下廚房一樣。

2、「老子、莊周吾之師也，親居賤職；

｜柳下惠、東方朔，達人也，安乎卑位。

｜仲尼兼愛，不羞執鞭；子文無欲卿相，三登令尹。

｜達則兼善而不渝，窮則自得而無悶。

｜堯、舜之君世，許由之巖棲，子房之佐漢，接輿之行歌，

└延陵高子臧之風，長卿慕相如之節，志氣所託，不可奪也。

老子，即老聃，姓李名耳，字伯陽。做過周朝「柱下史」、「守藏史」。春秋時楚國苦縣（今河南鹿邑東）人。曾做過周朝的管理藏書的史官。

莊周，莊子名周。戰國時（約 B.C. 369～286）宋國蒙（今河南商丘東北）人。做過蒙地方的漆園吏。

柳下惠，春秋時魯國大夫，姓展名獲，字禽。食邑在柳下，諡惠。《論語‧微子》：「柳下惠為士師（掌管刑獄的官），三黜。人曰：『子未可以去乎？』曰：『直道而事人，焉往而不三黜？枉道而事人，何必去父母之邦？』」

東方朔，字曼倩，平原厭次（今山東惠民）人，官太中大夫。漢武帝時長期為郎官，善辭賦，性詼諧。

指柳下惠做過魯國的典獄官，東方朔當過漢武帝的郎官，但他們都不埋

〔註193〕（春秋）左氏傳，（晉）杜預注，（唐）孔穎達等正義：《左傳》（臺北：藝文印書館重刊宋本，2001 年 12 月初版），頁 794～795。

〔註194〕（周）莊周撰，（晉）郭象注：《莊子》（上海：中華書局，1926 年據明世德堂本校刊聚珍倣宋版印），卷 1，頁 6。

怨職位低下。

不羞執鞭，《論語·述而》：「子曰：『富而可求也，雖執鞭之士，吾亦爲之。如不可求，從我所好。』」

子文，姓鬭名穀，字於菟，春秋楚國大夫。曾三度任令尹，史稱令尹子文。

三登令尹，令尹是楚國官名，係掌管軍政大權的最高官職。相當於後世宰相的職位。《論語·公冶長》：「子張問曰：『令尹子文三仕爲令尹，無喜色；三已之，無慍色。舊令尹之政，必以告新令尹，何如？』子曰：『忠矣！』」

如孔子提倡兼愛，不以替人駕車爲羞恥，子文沒有做令尹的欲望，卻三次登上相位的寶座，這是君子想救世濟人的心意啊。

兼善，《孟子·盡心上》：「古之人，得志澤加於民，不得志修身見於世。窮則獨善其身，達則兼善天下。」這就是聖人所說的君子顯達就施恩於百姓，而不改變其志向，窮困就自得其樂而不憂慮。

許由之巖棲，許由字武仲，傳說堯想把王位讓給他，他認爲這是恥辱的事，便隱居在箕山（今河南省登封縣南）之下。

接輿之行歌，接輿是春秋後期隱士者，楚國人。《論語·微子》記載他邊行邊歌勸孔子避世歸隱的事：「楚狂接輿歌而過孔子曰：『鳳兮！鳳兮！何德之衰？往者不可諫，來者猶可追。已而！已而！今之爲政者殆而。』唱歌諷刺孔子。」

從前，堯、舜做世上的君主，許由隱居在山林之中，張良輔佐劉邦平定天下，建立漢朝，狂士接輿邊走邊歌勸孔子歸隱。他們的行爲雖各有不同但所遵循的標準是一樣的，可以說是能夠實現自己志願，各得其安。所以說君子的行爲雖多種多樣，但殊途同歸，都是順著本性而行，各有各的歸宿。嵇康希望山濤不要強人所難。

延陵，即季札。春秋時吳王壽夢第四子，因封於延陵（今江蘇常州〔武進〕），故又稱延陵季子。

子臧，春秋曹國公子。曹宣公死後，曹人想立他爲國君，他主動辭讓王位繼承權。

《左傳·襄公十四年》春秋時吳王壽夢死後，季札之兄諸樊要立季札爲國君，季札說：「札雖不才，願附於子臧，以無失節。」延陵季札崇尚子臧的風範。

長卿，即司馬長卿（B.C. 179～117），西漢著名辭賦家，原名犬子，因欽慕藺相如的為人，更名為司馬相如。

相如，藺相如是戰國時期趙國大臣，曾奉命帶和氏璧入秦，當廷力爭，使原璧歸趙。又在秦、趙二國君主在澠池（今河南省澠池縣西）會談上，捍衛了趙國尊嚴。

引證歷史，說明古來賢哲老子、莊子、柳下惠、東方朔、孔子、子文、堯、舜、許由、張良、接輿、季札、子臧，志在濟世，不論得志還是失意，都堅貞不渝。嵇康用以寄託自己的志向，這是不能強行改變的。

3、吾每讀尚子平、臺孝威傳，慨然慕之，想其為人。

尚子平，尚子平名長，字子平，西漢王莽時人。以堅決推辭權臣王邑的推薦，入山隱居著名。李善注引《英雄記》曰：「尚子平，有道術，為縣功曹。休歸，自入山擔薪，賣以供食飲。」

臺孝威，《後漢書卷八十三・逸民列傳第七十三》曰：「臺佟字孝威，魏郡鄴縣（今河北臨漳西南）人。隱於武安山，鑿穴為居，採藥自業。建初中，州辟不就。刺史行部，乃使從事致謁。佟載病往謝。刺史乃執贄見佟曰：『孝威居身如是，甚苦，如何？』佟曰：『佟幸得保終性命，存神養和。如明使君奉宣詔書，夕惕庶事，反不苦邪？』遂去，隱逸，終不見。」〔註195〕

嵇康每次閱讀尚子平、臺孝威的傳記，想到他們的為人清高，都非常驚嘆羨慕。

4、「不如嗣宗之賢（資），而有慢弛之闕，又不識人情，闇於機宜；
　　　└無萬石之慎，而有好盡之累，久與事接，疵釁日興。

嗣宗，即阮籍。「竹林七賢」之一，善彈琴，好老、莊，長縱酒談玄，口不臧否人物，以求自全。

萬石，西漢萬石君石奮（前？～前124），西漢河內溫縣（今屬河南）人。漢景帝時，石奮與他的四個兒子俸祿都是二千石，合為萬石，景帝稱之為「萬石君」。石奮一生謹小慎微。見《漢書・石奮傳》記載，石奮歷事高祖、文帝、景帝，以恭謹著稱。一家行事謹慎，有一回，大兒子石建奏事後，驚慌之極時，他說：「馬字包括尾巴，共有五點，只寫了四點，必將受到譴責。

嵇康自認資質不如嗣宗，而有怠慢懶散的缺點，又不懂得人情世故，不

〔註195〕（劉宋）范曄撰，（唐）李賢等注：《後漢書》（北京：中華書局，1982 年 8月第 3 次印刷），頁 2770。

－449－

明瞭隨機應變；沒有石奮的謹慎，卻有盡情直言的累贅，這樣長久地接觸人事，引起別人怨恨的事就會日益增多。

5、「禹不偪伯成子高，全其節也；仲尼不假蓋於子夏，護其短也。
　└諸葛孔明不偪元直以入蜀；華子魚不強幼安以卿相。

禹不偪伯成子高，事見《莊子外篇・天地》曰：「堯治天下，伯成子高立為諸侯。堯授舜，舜授禹，伯成子高辭為諸侯而耕。禹往見之，則耕在野。禹趨就下風，立而問焉，曰：『昔堯治天下，吾子立為諸侯。堯授舜，舜授予，而吾子辭為諸侯而耕，敢問，其故何也？』子高曰：『昔堯治天下，不賞而民勸，不罰而民畏。今子賞罰而民且不仁，德自此衰，刑自此立，後世之亂自此始矣。夫子闔行邪？無落吾事！』俋俋乎耕而不顧。」〔註196〕

仲尼不假蓋於子夏，護其短也，據《孔子家語・致思》曰：「孔子將行，雨而無蓋。門人曰：『商也有之。』孔子曰：『商之為人也，甚恡（吝）於財。吾聞與人交，推其長者，違其短者，故能久也。』」〔註197〕商，子夏名，孔子門生。

諸葛孔明不偪元直以入蜀，見《三國志卷三十五・蜀書・諸葛亮傳第五》曰：「諸葛亮……穎川徐庶元直與亮友善，……時先主（劉備）屯新野。徐庶見先主，先主器之，……（劉）表卒，琮（劉表少子）聞曹公（曹操）來征，遣使請降。先主在樊聞之，率其眾南行，亮與徐庶並從，為曹公所追破，獲庶母。庶辭先主而指其心曰：『本欲與將軍共圖王霸之業者，以此方寸之地也。今已失老母，方寸亂矣，無益於事，請從此別。』遂詣曹公。」〔註198〕

華子魚不強幼安以卿相，華歆（字子魚）魏文帝即王位，拜相國時曾向文帝推荐管寧（字幼安），魏文帝下詔以管寧為太子大夫，管寧固辭不受。魏明帝時，華歆官太尉，又舉薦管寧為官，管寧沒有接受。

嵇康舉例說明人的交誼應當是互相理解志向，並支持他實現。

6、見好章甫，強越人以文冕也；己嗜臭腐，養鴛雛以死鼠也！

見好章甫，強越人以文冕也，《莊子內篇・逍遙遊》曰：「宋人資章甫而

〔註196〕（周）莊周撰，（晉）郭象注：《莊子》（上海：中華書局，1926 年據明世德堂本校刊聚珍倣宋版印），卷5，頁4。
〔註197〕（魏）王肅注：《孔子家語》（明嘉靖甲寅（三十三年，1554）吳郡黃周賢等仿宋刊本），卷2，頁9。
〔註198〕（晉）陳壽撰，（劉宋）裴松之注：《三國志》（北京：中華書局，1982 年 7 月第 2 版），頁 911～914。

適諸越，越人斷髮文身，無所用之。」〔註199〕

　　己嗜臭腐，養鵷雛以死鼠也，《莊子外篇·秋水》曰：「惠子相梁，莊子往見之。或謂惠子曰：『莊子來欲代子相。』於是惠子恐，搜於國中三日三夜。莊子往見之曰：『南方有鳥，其名鵷鶵。子知之乎？』夫鵷鶵發於南海而飛於北海，非梧桐不止，非練實不食，非醴泉不飲。於是鴟得腐鼠，鵷鶵過之，仰而視之曰：『嚇！』今子欲以子之梁國而嚇我邪！」〔註200〕

　　此處借用典故，說山濤不能像宋國商人一樣，因爲自己愛好殷代的禮帽，就把有花紋的禮帽強制性地推銷給越人；也不能像那隻貓頭鷹，因爲自己愛好腐爛發臭的食物，就拿死鼠去餵養鵷鶵。運用比喻的手法，委娩地批評對方既然深知天性不可改變，卻爲何迫我屈志作吏，置人於死地。這不是相知人所應該做的。嵇康之文，以「己」喻山濤，以「死鼠」喻官職，以「鵷鶵」自喻。譏諷山濤不要因自己喜歡做官，以爲別人也和他一樣。

　　7、野人有快炙背而美芹子者，欲獻之至尊。

　　見《列子·楊朱》曰：「昔者宋國有田夫，常衣縕麻，僅以過冬。暨春東作，自曝于日，不知天下之有廣廈隩室，綿纊狐貉。顧謂其妻曰：『負日之暄，人莫知者，以獻吾君，將有重賞。』里之富室告之曰：『昔人有美戎菽，甘枲莖芹萍子者，對鄉豪稱之。鄉豪取則嘗之，蜇于口，慘于腹，眾哂而怨之，其人大慚。子此類也。』」〔註201〕

　　嵇康此句借用《列子·楊朱》中「野人獻曝」的典故，希望山濤不要像那個農夫一樣，雖然有一片誠心，可也不要疏遠於事理而強加於人。

（四）西晉·趙至〈與嵇茂齊書〉

　　1、「李叟入秦，及關而歎；梁生適越，登岳長謠。
　　　　└夫以嘉遯之舉，猶懷戀恨，況乎不得已者哉！

　　李叟入秦，及關而歎，李叟，即老子。老子將入秦國，至函谷關而歎息。見《史記·老子韓非列傳》曰：「老子……居周久之，見周之衰，乃遂

〔註199〕　（周）莊周撰，（晉）郭象注：《莊子》（上海：中華書局，1926 年據明世德堂本校刊聚珍倣宋版印），卷1，頁8。

〔註200〕　（周）莊周撰，（晉）郭象注：《莊子》（上海：中華書局，1926 年據明世德堂本校刊聚珍倣宋版印），卷6，頁15。

〔註201〕　（春秋）列子撰：《列子》（上海：中華書局，1936 年據明世德堂本校刊聚珍倣宋版印），卷7，頁12。

去。至關……言道德之言五千餘言而去，莫知其所終。」李善引《列子·黃帝》曰：「楊朱南之沛（今江蘇省西北端），老聃西遊於秦，邀於郊，至梁（今河南開封）而遇老子。老子中道仰天歎曰：『始以汝為可教，今不可教也。』楊朱……曰：『……請問其過。』老子曰：『而睢睢而盱盱，而誰與居。』」〔註202〕

按：作者取《史記》與《列子》之載合而成之，意謂周朝已衰落，中原不可居，然西入函谷關、「睢睢與盱盱」比喻有志與正直之士，也難於被世人所理解、接受。老子為楊朱歎息，亦有自歎之意。

梁生適越，登岳長謠，梁生，即梁鴻。見《後漢書卷八十三·逸民列傳第七十三》曰：「梁鴻字伯鸞，扶風平陵（今陝西省咸陽縣西北）人也。……因東出關，過京師，作〈五噫之歌〉曰：『陟彼北芒兮，噫！顧覽帝京兮，噫！宮室崔嵬兮，噫！人之劬勞兮，噫！遼遼未央兮，噫！』肅宗聞而非之，求鴻不得。乃易姓運期，名燿，字侯光，與妻子居齊魯之閒。」〔註203〕梁鴻處於漢之亂世，知中原不可居留，將往越隱居之前，登北邙山而長歌。

趙至借以老子、梁鴻隱逸的舉動，尚且懷有依戀恨別的情意，更何況自己因不得已而飄泊異鄉！

2、鳴雞戒旦，則飄爾晨征；日薄西山，則馬首靡託。

戒旦，陳琳〈武軍賦〉曰：「啟明（星名）戒旦，長庚（星名）告昏。」「戒」、「告」對舉，足證戒即為告。

馬首，《左傳·襄公十四年》：「雞鳴而駕，塞井滅灶唯餘馬首是瞻。」

杜預注：「言進退從己。」後用作服從指揮或樂於追隨之意。

作者借用此典，是指沒有追隨的目標無所寄託。

3、投人夜光，鮮不按劍。

語出鄒陽〈獄中上書自明〉：「夜光之璧，以暗投人於道，眾莫不按劍相眄。」指投人以夜光的寶璧，卻很少不碰到對方手持劍把相對待。借喻自己以善意待人，而對方卻往往惡意相報。

〔註202〕（春秋）列子撰：《列子》（上海：中華書局，1936年據明世德堂本校刊聚珍仿宋版印），卷2，頁19～20。

〔註203〕（劉宋）范曄撰，（唐）李賢等注：《後漢書》（北京：中華書局，1982年8月第3次印刷），頁2765～2767。

4、植橘柚於玄朔，蒂華藕於修陵，表龍章於裸壤，奏《韶》舞於聾俗。

植橘柚於玄朔，曹植〈橘賦〉曰：「背江洲之氣暖，處玄（黑色，北方之色）朔（北方）之肅清。」借喻橘柚為南方的植物，寒冷的北方不可能生存。

蒂華藕於修陵，華藕，華，同「花」。《淮南子‧說山》曰：「以其所脩而遊不用之鄉，譬若樹荷山上，而畜火井中。」可知這裡指荷花。借喻種植水生植物荷花與藕在修陵之上，也不能生存。

表龍章於裸壤，裸壤，紋身也。《莊子‧逍遙遊》曰：『宋人資章甫適諸越，越人斷髮文身，無所用之。』」意指到裸體紋身之地銷售袞龍之服，章甫之冠，是不可能為對方所看重。

奏《韶》舞於聾俗，《韶》舞，虞舜的樂舞，為上古之樂，以美盛高雅著稱。聾俗，一般的俗人不能接受上古的《韶》舞之樂，實際上與聾子無異。《莊子內篇‧逍遙遊》曰：「聾者無以與乎鍾鼓之聲。」〔註204〕

訴說得不到社會的賞識，置身於一個遼廓荒寂的地方，這種身心的孤獨才是最可傷悲的。

5、煢煢飄寄，臨沙漠矣！悠悠三千，路難涉矣！

悠悠三千，漫漫的三千大千世界。三千，本佛經語，是「三千大千世界」原是古印度傳說的一個廣大世界的名稱，簡稱「大千世界」。即以須彌山為中心，以同一日月所照的四天下為一小世界，合一千小世界為一中千世界，合一中千世界為一大千世界。三千大千世界極力形容佛教世界的廣大。此係借用。

6、無金玉爾音，而有遐心。身雖胡、越，意存斷金。

無金玉爾音，而有遐心，《詩‧小雅‧白駒》：「毋金玉爾音，而有遐心。」意謂不要珍惜你的音信如珍惜金玉一樣，而有疏遠之心。

身雖胡、越，胡人居北方，越人居南方，借喻離別之遠。

意存斷金，《周易‧繫辭上》：「二人同心，其利斷金。」意為如能齊心合力，連黃金也能切斷。此指二人心志相合。後因以「斷金」作為「同心」的代詞。

〔註204〕（周）莊周撰，（晉）郭象注：《莊子》（臺北：中華書局，1966 年 3 月臺一版聚珍傲宋版印排印本），卷 1，頁 7。

認爲如今遠去將成永別，故把思念之情化作深深的祝福，願彼此都保持自己的氣節。

（五）西晉‧孫楚〈爲石仲容與孫皓書〉

1、「見機而作，《周易》所貴；小不事大，《春秋》所誅，
　　└此乃吉凶之萌兆，榮辱之所由興也。

見機而作，見機即見幾。指觀察事物細微的動向。《易‧繫辭下》曰：「幾者動之微，吉之先見者也。君子見幾而作，不俟終日。」孔穎達疏：「言君子既見事之幾微，則須動作而應之。」

《周易》所貴，《周易》相傳周代人所作。含有變易（即窮究事物的變化）、簡易（即執簡馭繁）和不易（及不變、永恆）三層意思，是儒家最主要經典之一。書分「經」、「傳」二部分，「經」主要是六十四卦和嗲百八十四爻並各有解說；「傳」包括解釋卦辭和爻辭的七種文辭。

小不事大，《春秋》所誅，《左傳‧襄公八年》曰：「楚子囊伐鄭，……子展曰：『小所以事大，信也。小國無信，兵亂日至，亡無日矣。』」〔註205〕

《春秋》文字簡要，據說孔子把自己未能實施的政治思想表述在對事件和人物的褒貶之中，後世因而稱之爲「春秋筆法」。指小國不以信義侍奉大國，被《春秋》所口誅筆伐。

開門見山地指出君主必須掌握的眞理，必須見機而行動，清醒認識力量對比。從而擺出了觀察當時形勢的焦點。

2、許、鄭以銜璧全國，曹、譚以無禮取滅。

許、鄭以銜璧全國，見《左傳‧僖公六年》曰：「秋，楚子圍許，……冬，蔡穆侯將許僖公以見楚子於武城，許男面縛銜璧，大夫衰絰，士輿櫬。楚子問諸逢伯，對曰：『昔武王克殷，微子啓如是，武王親釋其縛，受其璧而祓之，焚其襯，禮而命之，使復其所。』楚子從之。」〔註206〕楚國軍隊曾攻入許國，許國君主反縛含璧主動請降，感動了楚王，因而得到了寬恕，保全許國不致滅亡。此後「銜璧」成爲投降的代名詞，又叫「面縛」。

又《左傳‧宣公十二年》曰：『楚子圍鄭，……克之，……鄭伯肉袒牽羊

〔註205〕 （春秋）左氏傳，（晉）杜預注，（唐）孔穎達等正義：《左傳》（臺北：藝文印書館重刊宋本，2001年12月初版），頁520～521。

〔註206〕 （春秋）左氏傳，（晉）杜預注，（唐）孔穎達等正義：《左傳》（臺北：藝文印書館重刊宋本，2001年12月初版），頁214。

以逆。……王曰：其君能下人，必能信用其民矣，庸可幾乎，退三十里，而許之乎！』」〔註207〕楚國軍隊曾攻入鄭國，鄭國君主赤膊牽羊請降，也得到楚王的寬恕，使鄭國免遭滅亡之禍。

這裡以「銜璧」兼指兩國請降的舉動。

曹、譚以無禮取滅，見《左傳・僖公二十三年》曰：「晉公子重耳之及於難也，……奔狄，……及曹，曹共公聞其駢脅，欲觀其裸。浴，薄而觀之。僖負羈之妻曰：『吾觀晉公子之從者，皆足以相國，若以相，夫子必反其國，反其國，必得志於諸侯，得志於諸侯而誅無禮，曹其首也。」〔註208〕晉文公重耳掌權以前，曾流亡國外。所經過都得到各國君主的禮遇，唯獨到曹國，遭到國君的輕薄。曹共公聽說他肋骨畸形，竟然在他洗澡的時候去觀看，從而結下怨恨。重耳回國掌權，很快成為天下霸主，第一次軍事行動就是消滅曹國。

又《左傳・莊公十年》曰：「齊侯之出也，過譚，譚不禮焉。及其入（即位）也，諸侯皆賀，譚又不至。冬，齊師滅譚，譚無禮也。」〔註209〕齊桓公掌權以前，也曾流亡國外。路經譚國，國君不加禮遇。齊桓公回國掌權，唯有譚國不派專使祝賀，又一次失禮。當年冬天，齊桓公就消滅了譚國。

指兩個歷史事件，先借用晉文公消滅曹國的事典，又借用齊桓公消滅譚國的事典。

3、「韓并魏徙，虢滅虞亡，**此皆前鑒之驗、後事之師也！**
　　└又南中呂興，**深覩**天命，蟬蛻內向，願為臣妾。

韓并魏徙，見《史記》曰：「秦始皇十七年，攻韓，得韓王安。二十三年，攻魏，其王請降。」韓國介於秦國和魏國之間，秦國吞并韓國，魏國也被搬遷了。秦始皇十七年滅韓，接著在二十三年滅魏。

虢滅虞亡，見《左傳・僖公五年》曰：「晉滅虢，虢公醜奔京師。師還，館于虞，遂襲虞，滅之，執虞公。」〔註210〕晉國為了吞并虢、虞兩國，假意

〔註207〕　（春秋）左氏傳，（晉）杜預注，（唐）孔穎達等正義：《左傳》（臺北：藝文印書館重刊宋本，2001 年 12 月初版），頁 520～521。

〔註208〕　（春秋）左氏傳，（晉）杜預注，（唐）孔穎達等正義：《左傳》（臺北：藝文印書館重刊宋本，2001 年 12 月初版），頁 250～252。

〔註209〕　（春秋）左氏傳，（晉）杜預注，（唐）孔穎達等正義：《左傳》（臺北：藝文印書館重刊宋本，2001 年 12 月初版），頁 147。

〔註210〕　（春秋）左氏傳，（晉）杜預注，（唐）孔穎達等正義：《左傳》（臺北：藝文

向虞國借路去攻打虢國，虞國答應了。在消滅了虢國的回軍途中，晉軍乘機也消滅了虞國。此事被後代人看作沉痛的教訓。

南中呂興，深觀天命，《吳志》曰：「交趾郡吏呂興等，殺太守孫諝，使使如魏，請太守及兵。」

蟬蛻內向，願爲臣妾，喻呂興之變如蟬之蛻化，願內靠大魏，效臣妾之勞。

孫楚借用典故以說明，殷以爲鑑。

4、┌**外失輔車脣齒之援，內有毛羽零落之漸，而徘徊危國，**
　　│**冀延日月，此猶魏武侯卻指河山以自強大，**
　　└**殊不知物有興亡，則所美非其地也！**

外失輔車脣齒之援，見《左傳‧僖公五年》曰：「宮之奇諫曰：『虢，虞之表也，虢亡，虞必從之。……諺所謂輔車相依，脣亡齒寒者，其虞、虢之謂也。」〔註211〕按輔爲頰骨，車爲齒床，兩者互相依存。《左傳》記敘虢、虞二國關係時，曾引諺語說：「所謂輔車相依、脣亡齒寒者，其虞虢之謂也。」指因呂興之變，交趾郡屬魏，吳國失掉了互相依存的南郡。

內有毛羽零落之漸，指吳國因交趾郡太守孫諝之死，如有毛羽凋落的劇變。

魏武侯，《史記》曰：「吳起者，衛人也。魏武侯浮西河而下，中流，顧謂吳起曰：『美哉山河之固，此魏之寶也。』起對曰：『在德不在險，若君不修德，則舟中之人，盡爲敵國也。』武侯曰：『善』」

比喻吳國已是內外交困，眾叛親離，切不要因地形的優勢而心存幻想。

5、**愛民治國，道家所尚；崇城自卑，文王退舍。**

愛民治國，道家所尚，《老子》曰：「愛人治國，能無知乎？」道家以先秦老子、莊子關於「道」的學說爲中心的學術派別。魏晉時期很盛行，並深受佛教影響，與儒家學說相結合，主張愛惜人民。

崇城自卑，文王退舍，《左傳‧僖公十九年》子魚言於宋公曰：「文王聞崇侯德亂而伐之，軍三旬而不降，退脩教而復伐之，因壘而降。」〔註212〕周

印書館重刊宋本，2001 年 12 月初版），頁 209。

〔註211〕（春秋）左氏傳，（晉）杜預注，（唐）孔穎達等正義：《左傳》（臺北：藝文
　　　　印書館重刊宋本，2001 年 12 月初版），頁 207。

〔註212〕（春秋）左氏傳，（晉）杜預注，（唐）孔穎達等正義：《左傳》（臺北：藝文

文王得知諸侯崇侯虎政治腐敗，發兵征討，力戰一月未能破城。於是，文王自動退兵，進一步改善自己的政治教化以後，再去攻城。結果，不戰而降。崇城，指崇侯虎的城。自卑，指城自動降低，喻指自動投降。退舍，指退兵。

孫楚謂鑒於愛護人民治理國家，爲道家所推崇；周文武面對崇侯的不降之城，曾自慚德薄，退居修德。借喻魏帝以仁厚寬大爲懷，給吳國一個機會以便作出抉擇。

6、追慕南越，嬰齊入侍，北面稱臣，伏聽告策。

追慕南越，嬰齊入侍，《漢書》曰：「南越王胡立，天子使嚴助往喻意，南越王胡遣其子嬰齊入侍宿衛。」南越王新立，漢派嚴助前往宣示皇帝的意旨，讓南越王自動派遣兒子嬰齊到漢皇宮來做侍衛，實際上就是做人質。

北面稱臣，伏聽告策，古代君王南面而坐，臣子朝見君王則面北，因謂稱臣於人爲北面。

孫楚勸告，如能審察識知安危之理，自己求得眾多之福，急遽改變容貌姿態，恭敬地接受往告的旨意，追思仰慕以前南越王的明智之舉，將其子嬰齊入朝侍奉，從而北面稱臣，俯伏敬聽所告之策，那麼將世代相傳江南之地，永爲藩國輔佐之侯。

7、「治膏肓者，必進苦口之藥；決狐疑者，必告逆耳之言。
　　└如其迷謬，未知所投，恐俞附見其以困，扁鵲知其無功也！

治膏肓者，見《左傳・成公十年》：「公夢疾爲二豎子，曰：『彼良醫也，懼傷我，焉逃之？』其一曰：『居肓之上，膏之下，若我何？』醫至，曰：『疾不可爲也。在肓之上，膏之下，攻之不可，達之不及，藥不至焉，不可爲也。』」〔註213〕後因以膏肓喻指難治之症。

進苦口之藥，告逆耳之言，《史記》張良曰：「忠言逆耳利於行，良藥苦口利於病。」

俞附見其以困，事見《列子・力命》：「楊朱之友曰季梁，季梁得疾七日，大漸。……其子弗曉終謁三醫，一曰矯氏、二曰俞氏、三曰盧氏。診其所疾。……俞氏（傳說中古代黃帝的名醫，他治病不用湯藥。）曰：『女（汝）

印書館重刊宋本，2001 年 12 月初版），頁 240。

〔註213〕（春秋）左氏傳，（晉）杜預注，（唐）孔穎達等正義：《左傳》（臺北：藝文印書館重刊宋本，2001 年 12 月初版），頁 450。

始則胎氣不足，乳湩有餘，病非一朝一夕之故，其所由來漸矣，弗可已也。』季梁曰：『良醫也。』」〔註214〕

扁鵲知其無功，事見《史記卷一百五‧扁鵲蒼公列傳第四十五》曰：「扁鵲（戰國時期名醫。姓秦名越人，渤海郡鄭（今河北任丘）人。）過齊，齊桓侯客之，入朝見，曰：『君有疾在腠理，不治將深。』桓侯曰：『寡人無疾。』扁鵲出。桓侯謂左右曰：『醫之好利也，欲以不疾者爲功。』後五日，扁鵲復見曰：『君有疾在血脈，不治恐深。』桓侯曰：『寡人無疾。』扁鵲出，桓侯不悅。後五日，扁鵲復見曰：『君有疾在腸胃間，不治將深。』桓侯不應。扁鵲出，桓侯不悅。後五日，扁鵲復見，望見桓侯而退走，桓侯使人問其故，扁鵲曰：『疾之居腠理也，湯熨之所及也。在血脈，鍼石之所及也。其在腸胃，酒醪之所及也。其在骨髓，雖司命無奈之何。今在骨髓，臣是以無請也。』後五日，桓侯體病，使人召扁鵲，扁鵲已逃去。桓侯遂死。」〔註215〕

孫楚警告孫浩，時間不多了，希望能聽取忠告，早下決斷。

（五）南齊‧謝朓〈拜中軍記室辭隨王牋〉

1、潢汙之水，願朝宗而每竭；駑蹇之乘，希沃若而中疲。

潢汙之水，見《左傳‧隱公三年》：「苟有明信，……潢汙行潦之水，可薦於鬼神。」〔註216〕《正義》引服虔：「畜小水謂之潢，水不流謂之汙。」指低窪積水處。

朝宗，見《尚書‧禹貢》：「江漢朝宗于海。」《傳》：「二水經此州而入海，有似於朝。百川以海爲宗。宗，尊也。」〔註217〕百川歸海曰「朝宗」。

駑蹇，見《漢書卷一百‧敘傳第七十上》班彪〈王命論〉曰：「駑蹇之乘，不騁千里之途。」〔註218〕駑，馬之不善奔馳者。蹇，跛。

〔註214〕 （春秋）列子撰：《列子》（上海：中華書局，1936年據明世德堂本校刊聚珍倣宋版印），卷6，頁7。

〔註215〕 （漢）司馬遷撰，（唐）司馬貞索隱，（唐）張守節正義，（宋）裴駰集解：《史記三家注》（臺北：七略出版社，1985年9月初版，影印清乾隆武英殿刊本），頁1138～1139。

〔註216〕 （春秋）左氏傳，（晉）杜預注，（唐）孔穎達等正義：《左傳》（臺北：藝文印書館重刊宋本，2001年12月初版），頁51～52。

〔註217〕 （漢）孔安國傳，（唐）孔穎達等正義：《尚書》（臺北：藝文印書館重刊宋本，2001年12月初版），頁83。

〔註218〕 （漢）班固撰，（唐）顏師古注：《漢書》（北京：中華書局，1975年4月第3次印刷），頁4209～4210。

乘，古戰車一乘四馬，故乘爲四之代稱。此處指代馬。

沃若，《詩・小雅・皇皇者華》：「我馬維駱，六轡沃若。載馳載驅，周爰咨度。」〔註219〕沃若：馬行健壯威儀貌。

以上四句自謂策駑吝之才，強微小之智，願事於王，然事不由己，終莫遂也。

2、「皋壤搖落，對之惆悵；歧路西東，或以欷唈。
　　└服義徒擁，歸志莫從，邈若墜雨，翩似秋蔕。

皋壤，澤旁窪地。《莊子外篇・知北遊》：「顏淵問乎仲尼曰：『山林與？皋壤與？使我欣欣而樂與！樂未畢也，哀又繼之。』」〔註220〕

搖落，秋至，草木凋謝、零落。宋玉〈九辯〉：「廓落兮羈旅而無友生，惆悵兮而私自憐。」

歧路西東，見《淮南子》曰：「楊子見歧路而哭之，爲其可以南，可以北。」西東，《南齊書》作「東西」。

欷唈，失聲抽泣。《淮南子・覽冥》：「昔雍門子以哭見於孟嘗君。已而陳詞通意，撫心發聲。孟嘗君爲之增欷欷唈，流涕狼戾不可止。」欷唈，《南齊書》作「嗚悒」，六臣本作「嗚唈」。按，欷同「嗚」。

服義，奉行仁義。宋玉〈招魂〉：「朕幼清以廉潔兮，身服義而未沫。」

謝朓以落雨離雲，秋葉蔕去樹比喻自己別於隋王。

3、「天地休明，山川受納，褢采一介，
　　└抽揚小善，捨耒場圃，秉筆兔園。

天地休明，以天地喻帝，故曰休明。休明，美善旺盛。

山川受納，以山川喻王。受納，接收。

兔園，爲漢文帝兒子劉武梁孝王的園囿。劉武築東苑爲宮室園囿，作爲享樂和招納賓客之所。事見《史記・梁孝王世家》。也稱菟園、梁園、梁苑。

謝朓說自己有幸適遇聖上英明，隋王寬容，接納我一介書生，用我不才。於是我告別了農耕之舍，忝居於梁園之內。

〔註219〕（漢）毛公傳，（漢）鄭玄箋，（唐）孔穎達等正義：《詩經》（臺北：藝文印書館重刊宋本，2001年12月初版），頁319。

〔註220〕（周）莊周撰，（晉）郭象注：《莊子》（上海：中華書局，1926年據明世德堂本校刊聚珍倣宋版印），卷7，頁29～30。

4、┌長裾日曳，後乘載脂，榮立府庭，恩加顏色。

└沐髮晞陽，未測涯涘，撫臆論報，早誓肌骨。

長裾日曳，謂朝夕遊於王門。

後乘載脂，以油膏塗抹車軸。見《詩・邶風・泉水》曰：「出宿于干，飲餞于言，載脂載牽，還車言邁。」〔註221〕

恩加顏色，謂隋王特別垂恩，以和顏悅色對待之。曹植〈豔歌行〉：「長者賜顏色。」二句謂沐王之德深。

未測涯涘，水邊，此指邊界，意謂受隋王之恩無際涯。涘，六臣本作「俟」。**早誓肌骨**，誓以刻骨銘心。

謝朓與隋王，進出相隨，車乘與共，榮登府第之門，幸得恩加垂憐青睞。所受之恩無可計量，撫胸思報刻骨銘心！

5、┌滄冥未運，波臣自蕩；

└渤澥方春，旅翮先謝。清切藩房，寂寥舊華。

波臣，《莊子雜篇・外物》曰：「周顧視車轍中有鮒魚焉。周問之曰：『鮒魚來，子何為者邪？』對曰：『我東海之波臣也，君豈有斗升之水而活我哉？』」〔註222〕古人以為江海水族亦有君臣之序，波臣為水族中被統治之奴隸。

藩房，藩邸。指諸侯王之府邸。

此時朓遷新安王中軍記室，朓辭子隆，借喻王在位而己已離王而去。

6、┌輕舟反溯，弔影獨留，白雲在天，龍門不見。

└去德滋永，思德滋深。

白雲在天，《穆天子傳》云：「西王母為天子謠曰：『白雲在天，山陵自出；道路悠遠，山川間之；將子無死，尚能復來。』」

二句謂己想見王，猶白雲之在天，既與王隔，猶龍門之不見。

去德滋永，思德滋深，《莊子雜篇・徐無鬼》：「徐無鬼曰：『吾直告之吾相狗馬耳。』女商曰：『若是乎？』曰：『子不聞夫越之流人乎？去國數日，見其所知而喜；去國旬月，見所嘗見於國中者喜；及期年也，見似人者而喜矣。不亦去人滋久，思人滋深乎？』」〔註223〕

〔註221〕（漢）毛公傳，（漢）鄭玄箋，（唐）孔穎達等正義：《詩經》（臺北：藝文印書館重刊宋本，2001年12月初版），頁102。

〔註222〕（周）莊周撰，（晉）郭象注：《莊子》（上海：中華書局，1926年據明世德堂本校刊聚珍倣宋版印），卷9，頁1。

〔註223〕（周）莊周撰，（晉）郭象注：《莊子》（上海：中華書局，1926年據明世德

謝朓辭子隆輕舟已遠，回首顧望，唯有形影相吊，顧影自憐；猶若白雲在天，而王府之門從此難望。越離越遠，越覺得隋王之恩德深厚。

7、「惟待青江可望，候歸艎於春渚；朱邸方開，效蓬心於秋實。
　　如其簪履或存，衽席無改，雖復身填溝壑，猶望妻子知歸。

惟待青江可望，候歸艎於春渚，二句言己不可得往，唯待春江可望，等候隋王之舟歸還京都。

蓬心，比喻浮淺，心無主見。《莊子內篇·逍遙遊》：「今子有五石之瓠，何不慮以為大樽，而浮乎江湖？而憂其瓠落無所容？則夫子猶有蓬之心也夫！」〔註224〕後多作自喻淺陋之謙詞。

簪履或存，《韓詩外傳》曰：「少原之野，婦人刈蓍薪，而失簪。哭甚哀。」《賈子》曰：「楚昭王亡其踦履，已行三十步，復還取之。左右曰：『何惜此？』王曰：『吾悲與之俱出，不俱反。』自是楚國無相棄者。」

衽席無改，《韓子》曰：「文公至河，命席褥捐之。咎犯聞之曰：『席褥所臥也，而君棄之，臣不勝其哀。』」

填溝壑，即死。《列女傳》：「梁高行曰：『妾夫不幸早死，先狗馬填溝壑。』」

妻子知歸，《東觀漢記》：「張湛謂朱暉曰：『願以妻子託朱生』」

雖復身填溝壑，猶望妻子知歸二句謂相交之深。言朓即身死，亦望能以妻子相囑託。

謝朓言春日早來，好在江邊相候隋王之歸舟；侯門方開，我等待著報效的機會。簪履為伴，友誼永存，即使身死異地，亦望能使妻子有所依託。

（七）梁·劉峻〈追（重）答劉秣陵沼書〉

1、墨翟之言無爽，宣室之談有徵。

墨翟之言，見《墨子·明鬼下第三十一》曰：「自古以及今生民以來者，亦有嘗見鬼神之物，聞鬼神之聲，則鬼神何謂無乎？若莫聞莫見，則鬼神可謂有乎？今執無鬼者言曰：『夫天下之為聞見鬼神之物者，不可勝計也。亦孰為聞見鬼神有無之物哉！』子墨子言曰：『若以眾之所同見，與眾之所同聞，則若昔者，杜伯是也。周宣王殺其臣杜伯而不辜。杜伯曰吾君殺我而不辜，

堂本校刊聚珍倣宋版印），卷8，頁11。
〔註224〕（周）莊周撰，（晉）郭象注：《莊子》（上海：中華書局，1926 年據明世德
　　　　堂本校刊聚珍倣宋版印），卷1，頁9。

若以死者爲無知，則止矣，若死而有知，不出三年，必使吾知之其。三年，周宣王合諸侯而田於圃，田車數百乘，從數千人滿野。日中，杜伯乘白馬素車朱衣冠，執朱弓，挾朱矢，追周宣王，射入車上，中心折脊殪，車中伏弢而死。……春秋諸侯傳而語之曰：『凡殺不辜者，其得不祥。……以若書之說觀之，則鬼神之有，豈可疑哉！」〔註225〕

宣室之談，見《漢書卷四十八・賈誼傳第十八》曰：「賈誼，雒陽人也，年十八，以能誦詩書屬文稱於郡中。……文帝初立，……召以爲博士。……後歲餘，文帝思（賈）誼，徵之。至，入見，上（漢文帝）方受釐，坐宣室。上因感鬼神事，而問鬼神之本。（賈）誼具道所以然之故。至夜半，文帝前席。」〔註226〕

劉峻著〈辨命論〉，劉沼致書難之，往反非一。其後沼作書未發而卒，由人於沼家得書以示峻。劉峻觀其遺書，深有感慨，故作書酬答亡靈，希望如史事所言眞有鬼神。

2、東平之樹，望咸陽而西靡；蓋山之泉，聞弦歌而赴節。

上句典出《聖賢塚墓記》。相傳東平思王墓在東平縣。冢上松柏，均向咸陽西靡。

下句典出《搜神後記》曰：「臨城縣南四十里有蓋山，百許步有舒姑泉。

昔有舒女與父析薪於此。泉女因坐，牽挽不動，乃還告家。比還，唯見清泉湛然。女母曰：『吾女好音樂。』乃作弦歌，泉涌迴流。」〔註227〕

劉峻借用此兩事典，說明劉沼對自己所著〈辨命論〉雖然見解不同甚至相反，但是彼此尊重，甚至建立了深厚友誼，希望劉沼死後顯靈。

3、懸劍空壟，有恨如何！

春秋吳季札嘗聘于魯，觀周樂。過徐國，徐君好其劍，而口不言。季札知之，以爲使上國未即獻。及還，至徐，徐君已死，乃解劍懸徐君墓樹而去。如今劉沼已逝，劉峻寄信以表心意。

〔註225〕（周）墨翟撰：《墨子》（臺北：藝文印書館，1969年《百部叢書集成》影印《經訓堂叢書》本），卷8，頁1～3。

〔註226〕（漢）班固撰，（唐）顏師古注：《漢書》（北京：中華書局，1975年4月第3次印刷），頁2221～2230。

〔註227〕（晉）陶潛撰：《搜神後記》（臺北：藝文印書館，1966年《百部叢書集成》影印《學津叢書》本），卷1，頁4。

（八）梁‧丘遲〈與陳伯之書〉

1、┌勇冠三軍，才為世出。棄鷦雀之小志，慕鴻鵠以高翔。
　　└因機變化，遭遇明主，立功立事，開國稱孤。

　　勇冠三軍，春秋時大國的軍隊建制，多分為三軍。但具體名稱不盡相同，有分上、中、下的，也有分左、中、右的，都是以中軍主將為統帥。後來以三軍為軍隊的統稱。語出李陵〈答蘇武書〉曰：「義勇冠三軍。」

　　才為世出，意為當代傑出的人才。世，指當代。出，傑出。語出蘇武〈報李陵書〉曰：「每念足下才為世生。」

　　棄鷦雀之小志，慕鴻鵠以高翔，語出《史記‧陳涉世家》曰：「陳勝少時嘗與人傭耕，中間休息時說：「苟富貴，無相忘！」別人笑他：「若為傭耕，何富貴也！」陳涉太息曰：『嗟乎！燕雀安知鴻鵠之志哉！』」這裡借以《史記‧陳涉世家》事典，稱道陳伯之有遠大的志向，早先棄齊歸梁一事。

　　陳伯之初在齊為冠軍將軍，驃騎司馬。梁武帝起兵伐齊，伯之為江州刺史，據守尋陽，後降梁，以戰功，進號征南將軍，封豐城縣公。這裡說他順應時機，投降了「明主」——梁武帝蕭衍，立了功，封了爵。陳伯之歸梁後，為安東將軍，江州刺史。因輔佐蕭衍平齊有功，進號「征南將軍」，封豐城縣公，邑二千戶。這兩句是陳伯之在梁朝的建立中立功立事，從而封爵稱孤。

2、┌朱輪華轂，擁旄萬里，何其壯也！
　　└奔亡之虜，聞鳴鏑而股戰，對穹廬以屈膝，又何劣邪？

　　朱輪華轂，轂，車輪中心的圓木，中有圓孔，外周與車輻相接。華轂，形容其車輿的華貴。陳伯之為江州刺史地位顯赫，統制一方，車乘富麗。

　　擁旄萬里，旄，旄節。也可以泛指杆頭上用牦牛尾裝飾的旗子。古代的高級將領持節統轄一方，稱為「杖節擁旄」。臣子持之作為信物。萬里，李善注引荀悅《漢紀》：「今之州牧，號為萬里。」

　　奔亡之虜，指陳伯之於梁武帝天監元年叛梁降魏。

　　穹廬，北方遊牧民族居住的圓形氈帳，似今天的蒙古包。這裡指北魏。

　　歷敘陳伯之的昔日光榮業績和不光采的目前處境。

3、赦罪責功，棄瑕錄用，推赤心於天下，安反側於萬物。

　　棄瑕，玉上的疵點。比喻過失，缺點。這裡指陳伯之的過失。

　　推赤心於天下，典出《後漢書卷一上‧光武帝紀第一上》曰：「更始遣侍

御史持節立光武爲蕭王，……是時長安政亂，四方背叛。……諸賊銅馬、大肜、高湖、重連……等，各領部曲，眾合數百萬人，所在寇掠。光武將擊之，……悉破降之，封其渠帥爲列侯。降者猶不自安，光武知其意，勅令各歸營勒兵，乃自乘輕騎按行部陳。降者更相語曰：『蕭王推赤心置人腹中，安得不投死乎！』」〔註228〕

安反側於萬物，典出《後漢書卷一上・光武帝紀第一上》曰：「光武……四月，進圍邯鄲，連戰破之。五月甲辰，拔其城，誅王郎。收文書，得吏人與郎交關謗毀者數千章。光武不省，會諸將軍燒之，曰：『令反側子自安。』」〔註229〕

丘遲推求陳伯之叛梁投魏那時的情況，就內因而言不能審慎地思考，就外因而言輕信了流傳的謠言，由沉溺迷惑而導致猖狂妄行，以至於陷入這樣的處境。聖明的梁朝赦免人的罪過而要求被赦者立功，不計較一時的過失而收錄任用。丘遲且借用東漢光武帝劉秀的兩件事典，說明梁王對天下的人都能推心置腹，以誠相待，使一切反覆無常的人都能安定下來。

4、┌**朱鮪涉血於友于，張繡剚刃於愛子，**
　└**漢主不以爲疑，魏君待之若舊。**

朱鮪涉血於友于，朱鮪，王莽末年綠林起義軍的將領。友于，「于」本爲介詞，友于，篤友于兄弟也，意指兄弟要友好，後截取「友于」二字代表兄弟。語出《尚書・君陳》：「惟孝友于兄弟。」《論語・爲政》曰：「友于兄弟。」

這裡指劉秀之兄劉縯。《後漢書》說，劉秀的哥哥劉縯被更始帝劉玄殺害，朱鮪曾參與謀劃。後來劉秀攻洛陽，朱鮪堅守。劉秀便派岑彭前去勸降。朱鮪畏罪不敢降，劉秀再派岑彭去說：「建大事者，不忌小怨」。如果投降，不咎既往，不僅不殺，還保留官爵。朱鮪便獻城投降。

張繡剚刃於愛子，見《三國志卷一・魏書・武帝紀第一》曰：「（建安）二年春正月，公（曹操）到宛。張繡（軍閥）降，既而悔之，復反。公與戰，軍敗，爲流矢所中，長子昂、弟子安民遇害。……四年冬十一月，張繡率眾

〔註228〕 （劉宋）范曄撰，（唐）李賢等注：《後漢書》（北京：中華書局，1982 年 8 月第 3 次印刷），頁 15～17。
〔註229〕 （劉宋）范曄撰，（唐）李賢等注：《後漢書》（北京：中華書局，1982 年 8 月第 3 次印刷），頁 14～15。

降，封列侯。」〔註230〕

　　此四句兩兩交錯當寫作：朱鮪涉血於友于，漢主（漢光武帝）不以爲疑；張繡制刃於愛子，魏君待之若舊。這是錯綜的修飾手法。朱鮪，在西漢末年反對王莽統治，被義軍首領更始將軍（漢更始帝劉玄即位之初）封爲大司馬，守洛陽。劉縯爲大司徒，後威名日盛，朱鮪因勸更始殺劉縯。後縯弟劉秀攻洛陽不下，建武元年（25）九月，漢光武帝劉秀派岑彭勸降。朱鮪說自己參與殺害劉秀兄長，罪重不敢投降。光武詔之曰：「建大事者，不忌小怨；今降，官爵可保，況誅罰乎？」朱鮪於是投降，拜平狄將軍，封扶溝侯。張繡，襲擊魏君曹操，流矢射中曹操長子曹昂，使曹操大敗。後重新投降曹操，官拜揚武將軍。

　　說明誤入迷途而知返回，是古代聖賢所嘉許；迷途未遠而知返回，是古代典籍所推崇的。梁朝仁恕待人，不以缺點而廢黜人才。

　　5、「佩紫懷黃，讚帷幄之謀，乘輶建節，奉疆場之任，
　　　｜並刑馬作誓，傳之子孫。
　　　└將軍獨靦顏借命，驅馳氈裘之長。

　　佩紫懷黃，佩紫，指繫官印的紫色綬帶。懷黃，指黃金製的官印。《史記卷七十九・范雎蔡澤列傳第十九》：「懷黃金之印，結紫綬於要（腰）。」〔註231〕指文官們腰結紫色綬帶，懷裝黃金之印。這是形容官品很高。

　　讚帷幄之謀，《史記卷五十五・留侯世家第二十五》：「上（漢高祖）曰：『夫運籌筴帷帳之中，決勝千里外，吾不如子房。』」〔註232〕帷幄之謀，軍帳中出謀畫策。

　　上二句言文臣協助國君謀劃軍國大事。

　　乘輶建節，乘輶，兩匹馬駕的輕車。建節，節，符節，旄節。皇帝發給使者的憑證。古代皇帝派遣的各類專使，多乘輕便馬車，把旄節、符節插在車上，稱爲「建節」。

〔註230〕（晉）陳壽撰，（劉宋）裴松之注：《三國志》（北京：中華書局，1982 年 7月第 2 版），頁 14～17。

〔註231〕（漢）司馬遷撰，（唐）司馬貞索隱，（唐）張守節正義，（宋）裴駰集解：《史記三家注》（臺北：七略出版社，1985 年 9 月初版，影印清乾隆武英殿刊本），頁 975。

〔註232〕（漢）司馬遷撰，（唐）司馬貞索隱，（唐）張守節正義，（宋）裴駰集解：《史記三家注》（臺北：七略出版社，1985 年 9 月初版，影印清乾隆武英殿刊本），頁 818。

刑馬作誓，刑馬，殺馬。古代多取白馬的血和酒共飲以立誓言。這是古代諸侯會盟的莊重儀式。

氈裘之長，氈裘，我國北方一些民族的衣著，用野獸皮毛製成衣服。

本指北方遊牧部族的酋長，此指北魏君主。北魏皇室屬鮮卑族拓拔部。

當今梁朝的文武百官都得到了重用，惟獨將軍投靠北魏，是可悲的苟活偷生。

6、 ┌慕容超之強，身送東市；姚泓之盛，面縛西都。
　　└故知霜露所均，不育異類，姬漢舊邦，無取雜種。

慕容超之強，身送東市，慕容超，鮮卑人。東晉安帝・義熙元年，繼慕容德為是十六國時期，南燕國的第二代君主，略有今山東半島東部，屢次騷擾東晉邊境。東市，《漢書卷四十九・鼂錯傳第十九》：「鼂錯，潁川人也。……乃使中尉召（鼂）錯，紿載行市。錯衣朝衣斬東市。」〔註233〕原來西漢長安處決犯人，多在長安城東市，後代便以東市為刑場的代稱。

義熙五年（409）大掠淮北。三月，東晉將劉裕舉兵北伐，次年二月，劉裕滅南燕，攻破他的根據地廣固，生擒慕容超，解赴京都建康（今南京）斬首示眾。

姚泓之盛，面縛西都，姚泓，南安羌族。義熙十二年，僭後秦，是十六國時後秦國末代君主，都長安，占有陝西中部、甘肅東部、河南南部、寧夏、山西一部土地。《南史卷一・宋本紀上第一》曰：「（東晉安帝・義熙）十三年，八月，扶風太守沈田子大破姚泓軍於藍田，王鎮惡尅長安，擒姚泓。九月，……遷姚宗于江南，送泓斬于建康市。」〔註234〕

丘遲引事典指出北方各族政權都想占有中原，先後潰敗，希望陳伯之早日回歸。

7、魚游於沸鼎之中，燕巢於飛幕之上。

魚游於沸鼎之中，鼎，古代的一種烹飪器具，多為三足兩耳。《後漢書・朱穆傳》：「養魚沸鼎之中，悽鳥烈火之上，用之不時，必也焦爛。」

燕巢於飛幕之上，燕巢，動詞，謂做窩。《左傳・襄公廿九年》，吳季札

〔註233〕（漢）班固撰，（唐）顏師古注：《漢書》（北京：中華書局，1975 年 4 月第 3 次印刷），頁 2276～2302。

〔註234〕（唐）李延壽撰：《南史》（北京：中華書局，1975 年 6 月第 1 版），頁 19～20。

曰：「夫子之在此也，猶燕巢於飛幕之上。」意在說明陳伯之處境危險。

丘遲暗喻陳伯之投靠北魏，正像魚兒在沸騰的鼎水中游泳，燕子在飄動的帷幕上作巢一樣。

8、廉公之思趙將，吳子之泣西河。

廉公之思趙將，廉公，指廉頗。《史記卷八十一・廉頗、藺相如列傳第二十一》曰：「廉頗者，趙之良將也。趙惠王十六年，廉頗爲趙將，伐齊，大破之，取晉陽，拜爲上卿。……趙孝成王卒，子悼襄王立，使樂乘代廉頗。廉頗怒，攻樂乘。樂乘走，廉頗遂奔魏之大梁。……廉頗居梁久之，魏不能信用。趙以數困於秦兵，趙王思復得廉頗，廉頗亦思復用於趙。」〔註235〕卻由於有人從中作梗而沒有實現，以致老死楚國。

吳子之泣西河，吳子即吳起，係指戰國初期魏將，著名政治家、軍事家。本爲衛國人，一度仕魏爲將。駐守西河（郡名，黃河西岸地區。轄境約當今陝西省東部，華陰、泉諸縣一帶地方），以拒秦兵。《呂氏春秋・恃君覽・觀表》曰：「吳起治西河之外，王錯譖之於魏武侯。武侯使人召之。吳起至於岸門，止車而休，望西河泣數行而下。其僕謂之曰：『竊觀公之志，視舍天下若舍履；今去西河而泣，何也？』吳起雪涕而應之曰：『子弗識也！君誠知我而使我畢能，秦必不可亡西河；今君聽讒人之議而不知我，西河之爲秦也不久矣。』」〔註236〕後來，吳起投身楚國，西河果然爲秦國占領。

廉頗之所以思念再當趙國的將軍，吳起之所以泣別西河的守地，正是人們故國之情的自然流露。丘遲說陳伯之應當趕快回故國。

9、 ┌白環西獻，楛矢東來，
　　　└夜郎、滇池解辮請職，朝鮮、昌海蹶角受化。

白環西獻，指舜時西王母來獻白環玉玦的事。據《竹書紀年》所載古代傳說，舜時西王母來朝，曾獻白環。《世本》曰：「舜時，西王母獻白環及佩。」喻指西部民族歸附。

楛矢東來，見《孔子家語》曰：「昔武王客商，於是肅慎氏貢楛矢石砮。」

〔註235〕（漢）司馬遷撰，（唐）司馬貞索隱，（唐）張守節正義，（宋）裴駰集解：《史記三家注》（臺北：七略出版社，1985年9月初版，影印清乾隆武英殿刊本），頁985～989。

〔註236〕（秦）呂不韋撰：《呂氏春秋》（明萬曆間（1573～1620）新安吳勉學刊二十子本），卷8，頁17。

指周武王克商，肅慎氏貢楛矢石砮一事。孫楚〈爲石仲容與孫皓書〉亦有「肅慎貢其楛矢」。肅慎，古國名，在今吉林省境，是我國東北部的古代遊獵民族，所以說東來。楛，似荊而赤，可爲矢榦。楛矢，用楛木製作的箭，是他們的特產，此喻指東北部民族。

夜郎，古國名，戰國至西漢時與中原交通。主要在今貴州省西部及北部、雲南省東北、四川省南部和廣西北部。

滇池，在今雲南省昆明市南，戰國時楚國莊蹻便在此稱王，西漢時內附於漢。

昌海，古代西域地名，亦名蒲昌海，一名鹽澤，今名羅布泊，即今新疆東南部羅布泊一帶。這裡泛指西域之國。

蹶角，以額角叩地，以示歸順。

以上四句是說明梁朝皇帝聖明，東、西、南三方的民族都歸順於梁朝，希望陳伯之三思。

（九）梁·昭明太子〈與何胤書〉

1、園公道勝，漢盈屈節；春卿經明，漢莊北面。

園公，即東園公，實指四皓——東園公、用里先生、綺里季、夏黃公。

漢盈，即漢高祖太子劉盈，後爲惠帝。《史記卷五十五·留侯世家第二十五》曰：「上（高祖）欲廢太子，立戚夫人子趙王如意，大臣多諫爭未能得堅決者也。呂后恐，……乃使建成侯呂澤劫留侯，……爲我畫計。留侯曰：『此難以口舌爭也，顧上有不能致者。天下有四人，四人者年老矣，皆以爲上慢侮人，故逃匿山中，義不爲漢臣。然上高此四人，……令上見之，則必異而問之，上知此四人賢，則一助也。』於是呂后令呂澤使人奉太子書，卑辭厚禮迎此四人。四人至，……太子侍。四人從太子，年皆八十有餘，鬚眉皓白，衣冠甚偉。上怪之，問曰：『彼何爲者？』四人前對各言名姓，曰東園公、用里先生、綺里季、夏黃公。上乃大驚，曰：『吾求公數歲，公辟逃我，今公何自從吾兒游乎？』四人皆曰：『……竊聞太子爲人仁孝，恭敬愛士，天下莫不延頸欲爲太子死者，故臣等來耳。』上曰：『煩公幸卒調護太子。』」〔註237〕後竟不廢太子。

〔註237〕 （漢）司馬遷撰，（唐）司馬貞索隱，（唐）張守節正義，（宋）裴駰集解：《史記三家注》（臺北：七略出版社，1985 年 9 月初版，影印清乾隆武英殿刊本），頁 816～817。

　　春卿，《後漢書卷三十七・桓榮列傳第二十七》曰：「桓榮字春卿，沛郡龍亢人。……（東漢光武帝）建武十九年，年六十餘，始辟大司徒府。時顯宗始立爲皇太子，選求明經，乃擢榮弟子豫章何湯爲虎賁中郎將，以《尚書》授太子。世祖從容問湯本師爲誰？湯對曰：『事沛國桓榮。』帝即召榮，令說《尚書》，甚善之。……入使授太子。……顯宗即位，尊以師禮，甚見親重。」〔註238〕

　　漢莊，即漢光武帝太子劉莊，中元二年即位，是爲孝明帝，廟號顯宗。

　　昭明太子借此二典故，說明自己也會像劉盈迎四皓，劉莊侍師之事，來禮尊何胤。

（十）北魏・中山王熙〈與知故書〉

1、李斯憶上蔡黃犬，陸機想華亭鶴唳。

　　李斯憶上蔡黃犬，李斯，上蔡人。爲趙高所構，腰斬咸陽市。臨刑時，斯顧謂其子曰：「吾欲與若復牽黃犬俱出上蔡東門逐狡兔，豈可得乎！」遂父子相哭而夷三族。

　　陸機想華亭鶴唳，陸機，華亭人。西晉惠帝・太安初，成都王穎起兵討長沙王乂，假陸機後將軍，河北大都督。及軍敗，孟玖等讚機有異志，穎使收機。機曰：「華亭鶴唳，可得復聞乎！」遂遇害。

　　後魏正光初，元乂恃寵跋扈，與劉騰等奏廢靈太后，幽於北宮禁中，又殺太傅清河王懌。時拓跋熙爲相州刺史，起兵討元乂，兵起甫十日，爲柳元章等所執，又遣尚書左丞盧同斬之於鄴街。拓跋熙故用此二典。

（十一）梁・元帝〈與學生書〉

1、漢人流麥，晉人聚螢。

　　漢人流麥，事典指後漢・高鳳好讀書。一日妻曝麥於庭，令鳳護雞。天忽暴雨，鳳持竿誦經如故，而麥盡爲潦水所流。

　　晉人聚螢，事典指晉・車胤勤讀，家貧不得油，夏夜常聚螢置練囊以照書。

　　蕭繹引舉古例鼓勵國學生努力向學。

〔註238〕（劉宋）范曄撰，（唐）李賢等注：《後漢書》（北京：中華書局，1982 年 8
　　　　月第 3 次印刷），頁 1249～1253。

－469－

（十二）北周・王褒〈與梁處士周弘讓書〉

1、嗣宗窮途，楊朱歧路。

嗣宗窮途，《晉書四十九卷・列傳第十九・阮籍》曰：「嗜酒能嘯，善彈琴。當其得意，忽忘形骸。……其外坦蕩而內淳至，……時率意獨駕，不由徑路，車迹所窮，輒慟哭而反。」〔註239〕

楊朱歧路，《列子・說符篇》曰：「楊子之鄰人，亡羊既率其黨，又請楊子之豎追之。楊子曰：『嘻！亡一羊何追者之？』眾鄰人曰：『多歧路。』即反問獲羊乎曰：『亡之矣。』曰：『奚！亡之日，歧路之中，又有歧焉，吾不知所之，所以反也。』」〔註240〕

王褒以阮籍、楊朱的故事比喻自己處境之窮、靡之所之，沉痛地表達了自己流落不歸的心情。

2、視陰愒日，猶趙孟之徂年，負杖行吟，同劉琨之積慘。

視陰愒日，猶趙孟之徂年，《左傳・昭公元年》曰：「趙孟視蔭曰：『朝夕不相及，誰能待五？』后子出而告人曰：『趙孟將死矣。主民，翫歲而愒日，其與幾何？」〔註241〕

負杖行吟，同劉琨之積慘，東晉・劉琨〈答盧諶書〉云：「國破家亡，親友凋殘。塊然獨立，則哀憤兩集；負杖行吟，則百憂俱至。時復相與舉觴對膝，破涕爲笑，排終身之積慘，求數刻之暫歡。」

王褒寫此書牘時梁朝已淪亡，王褒在北周異邦，自比於衰暮的趙孟，感家國之痛，尤酷劉琨。

3、書生之魂，來依舊壤，射聲之鬼，無恨他鄉。

書生之魂，來依舊壤，《後漢書卷八十一・獨行列傳第七十一》曰：「王忳，字少林，廣漢新都人也。屯嘗詣京師，於空舍中見一書生疾困，愍而視之。書生謂忳曰：『我當到洛陽，而被病，命在須臾，腰下有金十斤，願以相贈，死後乞藏骸骨。』未及問姓名而命絕。忳即鬻金一斤，營其殯葬，餘金

〔註239〕（唐）房玄齡等撰：《晉書》（北京：中華書局，1982年12月第2次印刷），頁1359～1361。

〔註240〕（春秋）列子撰：《列子》（臺北：臺灣中華書局，1966年3月臺一版據明世德堂本校刊聚珍倣宋版印），卷8，頁12。

〔註241〕（春秋）左氏傳，（晉）杜預注，（唐）孔穎達等正義：《左傳》（臺北：藝文印書館重刊宋本，2001年12月初版），卷41，頁704。

悉置棺下，人無知者。……後歸數年，……時彥（書生）父爲州從事，……自與俱迎彥喪，餘金俱存。」〔註242〕

　　射聲之鬼，無恨他鄉，《後漢書卷三十五・曹褒傳第二十五》曰：「曹褒，字叔通，魯國薛人也。……（東漢）和帝即位，……永元四年，遷射聲校尉。……褒在射聲，營舍有停棺不葬者百餘所，褒親自履行，問其意故。吏對曰：「此等多是建武以來絕無後者，不得埋掩。」褒乃愴然，爲買空地，悉葬其無主者，設祭以祀之。」〔註243〕

　　王褒流寓異域中對於故國的懷念，死後猶望歸故土，情致悱惻動人。

（十三）北周・庾信〈爲梁上黃侯世子與婦書〉

1、仙人導引，尚刻三秋，神女將梳，猶期九日。

　　仙人導引，尚刻三秋，事見晉・干寶《搜神記》曰：「漢時有杜蘭香者，自稱南康人氏，以建業四年春數詣張傳。傳年十七，望見其車在門外，婢通言：『阿母所生，遣授配君，可不敬從。』傳先名改碩。呼女前視，可十六、七，說事邈然久遠，有婢子二人，大者萱支，小者松支，鈿車青牛上，飲食皆備。作詩曰：『阿母處靈嶽，時遊雲霄際，眾女侍羽儀，不出墉宮外。飄輪送我來，豈復恥塵穢，從我與福俱，嫌我與禍會。』至其年八月旦，復來。作詩曰：『逍遙雲漢間，呼吸發九嶷，流汝不稽路，弱水何不之。』出薯蕷子三枚，大如雞子。云：『食此，令君不畏風波，辟寒溫。』碩食二枚，欲留一，不肯，令碩食盡。言：『本爲君作妻，情無曠遠，以年命未合，且小乖，大歲東方卯，當還求君。』蘭香降時，碩問禱祀何如？香曰：『消魔自可愈疾，淫祀無益。』香以藥爲消魔。」〔註244〕杜蘭香降張傳家，導引仙人養生之術，限定三年，張碩（傳）亦成仙。

　　神女將梳，猶期九日，事見晉・干寶《搜神記》曰：「魏濟北郡從事掾弦超，字義起，以嘉平中夜獨宿，夢有神女來從之，自稱天上玉女，東郡人，姓成公字知瓊。……見遣下嫁，……唯超見之，他人不見。……漏泄其事，玉女遂求去。……每於三月三日、五月五日、七月七日、九月九日、旦十五

〔註242〕（劉宋）范曄撰，（唐）李賢等注：《後漢書》（北京：中華書局，1982 年 8 月第 3 次印刷），頁 2680～2681。

〔註243〕（劉宋）范曄撰，（唐）李賢等注：《後漢書》（北京：中華書局，1982 年 8 月第 3 次印刷），頁 1201～1204。

〔註244〕（晉）干寶撰：《搜神記》（臺北：藝文印書館，1966 年《百部叢書集成》影印《學津叢書》本），卷 1，頁 11。

日輒下，往來經宿而去。」〔註245〕

此處借喻夫妻離別有定期，且每年還有會面日。

2、龍飛劍匣，鶴別琴臺。

龍飛劍匣，事見《晉書卷三十六‧列傳第六‧張華》曰：「初，吳之未滅也，斗牛之間常有紫氣，道術者皆以吳方強盛，未可圖也，惟華以爲不然。及吳平之後，紫氣愈明。華聞豫章人雷煥妙達緯象，乃要煥宿，屛人曰：「可共尋天文，知將來吉凶。」因登樓仰觀。煥曰：「僕察之久矣，惟斗牛之間頗有異氣。」華曰：「是何祥也？」煥曰：「寶劍之精，上徹於天耳。」華曰：「君言得之。吾少時有相者言，吾年出六十，位登三事，當得寶劍佩之。斯言豈效與！」因問曰：「在何郡？」煥曰：「在豫章豐城。」華曰：「欲屈君爲宰，密共尋之，可乎？」煥許之。華大喜，即補煥爲豐城令。煥到縣，掘獄屋基，入地四丈餘，得一石函，光氣非常，中有雙劍，並刻題，一曰龍泉，一曰太阿。其夕，斗牛間氣不復見焉。煥以南昌西山北巖下土以拭劍，光芒豔發。大盆盛水，置劍其上，視之者精芒炫目。遣使送一劍并土與華，留一自佩。或謂煥曰：「得兩送一，張公豈可欺乎？」煥曰：「本朝將亂，張公當受其禍。此劍當繫徐君墓樹耳。靈異之物，終當化去，不永爲人服也。」華得劍，寶愛之，常置坐側。華以南昌土不如華陰赤土，報煥書曰：「詳觀劍文，乃干將也，莫邪何復不至？雖然，天生神物，終當合耳。」因以華陰土一斤致煥。煥更以拭劍，倍益精明。華誅，失劍所在。煥卒，子華爲州從事，持劍行經延平津，劍忽於腰間躍出墮水。使人沒水取之，不見劍。但見兩龍各長數丈，蟠縈有文章，沒者懼而反。須臾光彩照水，波浪驚沸，於是失劍。華歎曰：「先君化去之言，章公終合之論，此其驗乎！」〔註246〕

鶴別琴臺，事見晉‧崔豹《古今注‧音樂篇》。〔註247〕

此處用此二典用來比喻夫妻離別，但終有復合之日。

3、人非新市，何處尋家。別異邯鄲，那應知路。

別異邯鄲，那應知路，事見《漢書卷五十‧張釋之傳第二十》曰：「張釋

〔註245〕（晉）干寶撰：《搜神記》（臺北：藝文印書館，1966 年《百部叢書集成》影印《學津叢書》本），卷1，頁 11～13。

〔註246〕（唐）房玄齡等撰：《晉書》（北京：中華書局，1982 年 12 月第 2 次印刷），頁 1075～1076。

〔註247〕（晉）崔豹撰：《古今注》（臺北：藝文印書館，1967 年《百部叢書集成》影印《畿輔叢書》本），頁 1。

之字季，南陽堵陽人也。……文帝繇是奇釋之，拜爲中大夫。頃之，至中郎將。從行至霸陵，上（文帝）居外臨廁。時愼夫人從，上指視愼夫人新豐道，曰：『此走邯鄲道也。』使愼夫人鼓瑟，上自倚瑟而歌，意悽愴悲懷。」〔註248〕愼夫人是邯鄲（今河北·邯鄲縣）人，以此借喻不易相見。

4、分杯帳裏，**却**扇床前，故是不思，何昔能憶？

分杯帳裏，《禮記·昏義》曰：「合卺而酳」〔註249〕男女成婚曰合卺。

却扇床前，事見《世說新語·假譎第二十七》曰：「溫（嶠）公喪婦，從姑劉氏家值亂離散，唯有一女，甚有姿慧。姑以屬公覓婚，公密有自婚意，答云：『佳壻難得，但如嶠比云何？』姑云：『喪敗之餘，乞粗存活，便足慰吾餘年，何敢希汝比。』却後少日，公報姑云：『已覓得婚處，門地粗可，壻身名宦，盡不減嶠。』因下玉鏡一枚，姑大喜。既婚交禮，女以手披紗扇。」〔註250〕遂謂男女成婚曰披扇、却扇。

此四句言夫妻別離怎會不相思，然一相思就想到洞房花燭夜的情景。

5、當學海神，逐潮風而來往，勿如織女，待塡河而相見。

當學海神，逐潮風而來往，事見西漢·東方朔《神異經·西荒經》曰：「西海水上有人乘白馬朱鬣，白衣玄冠，從十二童子，馳馬西海水上，如飛如風，名曰河伯使者，或時上岸，馬跡所及，水至其處，所至之國，雨水滂沱，暮則還河。」〔註251〕

勿如織女，待塡河而相見，牛郎、織女一年一次鵲橋會。《荊楚歲時記》曰：「七月七日爲牽牛織女聚會之夜。」〔註252〕《淮南子》曰：「烏鵲塡河成橋，而渡織女。」

梁上黃世子夫妻南北隔絕，希望早日相會。

〔註248〕　（漢）班固撰：《漢書》（北京：中華書局，1975年4月第3次印刷），頁2307～2309。

〔註249〕　（漢）鄭元注，（唐）孔穎達等正義：《禮記》（臺北：藝文印書館重刊宋本，2001年12月初版），頁1000。

〔註250〕　（劉宋）劉義慶撰：《世說新語》（臺北：藝文印書館，1969年《百部叢書集成》影印《惜陰軒叢書》本），頁26。

〔註251〕　（漢）東方朔撰：《神異經》（臺北：藝文印書館，1968年《百部叢書集成》影印《漢魏叢書》本），頁10。

〔註252〕　（梁）宗懍撰：《荊楚歲時記》（臺北：藝文印書館，1965年《百部叢書集成》影印《寶顏堂祕笈》本），頁22。

（十四）陳・伏知道〈為王寬與婦義安主書〉

1、魚嶺逢車，芝田息駕，雖見妖婬，終成揮忽。

魚嶺逢車，事見晉・干寶《搜神記》曰：「魏濟北郡從事掾弦超，……夢有神女來從之，……見遣下嫁，……唯超見之，他人不見。……漏泄其事，玉女遂求去。……五年，超奉郡使至洛，到濟北魚山下陌上西行，遙望曲道頭有一車馬，似知瓊驅馳前至，果是也。遂披帷相見，悲喜交切，控左援綏同乘至洛，遂為室家，剋復舊好。」〔註253〕

芝田息駕，晉・王嘉《拾遺記・諸名山・崑崙山》曰：「第九層，山形漸小狹，下有芝田蕙圃，皆數百頃，群仙種耨焉。」〔註254〕

王寬與婦分別，雖見到天仙美女，一如過眼雲煙。

2、人慙蕭史，相偶成仙。

事見西漢・劉向《列仙傳・蕭史》曰：「蕭史者，秦穆公時人也。善吹簫，能致孔雀白鶴於庭。穆公有女字弄玉，好之，公遂以女妻焉。日教弄玉作鳳鳴，居數年吹似鳳聲，鳳凰來止其屋，公為作鳳臺，夫婦止其上，不下數年。一旦皆隨鳳凰飛去。」〔註255〕

伏知道在此用來借喻王寬與婦義安公主，不能成神仙眷侶。

3、輕扇初開，欣看笑靨，長眉始畫，愁對離妝。

長眉始畫，事見《漢書卷七十六・張敞傳第四十六》曰：「敞為京兆尹，無威儀，時罷朝會，過走馬章臺街，使御史驅，自以便面拊馬，又為婦畫眉，長安中傳張京兆眉嫵。有司以奏敞。上問之，對曰：『臣聞閨房之內，夫婦之私，有過於畫眉者。』上愛其能，弗備責也。」〔註256〕

在此借喻王寬與婦往日畫眉之樂，夫妻閨閣中纏綿悱惻，如今分隔兩地，只見妝臺而不見人，心中無限愁悶。

〔註253〕（晉）干寶撰：《搜神記》（臺北：藝文印書館，1966年《百部叢書集成》影印《學津叢書》本），卷1，頁13。

〔註254〕（晉）王嘉撰：《拾遺記》（臺北：藝文印書館，1967年《百部叢書集成》影印《古今逸史》本），卷10，頁1。

〔註255〕（漢）劉向撰：《列仙傳》（臺北：藝文印書館，1967年《百部叢書集成》影印《琳琅秘室叢書》本），頁15。

〔註256〕（漢）班固撰，（唐）顏師古注：《漢書》（北京：中華書局，1975年4月第3次印刷），頁3222。

4、錦水丹鱗，素書稀遠，玉山青鳥，仙使難通。

玉山，《山海經第二·西山經》曰：「又西三百五十里曰玉山，是西王母所居也。」〔註 257〕

青鳥，事見西漢·班固《漢武故事》曰：「七月七日，上於承華殿齋正中，忽有青鳥從西方來，集殿前，上問。東方朔曰：『此西王母欲來也。』有頃，王母至，二青鳥如烏，夾侍王母旁。」〔註 258〕

伏知道在此用來借喻夫妻闊別，音訊即使是借助青鳥仙使也難傳遞消息。

（十五）陳·周弘讓〈答王褒書〉

1、雖保周陵，還依蔣徑，三荊離析，二仲不歸。

雖保周陵，事見《後漢書卷五十三·周燮傳第四十三》曰：「周燮字彥祖，汝南安城人，……燮生而欽頤折頞，醜狀駭人。其母欲弃之，其父不聽，曰：『吾聞賢聖多有異貌，興我宗者，乃此兒也。』於是養之。……有先人草廬結于岡畔，下有陂田，常肆勤以自給。……舉孝廉、賢良方正，特徵，皆以疾辭。延光二年，安帝以玄纁羔幣聘燮，宗族更勸之曰：『夫修德立行，所以為國。自先世以來，勳寵相承，君獨何為守東岡之陂乎？』」〔註 259〕

還依蔣徑，事見《三輔決錄》曰：「蔣詡歸鄉里，荊棘塞門。舍中有三徑不出，惟求仲、羊仲從之游。」〔註 260〕

三荊離析，事見梁·吳均《續齊諧記》曰：「京兆田眞（田慶、田廣）兄弟三人，共議分財生貲皆平均，惟堂前有一株紫荊樹，共議欲破三片，明日就截之，其樹即枯死，狀如火燃。（□）眞往見之，大驚。謂諸弟曰：『樹本同株，聞將分斫，所以憔悴，是人不如木也。』」因悲不自勝，不復解樹，樹應聲榮茂，兄弟相感，合財寶，遂為孝門。」〔註 261〕比喻兄弟分離。

〔註 257〕 （晉）郭璞撰：《山海經》（臺北：藝文印書館，1969 年《百部叢書集成》影印《經訓堂叢書》本），頁 19。

〔註 258〕 （漢）班固撰：《漢武故事》（臺北：藝文印書館，1967 年《百部叢書集成》影印《十萬卷樓叢書》本），頁 2。

〔註 259〕 （劉宋）范曄撰，（唐）李賢等注：《後漢書》（北京：中華書局，1982 年 8月第 3 次印刷），頁 1741～1742。

〔註 260〕 （漢）趙岐撰，（晉）摯虞注：《三輔決錄》（臺北：藝文印書館，1968 年《百部叢書集成》影印《二酉堂叢書》本），卷 1，頁 15。

〔註 261〕 （梁）吳均撰：《續齊諧記》（臺北：藝文印書館，1967 年《百部叢書集成》影印《古今逸史叢書》本），頁 1。

二仲，事見《三輔決錄》曰：「蔣詡歸鄉里，荊棘塞門。舍中有三徑不出，惟求仲、羊仲從之游。二人不知何許人，皆治車爲業，時人謂之二仲。」〔註262〕

周弘讓此喻與王褒情同手足，自己隱居，而王褒此時在北周與之隔絕，還不如蔣詡還有二仲往來。

2、昔吾壯日，及弟富年，俱值邕熙，並歡衡泌。

邕熙，按：魏鼓吹曲有〈邕熙〉，繆襲製。《晉書卷二十三・志第十三・樂下》曰：「及魏受命，改其十二曲，使繆襲爲詞，述以功德代漢。……改〈芳樹〉爲〈邕熙〉，言魏氏臨其國，君臣邕穆，庶續咸熙也。」〔註263〕此言太平之意。

並歡衡泌，語見《詩・陳風・衡門》曰：「衡鍘之下，可以棲遲，泌之洋洋，可以樂饑。」言衡門雖簡陋，然可以棲息，泌（泉）水雖不可飽，然亦可以玩樂而忘饑。

此喻周弘讓追憶昔年梁朝太平盛世，與王褒過著無憂、無求、自樂的日子。

（十六）陳・徐陵〈與李那書〉

1、山川緬邈，河渭象於經星；顧望風流，長安遠於朝日。

長安遠於朝日，事見《世說新語・夙惠第十二》曰：「晉明帝幼聰哲，爲元帝所寵異，常坐置膝前，屬故都長安使來，元帝掩面而泣，因問明帝曰：『汝謂日與長安孰遠？』對曰：『長安近，不聞人從日邊來。』明日宴群臣，告以此意，更重問之。答曰：『日近。』元帝失色問何故異昨日之言？對曰：『舉目見日，不見長安。』」〔註264〕

徐陵寫此書牘時，李那在長安，意味他倆人相隔很遠。

2、┌雍容廊廟，獻納便繁，留使催書，駐馬成檄。
　└車騎將軍，賓客盈座，丞相長史，瞻對有勞。

雍容，語見《史記卷一百一十七・司馬相如列傳第五十七》曰：「司馬相如

〔註262〕（漢）趙岐撰，（晉）摯虞注：《三輔決錄》（臺北：藝文印書館，1968年《百部叢書集成》影印《二酉堂叢書》本），卷1，頁15。

〔註263〕（唐）房玄齡等撰：《晉書》（北京：中華書局，1982年12月第2次印刷），頁701。

〔註264〕（劉宋）劉義慶撰：《世說新語》（臺北：藝文印書館，1969年《百部叢書集成》影印《惜陰軒叢書》本），頁12。

者，蜀郡成都人也，字長卿。……相如之臨卬，從車騎雍容閒雅甚都。」〔註265〕

留使催書，事見《晉書卷七十一・列傳第四十一・孫惠傳》曰：「孫惠字德施，吳國富陽人。……（東海王）越遷太傅，以惠爲軍諮祭酒，數諮訪得失。每造書檄，越或驛馬催之，應命立成，皆有文采。」〔註266〕

駐馬成檄，事見《世說新語・文學第四》曰：「桓宣武（桓溫）北征，袁虎（袁宏）時從，被責免官。會須露布文，喚袁倚馬前令作。手不輟筆，俄得七紙，殊可觀。東亭（王珣）在側，極歎其才。」〔註267〕

丞相長史，瞻對有勞，事見《三國志卷四十一・蜀書・張裔傳第十一》曰：「張裔字君嗣，蜀郡成都人也。……（諸葛）亮出駐漢中，（張）裔以射聲校尉領留府長史，……其明年，北詣亮諮事，送者數百，車乘盈路，（張）裔還書與所親曰：『進者涉道，晝夜接賓，不得寧息，人自敬丞相長史，男子張君嗣附之，疲倦欲死。』」〔註268〕

此是徐陵以事典讚揚李那文思敏捷，享譽於北朝。

3、┌鏗鏘並奏，能驚趙鞅之魂；輝煥相華，時瞬安豐之眼。……
　└豈止悲聞帝瑟，泣望羊碑！一詠歌梁之言，便掩盈懷之淚。

趙鞅之魂，事見《史記卷四十三・趙世家第十三》曰：「趙簡子（趙鞅）疾，五日不知人，……居二日半，簡子寤。語大夫曰：『我之帝所甚樂，與百神游於鈞天，廣樂九奏萬舞，不類三代之樂，其聲動人心。』」〔註269〕

安豐之眼，事見《晉書卷四十三・列傳第十三・王戎傳》曰：「王戎，字濬沖，琅邪臨沂人也。戎幼而穎悟，神彩秀徹。視日不眩，裴楷見而目之曰：『（王）戎眼爛爛，如巖下電。』……後封安豐縣侯。」〔註270〕

〔註265〕（漢）司馬遷撰，（唐）司馬貞索隱，（唐）張守節正義，（宋）裴駰集解：《史記三家注》（臺北：七略出版社，1985年9月初版，影印清乾隆武英殿刊本），頁1229。

〔註266〕（唐）房玄齡等撰：《晉書》（北京：中華書局，1982年12月第2次印刷），頁1881～1884。

〔註267〕（劉宋）劉義慶撰：《世說新語》（臺北：藝文印書館，1969年《百部叢書集成》影印《惜陰軒叢書》本），頁4。

〔註268〕（晉）陳壽撰，（宋）裴松之注：《三國志》（北京：中華書局，1982年7月第2版），頁1011～1012。

〔註269〕（漢）司馬遷撰，（唐）司馬貞索隱，（唐）張守節正義，（宋）裴駰集解：《史記三家注》（臺北：七略出版社，1985年9月初版，影印清乾隆武英殿刊本），頁711。

〔註270〕（唐）房玄齡等撰：《晉書》（北京：中華書局，1982年12月第2次印刷），

悲聞帝瑟，《史記卷二十八·封禪書第六》曰：「太帝使素女鼓五十弦瑟，悲，帝禁不止，故破其瑟爲二十五弦。」〔註 271〕

泣望羊碑，事見《晉書卷三十四·列傳第四·羊祜》曰：

> 吳石城守去襄陽七百餘里，每爲邊害，祜患之，竟以詭計令吳罷守。……（羊祜）在軍常輕裘緩帶，身不被甲，鈴閣之下，侍衛者不過十數人，而頗以畋漁廢政。……祜與陸抗相對，使命交通，抗稱祜之德量，雖樂毅、諸葛孔明不能過也。……

> 祜樂山水，每風景，必造峴山，置酒言詠，終日不倦。……〔及卒〕，襄陽百姓於峴山祜平生游憩之所，建碑立廟，歲時饗祭焉。望其碑者莫不流涕，杜預因名爲墮淚碑。〔註 272〕

此喻見〈宜陽石像碑〉文，句句精絕。

歌梁，語出《列子·湯問》曰：「昔韓娥東之齊，匱糧。過雍門，鬻歌假食。既去，餘音繞梁，三日不絕。」〔註 273〕此喻歌音迴盪繞樑。

盈懷之淚，《左傳·成公十七年》曰：「聲伯夢涉洹，或與己瓊瑰。食之，泣而爲瓊瑰，盈其懷。」〔註 274〕

在此徐陵贊歎李那〈陪駕終南〉、〈入重陽閣詩〉、〈荊州大乘寺〉及〈宜陽石像碑〉四首詩文，聲調鏗鏘，詩句華美能眩目。

4、「至如披文相質，意致縱橫，才壯風雲，義深淵海。……
　　└所覩黃絹之辭，彌懷白雲之頌。

黃絹之辭，事見《世說新語·捷悟第十一》曰：「魏武（曹操）嘗過曹娥碑下，楊脩從。碑背上見題作「黃絹、幼婦、外孫、虀臼」八字。魏武謂脩曰：『解不？』答曰：『解。』……脩曰：『黃絹，色絲也，於字爲絕；幼婦，少女也，於字爲妙；外孫，女子也，於字爲好；虀臼，受辛也，於字爲辤：

　　　　頁 1231～1234。

〔註 271〕 （漢）司馬遷撰，（唐）司馬貞索隱，（唐）張守節正義，（宋）裴駰集解：《史記三家注》（臺北：七略出版社，1985 年 9 月初版，影印清乾隆武英殿刊本），頁 551。

〔註 272〕 （唐）房玄齡等撰：《晉書》（北京：中華書局，1982 年 12 月第 2 次印刷），頁 1014～1022。

〔註 273〕 （春秋）列子撰：《列子》（臺北：臺灣中華書局，1966 年 3 月臺一版據明世德堂本校刊聚珍倣宋版印），卷 5，頁 16。

〔註 274〕 （春秋）左氏傳，（晉）杜預注，（唐）孔穎達等正義：《左傳》（臺北：藝文印書館重刊宋本，2001 年 12 月初版），頁 483。

所謂「絕妙好辤」也。』」〔註275〕

此指所見李那〈宜陽石像碑〉文爲「絕妙好辤」。

5、軒車滿路，如看太學之碑；街巷相填，無異華陰之市。

軒車滿路，如看太學之碑，事見《後漢書卷六十下・蔡邕列傳》曰：「蔡邕字伯喈，陳留・圉（今汴州陳留縣東南）人也。……（東漢靈帝）熹平四年，……奏求正定《六經》文字。靈帝許之，邕乃自書（冊）〔丹〕於碑，使工鐫刻，立於太學門外。於是後儒晚學，咸取正焉。及碑始立，其觀視及摹寫者，車乘日千餘兩，填塞街陌。」〔註276〕

街巷相填，無異華陰之市，事見《後漢書卷三十六・張楷列傳》曰：「張楷字公超，通《嚴氏春秋》、《古文尚書》，門徒常百人。賓客慕之，自父黨夙儒，偕造門焉。車馬填街，徒從無所止，……隱居弘農山中，學者隨之，所居成市，後華陰山南遂有公超市。」〔註277〕

在此徐陵贊美李那〈宜陽石像碑〉文，爲人所慕，爭相觀賞。

6、「豐城兩**劍**，尚不俱來；韓子雙環，必希皆見。
　└莫以好龍無別，木鴈可嗤。

豐城兩劍，尚不俱來，事見《晉書卷三十六・列傳第六張華》曰：「初，吳之未滅也，斗牛之間常有紫氣，道術者皆以吳方強盛，未可圖也，惟華以爲不然。及吳平之後，紫氣愈明。華聞豫章人雷煥妙達緯象，乃要煥宿，屏人曰：「可共尋天文，知將來吉凶。」因登樓仰觀。煥曰：「僕察之久矣，惟斗牛之間頗有異氣。」華曰：「是何祥也？」煥曰：「寶劍之精，上徹於天耳。」華曰：「君言得之。吾少時有相者言，百年出六十，位登三事，當得寶劍佩之。斯言豈效與！」因問曰：「在何郡？」煥曰：「在豫章豐城。」華曰：「欲屈君爲宰，密共尋之，可乎？」煥許之。華大喜，即補煥爲豐城令。煥到縣，掘獄屋基，入地四丈餘，得一石函，光氣非常，中有雙劍，並刻題，一曰龍泉，一曰太阿。其夕，斗牛間氣不復見焉。煥以南昌西山北巖下土以拭劍，光芒豔發。大盆盛水，置劍其上，視之者精芒炫目。遣使送一劍并土與華，留一

〔註275〕（劉宋）劉義慶撰：《世說新語》（臺北：藝文印書館，1969 年《百部叢書集成》影印《惜陰軒叢書》本），頁 11。
〔註276〕（劉宋）范曄撰，（唐）李賢等注：《後漢書》（北京：中華書局，1982 年 8月第 3 次印刷），頁 1979～1990。
〔註277〕（劉宋）范曄撰，（唐）李賢等注：《後漢書》（北京：中華書局，1982 年 8月第 3 次印刷），頁 1242～1243。

自佩。」〔註 278〕

　　韓子雙環，必希皆見，事見《左傳‧昭公十六年》曰：「（韓）宣子有環，其一在鄭商。宣子謁諸鄭伯，子產弗與。」〔註 279〕

　　好龍無別，事見《新序卷第五‧雜事》曰：「葉公子高好龍，鉤以寫龍，鑿以寫龍，屋室雕文以寫龍。於是天龍聞而下之，窺頭於牖，施尾於堂。葉公見之，弃而還走，失其魂魄，五色無主，是葉公非眞好龍也，好夫似龍而非龍者也。」〔註 280〕

　　木鴈可嘆，《莊子外篇‧山木》曰：「莊子行於山中，見大木，枝葉盛茂，伐木者止其旁而不取也。問其故，曰：『無所可用。』莊子曰：『此木以不材得其終其天年。』夫子出於山，舍於故人之家。故人喜，命豎子殺鴈而烹之。豎子請曰：『其一能鳴，其一不能鳴，請奚殺？』主人曰：『殺不能鳴者。』明日，弟子問於莊子曰：『昨日山中之木，以不材得終其天年；今主人之鴈，以不材死。先生將何處？』莊子笑曰：『周將處乎材與不材之間。材與不材之間，似之而非也，故未免乎累。」〔註 281〕

　　徐陵用事典比喻希望見到李那全部詩文，且說自己是會辨別好壞的。

四、反用

　　反用以前之典故，使產生新意。如：唐朝，王維〈山居秋暝〉：「隨意春芳歇，王孫自可留。」反用《楚辭‧招隱士》：「王孫遊兮，不歸。春草生兮，萋萋。歲暮兮，不自聊。蟪蛄（即寒蟬）鳴兮，啾啾。……王孫兮，歸來。山中兮，不可以久留。」杜甫〈劉九法曹鄭瑕邱石門宴集〉：「秋水清無底，蕭然靜客心。」反用隋‧盧思道〈棹歌行〉：「秋江見底清，越女復傾城。」李白《別內赴征‧其二》：「出門妻子強牽衣，問我西行幾日歸。歸來倘佩黃金印，莫見蘇秦不下機。」反用《戰國策》：「蘇秦說秦王，書十上而說不行，去秦而歸。至家，妻不下機。」但待蘇秦遊說六國成功，身佩六國相印，妻

〔註 278〕（唐）房玄齡等撰：《晉書》（北京：中華書局，1982 年 12 月第 2 次印刷），頁 1075。

〔註 279〕（春秋）左氏傳，（晉）杜預注，（唐）孔穎達等正義：《左傳》（臺北：藝文印書館，2001 年 12 月初版），頁 827。

〔註 280〕（漢）劉向撰：《新序》（臺北：藝文印書館，1968 年《百部叢書集成》影印《鐵華館叢書》本），頁 10。

〔註 281〕（周）莊周撰，（晉）郭象注：《莊子》（臺北：中華書局，1966 年 3 月臺一版聚珍倣宋版印排印本），卷 20，頁 80。

子態度陡變。以下為數篇反用典故書牘：

（一）西晉・趙至〈與嵇茂齊書〉

鳴雞戒旦，則飄爾晨征；日薄西山，則馬首靡託。

戒旦，曹魏・陳琳〈武軍賦〉：「啟明（星名）戒旦，長庚（星名）告昏。」「戒」、「告」對舉，足證戒即為告。

馬首，魯襄公十四年夏，各諸侯國跟晉悼公伐秦，晉中軍帥荀偃令曰：「唯余馬首是瞻。」（見《新譯左傳讀本・襄公十四年》）〔註282〕

作者反用此典，是指沒有追隨的目標無所寄託。

（二）陳・伏知道〈為王寬與婦義安主書〉

人慙蕭史，相偶成仙。

事見西漢・劉向《列仙傳・蕭史》：「蕭史者，秦穆公時人也。善吹簫，能致孔雀白鶴於庭。穆公有女字弄玉，好之，公遂以女妻焉。日教弄玉作鳳鳴，居數年吹似鳳聲，鳳凰來止其屋，公為作鳳臺，夫婦止其上，不下數年。一旦皆隨鳳凰飛去。」〔註283〕

伏知道在此用來反喻王寬與婦義安公主，不能成神仙眷侶。

第五節　辭藻華麗

詞藻華麗之唯美學，是文學進化的自然結果，許多書牘作品，常兼以散句，雜以對偶，講究修辭，務求詞藻典麗華美，音節和諧自然。

《左傳・襄公二十五年》曰：「仲尼曰：『《志》有之，「言以足志，文以足言。」不言，誰知其志？言之無文，行而不遠。』」〔註284〕《論語・雍也》亦曰：「文質彬彬，然後君子。」《禮記・表記》亦曰：「情欲信，辭欲巧。」皆在強調修辭之重要，務使作品之外形臻於藝術美之極峰，以便增高作品的價值。

〔註282〕郁賢皓、周福昌、姚曼波注譯：《新譯左傳讀本》（臺北：三民書局，2002 年 9 月初版一刷），中冊，頁 983。

〔註283〕漢・劉向撰：《列仙傳》（臺北：藝文印書館，1967 年，百部叢書集成影印琳琅祕室叢書本），頁 15。

〔註284〕（春秋）左氏傳，（晉）杜預注，（唐）孔穎達等正義：《左傳》（臺北：藝文印書館重刊宋本，2001 年 12 月初版），卷 36，頁 623。

（一）魏・孔融〈與曹公書論盛孝章〉云：

> 歲月不居，時節如流。五十之年，忽焉已至。
>
> 公爲始滿，融又過二。海內知識，零落殆盡。

特點是氣勢旺盛，辭采飛揚。劉勰《文心雕龍・才略》評價「氣盛於爲筆」。喜好徵引典故，善用對偶句，表現作者博學多識，善於辭令。這是以整齊的四言構成的對偶句。由此看來，孔融的文章對駢體文的發展起了促進作用。由於他的文章以盛氣貫之，讓人感到的是坦蕩磊落的眞性情。

（二）阮瑀〈爲曹公作書與孫權〉云：

> 蘇秦說韓，羞以牛後，韓王按劍，作色而怒，雖兵折地割，猶不爲悔，人之情也。……
>
> 姻親坐離，厚援生隙，常恐海內多以相責，以爲老夫包藏禍心，陰有鄭武取胡之詐，……然智者之慮，慮於未形；達者所規，規於未兆。故子胥知姑蘇之有麋鹿，輔果識智伯之爲趙禽；穆生謝病，以免楚難；鄒陽北遊，不同吳禍。……
>
> 昔淮南信左吳之策，漢隗囂納王元之言，彭寵受親吏之計，三夫不寤，終爲世笑；梁王不受詭、勝，竇融斥逐張玄，二賢既覺，福亦隨之，願君少留意焉。

文章以整齊的四六言句式爲主，兼之以散句，雜以對偶，愈發顯得英氣勃發，雄勁豪壯。

（三）魏・繁欽〈與魏太子書〉云：

> 潛氣內轉，哀音外激，大不抗越，細不幽散，聲悲舊笳，曲美常均。及與黃門鼓吹溫胡迭唱迭和，喉所發音，無不響應，曲折沉浮，尋變入節。……
>
> 暨其清激，悲吟雜以怨慕。詠北狄之遐征，奏胡馬之長思。悽入肝脾，哀感頑豔。

《三國志卷二十・魏書・附王粲傳》劉宋・裴松之注引《典略》曰：「欽……其所〈與太子書〉，記喉囀意，率皆巧麗。」〔註285〕《文帝集序》云：「欽箋還與余而盛歎之，雖過其實，而其文甚麗。」

〔註285〕（晉）陳壽撰，（劉宋）裴松之注：《三國志》（北京：中華書局，1982 年 7 月第 2 版），頁 603。

（四）魏・曹植〈與楊德祖書〉云：

仲宣獨步於漢南；孔璋鷹揚於河朔；偉長擅名於青土；

公幹振藻於海隅；德璉發**迹**於大魏；足下高視於上京。……

人人自謂握靈蛇之珠，家家自謂抱荊山之玉。……

設天網以該之，頓八紘以掩之。

　　全信寫得氣勢不凡，論述簡明而飄灑自如。句法上已帶明顯的駢偶傾向，運用得自然得體。

（五）魏・曹丕〈與吳質書〉云：

昔日游處，行則接輿，止則接席，何曾須臾相失？

每至觴酌流行，絲竹並奏，酒酣耳熱，仰而賦詩。……

偉長獨懷文抱質，恬淡寡欲，有箕山之志，可謂「彬彬君子」者矣。

德璉常斐然有述作之意，其才學足以著書，美志不遂，良可痛惜。

孔璋章表殊健，微為繁富。

公幹有逸氣，但未遒耳，其五言詩之善者，妙絕時人。

元瑜書記翩翩，致足樂也。

仲宣獨自善於辭賦，惜其體弱，不足起其文，至於所善，古人無以

遠過。

　　文中悼亡之情淒愴哀婉，感情悲愴真切，兼之以人物品評，論人論文，既有切至明辨之言，更有琴在人亡之痛。寫得綿邈深情、清秀婉麗，使文章自然隨意，細膩委婉。他注意語言的修飾，句式整齊，劉勰《文心雕龍・才略》：「魏文之才，洋洋清綺……慮詳而力緩。」〔註286〕

（六）魏・應璩〈與滿公琰書〉云：

陽書喻於詹何，楊倩說於范武，

鮮魚出自潛淵，芳旨發自幽巷。……

高樹翳朝雲，文禽蔽綠水，沙場夷敞，清風肅穆，

是京臺之樂也，得無流而不反乎！

　　應璩書牘主要特點有二：其一，文風舒緩迂徐而文意暢達；其二，善於用典講究對偶，注意辭藻的華美與音節的和諧，但又顯得從容自在，很少有

〔註286〕　（梁）劉勰著，（清）范文瀾註：《文心雕龍注》（臺北：學海出版社，1988
　　　　年 3 月初版），頁 699。

刻意雕鑿的痕跡。

（七）魏・曹植〈與吳季重書〉云：

> 燕飲彌日，其於別遠會稀，猶不盡其勞積也。
>
> 若夫凌波於前，簫笳發音於後；……
>
> 願舉太山以爲肉，傾東海以爲酒，
>
> 伐雲夢之竹以爲笛，斬泗濱之梓以爲箏，
>
> 食若塡巨壑，飲若灌漏卮。
>
> 然日不我與，曜靈急節，面有逸景之速，別有參商之闊。
>
> 思欲抑六龍之首，頓羲和之轡，折若木之華，閉濛汜之谷。
>
> 天路高邈，良久無緣，懷戀反側。

曹植起筆便暢敘往日與吳質密坐燕飲時的歡樂情景，從歡會與讀信落筆，隨個人情感的波瀾起伏。此書牘由於曹植精心於鋪陳誇張，對偶排比以及典故的運用，從而顯得辭藻華茂，錯落有緻，工整而不萎弱。無怪乎吳質贊之曰「是何文采之巨麗，而尉喻之綢繆乎！」抒情的成分很濃，充分表現了曹植豪放的氣質，浪漫的情思，飽滿的熱情與慷慨豪放的情懷都得到了淋漓盡致的表現。

（八）魏・陳琳〈答東阿王箋〉云：

> 君侯體高世之才，秉青萍、干將之器，拂鐘無聲，應機立斷。
>
> 音義既遠，清詞妙句，焱絕煥炳。
>
> 譬猶飛兔流星，超山越海，龍驥所不敢追，況於駑馬可得齊足？
>
> 夫聽〈白雪〉之音，觀〈綠水〉之節，然後〈東野〉、〈巴人〉，蟲鄙益著。

陳琳爲「建安七子」之一，以文章著名，辭藻雋美，筆力殊健。此書文字精練扼要，典麗華美，文雅有致。

（九）西晉・孫楚〈爲石仲容與孫皓書〉云：

> 昔炎精幽昧，厤數將終。桓、靈失德，災釁並興，
>
> 豺狼抗爪牙之毒，生人陷荼炭之艱。
>
> 於是九州絕貫，皇綱解紐，四海蕭條，非復漢有。……
>
> 土則神州中岳，器則九鼎猶存，世載淑美，重光相襲。
>
> 固知四隩之攸同，天下之壯觀也！……

　　夫虢滅虞亡，韓并魏徙，此皆前鑒之驗、後事之師也！

　　又南中呂興，深覩天命，蟬蛻內向，願為臣妾。

　　外失輔車脣齒之援，內有毛羽零落之漸，而徘徊危國，冀延日月。……

　　自頃國家整治器械，修造舟楫，簡習水戰。

　　伐樹北山，則太行木盡，濬決河、洛，則百川通流，

　　樓船萬艘，千里相望，自剖木以來，舟車之用，未有如今之盛者也！

文章結構謹嚴，敘述清晰，論證有力，文筆老練而又辭采飛揚，不失為一篇佳作。

（十）西晉・趙至〈與嵇茂齊書〉云：

　　吾子植根芳苑，擢秀清流，布葉華崖，飛藻雲肆。

　　俯據潛龍之淵，仰蔭棲鳳之林，榮曜眩其前，豔色餌其後，

　　良儔交其左，聲名馳其右。翱翔倫黨之間，弄姿帷房之裏，

　　從容顧眄，綽有餘裕，俯仰吟嘯，自以為得志矣！

　　豈能與吾同大丈夫之憂樂者哉？……

　　煢煢飄寄，臨沙漠矣！悠悠三千，路難涉矣！

　　攜手之期，邈無日矣！思心彌結，誰云釋矣！

　　無金玉爾音，而有遐心。身雖胡、越，意存斷金。

　　各敬爾儀，敦履璞沉，繁華流蕩，君子弗欽。

　　趙至擅長組織對比，以四六言美文，指出好友身在富貴鄉中，優閒自得，而與被迫遠行的自己對比，起點高而又出人意外；接著以艱難的歷程和孤獨的處境與自己所謂的雄心大志構成鮮明對比，險出社會的不公；然後是自己與朋友的境況對比，雖然榮辱升沉各不相同，但是懷著一般的痛苦。正是這些精心設計的對比，使人自然而然體味到正邪不兩立以及個人與社會間的深刻矛盾。此外雖遭迫害而不作女子般的啼哭，多的是大丈夫的悲憤；寫路上景物，雖艱苦，卻是豪邁廣大；敘心志，顯得慷慨激昂，壯志入雲，充分表現出一位寧折不屈的正人君子的坦蕩胸懷。全文字斟句酌，讀來琅琅上口，自然而去雕琢，全無矯揉造作之態，顯見作者是很善於駕馭語言的。

（十一）劉宋・陶潛〈與子儼等疏〉云：

　　天地賦命，生必有死，自古賢聖，誰能獨免？子夏有言：「死生有命，富貴在天。」四友之人，親受音旨，發斯談者，將非窮達不可妄求，

壽夭永無外請故耶？

陶潛文章語言簡煉、樸素、優美，蘊含豐富而耐人尋味。此書牘在文學史上可說是嶄新的面目，到達了很高的藝術水準。

（十二）劉宋・顏延之〈弔張茂度書〉云：

少履貞規，長懷理要，清風素氣，得之天然。

言面以來，便申忘年之好，比雖艱隔成阻，而情問無暌。

薄莫之人，冀其方見慰說。

顏延之在文學史上與謝靈運齊名，時稱「顏、謝」。他的駢文文辭綺麗，鋪錦列繡。

（十三）劉宋・鮑照〈登大雷岸與妹書〉云：

南則積山萬狀，爭（負）氣負（爭）高，含霞飲景，參差代雄。

凌跨長隴，前後相屬，帶天有匝，橫地無窮。

以上四句用擬人手法寫山，把群峰崢嶸的雄姿極生動地表現了出來，正吐露出作者胸中的激情。至於寫到奔騰咆哮的驚濤駭浪，更是令人驚心動魄。如云：

騰波觸天，高浪灌日，吞吐百川，寫泄萬壑。

輕煙不流，華鼎振涾，弱草朱靡，洪漣隴蹙。

散渙長驚，電透箭疾，穹溢崩聚，坻飛嶺覆。

回沫冠山，奔濤空谷，礩石為之摧碎，碕岸為之𩰚落。

仰視大火，俯聽波聲，愁魄脅息，心驚慄矣。

這些描寫造語奇險，給人一種巨大的威懾力量，它訴諸於我們的是崇高的美感。

東顧五洲之隔，西眺九派之分；窺地門之絕景，望天際之孤雲。

鮑照善於刻劃自然山水的瞬息萬變，也善於在移步換形當中把自己情隨景遷的心理自然而然地流露出來。看到天地間無比壯觀的景象，他不禁豪情滿懷，對景物描寫帶有強烈的主觀感情色彩。

孤鶴寒嘯，游鴻遠吟。樵蘇一歎，舟子再泣。

亢奮之情勃然而發。而滔滔滾滾的不盡秋愁，簡直悲不自勝。

西南望廬山，又特驚異。基壓江潮，峰與辰漢連接。

上常積雲霞，雕錦縟，若華夕曜，巖澤氣通。

傳明散綵，赫似絳天，左右青靄，表裏紫霄。

從嶺而上，氣盡金光，半山以下，純爲黛色。

他把夕陽映照下的天空、雲海描繪得異彩紛呈，又極有層次。光是對色彩的描繪就用了「錦縟」、「赫似絳天」、「青靄」、「金光」、「黛色」等詞句，足見其詞藻的富贍。可謂「煙雲變滅，盡態極妍」，筆有畫工之妙。

這幅望中的廬山所呈現的煙雲幻化，眞可謂盡態極妍，猶如重彩濃墨的巨幅山水畫，彷彿看到了國家山河的雄奇壯麗。描繪九江、廬山一帶浩瀚壯闊的景色，以「思盡波濤，悲蕩潭壑」反襯出旅途艱辛和遠別的悲思，既令人驚心動魄，又使人感到去親爲客難以言說的悲憂，其寂寞苦楚之心情及內心無限的矛盾，已躍然紙上。

作者以奇峭蒼勁的筆勢，駢整的句法，崎嶇瑰麗的語言，摹繪山川景物，使人一路讀來，覺得宛然勝景過眼，確是一篇很有藝術特色的駢文體書牘。

（十四）南齊・謝朓〈拜中軍記室辭隨王牋〉云：

皋壤搖落，對之惆悵；歧路西東，或以歔唈。……

東亂三江，西浮七澤，契闊戎游，從容燕語。

長裾日曳，後乘載脂，榮立府庭，恩加顏色。

沐髮晞陽，未測涯涘，撫臆論報，早誓肌骨。

不悟滄溟未運，波臣自蕩；渤澥方春，旅翮先謝。

清切蕃房，寂寥舊蓽。輕舟反泝，弔影獨留，白雲在天，龍門不見。……

唯待青江可望，候歸艎於春渚；朱邸方開，効蓬心於秋實。

如其簪履或存，衽席無改，雖復身塡溝壑，猶望妻子知歸。

文章情眞意切，情意纏綿，文字典雅華麗。

（十五）梁・吳均〈與宋元思書〉云：

奇山異水，天下獨絕。水皆縹碧，千丈見底。游魚細石，直視無礙。

急湍甚箭，猛浪若奔。夾嶂高山，皆生寒樹。負勢競上，互相軒邈；爭高直指，千百成峰。泉水激石，泠泠做響；好鳥相鳴，嚶嚶成韻。

蟬則千轉不窮，猿則百叫無絕。鳶飛戾天者，望峰息心；經綸世務者，

窺谷忘反。橫柯上蔽，在畫猶昏；疏條交映，有時見日。

　　此文模山範水，由一幅幅生動形象的畫面連綴而成，動靜相生，生動流麗，令人神往，使人如臨其境目不暇接，流連忘返。筆勢亦靈活多變，秀逸、清新，駢詞儷句如珠圓玉潤，楚楚可觀。

　　（十六）梁‧吳均〈與顧章書〉云：

　　　森壁爭霞，孤峰限日，幽岫含雲，深谿蓄翠。

　　　蟬吟鶴唳，水響猿啼，英英相雜，綿綿成韻。

　　　既素重幽居，遂葺宇其上。幸富菊華，偏饒竹實，

　　　山谷所資，於斯已辦。仁智所樂，豈徒語哉！

　　「森壁爭霞，孤峰限日，幽岫含雲，深谿蓄翠。」句中的動詞運用，簡潔有力。書牘中辭雖駢麗，絕不冗繁，讀之令人心醉，極見吳均在遣詞用字上的功夫。

　　（十七）梁‧陶弘景〈答謝中書書〉云：

　　　山川之美，古來共談。高峰入雲，清流見底。

　　　兩岸石壁，五色交輝；青林翠竹，四時俱備。

　　　曉霧將歇，猿鳥亂鳴；夕日欲頹，沉鱗競躍。

　　文章以「山川之美，古來共談」的總括之語起筆，而後分別描繪出一幅人間仙都的奇妙景色。接著又描寫其清晨的喧鬧和黃昏的沉靜，以動靜相襯的手法，傳達出江南山水的奇特韻致。

　　此文描繪山川清幽之美，抒發了作者怡然自樂的心情。全篇文辭清麗優美，如詩如畫，清高脫俗，不愧為六朝山水小品中的名作。

　　（十八）梁‧簡文帝〈與蕭臨川書〉云：

　　　零雨送秋，輕寒迎節，江楓曉落，林葉初黃。

　　　登舟已積，殊足勞止。解維金闕，定在何日？

　　　八區內侍，厭直御史之廬，九棘外府，且息官曹之務。

　　　應分竹南川，剖符千里。

　　開篇十六字，有時令、有氣候、有感覺、有色彩，動靜中呈現出一幅秋色圖景，清新脫俗。他寫與蕭子雲分別的惆悵，未別言別，未送而言送，抒情纏綿委婉、情深詞切。這種作法婆娑生姿，是情感的自然流露。

　　（十九）梁‧劉孝儀〈北使還與永豐侯書〉云：

　　　足踐寒地，身犯朔風。暮宿客亭，晨炊謁舍。

飄颻辛苦，迄屆氈鄉。雜種覃化，頗慕中國。……
毳幕難淹，酪漿易饜。王程有限，時及玉關。
射鹿胡奴，乃共歸國，刻龍漢節，還持入塞。
馬銜苜蓿，嘶立故墟，人獲蒲萄，歸種舊里。

劉孝儀在北地的惻愴之情都在言外。

(二十) 梁‧簡文帝〈答張纘謝示集書〉云：

日月參辰，火龍黼黻，……浮雲生野，明月入樓，
時命親賓，乍動嚴駕，車渠屢酌，鸚鵡驟傾。
伊昔三邊久留，四戰胡霧連天，征旗拂日時聞塢笛，遙聽塞笳，
或鄉思悽然，或雄心憤薄，是以沉吟短翰，補綴庸音，寓目寫心。

運用整練的句式，精美的語言，是一篇駢文佳作。

(廿一) 梁‧丘遲〈與陳伯之書〉云：

勇冠三軍，才爲世出。棄鷰雀之小志，慕鴻鵠以高翔。……朱輪華轂，擁旄萬里，……奔亡之虜，聞鳴鏑而股戰，對穹廬以屈膝。……
棄瑕錄用，推赤心於天下，安反側於萬物。……
朱鮪涉血於友于，張繡剚刃於愛子，漢主不以爲疑，魏君待之若舊。
……迷塗知反，往哲是與，不遠而復，先典攸高。主上屈法申恩，吞舟是漏。……
佩紫懷黃，讚帷幄之謀，乘軺建節，奉疆埸之任，並刑馬作誓，傳之子孫。將軍獨靦顏借命，驅馳氈裘之長。……
慕容超之強，身送東市；姚泓之盛，面縛西都。故知霜露所均，不育異類；姬漢舊邦，無取雜種。北虜盜中原，多歷年所，惡積禍盈，理至燋爛。……將軍魚游於沸鼎之中，燕巢於飛幕之上。……
暮春三月，江南草長，雜花生樹，群鶯亂飛。……
廉公之思趙將，吳子之泣西河，……白環西獻，楛矢東來，夜郎、滇池解辮請職，朝鮮、昌海蹶角受化，唯北狄野心，掘強沙塞之間，欲延歲月之命耳！
中軍臨川殿下，明德茂親，總茲戎重，弔民洛汭，伐罪秦中。

全篇辭藻華美，「勇冠三軍」、「棄瑕錄用」、「迷塗知反」、「往哲是與」、「先典攸高」、「吞舟是漏」，皆爲現今常用成語。尤其「暮春三月，江南草長，雜

花生樹，群鷿亂飛。」傳爲千古名句。

（廿二）何遜〈爲衡山侯與婦書〉云：

鏡想分鸞，琴悲別鶴。心如膏火，獨夜自煎；思等流波，終朝不息。

寄書閨閣，婉變極豔，情緒綿牽，出語清麗工巧、對仗工穩流暢。

（廿三）陳・周弘讓〈答王褒書〉云：

江南燠熱，橘柚冬青，渭北沍寒，楊榆晚葉。

土風氣候，各集所安，餐衛適時，寢興多福。……

猶冀蒼鷹、頳鯉，時傳尺素，清風朗月，俱寄相思。

「江南燠熱，渭北沍寒，餐衛適時，寢興多福」，寫得情深意長，眞誠體貼，充滿對朋友的無限友情。最後，作者再次希望朋友能經常來信，以表達相思之情，「猶冀蒼雁、頳鯉，時傳尺素；清風朗月，俱寄相思」，麗而不縟，柔而不靡，婉轉流利，情款纏綿，與書信的開頭遙相呼應，悲悽之情貫穿全篇。

王國維《人間詞話》曰：「蓋文體通行既久，染指遂多，自成習套，豪傑之士亦難於其中自出新意，故遁而作他體，以自解脫。」〔註287〕因此文人多重視文學的藝術美，追求辭藻華麗的駢文體。

〔註287〕王國維：《人間詞話》（臺北：臺灣中華書局，1972 年 9 月二版），頁 38。

第八章　魏晉南北朝書牘的評價及影響

　　書牘歷經千百年至今而不墜，筆者且從歷代文人對其評價，證其價值，及探討書牘，對後代發生的影響。

第一節　歷代評論

　　書牘雖是一種人與人間的往來書信，但其有實用性，審美性及可欣賞性的價值，歷來深受文人所激賞。雖背景不同，文風上各異，但書牘中無論抒情、論理、敘事、寫景都有其特別獨到之處，引經據典，道古證今更能產生共鳴。使用華麗詞藻，和諧聲韻，更易震撼人們心靈。

　　書牘歷經千百年而不墜，至今且更發揚光大，細究其價值，除實用性外，更有其文學價值。且看歷代文人對魏晉南北朝書牘的評論。

一、抒情類書牘之評論

　　抒情文都是發自內心情感之作，無論憶往情懷、傷別感離、思念掛懷或感嘆人生，在書牘中都能看到真情流露的可貴一面，尤其用詞貼切，極能描述寫作者當時之心境，讀後尤如置身於當時情境，令人無不感佩，故後人對於魏晉南北朝當時書牘抒情之作都給於極高之評價。

（一）東晉・盧諶〈與司空劉琨書〉

　　清・王文濡《南北朝文評註讀本》評曰：「傷別感離，攄其所抱，纏綿惋惻，如聞其聲，所謂文生於情者，非耶？」〔註1〕

〔註 1〕　（清）王文濡選註：《南北朝文評註讀本》（臺北：廣文書局，1981 年 12 月初版），冊 1，頁 56。

「纏綿惋惻」是魏晉南北朝抒情書牘之特色之一，當代文人好用華麗悽惻言詞以修飾悲悽心境。「文生於情」是書牘寫作特色最好之例證，書牘文學展現之眞摯情義，正是其他文學所不及之處。

（二）東晉・劉琨〈答盧諶書〉

清・王文濡《南北朝文評註讀本》評曰：「慨懷身世，哀與憤并，烈膽忠肝，鑄爲文字，於清剛凌厲之中，而有哀惋蒼涼之致，恍若秋山虎嘯，暮樹猿吟，流於千載，猶有餘響。」〔註2〕

此書牘駢、散間雜，語句整齊而多變，語言樸素自然，風格沉鬱凝重、悲壯蒼涼，在當時獨具特色。

（三）劉宋・陶潛〈與子儼等疏〉

清・王文濡《南北朝文評註讀本》評曰：「與子之書，佳者難觀，不失之直，即失之浮。淵明詩文，善寫性靈，此文敘骨肉之情，尤得性情之眞，詞質以達，情眞以摯。讀之如涼風忽至，時鳥自鳴，此淵明所獨長，後世奚可企及。」〔註3〕

文評讚陶潛擅於寫性靈詩文，同時也反映了書牘文學的特別在於「性情之眞，詞質以達，情眞以摯」令人讀之確有「如涼風忽至，時鳥自鳴」的感覺。

（四）南齊・謝朓〈拜中軍記室辭隨王牋〉

明・張溥《漢魏六朝百三家集・謝宣城集題詞》評曰：「今反覆誦之，益信古人知言。雖漸啓唐風，微遜康樂，要已高步諸謝矣。」〔註4〕

清・許槤《六朝文絜箋註》評曰：「通篇情思婉妙。絕去粉飾肥豔之習，便覺濃古有餘味。姿采幽茂，古力蟠注，乃六朝人眞實本領。」〔註5〕

清・王文濡《南北朝文評註讀本》評曰：「齊、梁以後，文尚浮囂，玄暉特起，獨標風骨。此文華實並茂，悠然神往，潔比白雲在天，清比青江可望，

〔註2〕 （清）王文濡選註：《南北朝文評註讀本》（臺北：廣文書局，1981年12月初版），冊1，頁55。

〔註3〕 （清）王文濡選註：《南北朝文評註讀本》（臺北：廣文書局，1981年12月初版），冊1，頁61。

〔註4〕 （南齊）謝朓撰：《謝宣城集》見（明）張溥輯：《漢魏六朝百三家集》（明崇禎間（1628～1644）太倉張氏原刊本），頁1。

〔註5〕 （清）許槤編，（清）黎經誥注：《六朝文絜箋註》（臺北：世界書局，1964年2月初版），卷6，頁7～8。

是齊、梁體之矯矯者。」〔註6〕

（五）梁・簡文帝〈與蕭臨川書〉

清・李兆洛《駢體文鈔》曰：「薄錦零機，把玩而已。」〔註7〕

清・許槤《六朝文絜箋註》評曰：「風骨翹秀，須韻人辨之。」〔註8〕

清・王文濡《南北朝文評註讀本》評曰：「詞筆交輝，情文兼至，黯然別離之情，淒其懷遠之苦，均於言外見之。一起尤清雅絕倫，一結亦遺響未墜，寥寥百餘言，譬如渺渺滄波，瞻望匪極。」〔註9〕

書牘寫得是別離之情，故看出「淒其懷遠之苦，均於言外見之」，「寥寥百餘言，譬如渺渺滄波」之浩瀚的可貴。蕭綱寫景則清新秀發，抒情則纏綿婉致，此爲一篇情深詞麗的美文。

（六）梁・簡文帝〈答新渝侯和詩書〉

清・許槤《六朝文絜箋註》評曰：「貌無停趣態有遺妍，眉色粉痕至今尚留紙上，設與美人晨粧倡婦怨情，諸什連而讀之，當如荀令，君坐席三日猶香。」〔註10〕

清・王文濡《南北朝文評註讀本》評曰：「風雅典則，卓爾不羣，雙鬢向光兩句，有歟老之意，九梁插花兩句，言和詩體製之高古，高樓懷怨至還將畫等，似指其詩中情事，而贊美其形容盡致，吹簫四句，即拋甎引玉之意。」〔註11〕

前人書牘中表露自己情感，常寓語於景或物，今人稱之含蓄或寓言。本文情感豐富，以詩寫作，此亦說明了書牘文體特殊，可詩、可賦、可散文、可駢文，可諸體雜陳之特點，無論何種文體，寫來情意眞摯，都能令人感動

〔註6〕　（清）王文濡選註：《南北朝文評註讀本》（臺北：廣文書局，1981 年 12 月初版），冊 1，頁 62。

〔註7〕　（清）李兆洛選輯《駢體文鈔・牋牘類》（上海：世界書局，1936 年仿古字版），頁 679。

〔註8〕　（清）許槤編，（清）黎經誥注：《六朝文絜箋註》（臺北：世界書局，1964 年 2 月初版），卷 7，頁 5～6。

〔註9〕　（清）王文濡選註：《南北朝文評註讀本》（臺北：廣文書局，1981 年 12 月初版），冊 1，頁 66。

〔註10〕　（清）許槤編，（清）黎經誥注：《六朝文絜箋註》（臺北：世界書局，1964 年 2 月初版），卷 7，頁 4～5。

〔註11〕　（清）王文濡選註：《南北朝文評註讀本》（臺北：廣文書局，1981 年 12 月初版），冊 1，頁 67。

不已。

（七）梁·劉峻〈追（重）答劉秣陵沼書〉

清·許槤《六朝文絜箋註》評曰：「答死者書甚是創格，屬詞特淒楚纏綿，俯仰裴回，無限痛切。結得婉有味外味。」〔註12〕

清·王文濡《南北朝文評註讀本》評曰：「痛故人之淪亡，悲淨友人長逝，哀情自寫，淒韻欲流，末幅尤音節蒼涼，九原有知，當亦流涕。」〔註13〕

本文為寫給已死朋友的信，追懷故人，哀情自寫，真有無限痛切，讀之令人鼻酸。故評曰：「音節蒼涼，九原有知，當亦流涕。」文中用了許多對偶句和典故，以麗語寫濃情，在書牘中別具一格。

（八）梁·周宏讓〈復王少保書〉

清·許槤《六朝文絜箋註》評曰：「情在景中，麗而不縟。婉轉流利。憤激無聊，不可一切，讀此則筆可擲，硯可焚矣。情款異常，語不靡激。」〔註14〕

清·王文濡《南北朝文評註讀本》評曰：「撫今追昔，泣別傷懷，前幅述離別，中幅憶往昔，後幅勉將來，因哀求樂，無樂非哀，語語皆強相慰藉之詞，亦語語有無限哀痛之意，恍見其握手河梁，相對隕涕之時，殆所謂情生文者耶。」〔註15〕

書牘因係個人書信，因此用情也特別深厚，在本文中感受尤多。「語語皆強相慰藉，亦語語有無限哀痛，恍見握其手於河橋上，相對隕涕。」其情之真誰不動容，這就是真情才能催化出好文章的最好說明。

（九）梁·何遜〈為衡山侯與婦書〉

清·許槤《六朝文絜箋註》評曰：「饒有風姿，含思宛轉，淡寫胸懷，深注感情，突出了夫妻分居，一日三秋不足為喻的主題。寄書閨閣，倩作固奇，而微笑餘香，代人涉想，尤為奇之奇者，水部風情，於斯概見。婉變極豔，

〔註12〕　（清）許槤編，（清）黎經誥注：《六朝文絜箋註》（臺北：世界書局，1964年2月初版），卷7，頁7～8。
〔註13〕　（清）王文濡選註：《南北朝文評註讀本》（臺北：廣文書局，1981年12月初版），冊1，頁74。
〔註14〕　（清）許槤編，（清）黎經誥注：《六朝文絜箋註》（臺北：世界書局，1964年2月初版），卷7，頁14～16。
〔註15〕　（清）王文濡選註：《南北朝文評註讀本》（臺北：廣文書局，1981年12月初版），冊2，頁13。

情緒綿牽，當與陳‧伏知道〈爲王寬與婦義安主書〉、北周庾信〈爲梁上黃侯世子與婦書〉並稱香奩絕作。」〔註16〕

　　清‧王文濡《南北朝文評註讀本》評曰：「幽情宛轉，頓語纏綿，紙上猶存餘香，字裏如聞哀響，愁腸欲割，山非劍鋩，離緒頻縈，水成衣帶，言情之作，斯爲獨絕。」〔註17〕

　　（清）李兆洛曰：「纖巧如翦綵宮花」。〔註18〕

　　雖爲何遜爲衡山侯捉刀的閨房信，但何遜能揣摩他人之意，極盡能事，寫出「幽情宛轉，頓語纏綿，紙上猶存餘香，字裏如聞哀響，愁腸欲割，山非劍鋩，離緒頻縈，水成衣帶」言情之作，怎不是獨絕？

（十）陳‧伏知道〈爲王寬與婦義安主書〉

　　清‧許槤《六朝文絜箋註》評曰：「柔情綺語，黯然魂銷。幾回搔首，一聲長歎，淒絕媚絕。未免有情，誰能遣此。」〔註19〕

　　清‧王文濡《南北朝文評註讀本》評曰：「頓語溫存，柔情綺膩。若置身溫柔之鄉。名花解語，游目羅綺之隊。美人坐談，受者讀之，當必愁眉不復顰，笑靨自然開。」〔註20〕

　　（清）李兆洛曰：「嬌嬈欲語」。〔註21〕

　　這也是一封捉刀的書牘，同樣寫得柔情綺語，黯然魂銷。抒情書牘確切有「若美人坐談，受者讀之，當必愁眉不復顰，笑靨自然開」之真魅力。

（十一）陳‧陳後主〈與詹事江總書〉

　　清‧許槤《六朝文絜箋註》評曰：「直抒胸臆，全不雕琢，由氣格清華，故無一筆生澀，不圖亡主竟獲如此佳文，我斥其人，我不能不憐其才也。情

〔註16〕　（清）許槤編，（清）黎經誥注：《六朝文絜箋註》（臺北：世界書局，1964年2月初版），卷，頁8〜9。

〔註17〕　（清）王文濡選註：《南北朝文評註讀本》（臺北：廣文書局，1981年12月初版），冊2，頁3。

〔註18〕　（清）李兆洛選輯《駢體文鈔‧牋牘類》（上海：世界書局，1936年仿古字版），頁691。

〔註19〕　（清）許槤編，（清）黎經誥注：《六朝文絜箋註》（臺北：世界書局，1964年2月初版），卷7，頁13〜14。

〔註20〕　（清）王文濡選註：《南北朝文評註讀本》（臺北：廣文書局，1981年12月初版），冊2，頁11〜12。

〔註21〕　（清）李兆洛選輯《駢體文鈔‧牋牘類》（上海：世界書局，1936年仿古字版），頁692。

哀理感，能令鐵石人動心。」〔註22〕

　　清・王文濡《南北朝文評註讀本》評曰：「清商迭奏，妙趣環生，山水風月，隨筆指麾，鴈鳥花葉，供其點綴，是文中之有天趣者。」〔註23〕

　　陳後主遺留後世哀傷之詩詞為後人常傳唱，他文學造詣高，筆力渾厚，又有才情，寫出「直抒胸臆，全不雕琢」及「情哀理感，撼動鐵石人心」之書牘實不足為奇。

（十二）北齊・祖鴻勳〈與陽休之書〉

　　清・許槤《六朝文絜箋註》評曰：「哀亂之世能息心，巖岫甚不可多得，文亦幽峭玲瓏，饒有兩晉風力。曠懷雅量，彌率彌眞。一清閒如此，一喧鬧如彼，不可以道里計矣。此一服清涼散耳，彼營營於名韁利鎖者，其肯嘗之否耶。非一味矯情，只是勘破名根耳，老年奔走宦途下知止足，讀此當顏變愧生矣。」〔註24〕

　　清・王文濡《南北朝文評註讀本》評曰：「悠然神往，清雅絕倫，林泉山水之氣，蒼然迎人，沁入心脾，嚼之不盡讀之恍見其坐石撫琴，舉酒望月之樂，頓覺身外之富貴，皆成塵土，信乎隱逸之士，自有其眞也。」〔註25〕

　　這是一封有隱世之念的書牘，道盡了喧鬧世俗之苦痛，急於尋求清靜世界以解脫之情躍然於紙上，文采並茂，讀之眞有「恍見其坐石撫琴，舉酒望月之樂」。

（十三）北周・庾信〈為梁上黃侯世子與婦書〉

　　清・許槤《六朝文絜箋註》評曰：「豔極韻極，恐被鴛鴦妒矣。」〔註26〕

　　清・王文濡《南北朝文評註讀本》評曰：「丰神飄逸，意態輕盈，淡語傳神，言外見意，詞藻不多，而深情無盡，蓋其秀在骨，而不可以皮相者。」〔註27〕

〔註22〕　（清）許槤編，（清）黎經誥注：《六朝文絜箋註》（臺北：世界書局，1964年2月初版），卷7，頁11～13。

〔註23〕　（清）王文濡選註：《南北朝文評註讀本》（臺北：廣文書局，1981年12月初版），冊2，頁7。

〔註24〕　（清）許槤編，（清）黎經誥注：《六朝文絜箋註》（臺北：世界書局，1964年2月初版），卷7，頁16～19。

〔註25〕　（清）王文濡選註：《南北朝文評註讀本》（臺北：廣文書局，1981年12月初版），冊2，頁14。

〔註26〕　（清）許槤編，（清）黎經誥注：《六朝文絜箋註》（臺北：世界書局，1964年2月初版），卷7，頁20～22。

〔註27〕　（清）王文濡選註：《南北朝文評註讀本》（臺北：廣文書局，1981年12月初

此是一封與妻子書信，出自庾信之手筆，寫得極為艷麗婉約，深情款款，讀之令人愛不釋手。

（十四）北周・王褒〈與梁處士周弘讓書〉

清・許槤《六朝文絜箋註》評曰：「觀宏讓答書，音節哀亮，同此一轍，所謂伯仲伊呂未可輕，為抑揚也。數語酸淒入骨，情何以堪。」〔註28〕

清・王文濡《南北朝文評註讀本》評曰：「窮途歧路，不勝去國離鄉之感，悲涼慷慨，覺蘇、李五言詩，有此真摯，無此沉痛。」〔註29〕

（清）李兆洛曰：「情語可味」。〔註30〕

當人失去親人才會憶起親人之可貴，流離他鄉舉目無親，才知家鄉之可愛。本文以數語就道盡淒苦，令人為之灑同情之淚，實非親身經歷不能為之。

二、論說類書牘之評論

論說書牘本文篩選六十一篇，有論學、論文、論經、論字、論政、論兵等，後人無人評論其所言是否合理，脈絡是否合乎邏輯，唯都以文學角度去欣賞其用辭，氣勢及結構等，因此有辭清志顯，妙態橫生，清辭犇赴，抑揚合節，跌宕生姿等評語。古人論說事體，都是引經據典，因此鏗鏘有力，擲地有聲，其情也真，其意也摯，推論剖理極為合情合理，無不令人信服，後人在論說文之創作上，無不仿效，受其影響至為深遠。

（一）魏・孔融〈與曹公書論盛孝章〉

明・張溥《漢魏六朝百三名家集・孔少府集題辭》，評曰：「東漢詞章拘密，獨少府詩文豪氣直上，孟子所謂浩然，非耶？」〔註31〕

孔融為文華麗而有氣勢，筆調犀利。〈與曹操論盛孝章書〉中表達自己的思想和情感時奮筆直書，無所顧忌，對賢才遭受迫害大聲疾呼，其惜才愛士

版），冊 2，頁 18。
〔註28〕（清）許槤編，（清）黎經誥注：《六朝文絜箋註》（臺北：世界書局，1964年 2 月初版），卷 7，頁 19～20。
〔註29〕（清）王文濡選註：《南北朝文評註讀本》（臺北：廣文書局，1981 年 12 月初版），冊 2，頁 19。
〔註30〕（清）李兆洛選輯《駢體文鈔・牋牘類》（上海：世界書局，1936 年仿古字版），頁 689。
〔註31〕（漢）孔融撰：《孔少府集》見（明）張溥輯：《漢魏六朝百三家集》（明崇禎間（1628～1644）太倉張氏原刊本），頁 1。

的性格躍然紙上。書牘中成語典故信手拈來，滔滔不絕，文章詞彩飛揚，豪邁倜儻，典型地體現了作者的人格與文風。

（二）魏・曹植〈與吳季重書〉

梁・劉勰《文心雕龍》評曰：「陳思之表，獨冠群才；觀其體贍而律調，辭清而志顯，應物掣巧，隨變生趣，執轡有餘，故能緩急應節矣。」

曹植有文才，七步為詩之機智令人讚佩，故以「體贍而律調，辭清而志顯，應物掣巧，隨變生趣」來形容此一書牘，這也是對曹植書牘的最佳評述。

（三）梁・簡文帝〈答湘東王和受試詩書〉（〈與湘東王論文書〉）

清・王文濡《南北朝文評註讀本》評曰：「玉徽金鏤，俗目見嗤〈下里〉、〈巴人〉，郢中合聽。不言之煙墨，無情之紙札，正不知受卻幾許冤苦耳，言下正自慨然。至其指斥時尚，釐正文體，尤為顛撲不破之論。」〔註32〕

（四）梁・丘遲〈與陳伯之書〉

明・張溥《漢魏六朝百三家集・丘中郎集題詞》評曰：「遲文最有聲者，與陳將軍伯之一書耳。隗囂反背、安豐責讓、楊廣附逆、伏波曉勸，咸出腹心之言，示涕泣之意，不能發其順心，使之回首，獨希範片紙，強將投戈，松柏墳墓，池臺愛妾，彼雖有情，不可謂文章無與其英靈也。」〔註33〕

清・王文濡《南北朝文評註讀本》評曰：「明之以順逆之理、嚴之以華夷之辨、動之以故國之情，莫不推勘入微，娓娓動聽，而妙態環生，清詞犇赴，抑揚合節，跌宕生姿，是之謂舌本有蓮花，腕下生冰雪。」〔註34〕

這是一篇論理書牘，撰文者以感人肺腑之言辭，並曉以大義，企盼能回首之心意躍然紙上。故評曰：「說之以順逆之理、華夷之辨大道理，動之以故國之情，並以推勘入微方式以感動對方」，使用了「妙態環生，清詞犇赴，抑揚合節，跌宕生姿」之文辭。這也說明了書牘文辭雖短，但「情真意摯」卻能一次道盡，用詞可莊可諧的之妙。

〔註32〕（清）王文濡選註：《南北朝文評註讀本》（臺北：廣文書局，1981年12月初版），冊1，頁69。

〔註33〕（梁）丘遲撰：《丘司空集》見（明）張溥輯：《漢魏六朝百三家集》（明崇禎間（1628～1644）太倉張氏原刊本），頁1。

〔註34〕（清）王文濡選註：《南北朝文評註讀本》（臺北：廣文書局，1981年12月初版），冊2，頁4。

三、敘事類書牘之評論

敘事都用於闡明事理,或表明心跡,或敘說志向等,必須說的合情合理,因此也有引經據典之作,也有氣勢磅礴,懾人魂魄之作。後人對此類書牘之評論都以言簡意賅,氣勢宏偉或簡古渾樸,華實並茂等辭來形容。

(一)魏·曹植〈與楊德祖書〉

清·李兆洛《駢體文鈔》曰:「有波瀾,有性情。」〔註35〕

清·潘德輿《養一齋詩話》曰:「子建人品甚正,志向甚遠,觀其〈答楊德祖書〉,不以翰墨為勛績,詞賦為君子。」〔註36〕

本文透露了曹植文理清新透澈,文章好,志向遠,有高尚品格,不會因自己文章好而炫耀於人。讀其文,彷彿此人就在眼前令人深信不疑。書牘可以用於敘事,把事情說的清清楚楚,文體不拘,這正是他的好處。

(二)魏·嵇康〈與山巨源絕交書〉

梁·劉勰《文心雕龍·書記》評曰:「嵇康〈絕交〉,實志高而文偉矣。」〔註37〕

明·李贄《李氏焚書·讀史》評曰:「此書實峻絕可畏,千載之下,猶可想見其人。」〔註38〕

清·王文濡《南北朝文評註讀本》評曰:「一種疏懶病困,不合世用之概,罄情抒寫,天趣盎然,文亦水到渠成,不煩繩削而自合。」〔註39〕

此文說理透闢,語氣懇切,間雜諷喻之辭,字裏行間時時表露出不與世俗同流合污的兀傲情緒,具有鮮明的個性。

(三)魏·阮籍〈奏記詣蔣公〉

清·王文濡《南北朝文評註讀本》評曰:「語質而氣宏,詞簡而意賅,讀之若親見其清狂不屈之概。」〔註40〕

〔註35〕 (清)李兆洛選輯《駢體文鈔·牋牘類》(上海:世界書局,1936年仿古字版),頁665。

〔註36〕 (清)潘德輿撰《養一齋詩話》(上海:上海古籍出版社,2002年),卷2。

〔註37〕 (梁)劉勰著,范文瀾註:《文心雕龍注》(臺北:學海出版社,1988年3月初版),頁457。

〔註38〕 (明)李贄撰:《李氏焚書》(明萬曆間(1573~1620)吳中刊本),頁13。

〔註39〕 (清)王文濡選註:《南北朝文評註讀本》(臺北:廣文書局,1981年12月初版),冊1,頁47。

〔註40〕 (清)王文濡選註:《南北朝文評註讀本》(臺北:廣文書局,1981年12月初

評者對此書牘評語是言簡意賅，氣勢宏偉，就像親見阮籍本人清狂傲立不屈之模樣。書牘雖是書信，從其語勢用詞，仍然可以看出撰信者獨特之風格，怎不令人驚歎。

（四）西晉・孫楚〈為石仲容與孫皓書〉

清・王文濡《南北朝文評註讀本》評曰：「敘述情勢，典重奮皇，勁氣直達，宏詞犇邁，勢若疾風迅雨，儡人魂魄。」〔註41〕

本書牘有鏗鏘語辭，有堂皇典故，理直氣壯神態，讀之其人恍如就在眼前。這正是論理、敘事書牘之特色。

（五）西晉・趙至〈與嵇茂齊書〉

清・王文濡《南北朝文評註讀本》評曰：「憤氣雲踊，激情風烈，哀時嫉俗，假物而鳴。故其文亦偉詞鎔鑄，奇氣旁薄，殆有龍睇大野，虎嘯六合之概。」〔註42〕

評者雖是對趙至書牘之讚美，但確也說明了趙至書牘之特色。用「奇氣旁薄，殆有龍睇大野，虎嘯六合之概」來標榜書牘氣勢壯闊，眞不為過。

（六）東晉・王羲之〈報殷浩書〉

清・王文濡《南北朝文評註讀本》評曰：「簡古渾樸，氣味淵然，雅與身分相稱。」〔註43〕

書牘可貴在於用詞不拘形式，可以「簡古渾樸」，也可以「華麗惻艷」，文氣可以「氣味淵然」也可以「萬牛奔竄」，本文寫得典雅細緻，故評曰：「簡古渾樸，氣味淵然」。

（七）東晉・王羲之〈與吏部郎謝萬書〉

清・王文濡《南北朝文評註讀本》評曰：「隱身避世，自樂其樂，水色山光，相與為侶。故其文清雅絕倫，蒼然有山水之氣。昔人謂柳子厚謫柳州，得江山之助，文字益工，觀此可以深信。」〔註44〕

版），冊1，頁49。
〔註41〕（清）王文濡選註：《南北朝文評註讀本》（臺北：廣文書局，1981年12月初版），冊1，頁51。
〔註42〕（清）王文濡選註：《南北朝文評註讀本》（臺北：廣文書局，1981年12月初版），冊1，頁58。
〔註43〕（清）王文濡選註：《南北朝文評註讀本》（臺北：廣文書局，1981年12月初版），冊1，頁59。
〔註44〕（清）王文濡選註：《南北朝文評註讀本》（臺北：廣文書局，1981年12月初

「隱身避世，自樂其樂」，這是消極的表現，以為生命的意義是留名後世，富貴榮寵如雲煙，應過著鄉野恬淡生活的寫照。書牘中正透露出王羲之內心的秘密。

（八）梁・昭明太子〈答湘東王求文集及《詩苑英華》書〉

清・王文濡《南北朝文評註讀本》評曰：「游思綿眇，興會飆發，清新卓爾，力健且遒。殆所謂麗而不浮，典而不野，足以當之。」〔註45〕

清・李兆洛《駢體文鈔》評曰：「書牘至此祇有黿華可采。」〔註46〕

清・王文濡評曰：「麗而不浮，典而不野」正是「華實並茂」之詮釋，辭麗而實，也是當代書牘文風之一。

（九）梁・江淹〈與交友論隱書〉

明・胡之驥《江文通集彙註》評曰：「盡其書記翩翩，超踰琳、瑀。」〔註47〕

清・王文濡《南北朝文評註讀本》評曰：「內秀而外嚴，意腴而詞樸，光采不露，簡古絕，是為文通之別體。」〔註48〕

這是一篇向朋友告白之書牘，他以親身經歷，體會了人生淒苦，向朋友道出了對社會的失望以及內心的苦悶，寫得意深言賅，語辭懇切。故清・王文濡評曰：「內秀而外嚴，意腴而詞樸，光采不露。」

（十）陳・陳暄〈與兄子秀書〉

清・王文濡《南北朝文評註讀本》評曰：「文過飾非，其舌可畏，妙語解頤，層出不窮。讀之如見其醉態朦朧，使酒罵座之時，舍人論文，於今猶有酒氣。」〔註49〕

版），冊 1，頁 60。

〔註45〕（清）王文濡選註：《南北朝文評註讀本》（臺北：廣文書局，1981 年 12 月初版），冊 1，頁 72。

〔註46〕（清）李兆洛選輯《駢體文鈔・牋牘類》（上海：世界書局，1936 年仿古字版），頁 678。

〔註47〕（明）胡之驥註：《江文通集彙註》（北京：中華書局，1984 年 4 月第 1 版），頁 3。

〔註48〕（清）王文濡選註：《南北朝文評註讀本》（臺北：廣文書局，1981 年 12 月初版），冊 2，頁 2。

〔註49〕（清）王文濡選註：《南北朝文評註讀本》（臺北：廣文書局，1981 年 12 月初版），冊 2，頁 8。

本文寫得極爲生動，雖相隔千年，讀其文仍如見其人。清‧王文濡對此文以「讀之如見其醉態朦朧，使酒罵座之時，舍人論文，於今猶有酒氣」作評述實不爲過。

（十一）陳‧徐陵〈與李那書〉

清‧王文濡《南北朝文評註讀本》評曰：「文至徐、庾，流風斯下。此文獨持風骨，不尚詞華，標句清新，發言哀斷，又復一氣舒卷，意態縱橫。蓋情摯而文自眞，氣勁而筆斯達，雖未足追晉、（劉）宋之遺音，亦集中之矯矯者。」〔註50〕

本篇書牘風骨獨特，簡樸清新，一氣呵成。故讚曰：「氣勁而筆斯達，雖未足追晉、（劉）宋之遺音，亦集中之矯矯者」。

四、寫景類書牘之評論

使用書牘以寫景是魏晉南北朝書牘特色之一，能將萬里江山縮於咫呎之畫幅中，讀其文猶如置身於景中，宛如欣賞了一部山水紀錄影片，故作者文思愼密，用詞貼切，其文學造詣不待而言，後人對此類書牘評價極高，推崇備至。

（一）劉宋‧鮑照〈登大雷岸與妹書〉

明‧張溥《漢魏六朝百三家集‧鮑參軍集題詞》評曰：「鮑文最有名者，〈蕪城賦〉、〈河清頌〉及〈登大雷書〉。《南齊‧文學傳》所謂：『發唱驚挺，持調險急，雕藻淫豔，傾炫心魂。』殆指是耶。」〔註51〕

清‧許槤《六朝文絜箋註》評曰：「首述羈旅之苦，意多鬱結而氣自激昂。歷言形勝之奇。沉鬱語非身歷其境者不知。煙雲變滅，盡態極妍，即使李思訓（唐畫家）數月之功，亦恐畫所難到。驚濤駭浪恍然在目。句句錘鍊無渣滓，眞是精絕。覽景述事意調悲涼。明遠駢體，高視六代，文通稍後出，差足頡頏，而奇峭幽深不逮也。」〔註52〕

清‧李兆洛《駢體文鈔》評曰：「矯厲奇工，足與〈行路難〉並美。向嘗

〔註50〕 （清）王文濡選註：《南北朝文評註讀本》（臺北：廣文書局，1981年12月初版），冊2，頁10。

〔註51〕 （劉宋）鮑照撰：《鮑參軍集》見（明）張溥輯：《漢魏六朝百三家集》（明崇禎間（1628～1644）太倉張氏原刊本），頁1。

〔註52〕 （清）許槤編，（清）黎經誥注：《六朝文絜箋註》（臺北：世界書局，1964年2月初版），卷7，頁1～4。

欲以此興求之，所謂詩人之文也。」〔註53〕

一封書牘，竟能將山水描繪的「煙雲變滅，盡態極妍，驚濤駭浪恍然在目」，讀其信，猶如看到一幅山水畫，書牘功能在此已被展現到最大之極限。

（二）梁・陶弘景〈答謝中書書〉

清・許槤《六朝文絜箋註》評曰：「演迆澹沱，蕭然塵壒之外，得此一書何謂白雲不堪持贈。」〔註54〕

清・王文濡《南北朝文評註讀本》評曰：「清氣迎人，餘輝照座，山川奇景，寫來如繪，詞筆高欲入雲，文思清可見底。」〔註55〕

山水被描繪得「清氣迎人，餘輝照座，山川奇景，寫來如繪」但寓語其中，妙不可言。

（三）梁・吳均〈與宋元思書〉

明・張溥《漢魏六朝百三家集・吳朝請集題詞》評曰：「〈與朱（宋）元思書〉盛稱富陽、桐廬山水，微矜摹擬，則士龍〈鄮縣〉、明遠〈大雷〉，波瀾尚存，謂之怪怒，殆以此哉。」〔註56〕

清・李兆洛《駢體文鈔》評曰：「巧構形似，助以山川。」〔註57〕

清・許槤《六朝文絜箋註》評曰：「掃除浮豔，澹然無塵，如讀靖節〈桃花源記〉、興公〈天臺山賦〉。此費長房縮地法，促長篇為短篇也。」〔註58〕

清・王文濡《南北朝文評註讀本》評曰：「移江山入畫圖，縮滄海於尺幅，寥寥百餘言，有縹碧千丈，滄波萬頃之狀，可以作宗氏之臥遊圖，可以作柳子之山水記。」〔註59〕

〔註53〕　（清）李兆洛選輯《駢體文鈔・牋牘類》（上海：世界書局，1936 年仿古字版），頁 674。

〔註54〕　（清）許槤編，（清）黎經誥注：《六朝文絜箋註》（臺北：世界書局，1964 年 2 月初版），卷 7，頁 8。

〔註55〕　（清）王文濡選註：《南北朝文評註讀本》（臺北：廣文書局，1981 年 12 月初版），冊 2，頁 6。

〔註56〕　（明）張溥輯：《漢魏六朝百三家集》（臺北：文津出版社 1979 年 8 月初版），頁 4287。

〔註57〕　（清）李兆洛選輯《駢體文鈔・牋牘類》（上海：世界書局，1936 年仿古字版），頁 684。

〔註58〕　（清）許槤編，（清）黎經誥注：《六朝文絜箋註》（臺北：世界書局，1964 年 2 月初版），卷 7，頁 10～11。

〔註59〕　（清）王文濡選註：《南北朝文評註讀本》（臺北：廣文書局，1981 年 12 月初版），冊 2，頁 6。

以小簡寫山水綺麗風光。吐屬高雅，妙語如珠。縮百里江水於尺幅，用筆自然，描述生動。

（四）梁·吳均〈與顧章書〉

清·許槤《六朝文絜箋註》評曰：「簡澹高素，絕去餖飣艱澀之習。吾於六朝心醉此種。」〔註60〕

吳均〈與宋元思書〉、〈與顧章書〉兩篇寫山水的方法不同，前篇是寫乘舟飄蕩時的所見所聞、而後篇則寫立足山中某一點時眼中的山水，筆致輕倩而生氣貫注，兩篇書牘最足顯示其清拔的風格特點。

（五）梁·劉孝儀〈北使還與永豐侯書〉

清·許槤《六朝文絜箋註》評曰：「絕妙一幀，子卿歸國圖寫行役，景象酸涼滿目，惻愴之情都在言外。」〔註61〕

第二節　對後世影響

中國古代文學，在內容和形式上都是豐富多彩的，語韻理論的實現，更催化了文體美化的進展，使我國文學展現出無限之魅力。書牘體的文學經魏晉南北朝百年來之演變，後代在沉靜中承襲了它的成就，默默地接受了它的影響，現在就以文學史觀來探討它的價值和影響。

一、散文的光輝

魏晉南北朝是政權更疊的時代，此時文人的思想開放，已從儒家經學中走出，為文不以政教為本，而以文人的自我思想和觀點，更加文學化、個性化，是為文學而文學，表現出清新活潑的生命力。

（一）魏朝之散文

梁·沈約《宋書·謝靈運傳》曰：「三祖、陳王，咸蓄盛藻，甫乃以情緯文，以文被質。」三祖即是曹操、曹丕、曹叡，陳王即陳思王曹植。曹丕、曹植他們的文章向形式美發展，於是影響了晉以下的美文寫作。

〔註60〕（清）許槤編，（清）黎經誥注：《六朝文絜箋註》（臺北：世界書局，1964年2月初版），卷7，頁11。

〔註61〕（清）許槤編，（清）黎經誥注：《六朝文絜箋註》（臺北：世界書局，1964年2月初版），卷7，頁9～10。

1、曹丕：《文心雕龍·才略》曰：「魏文之才，洋洋清綺。」〔註62〕其散文寫得修飭安閑，尤擅長書牘，如〈與吳質書〉、〈又與吳質書〉尤為清新婉約、綿邈情深，是很有名的抒情散文，自此文學有其獨立的地位。

2、曹植：梁·劉勰《文心雕龍·時序》曰：「陳思以公子之豪，下筆琳瑯。」〔註63〕如〈與吳季重書〉、〈與楊德祖書〉都是代表作，其散文除講究文采，亦注重字詞搭配、音節和諧，有了駢偶的傾向。

3、孔融：他的散文特點是氣勢旺盛，辭采飛揚。《文心雕龍·才略》評曰：「孔融氣盛於為筆。」〔註64〕如〈論盛孝章書〉，此書牘文中云：「歲月不居，時節如流。五十之年，忽焉已至。公為始滿，融又過二。海內知識，零落殆盡。」以整齊的四言寫成的對偶句，促進了對駢文的發展。

4、嵇康：最有名的一篇散文是〈與山巨源絕交書〉，此書牘文辭清峻灑脫、不加雕飾、隨意揮灑、說理透闢，痛快淋漓盡致。其中間雜諷喻之詞，時時表露出不與世俗同流合污的兀傲情緒，在玩世不恭中顯示出作者的剛腸傲骨，嫉惡如仇孤高自負的品格。他的自然文風對後世散文發展影響深遠，如梁·江淹〈與交友論隱書〉就是仿造他的寫作方式。

（二）晉朝之散文

晉、劉宋間之散文，以陶淵明最為有名，其淡雅不濃豔，尚自然，如〈與子儼等疏〉文中自述生平，恬退不仕，與世無爭的心境，影響後世自然派之散文，以唐·白居易最為近之。〔註65〕

二、寫景書牘的魅力

劉宋·鮑照〈登大雷岸與妹書〉一文震撼了當代文壇，開創了書牘寫景

〔註62〕　（梁）劉勰著，王更生注譯：《文心雕龍讀本》（臺北：文史哲出版社，1999年9月初版），下篇，頁320。

〔註63〕　（梁）劉勰著，（清）范文瀾註：《文心雕龍注》（臺北：學海出版社，1988年3月初版），頁673～674。

〔註64〕　（梁）劉勰著，（清）范文瀾註：《文心雕龍注》（臺北：學海出版社，1988年3月初版），頁699。

〔註65〕　陳柱著：《中國散文史》（臺北：臺灣商務印書館，1991年3月臺八版），頁177。

新文體，其後多人仿效，以書牘大量寫景是首創，於文風靡弱的南朝，更屬難得。鮑照以自己的才情在當日的文壇上開闢了一塊新的園地，使得光顧這片園地的人們呼吸到清新的空氣，從而受到了鼓舞與振奮，對於後來寫景文，如梁·陶弘景〈答謝中書書〉、梁·吳均的〈與宋元思書〉、〈與顧章書〉等書札及北魏·酈道元的〈水經注〉，乃至於柳宗元都發生了不同程度的影響。

梁·吳均〈與宋元思書〉、〈與顧章書〉俱以小簡描寫山水，吐屬高雅，妙語如珠，移山入畫圖，縮滄海於尺幅，可以作宗氏之臥遊圖，可以作柳子之山水記，小品文之特色，於此表現無遺。〔註66〕

三、詩歌理論的發酵

齊、梁之際，文人們擅長辭句的整對和精工，梁·沈約〈答陸厥書〉，在詩歌理論上的主要貢獻是倡導聲律說，當「四聲」明確建立後，遂使文壇上產生了革命性的變化，新變體於焉產生，使當時各種文體的形式發展愈臻精美，也增強了藝術效果。如《梁書卷四十九·列傳第四十三·文學上·庾肩吾》曰：

> 齊永明中，文士王融、謝朓、沈約文章，始用四聲，以為新變，至是轉拘聲韻，彌尚麗靡，復踰於往時。〔註67〕

在文學作品上，文辭講求音節諧美，用辭婉約清麗，在語言上力求精美清新，對一代文風影響極大，許多文學作品率相採用，並為隋、唐以後各朝各代絕、律詩的形成開拓了一道新道路，其功厥偉。

四、性靈小品文的開創

梁·陶宏景〈答謝中書書〉吳、陶兩人的短作，重在自然景觀的描寫以表現士大夫的生活情趣。這種寫作追求，上承王羲之、陶淵明、鮑照和江淹，在六朝時代這類作品雖然還只是幾朵浪花，但卻是一個良好的開端，到了後來，經蘇軾發展，明代公安三袁，終於形成了獨抒性靈，小品文寫作的洪波巨瀾。

〔註66〕張仁青撰：《中國駢文發展史》（臺北：臺灣中華書局，1970 年 5 月初版），頁369。
〔註67〕（唐）姚思廉《梁書》（北京：中華書局，1973 年 5 月第 1 版），頁 690。

第九章 結 論

　　書牘是一種在自由意志下的創作品，具有實用性，審美性及可欣賞性的文學價值，所謂「信乎任心，謔浪笑傲，無所不可。」正是書牘的寫照。

　　書牘可貴之處在於情意真摯，此真包含了真情、真意、真豪氣及真感受。王季重認為：「書牘者，代言之書也。而言為心聲，對人言必自對我言始。凡可以對我言，既無不可對人言，對我言以神，對人言以筆。神有疚，尚可回也，筆有疚，不可追也。」故給人感覺是確切而新鮮，有推心置腹，披肝瀝膽的真情、真心、真意、真意見及真見識，它是別的體裁很難達到的程度。

一、書牘之特色

　　書牘雖是親朋好友間之來往文書，但它與一般文學作品不同，茲列述於下：

（一）具有實用性，審美性及可欣賞性的文學價值。

（二）內容上它可以議，也可以論，可以抒情也可以敘事。

（三）文體上可為駢文、散文，亦可為詩、詞，更可以融匯於一爐，諸體雜陳。

（四）風格上，可詼諧亦可莊重，可通俗亦可文雅，任君率性而為，揮灑自如，只要筆力渾厚有餘，就可以勾畫無窮境界。

（五）篇幅上，可長可短，盡心道來，暢所欲言。

（六）實用上無貴賤、階級之區分，人人可以隨性而作，具有同等價值。

（七）它是後人研究學術的最寶貴資料來源。

二、書牘文學價值之定位

書牘興盛於東漢至魏晉南北朝，由曹丕到劉勰，從理論上都肯定了書牘的地位。昭明太子更付之實現，在《文選》中標立了書牘一類，做了前人未做之開拓性工作，同時大量選錄優秀作品，這是書牘作為文學體裁的開始。

自北宋起，家書與一般書牘開始分流，家書以樸實口語為主。而一般書牘之內涵漸趨向高雅化、審美化、擺脫以往的實用化，處處可見人工鑿痕，使它變成瑣碎而通俗。明清兩代大量書牘出版、刊行，強化了書牘著述的傾向，同時書牘被付梓刊印成冊，或饋贈親朋好友，或待價沽售，已使書牘成為個人向大眾傳達情感、思想，展露才華之媒介，脫離個人化成為超級傳媒，其影響之深遠至今仍然不墜。故書牘於文學領域之中，實佔相當重要之席位，其價值誠不可忽視。又明·吳訥《文章辨體·序說》曰：「戰國兩漢間，若樂生、若司馬子長，若劉歆諸書，敷陳明白，辨難懇到，誠可以為修辭之助。」〔註1〕其在文學價值不待而言。

三、書牘內容之特色

書牘雖為隨筆之作，但卻有抒情、論理、敘事、寫景之分，但所散溢之「真情」卻是一致，無人可以否定。傅庚生作《中國文學欣賞舉隅》曰：「自來書牘隨筆之作，頗多可誦者，其情真也……讀情真之作，如食橄欖，初尚疑其苦澀，回味始覺如飴，而其芳馨，永留齒頰間。」〔註2〕說明了書牘雖是隨意之作，卻處處流露著真情，也是書牘之美所在。

在抒情、論理、敘事、寫景書牘內所蘊藏之各種思想，代表了前人的心靈與志向。研究書牘文學就是在詮釋演譯相隔千百年前，曾經起落的作家心靈軌跡，使作家活生生地復活於面前，勾劃出作家的心靈軌跡史。魏晉南北朝是一個文學自覺在藝術道路上邁進的時期，文壇上出現嶄新的風貌，賦和駢文在繼承前代的成就上，加以發展創造，成就了大量藝術精美的作品，炫耀著這一時期特有的絢爛光輝，成為後代卓越不朽的典範，也影響了後世文學之創作方向。茲將書牘特色整理如下：

〔註 1〕 （明）吳訥撰：《文章辨體》（臺北：大安書局，1998 年第一版），頁 3。

〔註 2〕 傅庚生著：《中國文學欣賞舉隅·真情與興會》（臺北：國文天地，1990 年 4 月），頁 14。

（一）抒情類

書牘包羅萬象，舉凡感慕、懇摯、惋傷、恬淡、惻艷、牢騷、抒懷等都在其內。雖係個人情感的表達，其間蘊藏著是眞摯之情意。感傷者令人同聲嘆息，喜悅者令人一起雀躍，書牘魅力眞無人可擋。

（二）論說類

書牘多著墨於說理，彰顯自己見解，故引經據典是最大特色，或以自己經歷，或以歷史殷鑒，剖析前因，預測後果，無論論學、論文、論經、論字、論政、論兵或辯駁，見解清新，立論有據，娓娓道來，無不令人懾服。

（三）敘事類

書牘都用於闡明事理，亦多引用經典，以彰顯事體。或爲薦揚、辭謝、祈請，或爲致謝、稱頌、責讓，或爲絕交、陳述，或爲誡訓、諷勸、規戒，都緊扣著情、理、義、利以說服於人，使人有感同身受不能婉拒之歡。

（四）寫景類

寫景書牘宛如一幅山水畫，如劉宋・鮑照〈登大雷岸與妹書〉、梁・吳均〈與宋元思書〉、梁・吳均〈與顧章書〉、梁・吳均〈與施從事書〉、梁・陶弘景〈答謝中書書〉皆爲寫景佳作。

梁・丘遲〈與陳伯之書〉曰：「暮春三月，江南草長，雜花生樹，羣鶯亂飛。」亦有繪景千古名言，其寄情自然，寓語深遠，以寫景勾起友人思鄉情懷，使陳伯之歸降的書牘，但其主旨爲勸降，因此筆者將之歸於敘事・諷勸類。

四、魏晉南北朝書牘思想之內涵

魏晉南北朝文風都由幾個或多個文人領導之集團所主導，如「建安文風」就是由曹操父子爲首與建安七子共同領導；「正始文風」由阮籍、嵇康領導「竹林七賢」隱士集團所倡導等。當時在不同背景下，由不同文人倡導，書牘中透露著各種不同的思想，這些思想至今仍深深的影響著我們。

（一）儒學思想

儒學思想講究門第，持重守身、治家、經世。文人以此教育子弟，也以此訓誡子弟。故談治學，都以努力治學，勤奮著書，以爲生命的意義是留名後世，富貴榮寵如雲煙，應過著鄉野恬淡生活。或有也談經世治國之論，強

調立志扶危定亂，以存社稷，故鼓勵「學而優則仕」。言忠信、行篤敬、慎思與明辨成為當時最高的行為德目。常強調兄弟同居，和諧共處為齊家之本。談及修身，都強調恪遵德目以教誨子弟。當時有「七世同財，家人無怨色」的範例。文人教育子女莫不仿效，強調齊家的重要。

（二）玄學思想

玄學思想是當時的新哲學，為「人的覺醒」哲學，大多肯定儒家，但以道家思想改造儒家，尊重個體人格，肯定人的情感價值，同時也肯定自然人性。把自然分為兩樣，一曰自然物，以「天地」概言之，二曰自然本性，即本色、本性，以「素」、「樸」代言之。自然論者常以率真、曠達、脫俗為人格特徵，以「自然」傲視禮俗，掙脫儒教禮法約束。崇尚《老子》、《莊子》及《周易》，以為一切應順應自然的變化，不求有所作為，故曰「貴無」。神思遊心於玄冥，馳神運思，以冥想跨越時空，馳騁古今，當神思之來，就會萬途竟萌。所謂「眉睫之前，卷舒風雲之色，其思理之致乎！」就是此意。同時提出「言不盡意」及「言盡意」兩論分述。

（三）文學思想

立德、立功、立言三不朽，對魏晉南北朝文人有非常深遠之影響。因此，著述不朽成為本體論之基調，故當時文人都盡力想發揮自己文才，不能立德，寄望能立言，俾能名垂千古。曹丕〈與王朗書〉云：「死惟一棺之土，惟立德揚名，可以不朽，其次莫如著篇籍。」正是文學思想之寫照。

書牘透露出的不同文風，代表著每一不同朝代的時代背景，它透露著當代社會情況，戰亂使人沮喪，昇平帶來光明。人民思想總是跟著生活的軌跡在前進，書牘內透露的各種文學思想正反映出生活的一面，而文風正是文學思想之代表，它猶如一面鏡子，讓我們有機會重新窺伺前人文學思想之緣由。

四、魏晉南北朝書牘題材特色

（一）隱逸類

隱逸的含義有兩種，一為「為隱逸而隱逸」，一為「待時而隱」。易經曰：「天地閉，賢人隱。」又曰：「遯世無悶」，即含有逃世的意義。《晉書‧隱逸傳》曰：

> 介焉超俗，浩然養氣。藏聲江海之上，卷迹囂氛之表。漱流而激其

清，寢巢而韜其耀。良畫以符其志，絕機以虛其心。玉輝冰潔，川
亭嶽峙，修至樂之道，固無疆之休。長往邈而不追，安排宜而無悶，
修身自保，悔吝弗生。〔註3〕

隱逸又是人生修養的極致，是一種「符其志」的「至樂之道」。魏晉南北
朝的政治和社會正好孕育隱逸的條件。有的人「隱居以求其志」；有的人「回
避以全其道」；有的人「靜己以鎮其躁」；有的人「垢俗以動其概」；有的人「疵
物以激其清」。在書牘中透露隱逸之思的，可分下列兩類：

1、抒懷中透露隱逸之思

魏‧應璩〈與從弟君苗君冑書〉云：

來還京都，塊然獨處。營宅濱洛，困於囂塵，思樂汶上，發於寤
寐。

昔伊尹輟耕，郅惲投竿，思致君於有虞，濟蒸人於塗炭。而吾方欲
秉耒耜於山陽，沉鉤緡於丹水，知其不如古人遠矣。然山父不貪天
下之樂，曾參不慕晉、楚之富，亦其志也。

前者，邑人念弟無已，欲令州郡崇禮，師官授邑，誠美意也。歷觀
前後，來入軍府，至有皓首，猶未遇也。徒有饑寒駿奔之勞。俟河
之清，人壽幾何？

文中既有對大自然的描摹，也有對官場汙穢的憎惡和批判，在不經意中
流露出作者對人生意義的積極探求。

魏‧嵇康〈與山巨源絕交書〉云：

所謂達則兼善而不渝，窮則自得而無悶。……吾每讀尚子平、臺孝
威傳，慨然慕之，想其為人。……抱琴行吟，弋釣草野。……遊山
澤，觀魚鳥，心甚樂之。

嵇康企慕東漢隱士尚子平和臺孝威，過隱居生活——抱琴行吟，弋釣草
野，遊山澤，觀魚鳥。

西晉‧羊祜〈與從弟琇書〉云：

年已朽老，既定邊事，當有角巾東路，還歸鄉里，于墳墓側，為容
棺之墟，假日視息，思與後生味道，此吾之至願也。

〔註3〕　（唐）房玄齡等撰：《晉書》（北京：中華書局，1982年12月第2次印刷），
　　　　頁2426。

東晉・王羲之〈與吏部郎謝萬書〉云：

> 比當與安石東游山海，并行田視地利，頤養閑曠。衣食之餘，欲與親知時共歡讌，雖不能興言高詠，銜杯引滿，語田里所行，故以為撫掌之資，其為得意，可勝言耶！常依陸賈、班嗣、楊王孫之處世，甚欲希風數子，老夫志願盡於此矣。

書牘中透露出嚮往瀟灑出塵，飄然世外隱居的田園生活。

東晉・陶潛〈與子儼等疏〉云：

> 余嘗感孺仲賢妻之言，敗絮自擁，何慚兒子？此既一事矣，但恨鄰靡二仲，室無萊婦，抱茲苦心，良獨内愧。
>
> 少學琴書，偶愛閒靜，開卷有得，便欣然忘食。見樹木交蔭，時鳥變聲，亦復歡然有喜。常言：五、六月中，北窗下臥，遇涼風暫至，自謂是羲皇上人。

信中淵明追述了自己的平生志趣：身心自由、放達自適。

劉宋・雷次宗〈與子姪書〉云：

> 自遊道餐風，二十餘載，淵匠既傾，良朋凋索，續以釁逆違天，備嘗荼蓼，疇昔誠願，頓盡一朝，心慮荒散，情意衰損，故遂與汝曹歸耕壠畔，山居谷飲，人理久絕。

梁・張充〈與王儉書〉云：

> 充所以長羣魚鳥，畢影松阿，半頃之田，足以輸稅，五畝之宅，樹以桑麻，嘯歌於川澤之間，諷咏於澠池之上，泛濫於漁父之遊，偃息於卜居之下，如此而已，充何識焉。若夫驚巖罩日，壯海逢天，竦石崩尋，分危落仞，桂蘭綺靡，叢雜於山幽，松柏森陰，相繚於澗曲。

梁・江淹〈與交友論隱書〉云：

> 望在五畝之宅，半頃之田。鳥赴簷上，水匝階下，則請從此隱，長謝故人。若乃登峨嵋，度流沙，殮金石，讀仙經，嘗聞其驗，非今日之所言也。

孟子曰：「達則兼善天下，窮則獨善其身。」魏晉南北朝時期社會混亂、政治腐敗，「仕」或「達」被認為是鄙俗的，遠離現實，脫離政治被認為是高尚的。於是，便有人仰慕高士的人格與生活，把這種仰慕之心以書牘方式抒寫出來。

2、山水寫景寫隱逸之思

梁・吳均〈與宋元思書〉云：

> 鳶飛唳天者，望峰息心；經綸世務者，窺谷忘反。橫柯上蔽，在晝
> 猶昏；疎條交映，有時見日。

由山寫人，面對奇山異水，使人心神爲之大變，面目爲之一新，透過水山對人的品德思想的影響，更深一步地寫山水之奇異，顯出吳均淡泊而寧靜的思想情趣。蘊友情於字裏行間。

北齊・祖鴻勳〈與陽休之書〉云：

> 孤坐危石，撫琴對水，獨詠山阿，舉酒望月，聽風聲以興思，聞鶴
> 唳以動懷。企莊生之逍遙，慕尚子之清曠。首戴萌蒲，身衣縕襬，
> 出藜梁稻，歸奉慈親，緩步當車，無事爲貴，斯已適矣，豈必撫塵
> 哉。……
>
> 把臂入林，挂巾垂枝，攜酒登巘，舒席平山，道素志，論舊款，訪
> 丹法，語玄書，斯亦樂矣，何必富貴乎？

全信主旨有道家避世思想，勸說陽休之掛冠歸隱，可保性命，且說可一同享受隱居山林的快樂。

（二）玄言類

梁・沈約《謝靈運傳》曰：「有晉中興，玄風獨振，爲學窮於柱下，博物止乎七篇，馳騁文辭，義單乎此。」[註4] 如魏晉時的嵇康、阮籍無不清談玄理，因此「因談餘氣，流成文體。」於是亦反映在書牘中。

玄言類書牘的主題是在於表現「玄」的本體及抒發其思想，所談論的「道」、「理」，以《易》、《老》、《莊》三部玄書爲主，蔚爲風氣。是時學者「以爲天地萬物皆以無爲本。宗老、莊而黜六經。」如：魏・嵇康〈與山巨源絕交書〉云：

> 老子、莊周吾之師也，……少加孤露，母兄見驕，不涉經學。……
>
> 又讀《莊》、《老》，重增其放，故使榮進之心日頹，任實之情轉篤。

嵇康在書牘中表示出對名教禮法的輕鄙。

西晉・阮籍〈答伏義書〉云：

> 夫人之立節也，將舒網以籠世，豈樽樽以入罔；方開模以範俗，何

〔註4〕　（梁）沈約撰：《宋書》（北京：中華書局，1983 年 4 月第 2 次印刷），頁 1778。

暇毀質以適檢。若良運未協，神機無準，則騰精抗志，邈世高超，蕩精舉於玄區之表，攄妙節於九垓之外。而翱翔之乘景，躍蹻踔，陵忽慌，從容與道化同逌，逍遙與日月竝流，交名虛以齊變，及英祇以等化，上乎無上，下乎無下，居乎無室，出乎無門，齊萬物之去留，隨六氣之虛盈，總玄綱於太極，撫天一於寥廓，飄埃不能揚其波，飛塵不能垢其潔；徒寄形軀於斯域，何精神之可察。

魏晉之際曹爽與司馬氏爭權，司馬氏篡位取得政權，為鞏固其統治而以名教為工具，此時嵇康、阮籍主張「越名教而任自然」。近人尚永亮曰：

嵇康、阮籍等人之所以將其關注的重點轉向莊子，有其深刻的現實政治原因。……正始十年（249）曹爽事敗，何晏、丁謐、鄧揚等八家三族皆遭殺戮，此後數年間司馬氏集團繼續鎮壓異己，……阮籍、嵇康等人高揚自然本性，追求精神上的自由和自尊……在中國歷史上，與他們這種行為方式及追求目標最為近似的自然是道家中的老、莊二人中，無疑又以更具鬥爭性、反抗行和勇於追求精神自由的莊子為突出。所以嵇、阮諸人以莊子為主要師法對象，實在勢有必然。〔註5〕

魏晉時期的清談，是知識份子對惡劣現實的消極性承受，進而向玄理尋求精神救濟的表現，而在書牘中有所反映。

（三）寫景類

劉宋・鮑照〈登大雷岸與妹書〉使用駢體，用語奇崛，筆調誇張，寫景神彩飛動又不露斧鑿。這說明駢儷文風在當時十分興盛，使得書牘這種應用文體也崇尚辭藻，追求雅致，成為一種文學成就很高的書牘。

梁・吳均〈與宋元思書〉作者技巧高超，格調清新而素雅，篇幅雖小，筆法卻靈活多變，搖曳生姿，令人讀之恍若身臨其境。

梁・陶弘景〈答謝中書書〉云：「山川之美，古來共談。」詩文以山水描寫對象，在中國源遠流長，如《詩》、《楚辭》中有許多描繪山水的名句，劉宋・陶淵明的山水詩文更是名冠一時，謝靈運則將山水當作詩文創作的審美對象，使山水學發展到一新境界，所以山水文學到了魏晉南北朝時期，成為獨立的文學類別。

〔註5〕尚永亮撰：〈魏晉玄學與莊學新變〉《中州學刊》（2002年7月），第4期（總130期），頁157～158。

劉宋‧鮑照〈登大雷岸與妹書〉，梁‧吳均〈與宋元思書〉、〈與顧章書〉、〈與施從事書〉，梁‧陶弘景〈答謝中書書〉，作者精心地運用技巧，將自己的文學才能發揮淋漓盡致，這些書牘成了一種純文學創作，專供人欣賞的藝術品，都是文學成就很高的山水駢、散文，這是魏晉南北朝時期書牘的一大特色。

（四）宮體類

所謂宮體，實指梁‧簡文帝及其侍臣徐摛等人描寫女性的感情、刻畫女性的容止、形態為主的詩。《梁書卷四‧本紀第四‧簡文帝》曰：

> 太宗簡文皇帝……幼而敏睿，識悟過人，六歲便屬文，高祖（梁武帝）驚其早就，弗之信也，乃於御前面試，辭采甚美。高祖歎曰：「此子，吾家之東阿。」及居監撫，交納文學之士。……好題詩，其序云：「余七歲有詩癖，長而大倦。」然傷於輕豔，當時號曰宮體。〔註6〕

又《梁書卷三‧列傳第二十四‧徐摛》曰：

> 及長，屬文好為新變，不拘舊體，（為）晉安王綱（簡文帝）侍讀。王總戎北伐，以摛兼寧蠻府長史，參贊戎政。教令軍書多自摛出。王入為皇太子，轉家令兼管書記，尋帶領直。摛文體既別，春坊盡學之，宮體之號自斯而起。〔註7〕

宮體詩經梁‧簡文帝在東宮時代和臣子徐摛、庾肩吾等人創製、宣揚，由成立而蔓延。此時文人受此文風影響，夫妻間書牘也都以描繪夫妻閨房恩愛及相思之情。梁‧蕭綱帶頭寫，且在〈誡當陽公大心書〉中提出理論主張：「立身之道與文章異，立身先須謹重，文章且須放蕩。」此即指宮體式的惻豔文章。

梁‧何遜〈為衡山侯與婦書〉云：

> 帳前微笑，涉想猶存，而幄裏餘香，從風且歇。掩屏為疾，引領成勞。鏡想分鸞，琴悲別鶴。心如膏火，獨夜自煎；思等流波，終朝不息。始知萋萋萱草，忘憂之言不實；團團輕扇，合歡之用為虛。

〔註6〕　（唐）姚思廉撰：《梁書》（北京：中華書局，1973年5月第1版），頁103～110。

〔註7〕　（唐）姚思廉撰：《梁書》（北京：中華書局，1973年5月第1版），頁646～647。

路迴人遐，音塵寂絕。一日三秋，不足爲喻。

書牘云：「雖帳前微笑，涉想猶存，而幄裏餘香，從風且歇。掩屏爲疾，引領成勞。鏡想分鸞，琴悲別鶴。」饒有風姿，含思宛轉，淡寫胸懷，情感溫柔。

北周・庾信〈爲梁上黃侯世子與婦書〉云：

想鏡中看影，當不含啼，欄外將花，居然俱笑。分杯帳裏，**却**扇床前，故是不思，何昔能憶？

庾信承宮體之風，文筆輕倩，如書牘中描寫少婦思夫之情，淋漓盡致。

陳・伏知道〈爲王寬與婦義安主書〉云：

輕扇初開，欣看笑靨，長眉始畫，愁對離妝，猶聞徙佩，顧長廊之未盡，尚分行憶，冀迴陌之難迴，廣攝金屏，莫令愁擁。恆開錦幔，速望人歸，鏡臺新去，應餘落粉，燻爐未徙，定有餘煙。淚滴芳衾，錦花常渥，愁隨玉軫，琴鶴恆驚，已覺錦水丹鱗，素書稀遠，玉山青鳥，仙使難通，綵筆試操，香牋遂滿，行雲可託，夢想還勞。

書牘中將王寬妻的心思描寫如此細細膩深入，惻豔之情躍然紙上。

此三封予妻書牘，皆爲文人捉刀之作，把閨房的床、帳、窗、枕，細細描繪，將其妻的一舉一動，一顰一笑，容貌體態，用具體而刻畫的筆法，細膩逼眞的描寫出來。所以梁・何遜〈爲衡山侯與婦書〉與陳・伏知道〈爲王寬與婦義安主書〉、北周庾信〈爲梁上黃侯世子與婦書〉並稱香奩絕作。

引用文獻

一、古代文獻 採四部分類法（子目先後參考《四庫全書總目》），每類之
著作，均以時代先後排序，同一時代以作者姓氏筆劃排序。

（一）經部

1. 周・公羊高撰；漢・何休注；唐・徐彥疏：《春秋公羊傳》，臺北：藝文
   印書館重刊宋本，2001 年 12 月。

2. 周・左氏傳；晉・杜預注；唐・孔穎達等正義：《春秋左傳》，臺北：藝
   文印書館重刊宋本，2001 年 12 月。

3. 漢・孔安國傳；唐・孔穎達正義：《尚書》，臺北：藝文印書館重刊宋本，
   2001 年 12 月。

4. 漢・毛亨傳、鄭玄箋；唐・孔穎達等正義：《詩經》，臺北：藝文印書館
   重刊宋本，2001 年 12 月。

5. 漢・趙岐注；宋・孫奭疏：《孟子》，臺北：藝文印書館重刊宋本，2001
   年 12 月。

6. 漢・鄭元注；唐・賈公彥疏：《周禮》，臺北：藝文印書館重刊宋本，2001
   年 12 月。

7. 漢・鄭玄注；唐・孔穎達等正義：《禮記》，臺北：藝文印書館重刊宋本，
   2001 年 12 月。

8. 漢・韓嬰撰：《韓詩外傳》，臺北：臺灣商務印書館影《畿輔叢書》本，
   1967 年。

9. 魏・王弼；晉・韓康伯注；唐・孔穎達等正義：《周易》，臺北：藝文印
   書館重刊宋本，2001 年 12 月。

10. 魏・何晏集解；宋・邢昺疏：《論語》，臺北：藝文印書館重刊宋本，2001
    年 12 月。

（二）史部

1. 周·左氏撰：《國語》，上海：中華書局排印文學精華本，1915 年。

2. 漢·司馬遷撰；南朝宋·裴駰集解；唐·司馬貞索隱、張守節正義：《史記三家注》，臺北：七略出版社，1985 年 9 月。

3. 漢·班固撰；唐·顏師古注：《漢書》，北京：中華書局，1975 年 4 月。

4. 漢·趙岐撰；晉·摯虞注《三輔決錄》，臺北：藝文印書館影印《二酉堂叢書》本，1968 年。

5. 漢·劉向撰：《列女傳》，明嘉靖間（1522～1566）吳郡黃氏刊本。

6. 漢·劉向撰、高誘注：《戰國策》，臺北：藝文印書館影本《士禮居叢書》，1967 年。

7. 漢·劉歆撰：《七略》，臺北：藝文印書館影清嘉慶問經堂刊洪頤煊輯《經典集林》本，1968 年。

8. 蜀·譙周撰：《古史考》，臺北：藝文印書館影清道光中甘泉黃氏刊民國十四年（1925）王鑒修補印本 1972 年。

9. 晉·陳壽撰；南朝宋·裴松之注：《三國志》，北京：中華書局 1982 年 7 月。

10. 晉·虞預撰：《晉書》，清道光中甘泉黃氏刊本。

11. 晉·虞預撰：《會稽典錄》，臺北：新文豐出版公司 1989 年 7 月。

12. 南朝宋·何法盛撰《晉中興書》，臺北：藝文印書館影光中清道甘泉黃氏刊民國十四年（1925）王鑒修補印本，1972 年。

13. 南朝宋·范曄撰；唐·李賢等注：《後漢書》，北京：中華書局 1982 年 8 月。

14. 南朝梁·沈約撰：《宋書》，北京：中華書局 1983 年 4 月。

15. 南朝梁·宗懍撰：《荊楚歲時記》，臺北：藝文印書館影《寶顏堂祕笈》本 1965 年。

16. 南朝梁·蕭子顯撰：《南齊書》，北京：中華書局 1972 年 1 月。

17. 北朝齊·魏收撰：《魏書》，北京：中華書局 1974 年 6 月。

18. 唐·令狐德棻等撰：《周書》，北京：中華書局 1983 年 10 月。

19. 唐·李百藥撰：《北齊書》，北京：中華書局 1973 年 4 月。

20. 唐·李延壽撰：《南史》，北京：中華書局 1975 年 6 月。

21. 唐·李延壽撰：《北史》，北京：中華書局 1974 年 10 月。

22. 唐·房玄齡等撰：《晉書》，北京：中華書局 1982 年 12 月。

23. 唐·姚思廉撰：《梁書》，北京：中華書局 1973 年 5 月。

24. 唐·姚思廉撰：《陳書》，北京：中華書局 1974 年 2 月。

25. 元・馬端臨撰：《文獻通考》，臺北：臺灣商務印書館，1987 年 12 月。

26. 清・孫文川撰：《南朝佛寺志》，清末上元孫氏刊本。

27. 清・陶澍撰：《晉陶靖節先生潛年譜》，臺北：臺灣商務印書館，1978 年 12 月。

28. 清・萬斯同撰：《歷代史表》，臺北：藝文印書館影《廣雅書局史學叢書》本，1965 年。

29. 清・趙翼撰：《廿二史劄記校證》，臺北：仁愛書局，1984 年 9 月。

（三）子部

1. 周・列禦寇撰：《列子》，上海：中華書局據明世德堂本校刊聚珍倣宋版印，1936 年。

2. 周・李耳撰；晉・王弼註：《老子》，上海：上海古籍出版公司，1995 年。

3. 周・荀況撰；唐・楊倞注：《荀子》，臺北：藝文印書館影《古逸叢書》及《抱經堂叢書》本，1966 年。

4. 周・莊周撰；晉・郭象注：《莊子》，上海：中華書局據明世德堂本校刊聚珍倣宋版印，1926 年。

5. 周・墨翟撰：《墨子》，臺北：藝文印書館影《經訓堂叢書》本，1969 年。

6. 周・韓非撰：《韓非子》，上海：中華書局據吳氏影宋乾道本校刊，1936 年。

7. 秦・呂不韋撰；漢・高誘註：《呂氏春秋》，明萬曆間（1573～1620）新安吳勉學刊二十子本。

8. 漢・孔鮒撰：《孔叢子》，臺北：藝文印書館影印《子彙叢書》本，1966 年。

9. 漢・東方朔撰；晉・張華註：《神異經》，臺北：藝文印書館影《漢魏叢書》本，1968 年。

10. 漢・班固撰：《白虎通》，臺北：藝文印書館影《抱經堂叢書》本，1968 年。

11. 漢・班固撰：《漢武故事》，臺北：藝文印書館影《十萬卷樓叢書》本 1967 年。

12. 漢・桓譚撰：《桓子新論》，臺北：藝文印書館影《指海叢書》本，1969 年。

13. 漢・揚雄撰：《揚子法言》，上海：中華書局聚珍倣宋版，1936 年。

14. 漢・劉安撰：《淮南子》，閩中王鎣刊本，明嘉靖 9 年（1530）。

15. 漢・劉向撰：《列仙傳》，臺北：藝文印書館影印《琳琅秘室叢書》本，1967 年。

16. 漢・劉向撰：《新序》，臺北：藝文印書館影印《鐵華館叢書》本，1968年。

17. 漢・劉向撰：《說苑》，上海：商務印書館影平湖葛氏傳樸堂藏明鈔本，1967年。

18. 魏・王肅注：《孔子家語》，明嘉靖甲寅（三十三年，1554）吳郡黃周賢等仿宋刊本。

19. 晉・干寶撰：《搜神記》，臺北：藝文印書館影《學津叢書》本，1966年。

20. 晉・王嘉撰：《拾遺記》，臺北：藝文印書館影印《古今逸史》本，1967年。

21. 晉・郭璞注《山海經》，臺北：藝文印書館影《經訓堂叢書》本，1969年。

22. 晉・陶潛撰：《搜神後記》，臺北：藝文印書館影《學津叢書》本，1966年。

23. 晉・崔豹撰：《古今注》，臺北：藝文印書館影《畿輔叢書》本，1967年。

24. 南朝宋・劉義慶撰；梁・劉孝標注：《世說新語》，明嘉靖乙未（14年，1535）吳郡袁氏嘉趣堂刊本。

25. 南朝宋・劉義慶撰：《世說新語》，臺北：藝文印書館影《惜陰軒叢書》本，1969年。

26. 南朝宋・劉敬叔撰：《異苑》，臺北：藝文印書館影《學津叢書》本，1966年。

27. 南朝梁・吳均撰：《續齊諧記》，臺北：藝文印書館影《古今逸史叢書》本，1967年。

28. 南朝梁・釋慧皎撰：《高僧傳》，北京：中華書局1992年10月。

29. 北朝齊・顏之推撰：《顏氏家訓》，臺北：藝文印書館影《抱經堂叢書》本，1968年。

30. 唐・張懷瓘撰：《書斷》，上海：商務印書館排印本，1927年。

31. 唐・釋道宣撰：《廣弘明集》，京都：中文出版社，1978年10月。

32. 宋・王欽若等撰：《冊府元龜》，北京：中華書局1989年1月。

（四）集部

1. 漢・孔融撰：《孔少府集》，明崇禎間（1628～1644）太倉張氏原刊本。

2. 漢・劉向編、王逸章句：《楚辭》，臺北：藝文印書館影清光緒趙尚輔校刊《湖北叢書》本，1969年。

3. 魏・王弼著；樓宇烈校釋：《王弼集校釋》，臺北：華正書局，1992年12月。

4. 魏·阮瑀撰:《阮元瑜集》,明崇禎間(1628～1644)太倉張氏原刊本。

5. 魏·阮籍撰:《阮步兵集》,明崇禎間(1628～1644)太倉張氏原刊本。

6. 魏·曹丕撰:《典論》,清道光中甘泉黃氏刊,光緒 19 年(1893)。

7. 魏·曹丕撰:《魏文帝集》,明崇禎間(1628～1644)太倉張氏原刊本。

8. 魏·曹植撰:《陳思王集》,明崇禎間(1628～1644)太倉張氏原刊本。

9. 魏·陳琳撰:《陳記室集》,明崇禎間(1628～1644)太倉張氏原刊本。

10. 魏·嵇康撰:《嵇中散集》,明崇禎間(1628～1644)太倉張氏原刊本。

11. 魏·應瑒撰:《應德璉集》,明崇禎間(1628～1644)太倉張氏原刊本。

12. 魏·應璩撰:《應休璉集》,明崇禎間(1628～1644)太倉張氏原刊本。

13. 晉·王羲之撰《王右軍集》,明崇禎間(1628～1644)太倉張氏原刊本。

14. 晉·孫楚撰:《孫馮翊集》,明崇禎間(1628～1644)太倉張氏原刊本。

15. 晉·陸雲撰:《陸清河集》,明崇禎間(1628～1644)太倉張氏原刊本。

16. 晉·陸機撰:《陸士衡文集》,明正德己卯(14 年,1519)都穆覆宋刊本。

17. 晉·陸機撰:《陸平原集》,明崇禎間(1628～1644)太倉張氏原刊本。

18. 晉·劉琨撰:《劉越石集》,明崇禎間(1628~1644)太倉張氏原刊本。

19. 南朝宋·袁淑撰:《袁陽源集》,明崇禎間(1628～1644)太倉張氏原刊本。

20. 南朝宋·陶潛撰:《陶彭澤集》,明崇禎間(1628～1644)太倉張氏原刊本。

21. 南朝宋·鮑照撰:《鮑參軍集》,明崇禎間(1628～1644)太倉張氏原刊本。

22. 南朝宋·鮑照著,錢仲聯增補集說校:《鮑參軍集注》,上海:上海古籍出版社,2005 年 5 月。

23. 南朝宋·謝靈運撰:《謝康樂集》,明崇禎間(1628～1644)太倉張氏原刊本。

24. 南朝宋·顏延之撰:《顏光祿集》,明崇禎間(1628～1644)太倉張氏原刊本。

25. 南朝齊·王儉撰:《王文憲集》,明崇禎間(1628～1644)太倉張氏原刊本。

26. 南朝齊·王融撰:《王寧朔集》,明崇禎間(1628～1644)太倉張氏原刊本。

27. 南朝齊·張融撰:《張長史集》,明崇禎間(1628～1644)太倉張氏原刊本。

28. 南朝齊·謝朓撰:《謝宣城集》,明崇禎間(1628～1644)太倉張氏原刊

本。

29. 南朝齊‧蕭子良撰：《竟陵王集》，明崇禎間（1628～1644）太倉張氏原刊本。

30. 南朝梁‧元帝撰：《梁元帝集》，明崇禎間（1628～1644）太倉張氏原刊本。

31. 南朝梁‧丘遲撰：《丘司空集》，明崇禎間（1628～1644）太倉張氏原刊本。

32. 南朝梁‧江淹撰：《江醴陵集》，明崇禎間（1628～1644）太倉張氏原刊本。

33. 南朝梁‧江淹撰；明‧胡之驥註；李長路、趙威點校：《江文通集彙註》，北京：中華書局，1984 年 4 月。

34. 南朝梁‧沈約撰：《沈隱侯集》，明崇禎間（1628～1644）太倉張氏原刊本。

35. 南朝梁‧吳均撰：《吳朝請集》，明崇禎間（1628～1644）太倉張氏原刊本。

36. 南朝梁‧何遜撰：《何記室集》，明崇禎間（1628～1644）太倉張氏原刊本。

37. 南朝梁‧陶弘景撰：《陶隱居集》，明崇禎間（1628～1644）太倉張氏原刊本。

38. 南朝梁‧劉孝綽撰：《劉祕書集》，明崇禎間（1628～1644）太倉張氏原刊本。

39. 南朝梁‧蕭衍撰：《梁武帝集》，明崇禎間（1628～1644）太倉張氏原刊本。

40. 南朝梁‧劉峻撰：《劉戶曹集》，明崇禎間（1628～1644）太倉張氏原刊本。

41. 南朝梁‧蕭統編；唐‧李善注：《文選》，臺北：臺灣中華書局影聚珍倣宋版印，1966 年 3 月。

42. 南朝梁‧蕭統撰：《梁昭明集》，明崇禎間（1628～1644）太倉張氏原刊本。

43. 南朝梁‧蕭統撰：《昭明太子集》；高時顯、吳汝霖輯校，上海：中華書局據明刻本校刊，1936 年。

44. 南朝梁‧劉潛撰：《劉豫章集》，明崇禎間（1628～1644）太倉張氏原刊本。

45. 南朝梁‧劉勰著；清‧范文瀾註：《文心雕龍注》，臺北：學海出版社，1988 年 3 月。

46. 南朝梁・劉勰著；王更生注譯：《文心雕龍注》，臺北：文史哲出版社，1999 年 9 月。

47. 南朝梁・鍾嶸撰：《詩品》，明嘉靖間（1522～1566）長洲顧氏刊本。

48. 南朝梁・簡文帝撰：《梁簡文帝集》，明崇禎間（1628～1644）太倉張氏原刊本。

49. 南朝陳・後主撰：《陳後主集》，明崇禎間（1628～1644）太倉張氏原刊本。

50. 南朝陳・徐陵撰：《徐僕射集》，明崇禎間（1628～1644）太倉張氏原刊本。

51. 北朝周・王褒撰：《王司空集》，明崇禎間（1628～1644）太倉張氏原刊本。

52. 北朝周・庾信撰：《庾開府集》，明崇禎間（1628～1644）太倉張氏原刊本。

53. 宋・李昉等編：《文苑英華》，明隆慶元年（1567）胡維新等福建刊本。

54. 宋・楊萬里撰：《誠齋詩話》，上海：醫學書局據無錫丁氏聚珍版印 1916 年。

55. 明・李贄撰：《李氏焚書》，明萬曆間（1573～1620）吳中刊本。

56. 明・吳訥編集：《文章辨體》，明嘉靖三十四年（1555）湖州知府徐洛重刊本。

57. 明・張溥輯：《漢魏六朝百三家集》，明崇禎間（1628～1644）太倉張氏原刊本。

58. 清・王文濡選註：《南北朝文評註讀本》，臺北：廣文書局，1981 年 12 月。

59. 清・李兆洛選輯：《駢體文鈔》，上海：世界書局，1936 年。

60. 清・姚鼐輯：《古文辭類纂》，清道光間合河康氏刊本。

61. 清・許槤編、黎經誥注：《六朝文絜箋注》，臺北：世界書局，1964 年 2 月。

62. 清・曾國藩輯：《經史百家雜鈔》，臺北：世界書局，1972 年。

63. 清・潘德輿《養一齋詩話》，上海：上海古籍出版社 2002 年。

64. 清・嚴可均編：《全上古三代秦漢三國六朝文》，臺北：世界書局，1963 年 5 月。

二、近人論著　以作者姓氏筆劃排序，同一作者有兩本（篇）以上著作時，則依著作出版先後順序。

1. 乙力編：《中國古代書信選》，蘭州：蘭州大學出版社，2004 年 6 月。

2. 王忠林等著：《中國文學史初稿》，臺北：福記文化圖書公司，1998 年 10 月。

3. 王運熙主編：《中國文學批評通史》，上海：上海古籍出版社，1996 年 12 月。

4. 王夢鷗著：《傳統文學論衡》，臺北：時報文化出版公司，1987 年 6 月。

5. 朱樺選著：《歷代名家書簡》，廣東：人民出版社，2005 年 7 月。

6. 李澤厚著：《美的歷程》，臺北：三民書局，1996 年 9 月。

7. 吳先寧著：《北朝文學研究》，臺北：文津出版社，1993 年 9 月。

8. 吳廷燮撰：《二十五史補編》，臺北：臺灣開明書局，1967 年。

9. 余敦康著：《魏晉玄學史》，北京：北京大學出版社，2005 年 9 月。

10. 余學芳著：《鮑照生平及其詩文研究》，臺北：驚聲文物供應公司，1983 年 5 月。

11. 宗白華著：《美學散步》，上海：人民出版社，2002 年 12 月。

12. 林登順著：《魏晉南北朝儒學流變之省察》，臺北：文津出版社，1996 年 4 月。

13. 洪順隆著：《由隱逸到宮體》，臺北：文史哲出版社，1984 年 7 月。

14. 洪順隆撰：《魏文帝曹丕年譜暨作品繫年》，臺北：臺灣商務印書館，1989 年 2 月。

15. 洪順隆著：《抒情與敘事》，臺北：黎明文化公司，1998 年 12 月。

16. 姜亮夫撰：《歷代名人年里碑傳總表》，臺北：臺灣商務印書館，1975 年 11 月。

17. 胡國瑞著：《魏晉南北朝文學史》，上海：文藝出版社，2004 年 2 月。

18. 姚漢章、張相纂輯：《古今尺牘大觀》，臺北：臺灣中華書局，1966 年 3 月。

19. 高鴻猷著：《書牘研究》，嘉義：協同出版社，1978 年 5 月。

20. 馬積高、黃鈞：《中國古代文學史》，臺北：萬卷樓圖書公司，1998 年 7 月。

21. 袁濟喜著：《六朝美學》，北京：北京大學出版社，2000 年 8 月。

22. 許輝、邱敏主編：《六朝文化》，南京：江蘇古籍出版社，2001 年 10 月。

23. 郭芹納編著：《歷代書信》，西安：三秦出版社，1998 年 9 月。

24. 郭紹虞著：《中國文學批評史》，天津：百花藝文出版社，1999 年 6 月。

25. 張仁青編著：《歷代駢文選》，臺北：臺灣師大出版組，1963 年 3 月。

26. 張仁青撰：《中國駢文發展史》，臺北：臺灣中華書局，1970 年 5 月。

27. 張仁青著：《駢文學》，臺北：文史哲出版社，1984 年。

28. 張仁青著：《魏晉南北朝文學思想史》，臺北：文史哲出版社，2003 年 9 月。

29. 張仁青編著：《應用文》，臺北：文史哲出版社，2005 年 9 月。

30. 張可禮著：《東晉文藝繫年》，濟南：山東教育出版社，1992 年 7 月。

31. 張思齊著：《六朝散文比較研究》，臺北：文津出版社，1997 年 12 月。

32. 張儐生著：《魏晉南北朝史》，臺北：幼獅文化公司，1978 年 12 月。

33. 陳柱著：《中國散文史》，臺北：臺灣商務印書館，1991 年 3 月。

34. 陳望道著：《修辭學發凡》，上海：上海教育出版社，1997 年 12 月。

35. 陳望衡著：《中國古典美學史》，臺北：華正書局，2001 年 8 月。

36. 陸侃如著：《中古文學繫年》，北京：人民文學出版社，1998 年 7 月。

37. 曹道衡、劉躍進著：《南北朝文學編年史》，北京：人民文學出版社，2000 年 11 月。

38. 黃保真著：《古代文人書信精華》，臺北：錦繡出版公司，1993 年 1 月。

39. 黃麗貞著：《實用修辭學》，臺北：國家出版社，2004 年 3 月。

40. 傅庚生著：《中國文學欣賞舉隅》，臺北：國文天地，1990 年 4 月。

41. 萬繩楠著：《陳寅恪魏晉南北朝史講演錄》，臺北：昭明出版社，1999 年 11 月。

42. 詹秀惠著：《蕭子顯及其文學批評》，臺北：文史哲出版社，1994 年 11 月。

43. 廖志強著：《六朝駢文聲律探微》，臺北：天工書局，1991 年 12 月。

44. 趙樹功著：《中國尺牘文學史》，河北：人民出版社，1999 年 11 月。

45. 臧勵龢著：《漢魏六朝文》，臺北：河洛圖書出版社，1975 年 9 月。

46. 鄧永康編：《魏曹子建先生植年譜》，臺北：臺灣商務印書館，1981 年 12 月。

47. 劉一沾、石旭紅著：《中國散文史》，臺北：文津出版社，1995 年 6 月。

48. 劉師培著：《中古文學史》，上海：上海書店，1991 年 9 月。

49. 劉師培著：《劉申叔遺書》，上海：江蘇古籍出版社，1997 年 11 月。

50. 劉躍進著：《門閥士族與永明文學》，北京：生活・讀書・新知三聯書局，1996 年 3 月。

51. 劉麟生著：《中國駢文史》，臺北：臺灣商務印書館，1990 年 12 月。

52. 錢海驊、馬瑞芳主編：《中國古代書信名作評賞》，山東：人民出版社，1998 年 1 月。

53. 謝康、何融等著：《昭明太子和他的文選》，臺北：臺灣學生書局，1971 年 10 月。

54. 譚正璧選註：《古代名家尺牘》，上海：光明書局，1949 年 1 月。

55. 譚邦和主編：《歷代尺牘小品》，武漢：湖北辭書出版社，1995 年 8 月。

56. 羅根澤著：《中國文學批評史》，上海：上海書店出版社，2003 年 1 月。

57. 羅聯添編：《中國文學史論文選集》，臺北：臺灣學生書局，1979 年 3 月。

58. 鬱沅、張明高編選：《魏晉南北朝文論選》，北京：人民文學出版社，1999 年 1 月。

三、論文部分

（一）單篇論文

1. 安田二郎撰：〈王僧虔誡子書考〉，《日本文化研究所研究報告》，仙臺：東北大學日本文化研究所，第 17 集，1981 年 3 月。

2. 朱曉海撰：〈北周王褒生卒年擬測〉，《大陸雜誌》，臺北：大陸雜誌社，第 103 卷第 2 期，2001 年 8 月。

3. 李志平撰：〈魏晉南北朝書法藝術管窺〉，《內蒙古師大學報》，呼和浩特：內蒙古師大學報，第 6 期（總第 102 期），1998 年 12 月。

4. 李相馥撰〈「言意之辨」的修辭學意義〉，《華岡研究學報》，臺北：文化大學學務處，第 2 期，1997 年 3 月。

5. 李慕如撰：〈魏晉玄學與六朝文論——六朝文學理論中之玄學思想〉，《屏東師院學報》，屏東：屏東師院，第 7 期，1994 年 6 月。

6. 呂武志撰：〈劉勰《文心雕龍》和陸雲〈與兄平原書〉〉，《東吳中文學報》，臺北：東吳大學中文系，第 4 期，1998 年 5 月。

7. 尚永亮撰：〈魏晉玄學與莊學新變〉，《中州學刊》，湖北：武漢大學，第 4 期（總 130 期），2002 年 7 月。

8. 俞允海撰：〈書、信、簡、牘、箋、札、啟、函〉，《中文》，基隆：中文雜誌社，第 3 卷第 4 期（總第 11 期），2005 年 10 月。

9. 張仁青撰：〈蕭統之文學思想〉，《新亞學報》，香港：新亞研究所，第 20 卷革新號，2000 年 8 月。

10. 張仁青撰：〈駢文論述〉，《中華詩學》，臺北：中華詩學雜誌社，第 2 卷第 2 期（總號 86 期），2004 年 12 月。

11. 張澤鴻撰：〈陶淵明人生境界理想及其人文意蘊〉，《東方人文學誌》，臺北：文津出版社，第 5 卷第 2 期，2006 年 6 月。

12. 游羚佑撰：〈阮籍自然觀析論〉，《東方人文學誌》，臺北：文津出版社，第 5 卷第 2 期，2006 年 6 月。

13. 廖志超撰：〈魏晉玄學「言意之辨」初探〉，《吳鳳學報》，嘉義：吳鳳技術學院，第 10 卷，2002 年 5 月。

14. 劉學智撰：〈簡論魏晉南北朝時期儒學的地位和作用〉，《哲學與文化》，臺北：哲學與文化月刊雜誌社，第 29 卷第 6 期，2002 年 6 月。

15. 賴漢屏撰：〈丘遲的與陳伯之書〉，《明道文藝》，臺中：明道文藝社，第 323 期，2003 年 2 月。

16. 賴漢屏撰：〈吳均〈與宋元思書〉〉，《明道文藝》，臺中：明道文藝社，第 331 期，2003 年 10 月。

（二）論文集之論文

1. 張仁青撰：〈庾信詩文之用典藝術〉，臺北：東吳大學：《魏晉六朝學術研討會論文集》，2005 年 9 月。

2. 逯欽立撰：〈關於〈文賦〉──逯欽立先生〈文賦撰出年代考〉書〉，上海：上海古籍出版社：《陸侃如古典文學論文集》，1987 年 1 月。

（三）學位論文

1. 王弘先撰：《曹丕及其詩文研究》，中國文化大學中國文學研究所碩士論文，1999 年 12 月。

2. 王淑嫻撰：《蕭子顯與《南齊書》研究》，國立中正大學中國文學研究所碩士論文，1998 年 7 月。

3. 朴現圭撰：《曹植及其文學研究》，國立臺灣師範大學國文研究所博士論文，1987 年 6 月。

4. 呂素端撰：《六朝文論中的自然觀》，國立中央大學中國文學研究所碩士論文，1994 年 6 月。

5. 林素珍撰：《魏晉南北朝家訓之研究》，國立政治大學中國文學研究所博士論文，1994 年 6 月。

6. 林麗娥撰：《范曄之文學及其史論》，國立政治大學中國文學研究所碩士論文，1982 年 6 月。

7. 翁淑媛撰：《曹植散文研究》，國立臺灣師範大學中國文學研究所碩士論文，1995 年 6 月。

8. 康世昌撰：《漢魏六朝「家訓」研究》，中國文化大學中國文學研究所博士論文，1996 年 4 月。

9. 陳芳汶撰：《鮑照辭賦研究》，國立政治大學中國文學研究所碩士論文，1996 年 6 月。

10. 陶建國撰：《老莊思想對兩漢魏晉學術思想之影響》，中國文化大學中國文學研究所博士論文，1985 年 5 月。

11. 劉漢初撰：《蕭統兄弟的文學集團》，國立臺灣大學中國文學研究所碩士論文，1975 年 6 月。

12. 盧宜安撰：《梁末羈北文士詩賦作品研究》，國立臺灣師範大學中國文學研究所碩士論文，1997 年 6 月。

13. 謝金美撰：《古今書信研究》，國立高雄師範學院國文研究所碩士論文，1978 年 6 月。

14. 龐書樵撰：《支遁其人及其《支遁集》研究》，國立政治大學中國文學研究所碩士論文，1995 年 12 月。

附　錄

一、魏晉南北朝書牘年表（依作書牘年代先後排列）

書牘時間		授信者	受信者	篇　　名	主題	出　　處	授受信者關係
歷代紀元	西元						
東漢獻帝建安九年	204	孔融	曹操	〈與曹操論盛孝章書〉	敘事類薦揚	《漢魏六朝百三家集・孔少府集》	僚屬
東漢獻帝建安十六年	211	曹操	孫權	〈爲曹公作書與孫權〉	敘事類諷勸	《漢魏六朝百三家集・阮元瑜集》	友邦（阮瑀代筆）
東漢獻帝建安十七年	212	繁休伯	曹丕	〈與魏文帝牋〉	敘事類薦揚	《文選・卷40》	僚屬
東漢獻帝建安十七年	212	曹丕	繁欽	〈答繁欽書〉	敘事類薦揚	《漢魏六朝百三家集・魏文帝集》《全上古三代秦漢三國六朝文・全三國文卷7》	僚屬
東漢獻帝建安十九年	214	曹植	吳質	〈與吳季重書〉	抒情類感慕	《漢魏六朝百三家集・陳思王集》	文友
東漢獻帝建安十九年	214	吳質	曹植	〈答東阿王書〉	抒情類感慕	《全上古三代秦漢三國六朝文・全三國文卷30》	文友
東漢獻帝建安十九年	214	吳質	曹丕	〈與魏太子牋〉	敘事類祈請	《全上古三代秦漢三國六朝文・全三國文卷30》	僚屬
東漢獻帝建安二十年	215	曹洪	曹丕	〈爲曹洪與世子書〉	論說論辯駁	《漢魏六朝百三家集・陳記室集》	叔姪（陳琳代筆）

東漢獻帝 建安二十年	215	曹丕	鍾繇	〈與鍾繇謝玉玦書〉	敘事類 致謝	《漢魏六朝百三家集・魏文帝集》	僚屬
東漢獻帝 建安二十年	215	鍾繇	曹丕	〈報太子書〉	敘事類 陳述	《全上古三代秦漢三國六朝文・全三國文卷24》	僚屬
東漢獻帝 建安二十年	215	曹丕	吳質	〈與吳質書〉(〈與朝歌令吳質書〉)	抒情類 悵傷	《漢魏六朝百三家集・魏文帝集》	僚屬
東漢獻帝 建安二十一年	216	陳琳	曹植	〈答東阿王牋〉	論說類 論文	《漢魏六朝百三家集・陳記室集》	文友
東漢獻帝 建安二十一年	216	曹植	楊脩	〈與楊德祖書〉	論說類 論文	《漢魏六朝百三家集・陳思王集》	文友
東漢獻帝 建安二十一年	216	楊德祖 (楊脩)	曹植	〈答臨淄侯牋〉	論說類 論文	《文選・卷40》	文友
東漢獻帝 建安二十二年	217	曹丕	王朗	〈與王朗書〉	抒情類 抒懷	《全上古三代秦漢三國六朝文・全三國文卷7》	僚屬
東漢獻帝 建安二十三年	218	曹丕	吳質	〈又與吳質書〉	論說類 論文	《漢魏六朝百三家集・魏文帝集》	君臣
東漢獻帝 建安二十三年	218	曹丕	鍾繇	〈與鍾繇五熟釜書〉	敘事類 稱頌	《漢魏六朝百三家集・魏文帝集》	君臣
東漢獻帝 建安二十三年	218	吳質	曹丕	〈答魏太子牋〉	抒情類 感慕	《全上古三代秦漢三國六朝文・全三國文卷30》	君臣
魏明帝 太和三年	229	曹植	司馬懿	〈與司馬仲達書〉	論說類 論兵	《漢魏六朝百三家集・陳思王集》	僚屬
		應瑒	龐惠恭	〈報龐惠恭書〉	抒情類 感慕	《漢魏六朝百三家集・應德璉集》	友人
		魏丕	鍾繇	〈與鍾繇九日送菊書〉	敘事類 餽贈	《漢魏六朝百三家集・魏文帝集》	僚屬
魏明帝 景初三年	239	應璩	滿炳	〈與滿炳書〉	抒情類 感慕	《漢魏六朝百三家集・應休璉集》	友人
		應璩	曹長思	〈與侍郎曹長思書〉	敘事類 抒懷	《漢魏六朝百三家集・應休璉集》	親故
		應璩	岑文瑜	〈與廣川長岑文瑜書〉	論說類 論政	《漢魏六朝百三家集・應休璉集》	同僚
		應璩	韓文憲	〈答韓文憲書〉	敘事類 激勵	《漢魏六朝百三家集・應休璉集》	友人

魏齊王 正始三年	242	阮籍	蔣濟	〈辭蔣太尉辟命奏記〉	敘事類 辭謝	《漢魏六朝百三家集‧阮步兵集》	僚屬
魏齊王 嘉平二年	250	應璩	君苗 君冑	〈與從弟君苗、君冑書〉	抒情類 恬淡	《漢魏六朝百三家集‧應休璉集》	從兄弟
魏元帝 景元元年	260	伏義	阮籍	〈與阮嗣宗書〉	敘事類 規戒	《全上古三代秦漢三國六朝文‧全三國文卷53》	友人
魏元帝 景元元年	260	阮籍	伏義	〈答伏義書〉	抒情類 抒懷	《漢魏六朝百三家集‧阮步兵集》	友人
魏元帝 景元二年	261	嵇康	山濤	〈與山巨源絕交書〉	敘事類 絕交	《漢魏六朝百三家集‧嵇中散集》	友人
魏元帝 景元四年	263	嵇康	呂巽	〈與呂長悌絕交書〉	敘事類 絕交	《漢魏六朝百三家集‧嵇中散集》	友人
魏元帝 咸熙元年	264	石苞	孫皓	〈為石仲容與孫皓書〉	敘事類 諷勸	《全上古三代秦漢三國六朝文‧全晉文卷60》	（孫楚 代筆）
西晉武帝 泰始四年	268	趙至	嵇蕃	〈與嵇茂齊書〉	抒情類 牢騷	《全上古三代秦漢三國六朝文‧全晉文卷67》	友人
		羊祜	兒子	〈誡子書〉	敘事類 誡訓	《全上古三代秦漢三國六朝文‧全晉文卷41》	父子
西晉武帝 咸寧三年	277	羊祜	羊琇	〈與從弟琇書〉	抒情類 恬淡	《全上古三代秦漢三國六朝文‧全晉文卷41》	從兄弟
西晉惠帝 永熙元年	290	傅咸	楊駿	〈與楊駿牋〉	敘事類 諷勸	《全上古三代秦漢三國六朝文‧全晉文卷52》	僚屬
西晉惠帝 元康元年	291	傅咸	司馬亮	〈致汝南王亮〉	敘事類 諷勸	《全上古三代秦漢三國六朝文‧全晉文卷52》	僚屬
西晉惠帝 永康元年	300	陸機	趙王倫	〈與趙王倫牋薦戴淵〉	敘事類 薦揚	《漢魏六朝百三家集‧陸平原集》	僚屬
西晉惠帝 永康元年～ 西晉惠帝 太安二年	300 ~303	陸雲	陸機	〈與兄平原書〉	論說類 論文	《漢魏六朝百三家集‧陸平原集》	兄弟
		陸雲	楊彥明	〈與楊彥明書〉	抒情類 感慕	《漢魏六朝百三家集‧陸清河集》	友人

		陸雲	陳永長	〈弔陳永長書〉五首	抒情類悱傷	《漢魏六朝百三家集・陸清河集》	友人
		陸雲	車茂安	陸雲〈答車茂安書〉	敘事類諷勸	《全上古三代秦漢三國六朝文・全晉文卷103》	友人
西晉惠帝太安二年	303	司馬乂	司馬穎	〈致成都王穎書〉	敘事類諷勸	《全上古三代秦漢三國六朝文・全晉文卷17》	兄弟
西晉惠帝太安二年	303	司馬穎	司馬乂	〈復長沙王乂書〉	敘事類諷勸	《全上古三代秦漢三國六朝文・全晉文卷17》	兄弟
東晉元帝建武元年	317	盧諶	劉琨	〈與司空劉琨書〉	抒情類感慕	《全上古三代秦漢三國六朝文・全晉文卷34》	僚屬
東晉元帝建武元年	317	劉琨	盧諶	〈答盧諶書〉	抒情類感慕	《全上古三代秦漢三國六朝文・全晉文卷108》	僚屬
東晉元帝建武元年	317	劉琨	石勒	〈與石勒書〉	敘事類諷勸	《全上古三代秦漢三國六朝文・全晉文卷108》	敵邦
東晉元帝建武元年	317	杜弢	應詹	〈遺應詹書〉	敘事類祈請	《全上古三代秦漢三國六朝文・全晉文卷116》	僚屬
東晉元帝永昌元年	322	譙王承	甘卓	〈答安南將軍甘卓書〉	論說類論兵	《全上古三代秦漢三國六朝文・全晉文卷15》	同僚
東晉成帝咸康元年	335	孔坦	石聰	〈與石聰書〉	敘事類諷勸	《全上古三代秦漢三國六朝文・全晉文卷126》	敵邦
東晉成帝咸康二年	336	孔坦	庾亮	〈與庾亮書〉	抒情類悱傷	《全上古三代秦漢三國六朝文・全晉文卷126》	同僚
東晉成帝咸康二年	336	庾亮	孔坦	〈追報孔坦書〉	抒情類悱傷	《全上古三代秦漢三國六朝文・全晉文卷37》	同僚
東晉康帝建元元年	343	庾龢	庾翼	〈諫叔父翼徙鎮襄陽書〉	論說類論兵	《全上古三代秦漢三國六朝文・全晉文卷37》	叔姪
東晉康帝建元二年	344	庾翼	殷浩	〈貽殷浩書〉	敘事類規戒	《全上古三代秦漢三國六朝文・全晉文卷37》	同僚

東晉康帝 建元二年	344	袁喬	褚裒	〈與左軍褚裒解 交書〉	敘事類 諷勸	《全上古三代秦漢 三國六朝文・全晉 文卷 56》	同僚
東晉穆帝 永和二年	346	王羲之	殷浩	〈報殷浩書〉	敘事類 陳述	《漢魏六朝百三家 集・王右軍集》	同僚
東晉穆帝 永和九年	353	王羲之	殷浩	〈遺殷浩書〉	敘事類 責讓	《漢魏六朝百三家 集・王右軍集》	同僚
東晉穆帝 永和九年	353	王羲之	會稽王	〈與會稽王牋〉	論說類 論兵	《漢魏六朝百三家 集・王右軍集》	僚屬
東晉穆帝 永和十一年	355	王羲之	謝萬	〈與吏部郎謝萬 書〉	抒情類 恬淡	《漢魏六朝百三家 集・王右軍集》	同僚
東晉穆帝 升平三年	359	王羲之	謝萬	〈誡謝萬書〉	敘事類 規戒	《漢魏六朝百三家 集・王右軍集》	同僚
東晉簡文帝 咸安二年	372	謝安	支遁	〈與支遁書〉	抒情類 感慕	《全上古三代秦漢 三國六朝文・全晉 文卷 83》	友人
東晉孝武帝 太元八年	383	殷仲堪	謝玄	〈致謝玄書〉	論說類 論政	《全上古三代秦漢 三國六朝文・全晉 文卷 129》	同僚
東晉安帝 隆安五年	401	桓玄	會稽 王道子	〈答會稽王道子 牋〉	抒情類 惋傷	《全上古三代秦漢 三國六朝文・全晉 文卷 119》	僚屬
東晉恭帝 元熙元年	419	劉裕	臧燾	〈與臧燾書〉	論說類 論政	《全上古三代秦漢 三國六朝文・全宋 文卷 1》	同僚
東晉恭帝 元熙二年	420	陶潛	陶儼等	〈與子儼等疏〉	抒情類 恬淡	《漢魏六朝百三家 集・陶彭澤集》	父子
劉宋少帝 景平元年	423	謝靈運	廬陵王	〈與廬陵王牋〉	敘事類 薦揚	《漢魏六朝百三家 集・謝康樂集》	僚屬
劉宋文帝 元嘉元年	424	范泰	謝靈運	〈與謝侍中書〉	抒情類 感慕	《廣弘明集・卷 15》	同僚
劉宋文帝 元嘉二年	425	謝靈運	范泰	〈答范光祿書〉	抒情類 感慕	《漢魏六朝百三家 集・謝康樂集》	同僚
劉宋文帝 元嘉五年	428	顏延之	張茂度	〈弔張茂度書〉	抒情類 惋傷	《漢魏六朝百三家 集・顏光祿集》	同僚
劉宋文帝 元嘉十一年	434	王微	何偃	〈報何偃書〉	抒情類 抒懷	《全上古三代秦漢 三國六朝文・全宋 文卷 19》	友人

劉宋文帝元嘉十二年	435	雷次宗	子姪	〈與子姪書〉	抒情類恬淡	《全上古三代秦漢三國六朝文・全宋文卷29》	父子、叔姪
劉宋文帝元嘉十六年	439	鮑照	鮑令暉	〈登大雷岸與妹書〉	敘事類寫景	《漢魏六朝百三家集・鮑參軍集》	兄妹
劉宋文帝元嘉二十二年	445	范曄	諸甥姪	〈與諸甥姪書〉	論說類論文	《全上古三代秦漢三國六朝文・全宋文卷15》	叔舅甥姪
劉宋文帝元嘉二十六年	449	袁淑	始興王濬	〈與始興王濬書〉	敘事類陳述	《漢魏六朝百三家集・袁陽源集》	僚屬
劉宋文帝元嘉二十七年	450	周朗	羊希	〈報羊希書〉	抒情類抒懷	《全上古三代秦漢三國六朝文・全宋文卷48》	同僚
劉宋文帝元嘉三十年	453	王微	王僧謙	〈以書告弟僧謙靈〉	抒情類悵傷	《全上古三代秦漢三國六朝文・全宋文卷19》	兄弟
劉宋明帝泰始四年	468	江淹	袁叔明	〈報袁叔明書〉	抒情類抒懷	《漢魏六朝百三家集・江醴陵集》	友人
劉宋明帝泰始五年	469	王僧虔	兒子	〈誡子書〉	論說類論學	《全上古三代秦漢三國六朝文・全齊文・卷8》	父子
劉宋後廢帝元徽二年	474	江淹	朋友	〈與交友論隱書〉	抒情類抒懷	《漢魏六朝百三家集・江醴陵集》	友人
劉宋後廢帝元徽二年	474	張融	張永	〈與從叔永書〉	敘事類祈請	《漢魏六朝百三家集・張長史集》	侄叔
劉宋後廢帝元徽二年	474	張融	王僧虔	〈與王僧虔書〉	敘事類祈請	《漢魏六朝百三家集・張長史集》	同僚
南齊高帝建元二年	480	劉善明	崔祖思	〈遺崔祖思書〉	抒情類抒懷	《全上古三代秦漢三國六朝文・全齊文卷18》	友人
南齊高帝建元四年	482	張充	王儉	〈與王儉書〉	抒情類恬淡	《全上古三代秦漢三國六朝文・全梁文卷54》	友人
南齊武帝永明元年	483	王儉	陸澄	〈答陸澄書〉	論說類論經	《漢魏六朝百三家集・王文憲集》	同僚
		王融	蕭曅	〈謝武陵王賜弓啓〉	抒情類感慕	《漢魏六朝百三家集・王寧朔集》	僚屬
		王融	蕭子良	〈謝竟陵王示扇啓〉	敘事類致謝	《漢魏六朝百三家集・王寧朔集》	僚屬

南齊武帝 永明九年	491	蕭子良	孔稚珪	〈與孔中丞（稚 珪）釋疑惑書〉	論說論 辯駁	《漢魏六朝百三家 集・竟陵王集》	友人
南齊武帝 永明九年	491	謝朓	蕭子隆	〈拜中軍記室辭 隨王牋〉	抒情類 感慕	《漢魏六朝百三家 集・謝宣城集》	僚屬
		謝朓	蕭子隆	〈謝隨王賜左傳 啟〉	敘事類 致謝	《漢魏六朝百三家 集・謝宣城集》	僚屬
		謝朓	蕭子隆	〈謝隨王賜紫梨 啟〉	敘事類 致謝	《漢魏六朝百三家 集・謝宣城集》	僚屬
南齊武帝 永明十年	492	樂藹	沈約	〈與右率沈約書〉	敘事類 稱頌	《全上古三代秦漢 三國六朝文・全梁 文卷 40》	同僚
南齊武帝 永明十年	492	沈約	樂藹	〈答樂藹書〉	敘事類 稱頌	《漢魏六朝百三家 集・沈隱侯集》	同僚
南齊明帝 建武元年	494	陸厥	沈約	〈與沈約書〉	論說類 論文	《全上古三代秦漢 三國六朝文・全齊 文・卷 24》	友人
南齊明帝 建武元年	494	沈約	陸厥	〈答陸厥問聲韻 書〉	論說類 論文	《漢魏六朝百三家 集・沈隱侯集》	友人
南齊明帝 建武四年 北魏・孝文帝 太和二十一年	497	北魏・ 孝文帝	曹虎	〈遺曹虎書〉	論說類 論兵	《全上古三代秦漢 三國六朝文・全後 魏文卷 7》	敵邦
南齊明帝 建武四年 北魏・孝文帝 太和二十一年	497	曹虎	北魏・ 孝文帝	〈答魏主托跋宏 書〉	論說類 論兵	《全上古三代秦漢 三國六朝文・全齊 文卷 21》	敵邦
南齊東昏侯 永元二年	500	蕭衍	袁昂	〈喻袁昂手書〉	敘事類 陳述	《漢魏六朝百三家 集・梁武帝集》	同僚
南齊東昏侯 永元二年	500	袁昂	蕭衍	〈答武帝書〉	敘事類 陳述	《全上古三代秦漢 三國六朝文・全梁 文卷 24》	同僚
約梁武帝 天監二年	503	陶弘景	蕭衍	〈與武帝論書啟〉 五首	論說類 論字	《漢魏六朝百三家 集・陶隱居集》	君臣
約梁武帝 天監二年	503	蕭衍	陶弘景	〈答陶弘景論書 書〉四首	論說類 論字	《漢魏六朝百三家 集・梁武帝集》	君臣
梁武帝 天監二年	503	王僧儒	何炯	〈與何炯書〉	抒情類 牢騷	《全上古三代秦漢 三國六朝文・全梁 文卷 51》	友人

梁武帝 天監二年	503	伏挺	徐勉	〈致徐勉書〉	抒情類 抒懷	《全上古三代秦漢 三國六朝文・全梁 文卷 40》	同僚
梁武帝 天監二年	503	徐勉	伏挺	〈報伏挺書〉	抒情類 抒懷	《全上古三代秦漢 三國六朝文・全梁 文卷 50》	同僚
梁武帝 天監二年	503	劉峻	劉沼	〈追答劉秣陵沼 書〉	抒情類 悰傷	《漢魏六朝百三家 集・劉戶曹集》	友人
		劉峻	宋元思	〈與宋玉山元思 書〉	敘事類 諷勸	《漢魏六朝百三家 集・劉戶曹集》	友人
		劉峻	友人	〈送橘啓〉	敘事類 餽贈	《漢魏六朝百三家 集・劉戶曹集》	友人
梁武帝 天監四年	505	丘遲	陳伯之	〈與陳伯之書〉	敘事類 諷勸	《漢魏六朝百三家 集・丘司空集》	同僚
約梁武帝 天監六年	507	沈約	王筠	〈報王筠書〉	敘事類 稱頌	《漢魏六朝百三家 集・沈隱侯集》	同僚
梁武帝 天監九年	510	沈約	徐勉	〈與徐勉書〉	抒情類 祈請	《漢魏六朝百三家 集・沈隱侯集》	同僚
梁武帝 天監十四年	515	蕭統	蕭綱	〈答晉安王書〉	抒情類 感慕	《漢魏六朝百三家 集・梁昭明集》	兄弟
約梁武帝天監 十六、七年	517〜 518	蕭恭	蕭恭妻	〈爲衡山侯與婦 書〉	抒情類 惻豔	《漢魏六朝百三家 集・何記室集》	夫妻 （何遜 代筆）
北魏孝明帝 正光元年	520	拓跋熙	知故	〈與知故書〉	抒情類 悰傷	《全上古三代秦漢 三國六朝文・全後 魏文卷 18》	友人
梁武帝 普通四年	523	蕭統	蕭繹	〈答湘東王求《文 集》及《詩苑英 華》書〉	論說類 論文	《漢魏六朝百三家 集・梁昭明集》	兄弟
梁武帝 普通五年	524	蕭綱	劉孝綽	〈與劉孝綽書〉	抒情類 感慕	《漢魏六朝百三家 集・梁簡文帝集》	僚屬
梁武帝 普通七年	526	謝幾卿	蕭繹	〈答湘東王書〉	抒情類 感慕	《全上古三代秦漢 三國六朝文・全梁 文卷 45》	僚屬
梁武帝 普通七年	526	湘東王	劉孝綽	〈與劉孝綽書〉	抒情類 祈請	《漢魏六朝百三家 集・梁元帝集》	僚屬
梁武帝 普通七年	526	劉孝綽	湘東王	〈答湘東王書〉	抒情類 祈請	《漢魏六朝百三家 集・劉祕書集》	僚屬

		吳均	宋元思	〈與宋元思書〉	敘事類 寫景	《漢魏六朝百三家 集・吳朝請集》	友人
		吳均	顧章	〈與顧章書〉	敘事類 寫景	《漢魏六朝百三家 集・吳朝請集》	友人
		吳均	施從事	〈與施從事書〉	敘事類 寫景	《漢魏六朝百三家 集・吳朝請集》	友人
北魏孝莊帝 永安元年	528	祖鴻勳	陽休之	〈與陽休之書〉	抒情類 恬淡	《全上古三代秦漢 三國六朝文・全北 齊文卷 2》	同僚
梁武帝 大通三年	529	蕭繹	蕭綱	〈答晉安王敘南 康簡王薨書〉	抒情類 悁傷	《漢魏六朝百三家 集・梁元帝集》	兄弟
梁武帝 中大通二年	530	蕭統	何胤	〈與何胤書〉	抒情類 感慕	《漢魏六朝白二家 集・梁昭明集》	僚屬
梁武帝 中大通二年	530	徐勉	徐崧	〈為書誡子崧〉	敘事類 誡訓	《全上古三代秦漢 三國六朝文・全梁 文卷 50》	父子
梁武帝 中大通三年	531	蕭統	張纘	〈與張緬弟纘書〉	抒情類 悁傷	《漢魏六朝百三家 集・梁昭明集》	僚屬
梁武帝 中大通三年	531	蕭綱	蕭子雲	〈與蕭臨川書〉	抒情類 感慕	《漢魏六朝百三家 集・梁簡文帝集》	僚屬
梁武帝 中大通三年	531	蕭綱	蕭子雲	〈答蕭子雲上飛 白書屏風書〉	敘事類 致謝	《漢魏六朝百三家 集・梁簡文帝集》	僚屬
梁武帝 中大通四年	532	蕭綱	新渝侯	〈答新渝侯和詩 書〉	抒情類 惻豔	《漢魏六朝百三家 集・梁簡文帝集》	文友
梁武帝 中大通四年	532	蕭綱	蕭大心	〈誡當陽公大心 書〉	論說類 論學	《漢魏六朝百三家 集・梁簡文帝集》	父子
梁武帝 中大通四年	532	蕭綱	蕭繹	〈答湘東王和受 試詩書〉 （〈與湘東王論文 書〉）	論說類 論文	《漢魏六朝百三家 集・梁簡文帝集》	兄弟
梁武帝 中大通五年	533	蕭綱	張纘	〈答張纘謝示集 書〉	論說類 論文	《漢魏六朝百三家 集・梁簡文帝集》	僚屬
		蕭繹	國子監 諸生	〈與學生書〉	論說類 論學	《漢魏六朝百三家 集・梁元帝集》	師生
梁武帝 大同元年	535	陶弘景	謝徵	〈答謝中書書〉	敘事類 寫景	《漢魏六朝百三家 集・陶隱居集》	友人
梁武帝 大同三年	537	劉潛	蕭撝	〈北使還與永豐 侯書〉	敘事類 陳述	《漢魏六朝百三家 集・劉豫章集》	友人

梁武帝 太清元年	547	張纘	陸襄、 陸晏	〈與陸雲公叔 襄、兄晏子書〉	抒情類 惋傷	《全上古三代秦漢 三國六朝文・全梁 文卷64》	友人
北齊文宣帝 天保元年	550	徐陵	楊愔	〈在北齊與楊僕 射書〉	論說論 辯駁	《漢魏六朝百三家 集・徐僕射集》	友邦
梁簡文帝 大寶二年	551	蕭繹	蕭紀	〈與武陵王書〉	抒情類 感慕	《漢魏六朝百三家 集・梁元帝集》	兄弟
梁簡文帝 大寶二年	551	蕭繹	蕭紀	〈又與武陵王書〉	抒情類 懇摯	《漢魏六朝百三家 集・梁元帝集》	兄弟
梁元帝 承聖三年 西魏恭帝元年	554	蕭慤	蕭慤妻	〈為梁上黃侯世 子與婦書〉	抒情類 惻豔	《漢魏六朝百三家 集・庾開府集》	夫妻 （庾信 代筆）
北周明帝元年	557	王褒	周弘讓	〈與梁處士周弘 讓書〉	抒情類 惋傷	《漢魏六朝百三家 集・王司空集》	友人
陳武帝 永定元年	557	周弘讓	王褒	〈答王褒書〉	抒情類 感慕	《全上古三代秦漢 三國六朝文・全陳 文卷5》	友人
陳文帝 天嘉二年	561	徐陵	李那	〈與李那書〉	論說類 論文	《漢魏六朝百三家 集・徐僕射集》	友人
北周武帝 保定元年	561	李那	徐陵	〈答徐陵書〉	論說類 論文	《全上古三代秦漢 三國六朝文・全後 周文卷6》	友人
		王寬	王寬妻 義安主	〈為王寬與婦義 安主書〉	抒情類 惻豔	《全上古三代秦漢 三國六朝文・全陳 文卷16》	夫妻 （伏知 道代 筆）
北齊武成帝 河清三年	564	閻姬	宇文護	〈與子宇文護書〉	抒情類 懇摯	《周書卷11》	母子
北周武帝 保定四年	564	宇文護	閻姬	〈報母閻姬書〉	抒情類 懇摯	《全上古三代秦漢 三國六朝文・全後 周文卷4》	母子
陳		陳暄	陳秀	〈與兄子秀書〉	抒情類 抒懷	《全上古三代秦漢 三國六朝文・全陳 文卷16》	叔侄
陳後主 至德元年	583	陳叔寶	江總	〈與詹事江總書〉	抒情類 惋傷	《漢魏六朝百三家 集・陳後主集》	君臣

二、魏晉南北朝世系及在位年數表

（一）魏世系表（220～265）

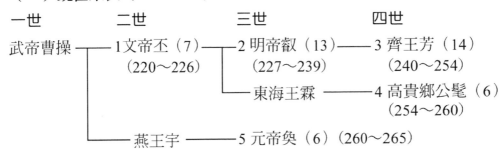

一世　　　　二世　　　　　三世　　　　　　四世

武帝曹操 ——— 1文帝丕（7）—— 2 明帝叡（13）—— 3 齊王芳（14）
　　　　　　　（220～226）　　（227～239）　　　（240～254）

　　　　　　　　　　　　　　　東海王霖 ——— 4 高貴鄉公髦（6）
　　　　　　　　　　　　　　　　　　　　　　　（254～260）

　　　　　　　燕王宇 ——— 5 元帝奐（6）（260～265）

（二）晉世系表（265～420）

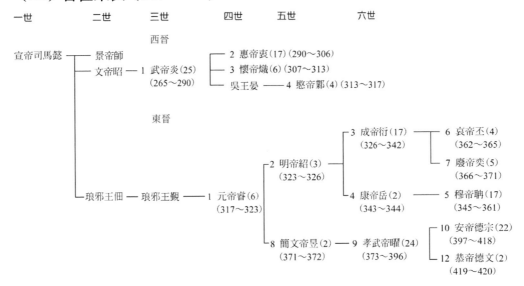

一世　　　二世　　　三世　　　四世　　　五世　　　六世

西晉

宣帝司馬懿 ——— 景帝師
　　　　　　　　文帝昭 — 1 武帝炎(25)
　　　　　　　　　　　　　（265～290）
　　　　　　　　　　　　　　　　　2 惠帝衷(17)（290～306）
　　　　　　　　　　　　　　　　　3 懷帝熾(6)（307～313）
　　　　　　　　　　　　　　吳王晏 —— 4 愍帝鄴(4)（313～317）

東晉

　　　　　　　　　　　　　　　　　　　　　　3 成帝衍(17)　　　6 哀帝丕(4)
　　　　　　　　　　　　　　　　　　　　　　（326～342）　　　（362～365）
　　　　　　　　　　　　　　　　　2 明帝紹(3)　　　　　　　7 廢帝奕(5)
　　　　　　　　　　　　　　　　　（323～326）　　　　　　　（366～371）
　　　　　　　　　　　　　　　　　　　　　　4 康帝岳(2)　　　5 穆帝聃(17)
琅邪王佃 — 琅邪王覲 — 1 元帝睿(6)　　　　（343～344）　　　（345～361）
　　　　　　　　　　　（317～323）
　　　　　　　　　　　　　　　　　　　　　　　　　　　　　10 安帝德宗(22)
　　　　　　　　　　　　　　　　　　　　　　　　　　　　　（397～418）
　　　　　　　　　　　　　　　　　8 簡文帝昱(2) — 9 孝武帝曜(24)
　　　　　　　　　　　　　　　　　（371～372）　　（373～396）
　　　　　　　　　　　　　　　　　　　　　　　　　　　　　12 恭帝德文(2)
　　　　　　　　　　　　　　　　　　　　　　　　　　　　　（419～420）

（三）南朝世系表

1. 宋（420～479）

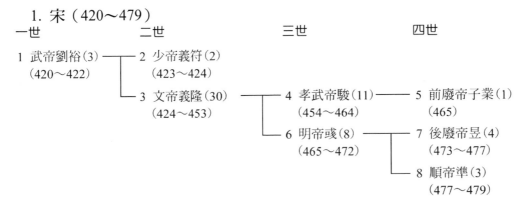

一世　　　　　　二世　　　　　　　三世　　　　　　　四世

1 武帝劉裕(3) ——— 2 少帝義符(2)
（420～422）　　　（423～424）

　　　　　　　　3 文帝義隆(30) ——— 4 孝武帝駿(11) ——— 5 前廢帝子業(1)
　　　　　　　　（424～453）　　　（454～464）　　　　（465）

　　　　　　　　　　　　　　　　6 明帝彧(8) ——— 7 後廢帝昱(4)
　　　　　　　　　　　　　　　　（465～472）　　　（473～477）

　　　　　　　　　　　　　　　　　　　　　　　8 順帝準(3)
　　　　　　　　　　　　　　　　　　　　　　　（477～479）

2. 齊（479～502）

一世	二世	三世	四世
1 高祖蕭道成(4) ———	2 武帝賾(11) ———	文惠太子長懋 ———┐	3 鬱陵王昭業
（479～482）	（483～493）		（494）
└始安王道生 ———	5 明帝鸞(5) ——┬—	6 廢帝東昏侯寶卷(2) └—	4 海陵王昭文
	（494～498）	（499～504）	（494）
		└ 7 和帝寶融(2)	
		（501～502）	

3. 梁（502～557），包括後梁（555～587）

一世	二世	三世	四世	五世
	┌— 昭明太子統 ——【後梁】—	4 宣帝詧(7) —	2 明帝巋(24) —	3 後主琮(2)
		（555～562）	（562～585）	（586～587）
1 武帝蕭衍(48)	├— 2 簡文帝綱(2)			
（502～549）		（550～551）		
	└— 3 元帝繹(3) —	4 敬帝方智(3)		
	（552～554）	（555～557）		

4. 陳（557～589）

一世	二世	三世
1 武帝陳霸先(3)		
（557～559）		
└ 始興王道譚 ——┬—	2 文帝蒨(7) ———	3 廢帝伯宗(7)
	（560～566）	（567～568）
└—	4 宣帝頊(14) ———	5 後主叔寶(7)
	（569～582）	（583～589）

（四）北朝世系表

1. 北魏（386～556），包括東魏（534～550）、西魏（535～556）

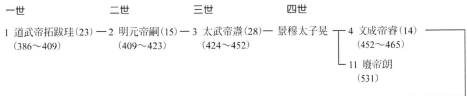

```
一世              二世           三世           四世

1 道武帝拓跋珪(23) ─ 2 明元帝嗣(15) ─ 3 太武帝燾(28) ─ 景穆太子晃 ┌ 4 文成帝濬(14)
 （386～409）      （409～423）     （424～452）             │ （452～465）
                                                          └ 11 廢帝朗
                                                            （531）
```

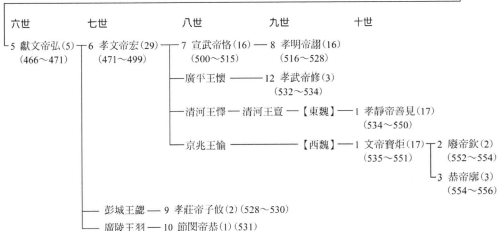

```
 六世            七世           八世           九世           十世

└ 5 獻文帝弘(5) ┬ 6 孝文帝宏(29) ┬ 7 宣武帝恪(16) ─ 8 孝明帝詡(16)
 （466～471）    （471～499）    │ （500～515）     （516～528）
                               │
                               ├ 廣平王懷 ─────── 12 孝武帝修(3)
                               │                   （532～534）
                               │
                               ├ 清河王懌 ─ 清河王亶 ─【東魏】─ 1 孝靜帝善見(17)
                               │                              （534～550）
                               │
                               └ 京兆王愉 ───────【西魏】─ 1 文帝寶炬(17) ┬ 2 廢帝欽(2)
                                                            （535～551）  │ （552～554）
                                                                         └ 3 恭帝廓(3)
                                                                           （554～556）
               ├ 彭城王勰 ─ 9 孝莊帝子攸(2)（528～530）
               └ 廣陵王羽 ─ 10 節閔帝恭(1)（531）
```

2. 北齊（550～577）

```
一世                二世                三世                四世

神武帝高歡 ┬─ 1 文宣帝洋(10) ─── 2 廢帝殷
          │ （550～559）         （560）
          │
          ├─ 3 孝昭帝演(1)（560～561）
          │
          └─ 4 武成帝湛(4) ─── 5 後主緯(12) ─── 6 幼主恆
             （561～565）       （565～577）       （577）
```

3. 北周（557～581）

```
一世                二世                三世                四世

文帝宇文泰 ┬─ 1 孝閔帝覺(1)（557）
          │
          ├─ 2 明帝毓(4)（557～560）
          │
          └─ 3 武帝邕(18) ─── 4 宣帝贇 ─── 5 靜帝闡(3)
             （561～578）       （579）       （579～581）
```

三、書牘眞跡

1. 魏・鍾繇手跡〔註1〕

2. 西晉・陸雲手跡〔註2〕

3. 東晉・庾亮手跡〔註3〕

4. 東晉・謝安手跡〔註4〕

5. 東晉・王羲之手跡〔註5〕

6. 東晉・王羲之手跡〔註6〕

7. 東晉・王羲之手跡〔註7〕

8. 南齊・王僧虔手跡〔註8〕

9. 南梁・沈約手跡〔註9〕

〔註1〕 高野侯輯：《古今尺牘墨跡大觀》（上海：中華書局，1928年）。
〔註2〕 高野侯輯：《古今尺牘墨跡大觀》（上海：中華書局，1928年）。
〔註3〕 高野侯輯：《古今尺牘墨跡大觀》（上海：中華書局，1928年）。
〔註4〕 高野侯輯：《古今尺牘墨跡大觀》（上海：中華書局，1928年）。
〔註5〕 高野侯輯：《古今尺牘墨跡大觀》（上海：中華書局，1928年）。
〔註6〕 （東晉）王羲之手跡：《書跡名品叢刊・牘集2》（東京都：株式會社二玄社，1982年1月24刷），回48。
〔註7〕 （東晉）王羲之手跡：《書跡名品叢刊・十七帖二種》（東京都：株式會社二玄社，1982年4月41刷），回21。
〔註8〕 高野侯輯：《古今尺牘墨跡大觀》（上海：中華書局，1928年）。
〔註9〕 高野侯輯：《古今尺牘墨跡大觀》（上海：中華書局，1928年）。

1. 魏・鍾繇手跡

繇白昨疏還示知憂虞復深遂積

疾苦何迺爾耶盖張樂於洞庭之野

鳥值而高翔魚聞而深潛豈絲磬之

響雲英之奏非耶此所愛有殊所樂

迺異君能審已而恕物則常無所結

滯矣鍾繇白

十二日羲之白雪寒想勝常得
張侯書賢從帷帳之悼甚
衰傷不可言疾患自宜量力
不復々羲之白

2. 西晉・陸雲手跡

3. 東晉・庾亮手跡

亮白奉告書箱先為媤子作輀先以奉之研今作之支髮枕今佳無泝摸若有可榷付之亮再拜

4. 東晉・謝安手跡

六月廿日具記道民安惶恐言
此月向終惟祥慶在近彌慕
崩慟煩冤惔酷不可居憂此
奉十七十六日二告承故不和
甚馳灼大熱尊體復何如
謹白記不具謝安惶恐再拜

5. 東晉・王羲之手跡

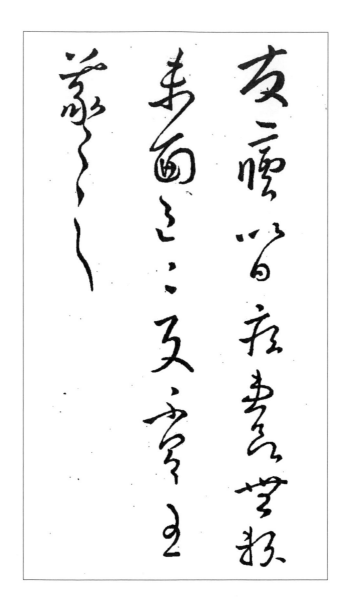

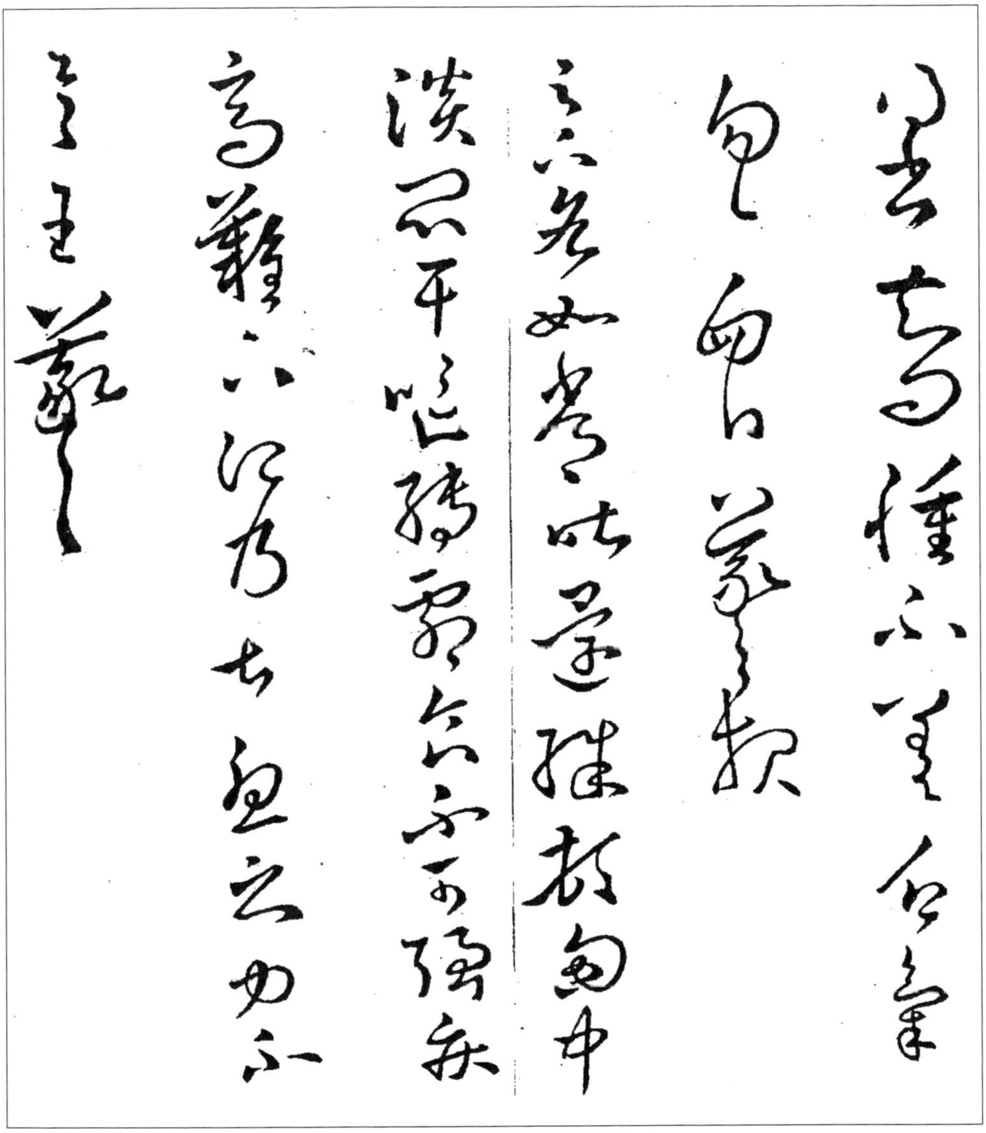

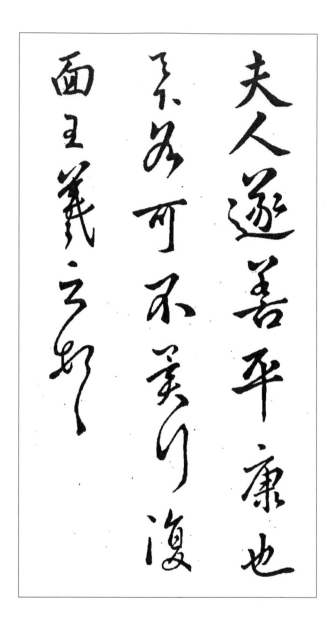

6. 東晉・王羲之手跡

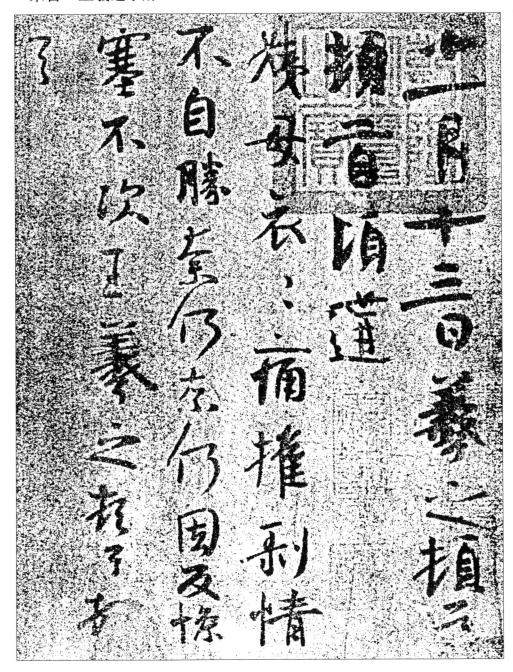

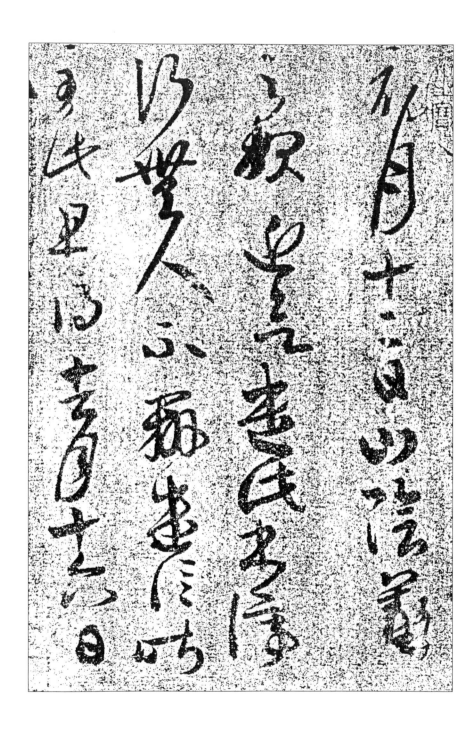

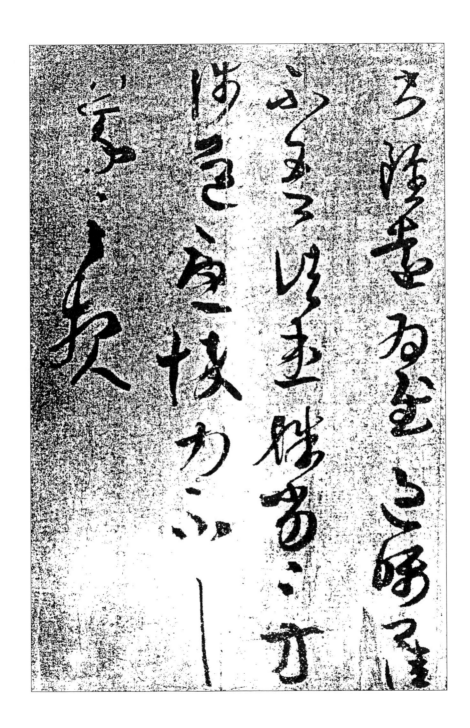

7. 東晉・王羲之手跡

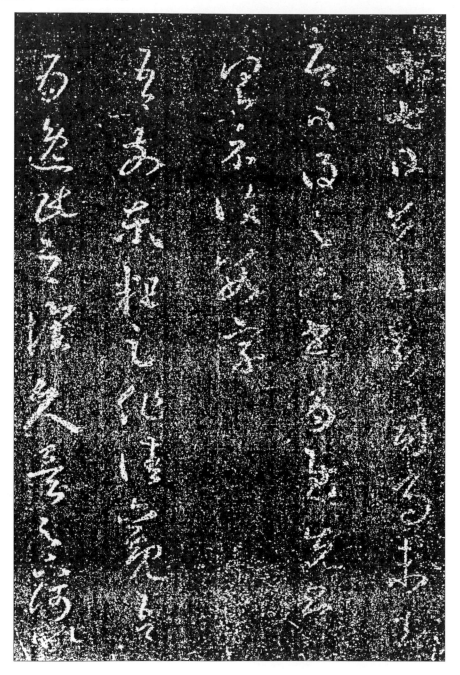

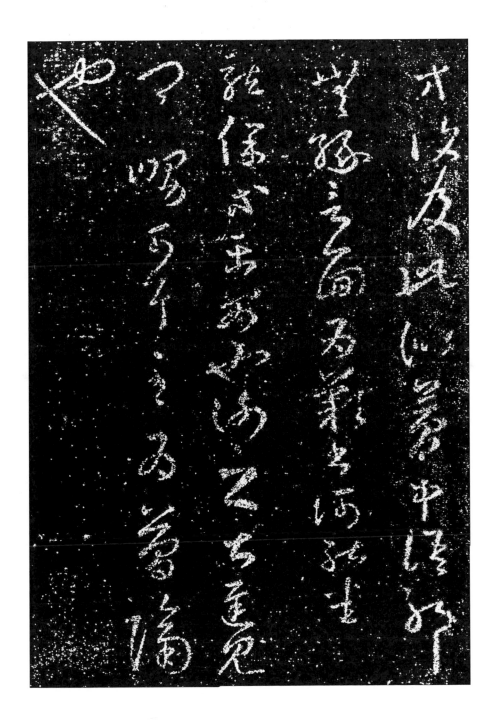

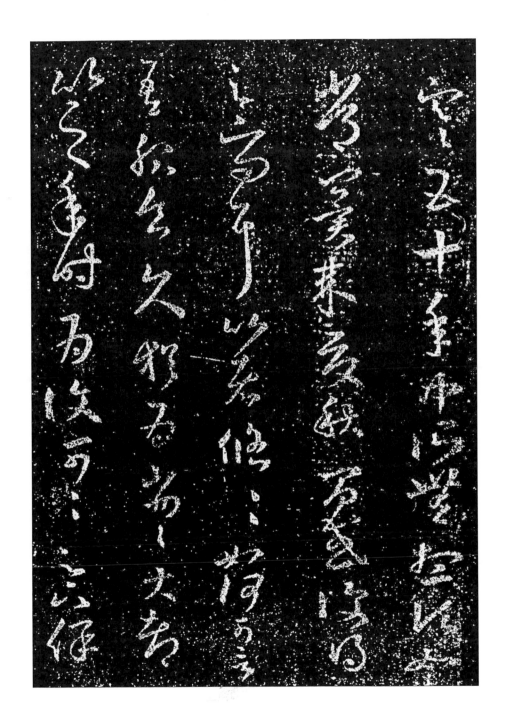

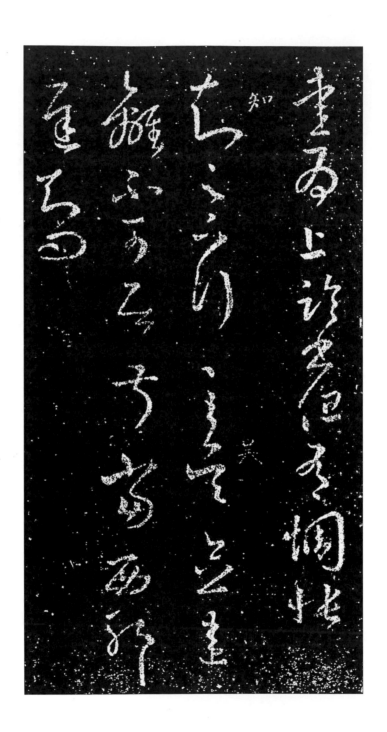

8. 南齊‧王僧虔手跡

臣僧虔啟劉伯寵陶瑾稱勅
二岸雜事悉委臣判聖恩固
已將使入效斯實臣下駈馳至
顗且職事所司不應多陳雖
奉令旨臣豈敢扵外下意不
先上聞正當罄率管見令官

長啓審可否之宜會須恩裁此
乃更亂天聽或致煩壅且得
仍舊以待能者恐於事體二
三惟允伏願少留神照察覽
所啓非敢辭務懼塵聖化謹
冒輸請伏追震怍謹啓

9. 南梁・沈約手跡

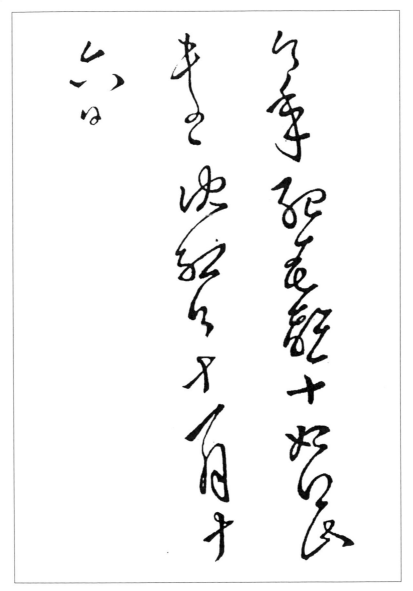